La bailarina de San Petersburgo

ANDRÉS PÉREZ DOMÍNGUEZ

La bailarina de San Petersburgo

VI PREMIO DE NOVELA ALBERT JOVELL.
FUNDACIÓN PARA LA PROTECCIÓN
SOCIAL DE LA OMC.

ALMUZARA

OMC §

ORGANIZACIÓN
MÉDICA COLEGIAL
DE ESPAÑA
—

FUNDACIÓN PARA LA
PROTECCIÓN SOCIAL

VI PREMIO INTERNACIONAL DE NOVELA
ALBERT JOVELL. FUNDACIÓN PARA LA
PROTECCIÓN SOCIAL DE LA OMC

Jurado compuesto por:
Anna Grau Àrias
Jesús Nieto Jurado
José María Rodríguez Vicente
Javier Ortega Posadillo

© Andrés Pérez Domínguez, 2021
© Editorial Almuzara, s.l., 2021

Primera edición: febrero de 2021

Colección Novela Histórica
Editorial Almuzara
Director editorial: Antonio E. Cuesta López
Edición de Javier Ortega
Diseño de Ana Cabello
Maquetación de Daniel Valdivieso Ramos

www.editorialalmuzara.com
pedidos@almuzaralibros.com - info@almuzaralibros.com
@AlmuzaraLibros

Imprime: Romanyà Valls
ISBN: 978-84-18578-67-0
Depósito Legal: CO-15-2021
Hecho e impreso en España -*Made and printed in Spain*

Para Sergio Gutiérrez Morillo

Desengáñese; no somos nada; no valemos nada. Somos una verdadera carroña, unos cadáveres insepultos, gente desarraigada que no espera otra cosa que morirse del todo. Fuimos parte de un todo que ya no existe. No tenemos razón de existir. Aferrados al pasado no hemos sabido crearnos una vida nueva. Estamos muertos, definitivamente muertos, muertos, muertos.

MANUEL CHAVES NOGALES,
Lo que ha quedado del imperio de los zares

Me alejé, con el corazón en un puño, pensando en las faltas imperdonables que pueden cometer los hombres que poseen demasiadas riquezas.

FÉLIX YUSÚPOV,
Memorias de antes del exilio

Han pasado muchos años, pero algunas noches sueño que estoy allí. Cuando hace frío me alegro de encontrarme lejos, pero no siento los dedos. La sangre se escapa de mi costado dejando un reguero sobre la capa de hielo. El rastro de mis últimos pasos que quizá alguien podrá seguir. En la orilla veo la luz de un faro. Quién sabe si es un espejismo. Me pregunto si alguien te contará lo que pasó. Estuve a punto de conseguirlo, de verdad. Te juro que hice todo lo que pude. Quería terminar el trabajo y volver a París para rescatarte y empezar una nueva vida contigo, donde nadie pudiera encontrarnos. Pero ya no tenía fuerzas. El frío apenas me dejaba avanzar entre la niebla. El vozarrón entonando aquella canción infantil. Era muy raro. Pensé que ya estaba muerto. Entonces el suelo se quebró bajo mis pies. Pronto dejé de sentir las piernas y enseguida el resto del cuerpo desde el cuello para abajo. Ya estaba muerto y estaba solo. Al final siempre te quedas solo. Pero me tranquilizaba esa canción que traía el viento: *La luna silenciosa está mirando dentro de tu cuna. Te contaré cuentos de hadas y te cantaré canciones.*

Antes de cerrar los ojos para siempre, volví a pensar en ti.

PRIMERA PARTE

SEVILLA, 1945

Capítulo 1

Ir al cine era una forma tan lícita de espantar la rutina como pasear mirando escaparates u observar con maneras de jubilado ocioso a los estibadores en el puerto. Pero era domingo, las tiendas estaban cerradas, muy pocos trabajadores descargaban mercancías y desde el final de la guerra nadie me encargaba vigilar la llegada de un barco, ya no hacía falta, que me convirtiera en la sombra discreta de unos viajeros sospechosos o, dada mi facilidad para los idiomas, me ocupase de atender a unos ciudadanos extranjeros de visita en la ciudad. Tampoco me garantizaba alivio leer tumbado en la cama de la pensión, aunque avanzase el otoño y una molesta llovizna invitara a quedarse bajo techo. Como no me gusta el fútbol, también huía de las tabernas donde los hombres estarían atentos a la radio mientras despachaban un cuarto de vino. Por todas esas cosas y quizá también para justificar el gasto no excesivo pero sí estimable de la entrada para alguien cuyos ingresos se habían visto mermados hasta el punto de obligarlo a contar sus ahorros con vergonzosa avaricia, me dije varias veces que pasar esa tarde de primeros de noviembre viendo una película no era tan perjudicial para mi maltrecha hacienda. En el Pathé ponían —reponían, en realidad— *La quimera del oro*. Una película muda no era mala opción, pensé, para clausurar una semana tan aburrida y anodina como lo fueron todas las últimas semanas.

Me gustó la película, pero también en más de una ocasión se me agrió el gesto. Sentado en la última fila, el reflejo de la pantalla silueteaba a los espectadores. Ninguna cabeza solitaria me procuraba consuelo. Maridos, esposas e hijos; parejas, muy juntas, seguro que también cogidas de la mano, o como la que, justo en la fila anterior, se magreaba con urgencia.

Con la prisa de quien ha cometido un delito por ir al cine solo, fui el primero en abandonar la sala. Apenas eran las diez de la noche. En la calle me recibió un frío repentino, casi impropio a esas alturas del calendario en Sevilla. Ya no me quedaba nada que hacer salvo encerrarme en mi cuarto y abrir un libro con la esperanza de quedarme dormido hasta que el lunes ofreciera algo interesante. Me calé la gorra, levanté las solapas de la vieja chaqueta de pana para protegerme el cuello y hundí las manos en los bolsillos, sin prisas, pensando en alguna taberna donde la radio estuviese apagada.

No escogí el camino más directo. Quizá la única ventaja de que no me esperase nadie era poder retrasarme cuanto quisiera. Aunque tampoco tenía casa. Mi alojamiento era una pensión junto a la muralla de la Macarena pagada por Thomas Murdoch, el MI6 en realidad. Una vez superada la pesadumbre de que los espías ingleses sufragasen mi estancia en Sevilla, me terminaba asomando una mueca socarrona. Bien mirado, no dejaba de tener cierta gracia llevar más de dos años en España a costa del gobierno británico, aunque para eso no me hubiera quedado más remedio que humillar la cabeza y acudir a los requerimientos de Murdoch de vez en cuando. Si la alternativa era morirme de hambre o cambiar de hospedaje cada semana para despistar a los matarifes del Kommintern, trabajar esporádicamente para el MI6 no era tan malo. Sólo podía salir de España de un modo clandestino porque no tenía pasaporte, pero tampoco me había planteado seriamente marcharme hasta que terminó la guerra. Al menos durante el tiempo que llevaba en Sevilla no tuve que esconderme de quienes quisieran llevarme a rendir cuentas a Moscú, si es que no me liquidaban antes. Aunque me costase reconocerlo, colaborar con los aliados me brindaba cierta protección y tranquilidad que no podía sino agradecer, por supuesto sin reconocerlo jamás ante Murdoch.

Me mosqueaba llevar cuatro meses sin noticias del hombre que había manejado las riendas de mi vida durante los últimos dos años y medio. Aunque gracias a que seguía pagando mi estancia sin fallar ni una semana los dueños de la pensión no me habían puesto las maletas en la calle, el taimado inglés parecía haberse olvidado de que, además de una cama donde dormir, también necesitaba llevarme algo a la boca de vez en cuando. Si porque hubiera terminado la guerra ya no necesitaba de mis servicios, al menos podía facilitarme un pasaporte para que pudiera marcharme a otra parte a ganarme la vida, o hacer alguna llamada para que el director de un periódico me diese trabajo. Eso no sería tan difícil. Confiaba poder conseguirlo en Sevilla, o en Madrid, aunque cada vez me entusiasmaba más la idea de cruzar la frontera para poder ver, y luego contar a los lectores, lo que estaba pasando en el mundo.

Dejé atrás el teatro Cervantes sin entretenerme en mirar la marquesina y pasé junto a las imponentes pilastras romanas de la Alameda de Hércules. Bordeé una callejuela donde varias prostitutas esperaban cazar a un cliente. Miré hacia el lado contrario, en un intento de espantar recuerdos que no me apetecían, y seguí mi camino. Me conocía lo bastante para saber que enredarme con una fulana en el mejor de los casos me proporcionaría un alivio fugaz, o ni siquiera eso, porque poco después cargaría con una pesadumbre renovada, truncando cualquier posibilidad de alivio ese domingo al que, aunque apenas le quedaban dos horas para terminar, se estaba haciendo eterno. Había llegado a los cuarenta y tres años sin pagar nunca por sexo y no iba a cambiar a esas alturas. Había estado en prostíbulos alguna vez, pero siempre fue para acompañar a un amigo o para recabar información en mi trabajo como periodista o cuando el Kommintern dirigía mi vida. En ocasiones las putas son la mejor compañía cuando un hombre necesita desahogarse. Era esa la única tentación a la que había sucumbido, charlar con una meretrices a las que a menudo también pagué por información. No me considero ni mejor ni peor que otros hombres que compran un rato de sexo. He visto a bolcheviques radicales gastar con alacridad el dinero siempre escaso del partido con las fulanas de Montmartre mientras yo me quedaba en la puerta o pegaba la hebra con alguna que no estuviese ocupada. Quizá algo en mi interior me decía que poseía las suficientes cualidades para atraer a una mujer sin tener que usar la cartera. Todavía lo seguía pensando, a pesar de llevar tanto tiempo solo y de que las mujeres que había amado terminasen escogiendo una vida que las alejaba de mí. Una vida mejor, sin duda.

Crucé la calle Feria buscando la cúpula de San Luis de los Franceses y asomé la nariz a un par de tabernas que no me animaron a entrar: en una estaban recogiendo las sillas y en la otra no encontré nada apetecible. Ya no me quedaban muchas más opciones si no quería que al acostarme mis tripas ofrecieran un concierto como protesta por tanta desconsideración. No tardé en encontrar otra tasca sin muchos clientes donde, por más que miré, no hallé una radio molesta pregonando los resultados del fútbol. El olor a madera impregnada de vino y las jugosas ristras de chacina me provocaron un incontenible torrente de saliva. Pero cuando cruzaba el umbral, un viejo reflejo me paralizó. En el cristal de la puerta había visto la imagen de un fantasma. Fue sólo un instante y enseguida desapareció. No puede ser, pensé, aunque ya sabía que no me quedaría en el bar. Ni en ese ni en ninguno hasta asegurarme de no estar equivocado. Porque estaba equivocado. No podía ser de otra forma. No a estas alturas. No después de tanto tiempo.

Fingí que la tasca no me convencía después de un vistazo rápido y seguí mi camino. Si antes había dado un rodeo para llegar a mi destino por puro capricho, ahora el instinto me empujaba a escoger otro itinerario para asegurarme de que no me seguían. Al llegar a la calle San Luis giré a la derecha, en dirección contraria al arco de la Macarena. Unos pocos pasos más allá me detuve en la puerta de una mercería para encender un pitillo, sin dejar de rastrear con el rabillo del ojo el breve trayecto recorrido. La tarde lluviosa se había transformado en una desapacible noche de niebla. La calle casi vacía supondría una mayor dificultad para quien me estuviera siguiendo. Eso era lo más desconcertante: que me siguieran importaba menos que quién me seguía. Arranqué una honda calada al pitillo y reanudé el lento caminar, lamentándome, aunque ya no tuviera remedio, por haber bajado la guardia en los últimos meses y no mudarme más a menudo, igual que hice en Londres durante siete años. Aunque Sevilla no era una ciudad tan grande y, si hubiera cambiado de pensión cada semana, al cabo de un tiempo se habrían acabado los sitios donde esconderme.

Disimulé no tener prisa para que quien me acechaba cometiera algún error. Eché un vistazo a la retaguardia cuando me hice a un lado en la acera para ceder el paso a una pareja y les di las buenas noches. Seguía allí, tras mis pasos. Como me había parado un momento, no le quedó más remedio que ralentizar la marcha y asumir el riesgo de tropezarse conmigo o meterse en cualquier calle adyacente. Pero seguí mi camino, más rápido. Si había que jugar, jugaría. ¿Por qué no? Ahora la curiosidad que sentía era mayor que la inquietud. Siempre andaba preocupado porque un asesino enviado por los bolcheviques viniera a buscarme. O porque algún falangista con ganas de medrar descubriese mi verdadera identidad y me denunciara o se encargase él mismo de detenerme con la ayuda de una banda de forajidos fascistas sin que Murdoch ni el MI6 pudieran, si es que querían, hacer nada por evitarlo. Hasta los propios espías británicos podrían resolver que ya no les resultaba útil y le contarle a algún funcionario escrupuloso de la Dirección General de Seguridad todo lo que sabían sobre mí. Pero volver a encontrarme con ese fantasma, y además en Sevilla, no se me habría ocurrido, por muy fértil que fuera mi imaginación.

Apreté un poco más el paso, justo a la altura de la iglesia de Santa Catalina, contento de que los años no me hubieran hurtado ciertos hábitos que en otros tiempos me salvaron la vida. Al rebasar la esquina del templo di unas zancadas para buscar acomodo junto al muro. Cuando el hombre que me seguía llegase a mi altura, muy bien podría girar hacia el otro lado, o dar la vuelta, aunque sospechaba que no haría lo segundo puesto que había venido desde muy lejos y no querría marcharse con las manos vacías. Yo también tenía ganas de hablar con él, cada vez más, pero no iba a ponérselo tan fácil. Me jugué a los dados que eligiera pasar por delante de mí u optar por otro camino. No tuve que esperar mucho. El tipo transitó por la acera sin percatarse de que tan sólo a unos pocos metros se hallaba su presa. Era una suerte, porque prefería observarlo un poco más antes de que, inevitablemente, acabáramos por encontrarnos. Si tenía alguna duda sobre la identidad del fantasma que se había presentado en Sevilla, ahora se disipó del todo. Enorme, aún más grandullón que yo, la chaqueta de buen paño, los pantalones bien planchados y las botas lustrosas, a punto de revista; las patillas espesas, tal vez blancas ya, pero había muy poca luz y esto lo adiviné antes que verlo, que formaban un todo con el bigote; el andar decidido de quien está dispuesto a llegar al final. Aguantando la respiración vi cómo se paraba un momento y miraba a ambos lados antes de perderse en una callejuela.

No lo encontré tras entrar en la misma calle por la que lo había visto desaparecer y busqué la protección precaria de un portal mientras decidía el siguiente paso. Ese laberinto de callejuelas podía ser una trampa. Como por más vueltas que le daba no lograba adivinar las intenciones de aquel viejo conocido, lo mejor era quedarme ahí quieto un momento. No es que morir me preocupase. Ya había vivido lo suficiente y visto demasiadas cosas para no tener presente que la suerte cambia a menudo, de repente, muchas veces para mal. También, quizá había disfrutado de un periodo inusualmente largo de tranquilidad, el mayor desde hacía años, sin tener que mirar de reojo cada dos por tres para salvar el pellejo. Pero si las cosas volvían a ser como antes, y sabía que antes o después las cosas podrían volver a rodar como antes y mi vida no sería sino un laberinto repleto de problemas que yo mismo me había buscado, no iba a agachar la cabeza para que me pusieran la soga.

Se me ocurrió una idea y unos pocos segundos después salí de mi escondite para buscar un atajo. Antes de embocar la calle miré a un lado y a otro. Si alguien había venido desde tan lejos para buscarme, no sólo no era descabellado pensar que conociera el lugar donde me hospedaba, sino que además hubiera venido acompañado. Cuando tuve razonablemente claro que la retaguardia estaba despejada reanudé el camino, ahora como un improvisado cazador.

¿Quién podría asegurarme que sería la última vez que alguien vendría con cualquiera sabe qué intenciones y no me quedaría más remedio que salir corriendo a buscar otro escondite? Al menos gracias a esta presencia inesperada me había dado cuenta de que me daba pereza comportarme como una liebre asustada. Allí estaba, apenas a una manzana de distancia, otra vez, el corpachón inconfundible, por muchos años que hubieran pasado, sus andares ahora más lentos, sin duda deliberadamente más lentos, cargado de espaldas y unos ojos invisibles en la nuca, atento a mis movimientos, seguro de que no le había perdido la pista.

Acompasé mi ritmo al suyo. Ahora yo era el cazador y él la presa, aunque esa era una forma demasiado generosa de resumir lo que estaba pasando. Nadie con su experiencia se colocaría al descubierto ni buscaría de una forma tan directa el lugar donde me alojaba si ya no le importaba que lo supiera. Al llegar a la altura de la iglesia de San Luis se entretuvo en contemplar la historiada fachada barroca. Yo también me paré, pero sólo para mantener la distancia, sin buscar el refugio de un portal esta vez. Ya faltaba poco. De que aquel fuera el trayecto directo e inequívoco que nos llevaría hasta la pensión no había ninguna duda, sobre todo cuando el hombre que caminaba delante de mí giró a la derecha justo antes de llegar a la basílica de la Macarena. Apenas faltaban trescientos metros para alcanzar el destino. Se detuvo frente a la muralla y se puso a mirar las almenas con interés militar, como si estudiara la mejor forma de defender la vieja ciudad de un asedio, imaginando soldados apostados a la espera de la orden de disparar la primera andanada de flechas al enemigo. Me acerqué, sin prisas, consciente de que el juego terminaría enseguida. Ya estaba muy cerca de él cuando lo vi hurgar en el interior de la chaqueta. Si se trataba de una pistola, podía dar la partida por perdida. Yo no llevaba encima ni un cortaúñas y tampoco tenía posibilidad de esconderme. Por fortuna, no era más que un paquete de tabaco lo que buscaba, y una cerilla, antes de ponerse el pitillo en la boca y hacer hueco con las manos para encenderlo, sin dejar de mirar con atención el adarve milenario.

—*Dostatochno igry* —dijo, antes de darse la vuelta—. *Perestan pryatasa*, Gordon Pinner.

Me congratulé de procesar las palabras sin esfuerzo, aunque hubieran pasado tantos años desde la última vez que alguien me hablase en aquel hermoso y extraño idioma.

Basta de juegos. Deja de esconderte. Debía permanecer alerta, pero no quise evitar una sonrisa cuando por fin nos miramos cara a cara.

—*Dobroi nochi, polkovnik* —le di las buenas noches y añadí su grado militar, como siempre había hecho. Las palabras brotaron también en ruso de mi boca sin el menor esfuerzo. Añadí que era la última persona a la que esperaba encontrar—: *Ya priznayu chto ty posledniy chelovek kotorogo ya ozhidal vstresit.*

La cerilla se apagó entre las yemas de sus dedos. A pesar de volver a estar a oscuras, era como si la llama no se hubiera extinguido. Aún seguía viendo la sonrisa inacabada de Serguéi Makárov. Los surcos profundos de la cara, los ojos de carbón y el mostacho, ahora ya estaba seguro de su color blanco, que continuaba en las patillas hasta fundirse con las sienes. Inspiraba el mismo respeto, o tal vez miedo, por qué negarlo, que la última vez que lo vi, quince años atrás. Sobre todo si un instante antes, cuando la lumbre amplificaba su sombra en la muralla, parecía un gigante.

Capítulo ii

—Quiere verte.

Al quitarse el sombrero, la tupida cabellera blanca del coronel resaltaba aún más su bronceado eterno por haber pasado la vida al aire libre. Aún no había probado el vino, pero el vaso desapareció entre aquellas garras de oso. Me miraba. Yo también me había quitado la gorra en un gesto que mimetizaba la inveterada costumbre militar del ruso de destocarse a cubierto. Me pregunté si Serguéi Makárov también me observaba bajo las espesas cejas bravías con la misma curiosidad que yo. Si se preguntaba cuánto habría cambiado el hombre al que conoció tres lustros atrás. Si le consolaría comprobar que en sus ensortijadas greñas pajizas asomaban ya las suficientes canas para adivinar que dentro de algunos años, tal vez no demasiados, acabaría pareciéndose a él.

Habíamos caminado en silencio hasta esa taberna, a tres calles de distancia, tras intercambiar unas frases protocolarias. Ni siquiera nos dimos la mano antes de iniciar un corto paseo en el que, cuando lo pensaba me parecía ridículo, me mantuve a una distancia prudente para protegerme de una cuchillada y salir corriendo. En la taberna lo dejé entrar primero. Me sentía más seguro detrás de esa espalda de dimensiones oceánicas que amenazaba, a poco que aguantase el aire en los pulmones, con quedarse atascada en la puerta. El coronel me recordaba a un oso polar que vi una vez en el zoo de Berlín, antes de la guerra, tumbado en el bloque de hielo de un estanque. Daban ganas de acariciarlo, hacerle cosquillas, ponerle una correa y llevártelo a casa, como un perrillo, hasta que abrió la boca, soltó un gruñido y enseñó los colmillos, orgulloso. Un animal solitario y autosuficiente que tal vez se dejaría acariciar el lomo pero no le importaría arrancarte un brazo y luego seguir retozando como si nada.

La frase seguía suspendida en el aire. Makárov no me la iba a repetir. Le sostuve la mirada hasta que llegó un olor intenso desde la barra, a traición: el encuentro no me había quitado el hambre y la tortilla de patatas olía a recién hecha. Pero aguanté el tipo.

—¿Quién quiere verme? —le pregunté.

No dejó de mirarme. Los pelos del mostacho temblaron cuando resopló.

—Su alteza —dijo, por fin—. Se está muriendo y me ha enviado a buscarte.

Esa noche no iba a ganar para sorpresas. No esperaba volver a ver al coronel, ni en Sevilla ni en ninguna otra parte. Tampoco había imaginado que el príncipe Kovalevski siguiera vivo. Y mucho menos que quisiera verme antes de morir.

—No le queda mucho tiempo —añadió.

Me levanté y, ahora más por ganar algo de tiempo que por las protestas de mis tripas, fui a la barra y le pedí al camarero un trozo de tortilla. Cuando la trajo a la mesa, el ruso movió las aletas de la narizota y el bigotón le bailó de satisfacción. Unos minutos después había una sabrosa y redonda tortilla para los dos, con palillos de dientes que en las garras del coronel apenas parecían alfileres. Devoré varios trozos antes de seguir con el asunto aplazado. Mientras nos servían la comida, los dos permanecimos en silencio, mirándonos a la cara y apurando el vino.

—¿Y por qué quiere verme? —pregunté, por fin, cuando

tuve claro, y lo había tenido claro desde el momento en que me lo dijo, que Makárov esperaría a que dijese algo antes de seguir hablando.

—Se está muriendo y quiere que vayas a verlo. Es todo lo que sé.

Encogí los hombros.

—Hace quince años que vi al príncipe por última vez. Toda una vida. El mundo se ha puesto patas arriba desde entonces. ¿No cree, coronel, que si su jefe quiere verme, y le aseguro que me siento muy halagado por ello, merezco alguna explicación?

Makárov se tragó otro trozo de tortilla sin dejar de mirarme a los ojos.

—Puede que sí. Pero que su alteza quiera verte después de tanto tiempo ya debería ser un motivo lo bastante importante para que te plantees acompañarme.

—¿Acompañarlo? ¿A dónde? ¿A París? Porque supongo que Kovalevski sigue en París...

No sin esfuerzo, el coronel Makárov pasó por alto que no hubiera empleado los preceptivos «alteza» o «príncipe» para referirme a su jefe. No buscaba ser irreverente. Tan sólo me resultaba más cómodo usar el apellido del viejo aristócrata. Además, él me tuteaba mientras yo lo trataba de usted, igual que habíamos hecho siempre.

—Sigue viviendo en París —concedió el coronel—. En el mismo sitio donde lo conociste.

De pronto se me agolparon las imágenes de hacía tantos años: aquella mansión repleta de recuerdos de un mundo que ya no existía, justo al lado del Bois de Boulogne. Otros tiempos en los que todo era posible. Un mundo más justo, aunque sólo fuese un poco. Incluso era posible ser razonablemente feliz.

—Sigue viviendo en París —repitió, apartando la mirada—, a pesar de todo.

A pesar de todo. En ese matiz estaba la clave. Entre 1930 y 1945 habían pasado muchas cosas. Hacía mucho que no pensaba en París ni en el príncipe Kovalevski, no porque quisiera enterrar recuerdos incómodos. No pertenezco a la clase de personas capaces de confinar en un lugar inaccesible de su memoria episodios de su vida que prefieren olvidar, pero mi propia existencia había sido tan azarosa y tan complicada durante estos últimos quince años que a menudo sobrevivir ya suponía un esfuerzo demasiado grande, aunque al menos los problemas continuos tenían la ventaja de no revivir el pasado tan a menudo como me empujaba mi conciencia melancólica o el malestar por no haberme portado tan bien como debía. Si mi vida no había sido fácil, tampoco habría sido un camino de rosas la del príncipe Kovalevski, y mucho menos la del perro fiel que había venido a buscarme.

El camarero se llevó los dos vasos de vino y volvió a traerlos después de enjuagarlos. Mientras tanto, traté de mantener a raya los recuerdos. Si un par de horas antes alguien me hubiera dicho que esa noche cenaría una tortilla de patatas con el coronel Makárov, lo habría tomado por loco. Aún tendría el ruso que ponerme al día sobre el príncipe Kovalevski y algunos viejos conocidos del tiempo que viví en París, pero antes habría que resolver otras cuestiones más importantes. Sobre todo una.

—Dígame, coronel. ¿Cómo me ha encontrado?

Serguéi Makárov echó a un lado el plato que nos separaba. Ya sólo quedaban unos pocos mondadientes entre las migas de pan.

—No ha sido fácil —respondió, sin ocultar un punto de orgullo—. Pero ya ves, hemos conseguido dar contigo y estamos aquí los dos.

—Quiero saber cómo.

El ruso no dejaba de mirarme a los ojos. No le costaba adivinar a dónde quería llegar.

—Su alteza todavía es un hombre muy bien relacionado. El año pasado, cuando aún se encontraba lúcido pero ya sabía que no le quedaba mucho tiempo, contrató a alguien para que recabara información sobre ti, aunque la verdad es que llevaba intentándolo de hace mucho más tiempo, pero ya sabes todo lo que ha pasado estos años.

—Ya, me hago cargo. Pero dejemos el suspense para otro momento. Dígame cómo ha sabido que podría encontrarme en Sevilla.

No parecía tener prisa por satisfacer mi curiosidad. Se tragó el vino que quedaba en el vaso y con un gesto inequívoco pidió que volvieran a llenárselo. El camarero nos trajo una ancha frasca de cerámica para que nos sirviéramos nosotros mismos.

—Pierde cuidado, Pinner —continuó, al cabo—. Tus antiguos camaradas no conocen tu paradero. De momento.

Las dos últimas palabras suponían una advertencia demasiado evidente para pasarla por alto. Asentí, asumiendo la situación, disimulando las ganas de levantarme y marcharme. Lo haría, me levantaría y me marcharía, pero me convenía dominar el impulso porque antes necesitaba averiguar unas cuantas cosas.

—No va a conseguir nada con amenazas.

—¿Acaso piensas que te irá mejor escondiéndote? Con esa gentuza nunca podrás estar seguro. Lo sabes tan bien como yo. Están por todas partes. No descansan nunca. Quién sabe si también están aquí.

Makárov era consciente, sin duda, de haber captado mi atención.

Me incliné sobre la mesa y acerqué mi cara a la suya, para asegurarme de que el camarero no nos escuchaba. No me iba a fiar de nadie a estas alturas, y después de aquella visita inesperada, ¿quién podría asegurarme que al ruso no le faltaba razón? En cualquier momento podría aparecer algún matarife bolchevique para ajustar cuentas y seguro que no tendría la deferencia de tomarse un vaso de vino conmigo antes de hacer su trabajo.

—Coronel —le dije, masticando las palabras—. Déjese de jugar a las adivinanzas y vayamos al grano. ¿Qué quiere de mí?

No me contestó enseguida. Pero no pensé que el ruso quisiera retrasar maliciosamente la respuesta. No tenía prisa. Eso era todo. Me lo diría, pero cuando él quisiera. Apuré el resto del vino y aún seguí mirándolo unos segundos antes de que satisficiera mi curiosidad.

—Quiero que me ayudes a complacer a un moribundo.

Así que se trataba de eso. Cómo no se me había ocurrido desde el momento en que creí adivinar el rostro de Makárov en los rasgos de la sombra que me seguía. Pero el argumento no era lo bastante contundente. Y el coronel lo sabía.

—Hace quince años que no he sabido nada del príncipe Kovalevski —contesté, tajante—. Ni siquiera fuimos amigos. Seguro que puede arreglárselas sin mí para morir.

Makárov seguía mirándome, la mandíbula apretada.

—¿Necesito recordarte que tienes una deuda con nosotros?

Sacudí la cabeza, sin dudarlo.

—Eso no es cierto. Y, si lo fuera, la pagué hace mucho tiempo.

Hizo una pausa y recorrió con la mirada las mesas vacías de la taberna.

—Lo has dicho antes. Quince años son muchos años. Toda una vida. Al menos te has dado cuenta, aunque hayas tardado tanto, de cómo se las gastan tus amigos.

Me revolví, incómodo.

—¿Cuánto hace que rompiste con ellos? —me preguntó—. No fue después de lo de San Petersburgo. Y mira que tuviste valor al seguir trabajando para ellos, lo reconozco, después de lo que pasó. Todavía tardaste unos pocos años más en darte cuenta de que estabas equivocado. Debió de ser una decisión difícil. Lo entiendo. Media vida creyendo que los bolcheviques iban a salvar el mundo para terminar escondiéndote de ellos...

—No necesito que me dé lecciones de moral. Y mucho menos que me cuente mi vida. La conozco bien, créame.

Aunque le confieso que me halaga el interés que ha mostrado en escarbar en mi pasado. Lleva razón, a pesar de lo que sucedió aún seguí colaborando con ellos —no usé ese verbo por casualidad, la verdad es que nunca trabajé para ellos—, pero al final sus compatriotas me decepcionaron. Pero no más de lo que me habrían decepcionado ustedes si hubiéramos sido amigos. Porque no crea que ustedes fueron mejores que los comunistas. Y quizá eso sea lo único que he aprendido, coronel, que al final los Románov y los bolcheviques no son tan distintos. Basta con tener poder y ambición suficientes y la posibilidad de aplastar al que no piensa como tú o es más débil, o el simple y repugnante deseo de hacer daño, o de ascender, aunque sólo sea un peldaño, en la carrera hacia la cumbre. Estuve en muchos sitios después de París, por supuesto, y todavía me seguí relacionando con ellos unos pocos años, a mi manera, cada vez de una forma más distante, pero eso ya lo sabe. Sabe muchas cosas si ha sido capaz de encontrarme, y ya le he dicho que no tengo ganas de contarle mi vida.

Hacía mucho que dejé de pensar que alguien vendría a pedirme cuentas por lo que pasó entonces, tenía otras preocupaciones, pero el pasado se había presentado ahora de una forma inesperada. Nunca era un buen momento. Los dos vasos de vino estaban vacíos y mis tripas habían terminado el concierto. Además, éramos los dos únicos clientes que quedaban en la taberna y el camarero barría el albero mientras terminábamos. Me levanté. Dudé un momento antes de tenderle la mano al ruso.

—Le deseo mucha suerte, coronel —le dije, mientras Makárov permanecía sentado—. Transmítale mis respetos al príncipe Kovalevski.

Aún permaneció la mano suspendida en el aire un par de segundos incómodos sin que Serguéi Makárov me la estrechara. La retiré, sin ofenderme. No me preocupaban sus modales. Lo único que quería era marcharme y olvidarme de que lo había vuelto a ver.

—Adiós, coronel.

No había dado un paso cuando la zarpa del ruso me agarró el brazo sin dificultad. No dudé que, a pesar de tener veinte años más que yo y de estar sentado, podría volver a darme una paliza. Tampoco estaba seguro de poder liberarme de la tenaza y luego darle un empujón antes de salir de la taberna. Y, aunque pudiera, el camarero estaba allí, barriendo discretamente, pero atento a lo que pudiera pasar, una pelea que le destrozara los muebles o le rompiera las botellas de vino. La presencia de la policía era lo que lo que menos me convenía. Tenía demasiado que perder si llamaba la atención. Pese al convencimiento de que lo mejor era marcharme sin hacer ruido, aún seguía aguantando la respiración para decidir qué hacer cuando Makárov me habló de Katya.

—¿Sabes que se rumorea que ella ha vuelto a París?

Aún no me había soltado el brazo.

—¿Ella? —pregunté, aunque estaba seguro de la respuesta.

—Ella, sí. Yekaterina Paulovna.

Al decir el nombre soltó mi brazo. Estaba seguro de que no me marcharía. No todavía.

Aquel era el último cartucho y no supe contestar. Si lo que me estaba sucediendo esa noche fuera el capítulo de una novela, Katya era el último de los personajes que entraba de forma triunfal, la traca con la que el coronel Makárov, que al dosificar la información se había revelado un sabio narrador, esperaba atraparme durante muchas páginas. Pero yo no tenía ganas de seguir con la conversación. Mucho más ahora que por fin había sacado a relucir el nombre de la bailarina. No dije nada más. No me quedé a ver si el coronel se levantaba y me seguía. Sabía que no bastaría con salir de la taberna para sacudirme los fantasmas empeñados en hacerme compañía esa noche, pero necesitaba alejarme de allí, sobre todo quería estar solo, que el coronel no siguiera removiendo mis recuerdos y el pasado se quedase encerrado en un rincón inaccesible donde no me pudiera perturbar el sueño.

Capítulo iii

Serguéi Makárov no me siguió hasta la pensión, o tal vez salió de la taberna detrás de mí y al final desistió. Quién sabe si era una estrategia sutil para darme tiempo a asimilar el encuentro y doblegar mi voluntad. Aunque me arrepintiese, había visto y participado en algunos interrogatorios y sabía que una forma muy eficaz de conseguir que un detenido contase la verdad era atacarle al principio, decirle la verdad sin contemplaciones, anticipándole a lo que podía enfrentarse si no colaboraba y luego dejarlo solo durante una noche para que recapacitara y confesara. Recuerdo a hombretones llorar como chiquillos en una celda y por la mañana temblar mientras contaban a sus carceleros cuanto quisieran saber, gritar y cagarse en los pantalones ensangrentados porque después de haberse convertido en chivatos se los llevaban para fusilarlos o les colocaban en la nuca el cañón helado de una pistola porque ya no tenían nada más que confesar. La rueda seguiría girando. Eso era lo peor. Los que estaban a punto de morir habían dado otros nombres, incluso nombres de familiares y de amigos, y estos harían lo mismo cuando los detuvieran y los torturaran. Una cadena que a menudo tenía más que ver con el odio y con la venganza que con la justicia. Una cadena de la que, hasta el último día de mi vida, me avergonzaría de haber formado parte.

Seguro que Serguéi Makárov también habría participado en más de un interrogatorio cuando ni él ni su adorado príncipe Kovalevski imaginaban que un día todo acabaría y no podrían sino malgastar el resto de su vida esperando en vano que las cosas volvieran a ser como antes, negándose a aceptar que el mundo en el que vivían había desaparecido para siempre.

Una de las muchas veces que me desvelé esa noche no pude evitar levantarme y asomarme a la ventana, por si el coronel, refractario al desaliento, estaba allí esperando para volver a la carga en cuanto saliera. Serguéi Makárov sabía muchas cosas, pero por muchos recuerdos o por muchos informadores que tuviera no habría llegado a dar con mi escondite si alguien no le hubiera echado una mano. Sevilla era una ciudad en la que cualquiera que me buscase podría sospechar que estaba, pero también podría vivir en cualquier otra parte, incluso en Leningrado. ¿Quién podría asegurarle al coronel Makárov que, a pesar de sus sospechas, no seguía siendo un partidario inquebrantable de los bolcheviques? Alguien le había proporcionado al ruso una información muy precisa sobre mí y yo sabía con quién tenía que hablar para enterarme. Eso lo resolvería por la mañana. Esa noche quería dormir, aunque sólo fuera un sueño escaso y entrecortado. Un sueño en el que aparecería, no tenía ninguna duda y me culpaba por no ser capaz de controlarlo, el más inquietante de todos los fantasmas. Y el que más me estimulaba: Yekaterina Paulovna Velyaminova. Katya. Mi Katya.

La mayor parte de la noche no supe si estaba dormido o despierto. Sueños intercalados entre ratos de vigilia en los que, aturdido, me incorporaba en la cama para mirar el cerrojo. A pesar de ello no tuve la sensación de levantarme cansado o, al menos, no más cansado que después de otras noches de insomnio. Lo primero que hice fue apartar la cortina con dos dedos para asegurarme de que el coronel Makárov no estaba haciendo guardia en la acera. Me vestí, bajé a lavarme y, al volver a subir a la habitación, abrí el pequeño armario para hacer recuento de mis pertenencias. Como llegué a Sevilla sin nada y en dos años no había perdido la sensación de vivir en un estado provisional, no tenía mucho que guardar en la vieja maleta que descansaba sobre el ropero: un pantalón, el único que poseía además del que llevaba puesto; tres camisas, dos jerséis gruesos de lana y ropa interior. Sólo tenía un par de zapatos y una docena de libros alineados marcialmente encima de una balda, casi todos comprados a precio de saldo en el mercadillo popular que se celebraba cada jueves en la cercana calle Feria. En la primavera de 1943 abandoné precipitadamente la pensión donde vivía en Londres. Mis pertenencias se quedaron allí, pero no superaban en mucho a las de Sevilla: poca ropa también y unos cuantos libros que, cuando pensaba en ellos, me daba pena haber perdido para siempre. Después de tanto tiempo mi casera pensaría que estaba muerto y habría abierto la puerta y decidido quedarse con mis escasos bienes después de registrar los bolsillos o tal vez trasegar con curiosidad las páginas de mis libros, buscando en los párrafos subrayados una pista sobre el taciturno inquilino desaparecido. Prefería que se hubiera preocupado por saber algo de mí antes que imaginarla recogiendo mis cosas a toda prisa y de mala manera para quemarlo todo o arrojarlo con desdén a una escombrera. Quería pensar también que aquella fonda de Londres había sobrevivido a los bombardeos de la Luftwaffe, aunque yo ya no estuviese allí y tal vez tampoco la buena suerte que tuve durante tres años. Nunca corrí al metro para refugiarme cuando sonaban las sirenas que anticipaban la llegada de los aviones alemanes. Siempre me quedaba en mi habitación. Cuando una bomba redujo a polvo dos edificios de la misma calle, tanto la casera como los otros inquilinos bromearon con que, si la vivienda permanecía intacta, era gracias a que ese inquilino tan callado llamado Gordon Pinner les daba suerte.

Si una vez tuve fortuna, ahora no estaba seguro de conservarla. Al salir a la calle miré con disimulo a un lado y a otro para asegurarme de que no había nadie dispuesto a darme los buenos días, el coronel Makárov o un desconocido, porque las sorpresas, me lo decía la experiencia, a menudo no llegan solas. Pero si la cacería había empezado, una vez fuera de la madriguera prefería, dando un rodeo o a campo abierto si no tenía más remedio, salir en busca del cazador.

Me calé la gorra, me levanté las solapas de la chaqueta y hundí la barbilla en el pecho. En esa época del año el frío era muy traicionero en las callejuelas umbrías del centro de Sevilla. Todo apuntaba a un nuevo invierno de penurias y escasez, como lo habían sido todos los inviernos en España desde que terminó la guerra civil. Aunque dentro de un mes ya estuvieran colocados los belenes en las iglesias y los chiquillos se asomasen a los escaparates de las confiterías o echaran de puntillas en los buzones cartas para los Reyes Magos en las que pedían muñecas y caballos de cartón. Habría pavos enormes en los mercados de la calle Feria, Encarnación, de la Macarena, de Triana; mantecados, turrón y marisco para quienes pudieran permitírselos. Procuré espantar ese ramalazo inopinado de nostalgia que sólo conseguiría distraerme. Aún no sabía cómo, pero me veía lejos de Sevilla en Navidad. Con las dos últimas ya había tenido bastante.

Despaché un café rápido en la plaza del Pumarejo y continué a buen ritmo hacia mi destino. Tenía el convencimiento de que Murdoch, el inglés que me vigilaba y velaba por mí, a veces no tenía claro si en ese orden, mandaría a buscarme muy pronto. Así que, ¿por qué esperar? La presencia de un ruso blanco exiliado en Sevilla resultaba tan exótica que me extrañaría que Murdoch lo hubiera pasado por alto. Y mucho menos si se había entrevistado conmigo.

Salí desde la calle Francos para cruzar la plaza del Salvador y al final de la calle Placentines me detuve un momento frente a la Giralda. Sólo por aquellas vistas del imponente minarete de la antigua mezquita valía la pena dar un rodeo entre callejuelas. Para llegar a la casa que Thomas Murdoch habitaba en el pintoresco barrio de Santa Cruz sólo tuve que atravesar la plaza, dejar a un lado el palacio arzobispal y, unos pocos minutos después, estaba delante de la fachada granate con el azulejo de la Virgen de los Reyes en el zaguán y el exquisito cancel blanco que protegía el cuidado patio de la entrada de desconocidos pero no de la mirada de curiosos. Nadie podría imaginar que bajo la sólida tapadera de director de una empresa de importación que compraba productos andaluces para venderlos en Inglaterra se escondía un astuto, competente y por supuesto despiadado agente del MI6. No podía ser, por mucho que me pesara, una cosa sin la otra.

La criada uniformada acudió diligente al primer timbrazo. Como me conocía de otras veces, me invitó a pasar al interior mientras avisaba a míster Murdoch, pero preferí quedarme en el patio. A pesar de las nubes que no dejaban de amenazar tormenta y del charco que se había formado sobre las losas gastadas, el aroma de los geranios era tan intenso que si cerraba los ojos durante un momento podría imaginar que ya había llegado la primavera. Si al volverlos a abrir el cielo encapotado, el frío y la humedad me devolvían a la realidad, en esa casa de tres plantas del centro de Sevilla había por los menos dos chimeneas enormes frente a las que me agradaría sentarme a leer durante días sin que nada de lo que sucediese más allá de las paredes importase.

Cuando volví a la realidad Thomas Murdoch ya estaba en el umbral: pantalones bien planchados, chaqueta oscura, zapatos impecables. El único detalle informal eran los lunares de la pajarita. Con las manos hundidas en los bolsillos, me miraba por encima de las diminutas gafas de leer.

—Buenos días, Pinner —me dijo, en su español orgullosamente afectado de acento británico, y recortó la distancia que nos separaba para sacar la mano derecha del bolsillo y estrechar la mía—. Cuánto tiempo...

—Supongo que desde que terminó la guerra ya no resulto útil.

Le sostuve la mano y la mirada, pero no se achicó por la protesta evidente y justificada. Además, vista desde su atalaya, aquella habría sido la única forma de ganarse la vida para alguien acostumbrado a transitar por la cuerda floja. También la única esperanza que tenía de volver a ser un hombre libre. De poder ir a donde quisiera sin que me detuvieran en la frontera y me arrojasen a un calabozo.

—No tienes motivos para quejarte puesto que aún sigues en Sevilla —respondió, por fin, al recuperar su mano. Me trataba de tú y yo a él de usted, como Makárov. Siempre me pasaba igual con quienes eran mayores que yo. Con el príncipe Kovalevski también—. Digamos que estás disfrutando de unas vacaciones pagadas. Pero no te quedes ahí —me puso una mano en la espalda y con la otra me invitó a entrar en la casa—. Tenía ganas de verte. Hay algo de lo que quiero hablarte.

La chimenea de la biblioteca estaba encendida, como esperaba. Reprimí el impulso de extender las manos frente a las llamas para calentarlas.

—Siéntate —me ofreció un sillón mullido junto al hogar. Sin duda había adivinado mi deseo.

La criada trajo una bandeja con café recién hecho y vertió el líquido delicioso en dos tazas antes de marcharse y cerrar la puerta. En aquella casa todo parecía estar milimetrado para que nada quedase expuesto a los designios caprichosos del azar.

No entraba mucha luz a esa hora de la mañana, pero bastaba el resplandor de la chimenea para iluminar los libros en los anaqueles, la tentación de cientos de lomos resplandecientes. También había claridad suficiente para ver el rostro de Thomas Murdoch. Mi anfitrión acababa de probar el café y, sin soltar la taza —le gustaba sentir el calor en los dedos, como a mí— me miraba.

—Hace tiempo que quería verte —repitió.

—Pues entonces es una feliz casualidad que se me haya ocurrido hacerle una visita esta mañana.

Murdoch sonrió y volvió a beber.

—Debo suponer entonces que tú también querías hablar conmigo...

—Así es.

—¿Necesitas dinero?

Di un sorbo al café y dejé la taza sobre el platillo, en una mesita auxiliar.

—Sabe perfectamente que sí. Hace meses que no me encarga un trabajo. Me paga el alojamiento, pero también tengo que comer —estiré una pierna para que pudiera ver la punta gastada de un zapato—. Y comprar ropa alguna vez.

Murdoch suspiró.

—Eso tiene fácil arreglo.

—No he venido a pedir limosna. Sólo quiero que me dejen recuperar mi vida.

Aunque había puesto mucho énfasis en la última frase, ni siquiera yo sabía, después de dar tantos tumbos, en qué consistía mi vida. En realidad, quería saber si podría empezar de nuevo, ser algo algo más que un hombre que mira pasar los días mientras espera que otros que no lo conocen ni le tienen ninguna estima decidan por él. Había pasado los últimos nueve años escondiéndome, cambiando de alojamiento precipitadamente o mirando siempre por encima del hombro para comprobar si me seguían. Nueve años sin confiar en nadie, malgastando la vida porque una vez fui un joven idealista convencido de que el mundo podría cambiar si un puñado de hombres justos se lo proponía.

—Pensé que te gustaba Andalucía. Naciste aquí...

Sabía que no hablaba en serio. Al inglés no le preocupaban mis deseos. El MI6 no me hacía un favor al retenerme en Sevilla.

—No es un mal sitio para vivir, pero me gustaría cambiar de aires.

Thomas Murdoch sujetó la taza y el platillo con las dos manos y apuntó la sonrisa de quien se sabe dueño de la vida de otro.

—¿Y a dónde te gustaría ir? —me preguntó, mirándome a los ojos. Si no le hubiera desaparecido la sonrisa de su rostro se me antojaría un padre deseoso de llevar a su hijo de vacaciones.

—Aún no lo he pensado —mentí—. A cualquier parte. Lejos. Quiero empezar de nuevo.

—¿A París tal vez?

No esperaba que fuese tan directo. Ni que supiera tanto sobre mí, tan rápido. No habían pasado ni doce horas desde la conversación con el coronel Makárov. Pero más que saber que el ruso estaba en Sevilla, me irritaba que Murdoch estuviese al tanto del contenido de nuestra conversación. Procuré que no me lo notase. Pero no me quedaba más remedio que seguirle el juego. Antes o después lo vería poner las cartas boca arriba. Me había ganado la mano y lo sabía.

—París no estaría mal. Seguro que después de la guerra habrá muchas historias que contar. Pero para salir de España necesito un pasaporte. También, si puedo marcharme a París o a donde me plazca, quiero tener la garantía de que nadie va a venir a molestarme con los trapos sucios del pasado.

Thomas Murdoch se levantó y se pasó las manos por la pernera del pantalón para quitar las arrugas.

—¿Más café? —me preguntó, pero ya vertía el contenido de la cafetera en mi taza antes de llenar la suya. Luego estuvo mirando la chimenea unos segundos, en silencio.

—Sabes que eso no puedo prometértelo —dijo, por fin.

Si no lo conociera habría pensado que de verdad lamentaba no atender mi petición. Se giró hacia mí. Con las llamas de la chimenea crepitando a su espalda, a contraluz parecía un fantasma.

—Te guste o no —añadió—, eres uno de los nuestros.

—Eso no es cierto —protesté.

—Lo eres, quieras o no. La otra opción que te queda es trabajar para los bolcheviques. Ya no quedan más bandos. Ahora se trata de ellos o de nosotros. Y los dos sabemos que trabajar para ellos no es una opción para ti. Los odias demasiado.

Tragué un sorbo de café y esperé un momento antes de contestar.

—Eso no significa que le tenga mucha estima al MI6.

Murdoch volvió a sonreír. Otra vez lo hacía como un padre condescendiente.

—¿Sabes una cosa, Pinner? La mayor de tus virtudes también es el mayor de tus defectos. Eres un idealista. Y no se puede confiar en un idealista porque antes o después hay que tomar una decisión que supone un conflicto entre lo que debes hacer y lo que la conciencia te dice que está bien o mal.

—¿Por qué no me deja marchar? No valgo para lo que quieren de mí. Ustedes tienen un concepto demasiado flexible de lo que está bien y de lo que está mal. Yo soy demasiado cuadriculado. Lo siento.

Murdoch volvió a sentarse. Y a sonreír.

—Lo blanco es blanco y lo negro es negro —dijo.

—Déjenme marchar. Si tenía alguna deuda con ustedes, ya la he pagado de sobra. No sirvo para esto. Los dos lo sabemos.

Thomas Murdoch sacó una pitillera dorada del bolsillo interior de la chaqueta. Un tesoro que brillaba a la luz de la chimenea. La abrió ante mí, sujetándola con ambas manos, y no fui capaz de reprimir el impulso de coger uno de esos cigarrillos americanos que no acostumbraba a disfrutar. Me lo coloqué en los labios, despacio, mientras Murdoch me acercaba el encendedor.

—Eres una paradoja —me dijo, aventando con la palma de la mano la niebla de tabaco que se había interpuesto entre nosotros—. Siempre lo has sido.

Se me marcó entre las cejas una arruga interrogativa.

—Yo también he pensado muchas veces si vales para esto —continuó—, y siempre he llegado a la misma conclusión. Eres un soñador, y en un momento dado, en tus actos pesa más tu conciencia que el deber.

No dije nada.

—Y el caso es que fuiste un agente valioso para los bolcheviques...

—Es una forma exagerada de definirlo. Nunca fui un agente. Dejémoslo en simpatizante o colaborador. Pero hace mucho tiempo de eso. Era otra vida. Yo era otro hombre.

—No lo creo. En el fondo sigues siendo el mismo de entonces.

—Sabe tan bien como yo que pusieron precio a mi cabeza.

—Esos son los riesgos que uno corre en tu oficio.

Me apoyé en el respaldo del sillón. Al decir «tu oficio» era como si se desprendiera de una carga o evitara mancharse las manos. Porque, cuál era, si no, el oficio de Thomas Murdoch. Desde esa espléndida mansión del centro de Sevilla manejaba a su antojo las vidas de otros. Las vidas de tipos como yo. Desgraciados que, a veces sin saberlo y otras sabiéndolo, luchaban por un objetivo confuso. Peones miserables de una partida que apenas podían entrever desde la esquina del tablero. Era muy fácil decir «tu oficio» desde aquella cómoda atalaya cuando el riesgo siempre lo asumían otros.

—Apuntaba usted que soy una paradoja —le dije, porque no se me ocurría otra cosa mejor.

Murdoch apuró el café, se levantó y llenó un par de copas con el coñac de una hermosa botella tallada que a la luz de las llamas refulgía como un diamante. Me puso una en la mano y volvió a sentarse. Espléndido café, buen tabaco rubio y ahora ese licor que olía tan bien y seguro que sabría aún mejor. Demasiados detalles por parte de un hombre al que sólo bastaba una llamada para que la policía española me detuviera y me encarcelara. Agasajarme era una forma de preparar el terreno. Una forma elegante puesto que también, si le venía en gana, Thomas Murdoch podía dejar de lado las sutilezas y doblegar mi voluntad por las bravas. Aunque igualmente me sintiese un esclavo, en el fondo prefería los buenos modales. Si tenían que enviarme al matadero, mejor así que a empujones y con palabras desabridas.

—Una paradoja —repitió—. Efectivamente. Eres un tipo peculiar, honrado. Y eso te hace valioso. Has estado a punto de morir varias veces pero sigues vivo. Siempre has salido adelante, a menudo consiguiendo lo que querías.

—Eso no es verdad. Míreme. Estoy encerrado en una cárcel de la que no puedo escapar, a expensas de que el MI6 decida por mí.

—Has superado muchas pruebas y, aunque prefieres ir a tu aire, sabes que estás mucho mejor con nosotros. Y tu suerte está a punto de cambiar, si quieres.

—Dígame la verdad. ¿De qué estamos hablando? ¿De París? —hice una pausa, calculando la siguiente pregunta— ¿Del coronel Makárov?

Me sostuvo la mirada. Ni siquiera un brillo en las pupilas que lo delatase. Bebió más coñac, sin pestañear.

—Sea franco conmigo, señor Murdoch. ¿Qué quiere de mí? ¿Qué sabe usted del coronel Makárov y del príncipe Kovalevski?

—Serguéi Makárov ha estado aquí —concedió—. Vino a verme antes de encontrarse contigo. ¿Qué puedes contarme sobre el príncipe Kovalevski?

—No creo que mucho más de lo que ustedes ya saben. Han pasado quince años desde la última vez que lo vi. Pensé que ya habría muerto.

—Lo conociste bien, si no me han informado mal...

Capítulo IV

Me aburría aquel juego en el que Murdoch ya conocía de antemano las respuestas a todas las preguntas que me formulaba. Me interesaba más enterarme de cómo había llegado el espía británico a saber tantas cosas. Si se trataba de un informe que le había enviado el MI6 o tal vez el propio coronel Makárov se lo había contado. Fuera lo que fuese, si le mentía, muy probablemente se daría cuenta.

—Pasé algún tiempo en París en 1930. Conocí al príncipe Kovalevski y a otros aristócratas rusos exiliados.

Thomas Murdoch alzó las cejas, con teatralidad fingida.

—¡Vaya! —exclamó—. Tan joven y ya sabías desenvolverte entre dos aguas...

Procuré pasar por alto la ironía. Pero Murdoch no iba dejar escapar la presa después de haberla mordido.

—Estabas del lado de los bolcheviques y Kovalevski era una pieza muy codiciada por ellos.

—Usted lo ha dicho antes —respondí—. Soy un idealista. Hace quince años el príncipe Kovalevski era uno de los rusos exiliados más acaudalados. Quizá el más rico de todos.

—Y puede que lo siga siendo. Su fortuna se tambaleó tras la caída de la bolsa, en la época que lo conociste, pero no demasiado. Se ha recuperado tras la ocupación y, a pesar de sus buenas relaciones con los alemanes, no parece que vayan a juzgarlo. Tiene noventa años y su dinero es capaz de comprar las voluntades que hagan falta.

—En aquella época el OGPU pensaba que Kovalevski sería capaz de financiar un ejército para invadir la Unión Soviética. Ya, ya sé que suena un poco descabellado. Y ni siquiera una fortuna como la del príncipe Kovalevski habría podido mantener un ejército durante mucho tiempo, pero en Moscú temían que esa iniciativa prendiese una llama que acabara convirtiéndose en otra guerra civil.

—Cualquiera que haya vivido una temporada bajo el yugo comunista terminará asfixiándose si no logra escapar. Más de una década después de la revolución había mucha gente desengañada, además de los nostálgicos de los Románov o aquellos para quienes su país se había convertido en una cárcel. Y me temo que aún sigue pasando. Lo raro es que Stalin y Beria no se hayan quedado solos en Moscú. No me cabe duda de que la mayoría de la población se marcharía si pudiese o no temiese las represalias a sus familiares que no tengan la posibilidad de escapar.

No me apetecía ponerme a discutir con Murdoch sobre un asunto tan complejo. Sin duda tenía más motivos que él para odiar a los comunistas, pero no iba a perder el tiempo contándole que la revolución, además de inevitable, fue necesaria. Y tampoco iba a malgastar saliva explicándole que las maneras de los espías ingleses no eran muy distintas a las de los siniestros camaradas del antiguo OGPU. Me conformaba con haber conseguido atraer su atención. Y me producía cierto placer, no lo niego. Por mucha información que tuviera, un agente del MI6 no podía saberlo todo.

—La cuestión es que Mijaíl Mijáilovich Kovalevski quiere verte y a nosotros nos gustaría que le concedieras ese deseo a un moribundo.

Qué fácil y qué cómodo resultaba diluir las órdenes en el plural. «Nosotros» era un concepto ambiguo que diluía la cadena de mando en un entramado confuso donde, si algo salía mal, la culpa solía pagarla el eslabón más débil. Casi siempre el peón al que enviaban como avanzadilla a pecho descubierto. La pieza a sacrificar cuando se avizoraba la derrota mientras las más importantes se replegaban para ponerse a salvo, lejos del fragor de batalla.

—¿Qué tendría que hacer? —me sorprendí al preguntarlo sin antes hacer sudar un poco a Murdoch.

Mi interlocutor sonrió, complacido, con disimulo, para mitigar la jactancia que le afloraba.

—De momento, ir a París y atender la última voluntad de Kovalevski. Ya te daremos instrucciones una vez que estés allí. Mañana por la mañana tendrás tu pasaporte y todos los documentos necesarios para el viaje.

—No he dicho que vaya a ir...

—¿Qué más necesitas para decidirte?

—Para empezar, me gustaría saber cómo me ha encontrado el coronel Makárov.

—Kovalevski llevaba mucho tiempo buscándote. Sólo era cuestión de tiempo. Si quieres saber si lo hemos ayudado a localizarte, la respuesta es afirmativa. El príncipe es un hombre de recursos, inmensamente rico y con muchos contactos todavía. De una forma circular ha llegado hasta nosotros. Ya sabes, conoce a alguien que a su vez conoce a alguien... Pero eso es lo de menos, Pinner. Si no hubiera recurrido a nosotros, seguro que habría acabado encontrándote igualmente. La cuestión es que quiere verte. Y aún más importante es por qué quiere verte. Eso tal vez debas contármelo tú.

—Si le digo la verdad, después de tantos años ni siquiera esperaba que el príncipe Kovalevski se acordase de mí.

—Pues ya ves que no es así. ¿Conoces a Irina Kovalevskaya?

Irina Kovalevskaya. Procuré que Murdoch no se diera

cuenta de que sonreía por dentro. Llamar así a la bisnieta de Kovalevski me resultaba muy raro.

Lo mejor era fingir que no tenía idea de qué me hablaba. Si no me quedaba más remedio, prefería ir contestando a sus preguntas una por una, para estar seguro de cuánto sabía o, mejor, de cuánto quería saber.

—¿Quién es Irina Kovalevskaya? —le pregunté.

—En 1930 también estuviste en Rusia.

—No hay secretos imposibles para ustedes. Saben que estuve en la Unión Soviética varias veces.

—Sospechamos que aquella fue la última. ¿Por qué?

—Me enviaron a España. Luego a Alemania y a Italia. Y luego a España otra vez, entre otros sitios. Los primeros años treinta fueron una época complicada. Había mucho que hacer y mucho que contar. Puede que no tuviera ocasión de volver a la Unión Soviética. Pero, insisto, usted ya sabe todo eso.

Thomas Murdoch alzó las manos, conciliador, pero sus labios casi apuntaban una mueca burlona.

—De acuerdo —recuperó el rictus serio, de repente—. ¿Conociste a Irina Kovalevskaya en París? ¿O fue en Rusia?

—No sé quién es Irina Kovalevskaya —mentí—. Aunque no cuesta deducir que se trata de algún pariente del príncipe Kovalevski.

—¿Estás seguro de que no lo sabes? Yo creo que no quieres contarme la verdad, pero te lo diré de todos modos. Irina Kovalevskaya es la bisnieta de Mijaíl Mijáilovich Kovalevski y muy pronto será dueña de una de las mayores fortunas de Europa.

—¿Ah, sí? Qué bien. Gracias por informarme. Me alegro por ella. Lo siento, pero no conozco a Irina Kovalevskaya. Nunca había oído hablar de ella. Quizá no intimé con su bisabuelo tanto como usted piensa.

—Fuiste a Rusia en 1930 para buscarla.

Mantuve a duras penas la expresión de un jugador de póquer que no quiere desvelar sus cartas.

—Dime la verdad —insistió—. Ya ha pasado mucho tiempo y no importa. ¿La encontraste?

—No sé de qué me habla...

Tuve que levantarme. Las paredes de la habitación parecían haberse estrechado, asfixiándome. Dejé la copa vacía sobre la chimenea, dispuesto a marcharme. En un parpadeo mi vida había retrocedido quince años. Me había transportado a una época pretérita, incómodo en la piel de un joven iluso en el que no siempre me agradaba reconocerme.

—Sí, sí que lo sabes —insistió Murdoch.

—No me conoce tan bien como cree.

—Te equivocas. Creo que te conozco mejor de lo que tú mismo te conoces.

Mejor dejarlo así, pensé. Murdoch podría saber muchas cosas sobre mi vida, pero desde luego no tantas como presumía. O quizá no era más que un farol para doblegarme. Lo paradójico era que en el fondo me gustaba no sólo serlo, sino haber sido siempre ese hombre íntegro que imaginaba el hombre del MI6.

—Tal vez no sepas que hay rumores —añadió—, rumores cada vez más insistentes, que sugieren que Irina Kovalevskaya no es la verdadera bisnieta del príncipe Kovalevski.

—Vaya, entonces tal vez no sea una heredera tan rica como parece.

Me incomodaba la conversación y la ironía era el único recurso que me quedaba.

—Puede ser —respondió, tras pensarlo un instante—. Si no se trata de su bisnieta, tenemos un problema que resolver.

—¿Tenemos?

—No nos gustaría que tanto dinero cayese en manos inadecuadas.

—Vaya, me alegra saber que la filantropía sigue dirigiendo el rumbo del MI6. Dígame una cosa, ¿ustedes prefieren que Irina Kovalevskaya sea la verdadera bisnieta del príncipe Kovalevski o sin embargo piensan que es mejor que no lo sea?

Murdoch se me quedó mirando. Si no lo conociera, diría que estaba aguantando una carcajada. Lo que le había dicho podía sonar a broma, pero era una verdad luminosa. Lo único que al MI6 le importaba era encontrar la forma de acomodar el mundo a sus intereses.

—París es una ciudad muy interesante para un periodista —dijo—. Un lugar repleto de historias que contar. Te voy a proponer un trato. Acepta la invitación del príncipe Kovalevski. A cambio tendrás libertad para elegir tu futuro.

No sonaba mal el acuerdo, pero no me lo creía. La promesa de ahora podría no significar nada dentro de unos días. Y la parte que no mencionaba, ineludible, era la letra pequeña. La razón última por la que me ofrecía el trato. Kovalevski, París y las alusiones al idealismo que me suponía no eran más que fuegos artificiales. El fondo del asunto era enterarse de lo que Kovalevski tenía que decirme y si eso podría arrojarles luz sobre su bisnieta. A menudo los espías no son muy diferentes de las mujeres ociosas de clase alta que disfrutan de los cotilleos en los salones de moda.

Mientras valoraba la propuesta me quedé absorto mirando las llamas de la chimenea, pero era inútil esperar la respuesta en el fuego. Cuando volví a mirar a Murdoch, chupaba distraídamente el pitillo. Parecía cualquier cosa menos un hombre preocupado o impaciente. ¿Pero qué preocupación o impaciencia podría tener quien maneja los hilos de las vidas de otros? Un esclavo, sí. ¿Acaso había sido otra cosa durante los últimos dos años? Podía negarme a aceptar el trato, pero él también podría abandonarme a mi suerte.

Volví a fijar mi atención en el fuego. Mi vida se había estancado y, si no hacía algo pronto, acabaría como agua putrefacta. No es que tuviera muchas más opciones donde elegir. Es más, ir a París era la única opción posible. Murdoch era demasiado listo y demasiado astuto como para no saberlo. Por eso no tenía prisa. Sin dejar de mirar la chimenea vi cómo se levantaba para volver a servir el delicioso coñac. Seguí pendiente de la hoguera hasta que el agente del MI6 me ofreció la copa. Se trataba de una historia que se había quedado sin cerrar, otra de tantas. La herida no había cicatrizado. Ahora enía la oportunidad de limpiarla y suturarla antes de que se infectase para siempre. Tal vez lo supe antes, pero no fui consciente hasta ese momento. El coronel Makárov quería que viajase a París para satisfacer la última voluntad del príncipe Kovalevski. El MI6 tenía alguna razón evidente y seguro que más de un motivo oscuro y recóndito para empujarme a aceptar la propuesta del noble ruso. Pero lo que de verdad me estimulaba era la oportunidad de cerrar un episodio incompleto y complejo del pasado, ajustar cuentas conmigo mismo una vez más. Redimirme, si es que a esas alturas de mi vida aún era posible.

—Lo pensaré —mentí, después del primer sorbo de coñac.

Murdoch asintió, complacido. Sabía la respuesta tan bien como yo. La sabía antes incluso de que hubiese ido a verlo esa mañana.

Capítulo V

Esa tarde de lunes se había revestido de un intenso aroma a despedida, incluso antes, cuando salí de la casa de Thomas Murdoch. Paseaba por las calles de la ciudad no como un habitante más cuyos ojos acostumbrados ya no reparaban en los monumentos o en los rincones pintorescos, sino como un amante consciente de acudir a una cita por última vez. Caminé el resto de la mañana por el centro y antes de la hora de comer ya había recorrido todo el perímetro de la antigua muralla medieval y los barrios de la Alfalfa y San Bernardo. Llegué hasta la explanada donde en primavera montaban las casetas de la feria y a punto estuve de subir a un tranvía que me llevase a alguno de los barrios de la periferia, el Cerro del Águila o San Jerónimo, que tan bien conocía, o de seguir andando hasta las lujosas viviendas de Heliópolis, pero decidí volver a pie otra vez a la pensión, picar algo por el camino, luego recoger mis cosas, tal vez descansar un rato mientras la tarde moría y volver a salir por la noche. No podía saber cuándo estaría otra vez en Sevilla, si regresaría algún día siquiera, pero tampoco me habría podido anticipar nadie dos años antes que volvería algún día a la ciudad en la que había nacido, y mucho menos que me quedaría tanto tiempo.

Me habría gustado encontrarme otra vez con Serguéi Makárov, pero sospechaba que el coronel ya viajaba de nuevo a París. El príncipe Kovalevski estaba muy enfermo y él no había ido a Sevilla para una misión muy concreta de cuyo resultado yo no podía adivinar si estaba al tanto, aunque Thomas Murdoch podía haberle hecho saber que esa misma mañana fui a verlo y que, aunque no se lo hubiese confesado abiertamente, al final acepté la propuesta y dentro de pocos días también estaría en Francia.

Por la tarde me descubrí más de una vez pensando en aquellos rusos exiliados que conocí en París tres lustros atrás, los últimos eslabones de un mundo extinguido, herederos de una época periclitada a quienes sólo restaba ya añorar lo que jamás regresaría; gente extraña que abandonó Rusia en los años siguientes a la revolución, nobles arruinados que jamás antes en su vida supieron lo que era trabajar y mucho menos contar avariciosamente los escasos ahorros con la incertidumbre de no saber hasta cuando durarían o si tendrían que pedir limosna; oficiales del ejército dignos y valiosos pero menos afortunados que el coronel Makárov que terminaron sus días barriendo las aceras de París o ejerciendo de mayordomos; bailarinas famosas —sentí un aguijón en el pecho al recordarlo— que sobrevivían dando clases en una academia; personas perdidas para siempre y agentes bolcheviques o idealistas inocentes como yo mismo, que los vigilábamos con una mezcla de asombro, curiosidad, compasión y sorna, porque podían ser una amenaza e influir en aliados poderosos que los ayudasen, pero al mismo tiempo resultaba patética la forma en que malgastaban sus vidas esperando lo que jamás sucedería. No era aquel un argumento exclusivo de los rusos exiliados, sino también de muchos que consumían la vida esperando que las cosas cambiasen o al menos mejorasen en la propia cuna de los bolcheviques o años después en la triste España de Franco. ¿A cuántos así había conocido? ¿Cuántos habían muerto soñando con un mundo mejor? Yo también fui uno de esos, pero aún estaba vivo. Y a pesar de todo seguía siendo un iluso. De joven pensé que las cosas podían cambiar, que el mundo podría ser diferente si un puñado de hombres se lo proponía. Y aunque pocas cosas se me revelaron más falsas, no por ello dejé de ser como era. Ni quería. A esas alturas me bastaba con aportar mi granito de arena, sólo con eso me conformaba, lo único que tal vez algún día, cuando fuera viejo, me haría respetarme a sí mismo y al menos me proporcionaría, esperaba, la satisfacción de haberlo intentado.

Consciente de que ese era otro de los motores que me empujaban, abrí la puerta del pequeño armario, coloqué la poca ropa que tenía en la cama y vacié la balda de libros. Estaba claro que no había acumulado demasiadas cosas en mis cuarenta y tres años de vida. Apenas me iba a llevar un par de minutos preparar el equipaje, pero antes de bajar la maleta de lo alto del ropero me quedé paralizado. Apenas asomaba el asa encima del armario. Llevaba allí arrumbada desde que me instalé en la pensión. Me había hecho con ella al poco tiempo de llegar a Sevilla, para que me facilitara los traslados sistemáticos de residencia con los que intentaba despistar a quien pudiese andar tras mis pasos, pero ahora no era capaz de recordar si cuando la estrené pensé en el príncipe Kovalevski o era ahora la primera vez que me acordaba de eso porque muy pronto volvería a ver al aristócrata. Tan lejos todavía de aquella lujosa vivienda junto al Bois de Boulogne pero ahora sentía, de una forma muy intensa, la presencia de Mijaíl Mijáilovich Kovalevski.

A veces una persona te cuenta su vida sin saberlo, sin pretender revelar nada te lo está revelando todo. Te habla de una imagen, te relata una anécdota, te enseña un objeto que significa mucho para ella y en ese momento que lo manifiesta todo, el mundo se detiene porque te ha hecho partícipe de la alegoría que define su existencia, la razón por la que está viva. En París, durante una noche complicada en la que estuve a punto de perder la vida, el príncipe Kovalevski me llevó a una habitación y me señaló un baúl. Creí que al girar la enorme llave y abrir la tapa me mostraría un tesoro deslumbrante, un buen pedazo de la fortuna que los del partido temían que financiase una guerra cruenta e innecesaria. En aquella época yo ya vivía entre incómodas contradicciones, carcomido siempre entre lo que debía hacer y lo que mi conciencia me dictaba. Conocer al príncipe Kovalevski había sido el origen de un nuevo conflicto, otro más, irresoluble. Tenía que odiarlo, quién sabe si incluso habría tenido que matarlo. Pero a veces aquel anciano amable y excéntrico parecía brindarme su amistad, o incluso algo más. Se comportaba como el progenitor que busca el consuelo de un hijo perdido y yo me convertía en el huérfano que de pronto era consciente, de la forma más inesperada y con la persona que jamás habría imaginado, de cuánto necesita a un padre. Te enseñaré una cosa, me dijo, y lo seguí por un ancho pasillo repleto de cuadros traídos de San Petersburgo cuando avizoró que las cosas se complicaban o comprados durante los años penosos de exilio. Tantas obras de arte en algunas estancias de su casa que uno podría llegar a pensar que recorría los salones formidables del Palacio de Invierno; que más allá de las ventanas incluso podría sentir las frías aguas del Neva o ver la cercana isla Vassilevski en lugar del imponente Arco del Triunfo o el frondoso parque parisino. Pero no eran joyas, ni lingotes de oro, ni dinero lo que asomó cuando Kovalevski abrió la tapa del baúl, que ahora recordaba tan pequeño. Tantos años después yo volvía a abrir mi maltrecha maleta para guardar la ropa y los pocos libros que tenía. La cerré despacio y estuve un rato sentado, mirándola. Recordando. No salí de la habitación hasta que dejé de temblar.

Para colmo, me sorprendí silbando esa canción. Sabía que me costaría quitármela de la cabeza. Cuando estalla una mina bajo tus pies luego tienes que recoger los pedazos. La mina estaba ahí, pisarla y que reventase era sólo cuestión de tiempo. Las esquirlas, recuerdos, punzadas de culpa, sacudidas que me privarían de sueño. Cuando no había otros clientes en la pensión, los dueños me dejaban sintonizar Radio Rusia, muy bajito. Tampoco había gran cosa que escuchar: información sobre el gobierno de la República en el exilio, absurdas soflamas de ánimo. Llevaba demasiado tiempo en Sevilla y sabía que no servirían de nada. Si acaso, para dar falsas esperanzas a quienes fueran tan ingenuos como para creérselas. Pero también, a veces, tenía la oportunidad de escuchar canciones prohibidas que no llegarían a España de otro modo, aunque fuesen melodías en ruso que muy pocos españoles llegarían a entender. Una vez me pareció escuchar aquella canción de cuna, sólo unas pocas estrofas que podía recordar, una nana que hablaba de hadas, de héroes y de despedidas, de una tierra lejana. A menudo sonaba en mi cabeza cuando estaba dormido y siempre me despertaba tiritando, igual que si un agujero se hubiera abierto en el hielo bajo mis pies. Un mar poderoso que bullía por salir de su escondite debajo de mí mientras yo corría hacia la orilla, sin fuerzas, consciente de que, por muy rápido que lo hiciera, al final acabaría engulléndome.

Antes de salir a la calle me quedé mirando la radio en la cocina. Conectarla y que estuvieran emitiendo la canción que llevaba tarareando un rato sería demasiada suerte. Y de eso nunca he andado sobrado. De suerte, digo. Ni siquiera la encendí. Tendría que conformarme con el martilleo de la música en mis oídos. Mas la obsesión no es culpa de las canciones, sino de quienes las escuchan. Las acomodamos a nuestra vida, las interpretamos con libertad para que acaso signifiquen más de lo que pretenden.

Ya había oscurecido cuando volví a salir a la calle. Aquella no iba a ser una buena noche, pero no tan diferente a otras malas noches en las que el sueño se me escapaba y no me quedaba más remedio que encender la lámpara y ponerme a leer o pasear como un sonámbulo junto a los recios muros almohades, o hasta la Alameda de Hércules o incluso Triana si anticipaba que, por más vueltas que diera en la cama, el sueño no regresaría. Me adentraba en el barrio al otro lado del río y paseaba hasta una taberna a pesar de que el farol apagado en la puerta me advirtiese que estaba cerrada. Caminaba despacio por la calle tras cruzar el puente y, aunque los recuerdos no me ayudarían a conciliar el sueño cuando regresase a la pensión, me confortaba sentirme el ángel de la guarda de una mujer que me dedicaba el peor de los tratos: la indiferencia.

Aquella noche era inevitable acercarme. Tenía que hacer esta última visita, más por mí que por la persona a la que iba a ver, si es que al final hablaba con ella, si es que acaso la veía. Me gustaría contarle lo que sentía, la verdadera razón por la que volví a Sevilla dos años antes y, por qué no, uno de los motivos principales, muchas veces acaso el único, por los que no me decidía a marcharme

Atravesé el puente de Triana, sin prisas. Demasiados recuerdos se apelotonaban en mi cabeza: Miguel Carmona, mi viejo camarada; Artemio Corona, el noble venido a menos que al final se destapó como un héroe; Pedro Lacruz, el falangista obsesionado con nosotros. El último estaba muerto. De los otros no había vuelto a saber nada en los últimos dos años. Les deseaba lo mejor. Giré a la izquierda, en el Altozano. Ralenticé mis pasos, no tanto porque no me atreviese como porque quería ahorrarme una nueva decepción, pero enseguida me hallaba delante de los dos faroles que flanqueaban la taberna. Me apoyé en la pared de enfrente, las manos en los bolsillos de la chaqueta y la barbilla levantada tras encender un pitillo; los ojos bajo la visera de la gorra, atentos al interior de la tasca. Hasta allí llegaba el olor a madera impregnada de vino, a serrín y a jugosa chacina. Podía ver los jamones colgados del techo de los que chorreaba una grasa apetecible; un puñado de hombres que charlaban animadamente o prestaban atención a las noticias de la radio y, al otro lado del mostrador, una hermosa mujer morena. Como guiada por un instinto, ella me miró. En la calle estaba oscuro y, aunque me encontrase sólo a unos pocos metros no podría parecer sino el mismo espectro refractario al desaliento que la rondaba desde que llegó a Sevilla, la resaca de una pesadilla que no terminaba nunca de desaparecer.

Prefería pensar que me había reconocido. No era la primera vez que me colocaba allí, para mirarla en silencio mientras atendía su negocio, para que supiera que pese a su desdén no me había marchado de la ciudad, que aún tenía esperanza de que volviera a mirarme al menos como un amigo y no como al malnacido que fui. Pero, como siempre, no conseguí de ella ni un amago de sonrisa. Ahora tenía la certeza de que pasaría mucho tiempo antes de que volviera a montar guardia frente a la puerta de aquella taberna, si es que alguna vez regresaba.

En cualquier vida, sobre todo en la mía, había demasiadas despedidas. No me gustaban. Mejor marcharme en silencio.

Apuré el pitillo despacio, con la esperanza inútil de encontrar un motivo para quedarme. Resignado, por más que me doliese, a que aquel no fuera mi lugar en el mundo. Después de tantos años dando tumbos resultaba complicado encontrar un sitio que pudiera considerar el mío. Pero, en realidad, no se trataba de eso. Poco importaban Sevilla, Londres,

París, Berlín, Moscú o Leningrado si se las comparaba con la agitación de una motivación íntima. Secretos que jamás compartí con nadie y que sólo atinaba a reconocer cuando la vida apretaba. Daba igual una ciudad que otra, daban lo mismo los sueños sin cumplir, las revoluciones y las utopías. Cuando escarbaba en el pasado, antes o después afloraban cuentas pendientes y, a veces, el recuerdo doloroso de una mujer. Había que ser muy estúpido para no aprovechar la oportunidad que se me había presentado. Tal vez ya era lo bastante viejo para sólo poder expiar las culpas que acumulaba.

Antes de marcharme, arrojé la colilla a la acera y la miré por última vez: su piel blanca, la hermosa cara lavada, sin maquillaje, el tirante pelo azabache recogido en un moño perfecto; el vestido oscuro, de luto discreto todavía, tantos años después; el delantal inmaculado. Aún vi otra vez, o creí ver, porque siempre que me situaba en aquel lugar los deseos se confundían con la realidad, que ella me miraba, incluso me sonreía, que con los ojos me deseaba mucha suerte en la nueva aventura que estaba a punto de emprender.

Segunda parte

París, 1945

Capítulo VI

Sólo habían pasado cuatro días y habitaba un mundo nuevo. Lo más raro, y también lo más estimulante, era sentirme un hombre distinto, la lejanía repentina del tiempo y del lugar que dejaba atrás. Vestía ropa nueva: pantalones elegantes, chaqueta de buen paño en la que no terminaba de sentirme a gusto, un cálido abrigo que me protegería del otoño francés, lustrosos zapatos nuevos y un coqueto sombrero gris oscuro. El resto de la ropa la guardaba en la vieja maleta que quise conservar.

Thomas Murdoch había sido extrañamente generoso. Pensé que aquella tal vez fuese una manera de resarcirme de tantas privaciones a pesar de que tratándose de él y del MI6 nada sería gratuito. Pero me confesó que el viaje no corría a cargo del erario público británico, depauperado tras seis años de guerra, sino de la generosidad, o tal vez debería decir interés, del príncipe Kovalevski. Estaba claro que no podía empezar una nueva vida sin antes vender mi alma, aunque aún no pudiera saber quién llevaba cuernos y rabo y me sonreía con malicia. Sin embargo, la transacción no me parecía tan grave comparada con la angustia de quedarme varado en Sevilla para siempre, mirando pasar las nubes o esperando una oportunidad imposible. Desde luego no sería un trato honorable ni ventajoso, pero era el único que me permitiría empezar una nueva vida. Merecía la pena con tal de llevar en el bolsillo un pasaporte nuevo, con una foto de sólo unos pocos días antes, y mi nombre verdadero en la primera página.

Después de que un gendarme de gesto arrogante me sellase el documento impoluto al cambiar de tren en la frontera de Irún, me detuve un instante y dejé la maleta en el suelo para mirar atrás. Lo que había quedado al otro lado de la valla era el pasado; lo que me esperaba al subir a ese otro tren que me llevaría al norte era el futuro. La primera escala en mi nueva vida era París. No iba a resultar sencillo volver después de tantos años y muy pronto vendrían a visitarme fantasmas pacientes que celebrarían mi llegada.

Quise pensar que aún había mucho en mí del joven Gordon Pinner que fui, pero por mucho que me empeñase no era el mismo hombre que arribó a París quince años atrás. Ahora era un hombre lleno de dudas con una tarea confusa. Las convicciones, antaño tan fuertes, se habían difuminado por el camino. Si había algo que encontrar, era a mí mismo. La vida resultaba más sencilla cuando era más joven, no había duda de eso, pero tampoco estaba mal viajar en primera clase y con suficiente dinero en la cartera para poder sentarme a una mesa del vagón restaurante sin tener que sumar continuamente el precio de las consumiciones para ver si me alcanzaba.

Fue allí, mientras cenaba junto a la ventana, donde pasé buena parte de la noche. Lo primero que hice al cruzar la frontera fue comprar media docena de periódicos. Quería ponerme al día. Me apetecía hacerlo en francés. A la luz escasa pero suficiente filtrada por la pantalla verde de la lámpara imaginé que quizá más pronto que tarde conseguiría disfrutar la existencia sencilla de un hombre normal, una vida gris y feliz en la que cada mañana me levantaría y saldría a pasear para buscar una historia que contar y luego escribirla sentado a la mesa solitaria de un café, al lado de una ventana por la que vería pasar la vida en paz. Ahora podría estar viviendo un anticipo de eso, un futuro inminente en el que se mezclarían los dos únicos oficios que había sabido desempeñar en mi vida con desigual fortuna, el de espía y el de periodista, tan difíciles de separar: al fin y al cabo, siempre se trataba de encontrar una historia que contar.

No supe cuánto tiempo había estado absorto en el monótono paisaje nocturno apenas iluminado de cuando en cuando por las poblaciones que enseguida quedaban atrás. Cuando mis ojos volvieron al vagón me di cuenta de que los últimos clientes se habían ido. Intuí que el camarero no tenía prisa por marcharse, puede que porque yo tampoco. La prueba fue el gesto amable cuando levanté la mano para pedirle otra copa de vino. Estiré las piernas, satisfecho, bajo la mesa, tras el primer sorbo. Ya no me emborrachaba como antes, pero no estaba dispuesto a dejar de disfrutar, cuando podía permitírmelo, del placer de un buen vino. Dos copas más tarde volví a mirar por la ventana. Era igual que cerrar los ojos. Igual que recordar. Igual que soñar. Ya no viajaba en un tren. Era joven, estaba en París y todo mi empeño consistía en hacerme amigo del aristócrata moribundo al que ahora iba a ver, ganarme su confianza, enterarme de sus intenciones; matarlo quizá, aunque luego me preguntaría muchas veces si habría sido capaz de hacerlo. Diez años después, cuando ya había roto en pedazos el carnet del Partido, me enteré en Londres de la muerte de Trotsky a manos de un sicario de Stalin que le abrió la cabeza con un piolet tras ganarse su confianza. A veces me pregunto si yo habría sido capaz de hacer lo mismo con el príncipe Kovalevski si me lo hubieran ordenado. En lugar de eso regresé a la Unión Soviética con una mentira en el equipaje. Y para sostener una mentira se necesitan nuevas mentiras, nuevas traiciones. Ni siquiera consolaba que a uno también lo hubieran engañado.

Muy pronto la ventanilla del tren se convirtió en la pantalla improvisada de un cine en la que en un rato de alucinación aparecieron fogonazos del pasado: la marcha precipitada de París porque el tiempo corría en nuestra contra; el miedo a que Antón Vladímirovich descubriera la verdad y me atravesaran el cráneo con una bala en una lóbrega mazmorra de la Lubyanka; la suerte, la casualidad, o la trampa, nunca estuve seguro, del viaje a Leningrado. La mentira siempre presente también allí, y por supuesto también el miedo a ser descubierto, acompañado por dos tipos que me habrían matado sin dudarlo de haber sabido lo que escondía. Y al final del todo, Katya.

Mecido por el traqueteo del tren y por el vino, cierro los ojos. Quiero abrirlos, pero no puedo, me pesan los párpados, el mundo desaparece. Hace frío. Mucho más frío que ahora. En un instante he viajado muy al norte. El mar está helado y el frío me sube desde las plantas de los pies hasta paralizarme las piernas. Las gotas de sangre van dejando un reguero escandaloso. No puedo más. Tengo ganas de sentarme, aunque eso signifique el final. Un agujero se abre bajo mis pies. El hielo se resquebraja, pero en lugar de hundirme en el mar, en un segundo me transporto tres mil kilómetros al sur, hasta una habitación de París. Está oscuro, pero sé que en la cama duerme el anciano al que tengo que matar. No quiero hacerlo, pero es mi deber. No es buena idea cuestionar las órdenes de Antón Vladímirovich. El príncipe Kovalevski es un canalla, como tantos que merecen la muerte. Eso me han dicho para intoxicarme. Ha sido muy fácil convencerme. Kovalevski tiene el sueño profundo. Ronca tan fuerte que pienso que ni aunque me ponga a gritar o a dar zapatazos podré despertarlo. Avanzo un paso. Y luego otro. Y otro más. Me coloco junto a la cama. Busco el cuchillo en el bolsillo del pantalón, pero no lo encuentro. Tampoco lo llevo en la chaqueta. Quizá me lo he dejado olvidado adrede para no tener que matarlo. Pero a Antón Vladímirovich no le servirá ninguna excusa. ¿Por qué no lo estrangulaste?, me preguntará. Eres un hombre joven y fuerte. El príncipe Kovalevski no es más que un despojo. ¿Acaso no bastaba con tus manos? Me miro las manos, no puedo sino darle la razón. Si tengo que hacerlo, que sea cuanto antes. Pero apenas puedo mover los brazos. Cuando consigo estirarlos mis manos están cerradas, los dedos pegados, dos piedras parecen. No consigo abrirlas, pero me inclino sobre la cama de Kovalevski para cumplir con mi obligación. Tiro de la sábana de seda para asestar al anciano un golpe contundente. Puede que baste con eso. Levanto los puños, pero una de mis manos sostiene un objeto. No me había dado cuenta. Quizá haya brotado de entre mis dedos. El mango fino, la parte metálica ligera, casi un juguete parece a pesar de la punta afilada, lo bastante peligrosa para abrir la cabeza del aristócrata. Me acuerdo de Lev Trotsky ¿Pero cómo puede ser que aún falten diez años para que un enviado de Stalin acabe con la vida del mayor enemigo de la revolución en su casa de Coyoacán y yo ya lo sepa? ¿Qué está pasando? Cierro los ojos. Voy a volverme loco. Sólo quiero acabar mi trabajo y salir de allí. La misión, mejor dicho, porque me niego a llamar trabajo a asesinar a nadie. Pero tengo que hacerlo, por mucho que me cueste. Con la mano libre retiro la sábana, muy despacio, para no despertar al príncipe, que ahora ya no ronca. Deseo que haya dejado de respirar, que la muerte lo haya sorprendido antes de aplastarle el cráneo. Que por una vez, sólo por una, la vida sea más sencilla. No quiero fallar. Ojalá baste con un golpe. Un golpe para terminar con todo. Abro los ojos. Me mareo. A punto estoy de caerme al suelo. La mano que sostiene el pico de la sábana está temblando y la otra, la que está sobre mi cabeza, ya no agarra el arma. El piolet ha desaparecido. Magia otra vez. Aunque eso ya no me importa. No puedo mirar la cama porque el viejo aristócrata ya no está. En su lugar hay una niña que me mira aterrorizada. Una pobre cría a la que también conozco. He recorrido medio mundo para encontrarla. ¿Pero cómo puedo reconocerla si eso aún no ha sucedido? ¿Vas a matarme, Pinner?, me pregunta con una voz profunda, gutural, que no se corresponde con sus rasgos infantiles. Pensé que habías venido a salvarme. Sigo temblando. El piolet ha vuelto a brotar de mis dedos. No voy a esperar a que desaparezca de nuevo. Ahora estoy decidido a usarlo, pero no contra Kovalevski, ni contra Irina, ni contra ningún fantasma tumbado en esa cama. Entonces escucho la canción de cuna, la misma de siempre, aunque, qué raro, no es la voz ronca de un hombre, sino la de una mujer. Me tapo los oídos porque ahora no quiero escucharla, pero suena más fuerte dentro de mi cabeza. De repente hace mucho frío, otra vez, se me congelan los dedos. Y ese agujero inevitable bajo mis pies. Cierro los ojos, respiro hondo y me golpeo en el cráneo con todas mis fuerzas. El dolor es insoportable, pero aún sigo de pie. No habré pegado lo bastante fuerte. Lo vuelvo a intentar, pero aunque consigo que me vuelva a doler mucho, ni siquiera caigo al suelo. Abro los ojos y me miro las manos manchadas de sangre. Vuelvo a golpearme, esta vez sin cerrar los ojos, con el mismo resultado. La cama ahora está vacía. Las sábanas están llenas de cuajarones de sangre, pero ya no hay nadie. Tengo que salir del sueño en el que estoy atrapado. Lo paradójico es que, en lugar de abrirlos, cierro los ojos para escapar. Tan apretados los párpados que me van a estallar los globos oculares. La sangre presente, bien visible, a pesar del esfuerzo por no mirar. Pero lo voy a conseguir. Sólo he de esforzarme un poco más.

Al abrir los ojos estaba oscuro, pero la habitación había desaparecido. Ni rastro del viejo Kovalevski. No había sangre. Aún tardé unos pocos segundos en darme cuenta de que me hallaba sentado a la mesa de un vagón restaurante. El único cliente, una copa vacía en la mesa. El camarero se había marchado y apagado las luces. No querría molestarme. No supe cuánto tiempo llevaba allí sentado de mala manera, soñando que era un asesino adiestrado para acabar con la vida del príncipe Kovalevski. Nunca me ordenaron que lo matara, pero tal vez fue porque todo se estropeó antes de tiempo.

El tren aminoró la marcha. Me levanté, con mucho esfuerzo por culpa del vino o de la mala postura. O por ambas cosas. Me dolían las piernas y la leve cojera que arrastraba desde hacía una década resultaba más evidente. Aún faltaban muchas horas para llegar a París. A través de la ventanilla vi un pequeño edificio de piedra, la estación de un pueblo cuyo nombre no alcancé a leer. El tren se detuvo y no pude resistirme a bajar al andén para encender un pitillo. Me agradó sentir en la cara aquel vivificador aire helado. Sólo dos viajeros abandonaron el tren y no vi subir a ninguno. La parada no duraría mucho tiempo. Sentí un impulso repentino de quedarme allí, esperar en el andén mientras el tren seguía su camino, terminar el cigarrillo, encaminarme hacia el pueblo para buscar un hotel y empezar una nueva vida. En el bolsillo llevaba bastante dinero para mantenerme una temporada. Ya encontraría un trabajo. Saldría adelante de alguna manera. Porque siempre salía adelante. De todos los adjetivos que se me ocurrían sobre mí mismo, el más certero era el de superviviente, o resistente quizá. Pero sabía que si cedía a ese impulso cada vez más intenso aunque el revisor estuviese a punto de hacer sonar el silbato, antes o después vendrían a buscarme. Alguien enviado por Murdoch, o el propio coronel Makárov, porque el dinero que llevaba en el bolsillo no había sido un regalo, sino un adelanto para sufragar los gastos del viaje. Estás acostumbrado a huir, me decía una repentina voz interior más valiente o más irracional. Estás acostumbrado a esconderte, a vivir siempre al filo del peligro.

La locomotora empezó a tirar, perezosa, de los vagones. Aún seguía varado en el andén, decidiendo mi futuro en apenas un instante. En realidad, me dije, quedarme allí y empezar una nueva vida no sería sino aceptar otra vez el destino de alimaña escurridiza que yo mismo había contribuido a labrarme. Si quería dejar de soñar con fantasmas tenía que subir a ese tren. La solución a mis problemas y la posibilidad de empezar una vida distinta pasaban por París. Tiré la colilla al suelo, no me entretuve siquiera en pisarla y en unas pocas zancadas recorrí el espacio que me separaba del tren y salté al estribo. Aún me detuve un momento a mirar la estación que dejaba atrás.

Capítulo VII

Me asomé a la ventanilla como un crío encantado. En un fogonazo vi, o creí ver, la torre Eiffel y la cúpula del Panteón, porque una capa espesa de vaho inoportuno emborronó el cristal y cuando lo limpié de un manotazo ya habían desaparecido. El rato que me quedaba lo aproveché para colocar la maleta en el asiento que quedaba frente al mío y comprobar que llevaba toda la documentación y el dinero bien guardados en la chaqueta. Me descubrí nervioso. Apenas había dormido en lo que quedó de noche después de aquella pesadilla. Me había aseado al amanecer y ahora el tiempo se estiraba, alejando cada vez más, inmisericorde, el momento de llegar a mi destino.

No tenía un plan trazado para cuando llegase. Buscaría un hotel, pasearía por la ciudad e iría a visitar a Kovalevski. Pero no iba a ser tan fácil. Quien paga, manda, y alguien lo habría preparado todo para mí. La estancia en París no resultaría tan cómoda y no iba a poder comportarme como un turista ansioso por recorrer la ciudad.

Fui de los primeros en bajar del tren, pero el andén ya estaba lleno de gente que esperaba otro convoy o venía a recibir a los viajeros: campesinos, hombres con traje, mujeres normales y corrientes y algunas con sombreros elegantes de ala ancha y pluma; empleados diligentes o desganados que cargaban las maletas de los viajeros acomodados. Tantos años y la ciudad no había cambiado. Aunque no me habría costado escabullirme en el tumulto, no me apetecía jugar al gato y al ratón. Incluso me detuve a encender un pitillo, me quité el sombrero para que mi peculiar mata de pelo pajiza y rizada resultase más fácil de localizar y alcé la cabeza entre la gente. Al cabo de tres o cuatro caladas emprendí mi camino y, aunque me entretuve unos minutos en mirar el panel que anunciaba los trenes, no me abordó nadie para darme la bienvenida.

Los altavoces anunciaron la inminente salida de un expreso. Cuando volví a fijarme en el trasiego formidable de viajeros que cruzaba la estación sonreí, satisfecho. Al cabo, viajar a París no había sido una mala decisión. Por primera vez en mucho tiempo me sentía vivo y con un propósito que cumplir.

La confirmación de mis sospechas estaba en la calle. Apoyado en el capó de un automóvil y cruzado de brazos, Serguéi Makárov me esperaba. Dentro del coche había otro hombre sentado al volante, con una gorra de plato.

—Buenos días, coronel —lo saludé—. No esperaba que viniera a recibirme. ¿O está aquí por casualidad? Prefiero pensar que no lleva en la estación desde que volvió de España...

Makárov pasó por alto la ironía.

El chófer salió del coche, abrió el maletero y cogió mi equipaje para guardarlo. No era un pintoresco conductor de rasgos nubios pluriempleado además como perro de presa del príncipe Kovalevski. Tampoco el coche era el viejo Bentley de entonces. Ahora era un reluciente Citroen bicolor, también lujoso pero más moderno.

—Sabía que vendría —respondió, por fin.

No había duda de que estaba al tanto de mis movimientos.

—Me gustaría saber adónde vamos —le dije, antes de subir al coche.

—Hay una habitación reservada a tu nombre —respondió el ruso, levantando la cabeza para mirarme por encima del techo—. También pensé que podrías alojarte en nuestra casa mientras estés en París, pero, conociéndote, creo que estarás más cómodo un hotel.

—Gracias, coronel. Ha tomado la decisión correcta. Resulta todo un detalle por su parte.

Me acomodé en el espacioso asiento trasero. Era tan grande que casi podía estirar las piernas del todo.

—Pero antes vamos a ir a ver a su alteza —añadió Makárov cuando el automóvil ya había empezado a circular.

—Coronel —protesté—. Ha sido un largo viaje. Preferiría primero ir al hotel para dejar mi equipaje, darme una ducha y cambiarme de ropa.

El gesto de Makárov no dejaba espacio a la negociación. Cuando alguien está a punto de morir, un rato puede ser demasiado. El chófer ni siquiera pestañeó. La estación ya había quedado atrás y enfilaba el morro del coche en dirección noroeste.

—No hay tiempo —sentenció el coronel.

De acuerdo. El hotel y la ducha podrían esperar. Durante el resto del camino permanecimos los tres en silencio. Miré los ojos del conductor en el retrovisor. Si lo conocí en la misma época que a los otros rusos exiliados en París, ahora su cara no me sonaba, pero por la edad y por los modales automáticos, bien podía ser uno de los oficiales que lucharon junto al coronel Makárov en la guerra contra los bolcheviques. Conocí a algunos como él: hombres honorables con docenas de condecoraciones guardadas en un cajón a quienes no les había quedado más remedio que buscar un trabajo de barrendero para poder comer.

Me entretuve mirando la ciudad que se mostraba al otro lado de la ventanilla: autobuses, tráfico abundante de coches, tranvías alegres, gente entrando y saliendo del metro, terrazas de cafés con estufas para calentar a los clientes y de cuando en cuando vehículos militares con ruedas imponentes y soldados que atestiguaban que no hacía tanto que la guerra había terminado. No tardó mucho en aparecer el Arco del Triunfo. Media vida dando tumbos para estar ahí otra vez. Quizá no fuese una mala forma de empezar de nuevo.

Un jardinero corrió a abrir la cancela. Mientras esperábamos me fijé en otro hombre que pintaba el muro que rodeaba la casa. Aún habría de dar otra mano para ocultar la frase que alguien había escrito en rojo. Las gotas chorreaban hasta la acera: *Dans cette maison vit un collaborationniste. Vive la France!*[*]

Las acusaciones contra Kovalevski no eran ninguna broma. Tampoco una invención. No me costaba imaginar una fiesta en su mansión a la que hubiera invitado al mismísimo Dietrich Von Scholtitz, el gobernador militar alemán en París durante la ocupación, y además encantado de que todo el mundo se enterase. Genio y figura. Lo único que a Mijaíl Mijáilovich Kovalevski le importaba, lo único que le había importado siempre, ya que había aceptado que no podría volver a Rusia, era incordiar a los comunistas, daba igual que vivieran en París o en Moscú; recordar al mundo que antes de 1917 existía otra Rusia que no iba a desaparecer, por muy poderosos que fueran ahora los bolcheviques. Él estaba allí para lo que hiciera falta, aunque sólo fuera molestar. Anticomunista y antisemita sin prejuicios, odiaba a los rojos y a los judíos por igual. Lo primero, podía llegar a entenderlo aunque por supuesto no lo compartiese, pero lo segundo era una curiosa y repugnante manía que además del viejo Kovalevski compartían bastantes compatriotas suyos adinerados.

Y a su edad era imposible cambiar.

No pude evitar que los recuerdos me golpearan. ¿Cuántos años tenía Kovalevski? Noventa, si no me falla-

---

* En esta casa vive un colaboracionista. ¡Viva Francia!

ban los cálculos. No quería imaginar cómo lo encontraría cuando entrase en la casa. Yo mismo no había cumplido los treinta cuando nos conocimos y de pronto había rebasado la barrera de los cuarenta. Quizá también a los ojos de Kovalevski, si es que podía reconocerme, yo también sería un viejo.

El automóvil recorrió despacio el sendero alfombrado de hojas pardas hasta detenerse frente a la puerta principal. Seguí al coronel Makárov escalinata arriba y antes de entrar en la casa me quedé un momento contemplando el jardín. El mundo parecía haberse detenido en aquel lugar: árboles frondosos cuyas hojas habían estallado en un otoñal espectro multicolor, un estanque donde nadaban peces y unas pocas jaulas vacías donde recordaba monos gruñones y saltarines. En esa misma escalinata también vi a Katya por primera vez, caminando resuelta desde la verja, sin saber que la estaba esperando, un instante antes de recriminarme sin reparos porque no la hubiera avisado y decirme que mi atuendo no era el más adecuado para una noche de gala. El presente se confundía con el pasado y también se mezclaban las sensaciones: de la euforia pasaba con facilidad a la preocupación, sin transiciones; de la certeza a la incertidumbre, de la seguridad a la desorientación, para preguntarme al final qué estaba haciendo en París otra vez, si tenía sentido desenterrar el pasado, remover recuerdos que durante tantos años había conseguido mantener a raya.

—Acompáñame.

Makárov había abierto la puerta y me esperaba en el umbral. No fue una orden, pero tampoco se diferenciaba mucho. El coronel estaba acostumbrado a mandar y yo no había viajado tan lejos para perder el tiempo. Lo seguí por el ancho pasillo repleto de cuadros que harían salivar a cualquier marchante de arte y subí tras él las escaleras de mármol que conducían a la primera planta. Bajo la gigantesca y tintineante lámpara de araña, un busto de Catalina la Grande presidía la entrada y me acordé de una hermosa panoplia en otra habitación con una fabulosa colección de pistolas de duelo centenarias. El esplendor de los Románov volvía a condensarse a mi alrededor. Tal vez cuando el príncipe Kovalevski no estuviese, y ya faltaba tan poco para eso, aquella casa, sin tocarla siquiera, podría convertirse en un museo que rindiera homenaje a un mundo desaparecido.

Como un soldado obediente recorrí detrás del coronel el breve trayecto que me separaba de mi destino y, aunque el perro fiel del aristócrata se detuvo, yo también lo habría hecho incluso si hubiese entrado en la habitación.

Un médico —el inconfundible maletín y el fonendoscopio en el cuello no dejaban margen para la duda— abrió la puerta. Con el semblante grave, intercambió unas palabras con Makárov. Me aparté unos pasos, prudente, y me esforcé en no enterarme de lo que hablaban. Cuando el doctor se despidió del coronel, este me indicó que lo acompañase. Empujó la puerta y sostuvo la hoja para cederme el paso.

Lo primero que vi al entrar fue una enfermera inclinada sobre una mesa en la que atisbé muchos frascos de medicinas, varias toallas y algunos utensilios médicos cuya finalidad desconocía. Indiferente a nuestra presencia, la sanitaria siguió a lo suyo. Al fondo de la habitación estaba Mijaíl Mijáilovich Kovalevski, pero esto lo adiviné, porque lo único que pude ver antes de acercarme fue la cama inmensa protegida por un hermoso dosel de lujosa madera labrada y flanqueada en sus cuatro costados por una fina gasa de seda. Aquel dormitorio donde no había entrado nunca salvo en mis pesadillas me recordó la imagen de una procesión en Sevilla. Me quedé quieto, esperando una orden del coronel. De ninguna manera estaba dispuesto a ser quien perturbase la tranquilidad del viejo Kovalevski. Makárov se acercó a uno de los lados de la cama, el mismo por el que asomaba un tubo conectado a una bolsa de suero. Con delicadeza que contradecían sus rudas manos de soldado, retiró la gasa, se inclinó sobre el lecho y susurró unas palabras. Luego se irguió, me miró y con un gesto me pidió que me acercara.

Me aproximé, despacio. Primero un paso y luego otro, y otro más; el sombrero sujeto por el ala con la punta de los dedos, en señal de respeto, no tanto por estar a cubierto sino por encontrarme en la habitación de un moribundo. Al mismo tiempo que avancé hacia la cama, el coronel Makárov se apartó, prudente. Enseguida se colocó en un rincón de la habitación, la mirada fija en la ventana donde se proyectaba la sombra un hermoso roble centenario del jardín, tan lejos donde no pudiese escuchar lo que hablásemos el príncipe Kovalevski y yo, si es que el aristócrata podía hablar, porque esto aún no lo sabía; tan lejos aunque conociera, sin necesidad de escucharlo, el contenido de la conversación que íbamos a mantener.

Vista de cerca, la cama se me antojó más grande todavía. El hombre que la ocupaba parecía un náufrago perdido en mitad del océano. Tan poco pesaba que su cuerpo no hacía hueco sobre el colchón. De las mantas asomaba una cabeza consumida en la que destacaban la nariz prominente y los enormes cráteres de los ojos. La piel arrugada salpicada de verdugones pegada a los huesos, el aliento débil por el agotamiento de respirar. Apenas quedaba un pelo de aquella venerable cabellera blanca. De las mantas emergía el brazo, quebradizo como las patas de un pajarillo, pálido, amoratado y con tantos pinchazos que parecía haber escapado de un enjambre de abejas furiosas, conectado al cable que lo alimentaba. Se movió muy despacio, acusando un enorme esfuerzo, hasta enfrentar mis ojos. Era la mirada de Mijaíl Mijáilovich Kovalevski lo único que contradecía la enfermedad, la cercanía inevitable de la muerte, la fragilidad de su cuerpo consumido y el aire funerario que impregnaba las paredes de la casa. Los labios inexistentes se curvaron en un amago de sonrisa. Alzó el brazo que lo conectaba a la vida y me pidió con un gesto laborioso que me acercase. Obedecí enseguida y, guiado por un instinto repentino, protegí su mano entre las mías. Estaba helada.

—Alteza —le dije, en ruso—. Cuánto tiempo...

Kovalevski apretó mi mano y asintió. Luego, intentó incorporarse un poco sobre el almohadón, pero fue un esfuerzo inútil. Lo cogí por las axilas, para ayudarlo. El coronel Makárov y la enfermera me miraban, prestos a echarme una mano o incluso recriminarme por manipular el cuerpo delicado de un moribundo.

El aristócrata apagó un quejido ahogado cuando consiguió apoyar la espalda. Lo solté. Al levantarlo había tenido la sensación de que lo estrellaría contra el techo si se me escapaba. Pesaba mucho menos de lo que esperaba. Kovalevski movió el cuello, conteniendo un gesto de dolor, y trató de decir algo, pero no había terminado de pronunciar la primera palabra cuando lo detuvo un acceso de tos inoportuno, tan violento que se habría desmayado sobre el colchón si yo no hubiese estado allí para sujetarlo. La enfermera acudió enseguida. Con un paño limpió la pechera del pijama, arregló como pudo el estropicio de la cama y le puso en los labios un vaso de agua que le había llevado el coronel Makárov. Me aparté unos pocos pasos y miré para otro lado mientras lo ayudaban a recuperar la compostura, pero no pude evitar darme cuenta de que las sábanas y el paño con el que habían limpiado a Kovalevski estaban salpicados de diminutas gotas de sangre.

—Pinner —escuché, de pronto, la voz imperativa del príncipe—. Acércate. ¿O es que te asusta ver a un muerto?

Cuando me di la vuelta me pareció que sonreía.

—No tengas miedo.

Pero el viejo ruso sabía que no estaba asustado. Kovalevski seguía teniendo esa tendencia a la socarronería. Lo dijo y cerró los ojos para recuperar fuerzas. Cuando los abrió, ya estaba a su lado otra vez.

—Siéntate —me dijo, señalando una silla.

Fui a buscarla y la coloqué junto a la cama. No estaba seguro de si Kovalevski quería que estuviese cómodo o disfrutaba mirándome desde arriba. Puede que las dos cosas. Con él nunca se podía estar seguro. Visto desde abajo, a pesar de la decrepitud incuestionable tenía la apariencia solemne de un gobernante dispuesto a ceder el trono en un último gesto de dignidad regia.

—Hemos tardado mucho en encontrarte —me dijo y, desviando la mirada, añadió—: demasiado tiempo. ¿Qué has hecho todos estos años?

Acomodé la espalda en la silla.

—No he parado. He andado de un sitio para otro. Mi vida siempre ha sido muy complicada.

—Los tiempos que hemos vivido no han sido fáciles...

Kovalevski hablaba despacio, para administrar las energías. Intuí que podría aguantar sin mayores problemas un rato de charla.

—Supongo que querrás saber la razón por la que estás aquí.

—Estoy deseando enterarme.

—Aunque supongo que la adivinas.

—Tengo una ligera sospecha.

Se quedó mirándome. Adivinaba mis pensamientos.

—Quiero hablarte de Irina.

Lo imaginaba. No era el único. Mucha gente estaba interesada en hablar de Irina esos días. Pero no se lo dije. No habría enviado al coronel Makárov a buscarme si no lo supiera. Desde esa mansión aislada del mundo, el príncipe Kovalevski estaba al tanto de todo lo que pasaba, sobre todo si le concernía.

—¿Cómo está Irina? —le pregunté.

Bajó los ojos, no sé si cansado de hablar o complacido por pensar en su bisnieta. Deduje que lo segundo porque al volver a mirarme sonreía.

—Se ha convertido en una mujer preciosa.

Recordé sus ojos negros, sus graciosos rizos bajo el pañuelo, las trenzas, el uniforme. No le faltaría razón a Kovalevski: Irina se habría convertido en una mujer muy hermosa. Tenía muchas ganas de verla, y mucha curiosidad.

Kovalevski miró por encima de mi hombro. No me hizo falta girar la cabeza para comprobar que buscaba a su sirviente más fiel.

—¿Cómo te ha tratado el cosaco? —me preguntó.

Dejé escapar el aire por la nariz a modo de sonrisa. Tantos años después y a Kovalevski le preocupaba que el coronel se hubiera portado bien conmigo.

—El trato ha sido correcto —contesté—. No tengo ninguna queja. Me dijo que usted quería verme y aquí estoy.

—Y no sabes cuánto te lo agradezco. No tenías obligación de hacerlo y has venido.

—Aún quedan muchas incógnitas que resolver. No iba a desperdiciar esa oportunidad. Hace muchos años lo intenté, pero no me dejaron pasar de la entrada...

Kovalevski pasó por alto mi queja. Tampoco esperaba su disculpa, mucho menos cuando estaba en el lecho de muerte. El tiempo, cuando es escaso, se convierte en un bien demasiado valioso para desperdiciarlo.

—Me costó encontrarte, pero al final estabas en Sevilla —desvió el asunto, le daba igual—. Quién lo iba a decir. Tan lejos pero tan evidente.

—Estuve dando tumbos por muchos sitios, hasta que al final me cansé de todo, rompí con el partido y me escondí. No me siento orgulloso de muchas de las cosas que hice, pero tampoco puedo negar mi pasado.

—Comprenderás que me queda demasiado poco tiempo para perderlo en juzgarte

—Estoy de acuerdo. Pero he de decirle que no habrá resultado tan difícil encontrarme. El MI6 le ha prestado su ayuda con mucha amabilidad, según me han contado.

—Les interesa llevarse bien conmigo, aunque pueda morirme esta misma tarde. Después de unos pocos años los comunistas han vuelto a ser el enemigo. En realidad, siempre lo fueron, salvo la tregua por la guerra.

Si hubiera tenido fuerzas o ganas, no me cabe duda de que el príncipe Kovalevski no habría tenido remilgos en manifestarme su decepción porque la Werhmacht se quedase a las puertas de Moscú en el 41. Con Stalin en pánico y la plaza Roja a un tiro de piedra, si el astuto Zhúkov no hubiera detenido al ejército alemán, puede que las cosas ahora fueran muy diferentes. No sé si las esvásticas ondearían en las torres del Kremlin en lugar de las hoces y los martillos en Berlín. Si así fuera, Kovalevski sería feliz, no tanto por la victoria de Alemania como por la derrota del ejército rojo. El problema era airear esas opiniones cuando el III Reich había sido reducido a cenizas y los comunistas de París cuestionaban el liderazgo de De Gaulle. No era extraña esa pintada en la puerta. Lo raro era que ningún grupo de exaltados hubiera entrado todavía en la mansión de Kovalevski para quemar los muebles, llevarse los cuadros y darle una lección.

—Los ingleses me preguntaron por Irina —le dije.

Se quedó mirándome, muy fijo. No trataba de fingir sorpresa. Sabía que los ingleses estaban interesados en Irina. Los bolcheviques también. Todo el mundo quería conocer el destino de su fortuna. Hasta yo quería enterarme. Pero lo que al viejo Kovalevski le interesaba era lo que yo sabía. O, mejor dicho, lo que yo estuviera dispuesto a contar. No tardaría en decírmelo.

—Como ves, Pinner, no tengo tiempo que perder. Sé lo que pasó en San Petersburgo. Aquello fue hace muchos años y ahora es ahora. No sé cuánto me queda. Días...

Nunca supe con certeza si Kovalevski estaba al tanto de lo que pasó. Ahora fui yo quien se quedó mirándolo, a sabiendas de que sería inútil tratar de averiguar lo que el aristócrata no quisiera revelarme.

—¿Qué les has contado? —me preguntó.

—Nada. No puedo contarles nada porque no sé nada.

Seguía mirándome. El mismo gesto. Lo mismo significaba que me creía o que no se había enterado de mi respuesta.

—Nada —repetí.

Tragó saliva. Me dio la sensación de que estaba a punto de ahogarse o que, como poco, empezaría a toser y la enfermera y el coronel tendrían que acudir de nuevo en su ayuda. Yo mismo cogí un vaso de la mesita de noche y se lo acerqué a los labios. Kovalevski sorbió sin importarle hacer ruido ni el sonoro eructo que siguió después.

Estiró el cuello un poco para asomarse otra vez por encima de mi hombro y señaló algo con la punta de un dedo retorcido por la artrosis. La enfermera ya no estaba. El coronel Makárov se acercó desde la esquina de la habitación a la que había vuelto después de atender al príncipe. Traía un cofre pequeño y lo colocó encima de las sábanas. Me acordé del famoso baúl donde Kovalevski guardaba lo imprescindible. La ilusión imposible, una de tantas, que lo había mantenido anclado a la vida todos estos años. En algún lugar de esa casa todavía habría un arcón con el equipaje preparado por si se presentaba el momento de regresar a Rusia. ¿Qué sería del mundo si no hubiera gente empeñada en luchar por causas imposibles. ¿Qué sentido tenía vivir sin ser capaz de afrontar aventuras que la mayoría de los hombres rechazarían por considerarlas disparatadas? Por eso había enviado al coronel a buscarme a Sevilla, aunque fuese una idea absurda. ¿Quién podría reprocharle a un anciano que en su lecho de muerte lanzase los dados por última vez?

Capítulo VIII

—Dejémoslo descansar.

Tardé unos segundos en darme cuenta de que era Serguéi Makárov quien me hablaba. Con un movimiento no exento de cariño, el coronel arropó al aristócrata y le limpió las babas con un paño. Si hubiera inclinado la cabeza para darle un beso no me habría extrañado. Kovalevski había cerrado los ojos. Durante un instante incómodo creí que todo había terminado, pero no tardé en comprobar que la blusa del pijama se movía al ritmo de su débil respiración. No es que fuera consciente de repente, pero tal vez entonces asumí que sólo podría seguir adelante con mi vida si conseguía resolver el pasado. Se trataba de la última voluntad de un anciano, un capricho quizá, pero me sentía en la obligación de concedérselo. De algún modo, aunque fuera un modo retorcido, estaba en deuda con él. Pero en el fondo sabía que aquel compromiso tardío que iba a asumir, aunque sincero, no era sino una excusa para satisfacer mi propio deseo de saber la verdad.

No lo había visto al entrar en la habitación, pero antes de salir fue imposible no fijarme en el cuadro que estaba colgado justo frente a la cama del moribundo. Dos metros por uno, más o menos. El marco excesivamente recargado para mi gusto, pero eso era lo de menos. El retrato de la mujer joven evidenciaba cuánto significaba para Kovalevski. No sé si siempre había estado allí o el noble ruso quería tener a su bisnieta cerca los últimos días que le quedaran de vida. Qué más daba. Tenía la certeza de que ese lienzo sería parte innegociable del equipaje que tenía preparado para el imposible retorno a Rusia. Los rizos negros y los ojos negros. La mirada despierta, el apunte de sonrisa en los labios y el vestido de princesa. La niña que fue Irina seguía existiendo en el retrato de la hermosa joven que presidía el dormitorio de Kovalevski. Cada vez era más fuerte la curiosidad que sentía por saber cuánto quedaba de aquella chiquilla en la mujer de ahora.

Cuando salimos de la habitación la enfermera volvió a entrar para ocupar su puesto de guardia junto a Kovalevski.

—¿Nos ayudarás? —me preguntó el coronel Makárov en cuando llegamos al final del pasillo.

El plural que había usado contenía una curiosa familiaridad. Por llevar tanto tiempo juntos y lejos de Rusia, Makárov y Kovalevski se habían convertido en una familia. La última voluntad del príncipe era un proyecto común, más aún, una obsesión parecía.

—Sabe que lo intentaré —respondí—. Si no, no habría venido hasta aquí.

El coronel asintió. Luego se quedó parado, cuando llegamos a la escalera, y me entregó el cofre.

—Su alteza iba a darte esto.

Miré la caja, sin estar seguro de cogerla. Desconfío de los regalos. A menudo vienen acompañados de obligaciones.

—¿De qué se trata? —pregunté.

—Es para ti. Ábrelo.

A regañadientes, tomé el cofre en mis manos y levanté la tapa. Dentro había un papel doblado, amarillo por el tiempo. De no encontrarnos en un momento tan grave, me habría parecido una broma inoportuna. A pocos metros, Kovalevski moribundo; yo con dos mil kilómetros a cuestas y Makárov el doble porque había ido hasta Sevilla para encontrarme y había vuelto a París. Todo para entregarme un papel. De no ser el coronel habría pensado que se trataba de un chiste sin gracia.

—Su alteza quiere que lo tengas tú —me dijo, pero ya no lo oía.

Al desdoblar con cuidado la cuartilla supe con exactitud cuánto tiempo tenía: quince años. A pesar de los colores desvaídos de los lápices y del tiempo que había pasado, lo identifiqué enseguida. Podría decir que era un golpe bajo, una forma, otra más, de hacerme chantaje, pero mentiría. Dos hombres y una niña dibujados con trazos infantiles, y al fondo la torre Eiffel. Al ver el dibujo me sacudió la misma emoción que a un niño. Makárov seguía a mi lado pero también se había ido. Irina y yo estábamos sentados en un tronco, el cielo estaba cubierto de una cortina de nubes oscuras y la nieve me llegaba a las rodillas. En un gesto instintivo me lo acerqué a la nariz para olerlo.

Había pensado muchas veces en el príncipe Kovalevski, en el coronel Makárov, en Irina y en todo lo que pasó, pero he de confesar que, sin ninguna intención ni motivo, enterré el recuerdo de ese dibujo que ahora, al volverlo al ver, sorprendido porque algo tan frágil hubiera sobrevivido tanto tiempo, sentí que me estaba esperando. Recordé, de pronto, que el coronel ni siquiera sabía de su existencia, y me asaltó un ramalazo de emoción al pensar que Irina se lo hubiera mostrado alguna vez, no sólo hace quince años, sino también después, a él y también a su bisabuelo, cuando ya se habría olvidado de su vida anterior pero aún me recordaba. ¿Se acuerda Irina de mí?, estuve a punto de preguntarle al coronel, pero apreté con fuerza los labios antes de decir nada. Tal vez sí y tal vez no, pero no quería evidenciar cuánto me importaba. Me acababa de dar cuenta de eso también, de la felicidad íntima de representar algo para quien no había vuelto a verme ni a saber de mí en todos estos años.

—Seguro que Irina también querrá que te lo quedes —me dijo el coronel.

—No puedo aceptarlo. Su sitio está aquí. Con ustedes.

—No digas tonterías. Sólo es un dibujo.

El coronel sabía que más que un dibujo infantil descolorido, aquella hoja arrancada de un cuaderno era un símbolo inequívoco de lo que pasó. La razón, también, por la que había ido a buscarme quince años después. Él había empezado a bajar las escaleras pero yo todavía no me había movido. Ya nos separaban ocho o diez peldaños cuando volví a doblar el dibujo, lo guardé dentro del cofre y seguí a Makárov.

—No me acordaba de esto —le dije—. ¿Cómo es que ha durado tanto tiempo?

—Ella lo trajo a París y su alteza lo guardó.

No pensé que Kovalevski hubiera guardado ese dibujo para dármelo algún día, pero tal vez al entregármelo ahora era su forma de darme las gracias.

—¿Dónde está Irina? —le pregunté—. Me gustaría mucho verla.

—Pronto podrás hacerlo. Aún no ha llegado a París, pero lo hará muy pronto.

—¿No vive aquí?

—Su alteza la envió a estudiar a Nueva York tras la ocupación. Los ánimos estaban y siguen estando demasiado exaltados, ya has visto la pintada en la puerta, y prefería que estuviese lejos. Hace dos semanas le envié un telegrama, antes de ir a España a buscarte. Subió a un barco hasta Inglaterra y ahora mismo está camino de París.

Ya habíamos llegado a la planta baja. Miré alrededor. Desde arriba, el busto en mármol de Catalina la Grande nos observaba. Además de estar presente en la despedida de su bisabuelo, la jovencita tendría que hacerse cargo de una inmensa fortuna. Y, por muy bonito que sonase, era una empresa que no envidiaba. A menudo los herederos no pueden elegir.

—Ahora te llevarán al hotel, si quieres. El coche y el chófer están a tu disposición.

—Se lo agradezco, pero prefiero ir a mi aire. Por ahora, me basta con que me lleve al hotel.

El automóvil que nos había traído desde la estación seguía en el mismo lugar. El chófer, de pie, esperaba órdenes. Serguéi Makárov bajó la escalinata e intercambió unas palabras con él. El conductor abrió una de las puertas traseras, invitándome a subir.

—Le he dado instrucciones de que te lleve al hotel —me dijo Makárov—. O a donde quieras.

Bajé las escaleras.

—Gracias, coronel.

Ocupé mi asiento y el chófer cerró la puerta antes de sentarse al volante. Hasta que Makárov golpeó el techo con la palma de la mano no arrancó. Nada se movía en aquella casa sin el consentimiento del viejo coronel. Por uno de los espejos retrovisores vi como su figura se empequeñecía hasta parecer un juguete.

Capítulo ix

No le pregunté al coronel Makárov el nombre del hotel donde me había reservado una habitación, pero tampoco me extrañó que el chófer detuviese el coche delante de Le Meurice y que un portero elegante con aire de general retirado me abriese la puerta y me diera la bienvenida. En todo el tiempo que pasé en París de joven jamás se me ocurrió alojarme en lugares como este. Gastar la mitad de tu sueldo en un solo día no era un buen negocio. Como me había acostumbrado a la austeridad, cada vez más durante los últimos años, la cercanía del lujo, además sin haberlo pedido ni deseado, me hacía sentir incómodo. Con desgana entregué mi equipaje al mozo que corrió desde la entrada con un maletero reluciente de barras doradas y, aunque el conductor me dijo que me esperaría para llevarme a donde quisiera, le pedí que ser marchara, no porque estuviera cansado y no me apeteciera ir a ninguna parte, sino porque después de la visita a la mansión del príncipe Kovalevski prefería estar solo.

Me registré en la recepción. Gordon Pinner, mi nombre verdadero —cada vez me alegraba más de no ocultarme y de no mentir— y crucé el vestíbulo para entrar en el ascensor y subir a la habitación donde ya me esperaba el equipaje.

Tras un instante de azoramiento —nunca soy capaz de dar una propina sin sentir durante un instante que con ese gesto puedo humillar a quien la recibe— conseguí quedarme solo. Si el lujo me incomodaba, he de reconocer que las vistas impagables al jardín de las Tullerías y al Sena compensaban mis reticencias. Lo del baño individual también era una novedad a tener en cuenta, porque la última vez que estuve en París me alojé en una pensión del Barrio Latino con un solo cagadero para todo el edificio.

Abrí la ventana y me asomé a la terraza. Pensé en el mariscal Von Cholditz, cuyo despacho durante la ocupación se encontraba en este mismo hotel. Me pregunté si, por alguna extraña casualidad, sería en la misma habitación espaciosa donde me encontraba. A pesar de que había pasado más de un año desde la última vez que las botas de un militar alemán pisaron las alfombras de Le Meurice, no me costaba imaginar las banderas con las inconfundibles esvásticas que había visto en las fotos del París ocupado, ni al mismísimo príncipe Kovalevski sentado en el bar del hotel con una copa de champán en la mano junto al mariscal alemán que gobernaba la ciudad. No sería Kovalevski el único exiliado ruso que celebraba las victorias de Alemania en Europa, mucho más cuando el frente del Este, sobre todo al principio de la guerra, era una mancha que se extendía hasta Moscú y quizá acabaría con el exilio, la cárcel o un paredón de fusilamiento para Josif Stalin.

No muy lejos del hotel, cuántas casualidades para una mañana, estaba el café donde la mayoría de los rusos expatriados acostumbraban a reunirse. Las amplias cristaleras con vistas al patio del Palacio Real, adonde me había asomado tantas veces buscando cualquier información útil para los bolcheviques. Con la perspectiva de los años parece paranoico, pero cualquier detalle sobre las reuniones de los rusos exiliados era importante para quienes me habían encargado mezclarme entre ellos, conseguir que confiaran en mí para que me contaran sus planes y sus anhelos y anticipar cualquier maniobra que desestabilizase el rumbo firme de la revolución.

No tardé en cerrar los ventanales de la terraza y salir de la habitación. No porque temiese que el lujo me hipnotizase y me volviera idiota, sino porque aún tenía unas cuantas horas de luz por delante, hacía muchos años que no estaba en París y la vida me había enseñado que los momentos hay que disfrutarlos cuando se presentan. Retrasar los buenos ratos no tiene sentido a no ser que tengas vocación de eremita o no puedas evitar sentirte culpable cuando la vida te brinda un regalo inesperado. Si el coronel Makárov no hubiera ido a buscarme, ahora estaría dando vueltas por Sevilla como una fiera enjaulada, esperando que se me presentase una oportunidad que me sacase del tedio. Lo peor de todo, lo reconozco, lo reconocí entonces, cuando crucé la rue di Rivoli en dirección al Sena, era el aburrimiento.

Dejé atrás el Palacio Real, con su patio, su café acristalado, si es que seguía existiendo, y los soportales. Con el tiempo los rusos exiliados en París dejaron de ser una amenaza y ya no importaban a nadie. Mucho menos ahora, cuando los soviéticos dominaban un territorio desde el Pacífico hasta Berlín. También los expatriados habían dejado de ser asunto mío. El motivo que me empujaba a caminar por la ciudad no era buscar las huellas del exilio, sino el recuerdo de mi propia juventud en París, cuando todo era posible, cuando ni siquiera yo mismo parecía ser capaz de malbaratar mi vida. Caminé un rato junto al Sena, hasta que aparecieron las torres parejas de Notre Dame. Al atravesar la Ille de la Cité en dirección al Barrio Latino me acordé del penoso trayecto, hacía muchos años, sentado en el asiento de atrás del coche del príncipe Kovalevski junto al coronel Makárov. Me dolía todo el cuerpo pero disfrutaba de una prórroga inesperada, como ahora. Tantas vueltas, tantos viajes y tantas aventuras para volver al punto de partida. Un rato después dejé atrás Cluny y la Sorbona y llegué a la place du Pantheon. Dejé a un lado el templo y rodeé la iglesia de Saint Etianne du Mont para asomarme al lugar donde viví en París cuando era un joven periodista deseoso de hacer algo útil por la revolución. Desconchado y con las manchas de humedad en la fachada —muchas nuevas, pero seguro que también de las antiguas—, el edificio aún se mantenía en pie. Me quedé un rato en la acera, esperando ver salir al Gordon Pinner de hace quince años para avisarlo de todo lo que esperaba, rogarle que no se metiera en líos, recomendarle que se marchara de la ciudad antes de que fuese demasiado tarde. Pero también el joven Gordon Pinner, si hubiera aparecido, le podría haber aconsejado lo mismo al viejo Gordon Pinner: que regresara por donde había venido, incluso a España otra vez. Cualquier sitio mejor que este, porque en París los problemas se veían venir. ¿Acaso no te das cuenta de que te estás volviendo a jugar el pellejo? No has aprendido nada. Sigues siendo el mismo cabezota ingenuo. No vas a parar hasta meterte otra vez en la boca del lobo. Allá tú. Pero el viejo Pinner mandó a callar al joven, o se marchó sin hacerle caso y el otro se dio cuenta de que, por muchas advertencias, iba a llegar hasta el final. No quería buscar una boca de metro, no deseaba subir a un autobús ni tomar un taxi. Caminar era lo único que me apetecía, caminar y pensar. A donde iba sólo podría encontrar un fantasma, pero iría igualmente. Atravesé el parque de Luxemburgo, sin detenerme. Ya había pasado la hora de comer pero no tenía hambre.

Por mucho que deseara que el tiempo retrocediera, Katya no iba a salir al portal a recibirme. Las luces del piso donde se encontraba la academia estaban apagadas, no se podía ver nada. La nostalgia me impulsó a desear que aún hubiese una escuela de danza allí, por supuesto regentada por otra bailarina, no podría ser de otra forma. Así su recuerdo no se desvanecería.

La primera que vez que estuve plantado en esa acera, atento a los ventanales de la academia, me afectaba el nerviosismo de un adolescente que busca una excusa tonta para hacerse el encontradizo con la chica que le gusta. Ahora no eran nervios, pero no niego un cosquilleo inesperado en la barriga. De nuevo vi al joven Gordon Pinner, inquieto la primera que vez se atrevió a buscarla, y también las otras veces, aunque lo disimulase mejor. Lo vi con un ramo de flores, cuando la vida nos sonreía a Katya y a mí, o eso era lo que creíamos, cuando ninguno fue capaz de ver hacia dónde nos encaminábamos. Pero no estoy siendo sincero: era yo quien no fui capaz de verlo. Ella sí. Cómo no iba a saberlo.

Al contarlo ahora sé que puede parecer ventajista, pero no miento si digo que al poco tiempo de salir de Le Maurice me di cuenta de que me seguían. No lo digo porque haya pasado, ya no tiene mérito. Las posibilidades eran varias, muchas más ahora que las veces que presentí lo mismo durante los últimos años, con mayor o menor acierto. No había salido de la madriguera para volver a esconderme. Y no es que quiera dármelas de valiente. Estaba cansado. Eso es todo. Si uno deja cuentas pendientes y ha tenido la fortuna, buena o mala, de seguir viviendo, lo lógico es que antes o después alguien venga a cobrar la deuda. Miré por última vez las ventanas de la antigua academia y eché a andar, no en dirección al bulevar de Raspail, sin duda más concurrido. Tal vez habría también algún gendarme inoportuno que animase a desistir a quien viniera a por mí. Incluso lamenté que no fuera ya de noche, para facilitar las cosas. Me encaminé hacia la primera calle estrecha que vi, sin prisas. Quería que me vieran bien, para nada quería despistarlos. Me sentía un soldado solo en la trinchera mientras avanza el enemigo. Aunque me quedase alguna bala en el cargador, no tenía intención de usarla. Para qué. Al final acabarían matándome si era lo que querían. Si no disparaba, tal vez tendría alguna posibilidad. Aminoré mis pasos, cada vez más. La casualidad quiso que la calle estuviese desierta. Aquel era un buen lugar para que me abordaran. Otra vez el pasado se presentaba en un pestañeo. Un domingo por la mañana, a la hora de misa, un coche que yo conducía, París, y un hombre valiente que no sabía que lo iban a secuestrar. Me acerqué al bordillo, esperando que el coche se acercase. Cuando se detuvo a mi altura no eché a correr. Me apetecía guardar las manos en los bolsillos, pero no lo hice para que no pensaran que llevaba una pistola. Tampoco me moví cuando se abrió la puerta. Había dos hombres dentro además del conductor. Los miré, bajé los ojos y luego los volví a mirar. Asentí. Y ellos me entendieron. Los acompañaría. No les iba a poner ningún problema, no tendrían que inyectarme morfina ni taparme los ojos ni darme una paliza. Iría a donde tuvieran que llevarme. No se trataba de cobardía, insisto: quería llegar al final.

—Señor Pinner, nos gustaría que nos acompañara —me dijo uno de ellos.

El aceptable francés que empleó no ocultaba el inconfundible acento ruso. De todas las posibilidades, aquella era la más lógica. Ya había estado con el coronel Makárov y visitado la casa de Kovalevski y, aunque era posible que algún agente enviado por Murdoch me estuviera vigilando, lo normal es que fueran los rusos, no los exiliados, sino los que mandaban en Moscú desde hacía más de un cuarto de siglo. En 1930 una carambola evitó que me sentenciaran a muerte, pero no pensé que me fueran a perdonar lo que hice en Sevilla a los pocos días de empezar la guerra civil. No los culpaba: yo tampoco me lo perdonaba. Ni me lo perdonaría nunca.

Antes de que bajasen del coche para intentar convencerme, yo ya estaba dentro. El tipo que iba en el asiento del copiloto se sentó detrás también. Encajonado entre dos hombres sería más difícil que me escapase si cambiaba de idea. No hice preguntas. Sería inútil. No me iban a contestar o como mucho mentirían. El conductor era más joven, los otros dos tendrían más o menos mi edad. Puede que ya estuvieran al acecho cuando bajé del tren por la mañana en la Gare de Lyon, incluso que me hubiesen seguido hasta la mansión de Kovalevski. La cuestión era que sabían que antes o después llegaría a París y no habían perdido el tiempo para hablar conmigo. Pero, por muy vulnerable que pueda ser a la vanidad, como cualquiera, no iba a creerme tan importante como para que los soviéticos se tomasen tantas molestias y empleasen tantos recursos para hablar conmigo. Pronto me enteraría. Con los años la paciencia se había convertido en una de mis mejores virtudes. Eso sí, me cachearon con manos expertas y concienzudas. No estaba de más asegurarse.

Como había estado tantos años fuera de la ciudad, al cabo de un rato en el coche me desorienté. Lo único que sabía era que, tras bordear el cementerio de Montparnasse y girar a la derecha durante un tiempo y atravesar el Sena, nos alejábamos de París en dirección oeste. Unos pocos kilómetros al norte se encontraba la mansión del príncipe Kovalevski, pero no iban a llevarme allí, sino a algún lugar a las afueras. Que no se hubieran tomado la molestia de vendarme los ojos podía ser tan bueno como malo. Malo, porque si al final me iban a matar daba igual adónde me llevaran. Bueno, porque no tenían previsto hacerme daño y no les importaba que memorizase el trayecto. Lo mejor era pensar lo segundo. Tendría gracia que los comunistas ahora quisieran usarme para recabar información sobre el moribundo Kovalevski. Nada tenía por qué resultarme extraño a estas alturas. Encendí un pitillo, apoyé la nuca en el asiento y entorné los ojos. Hasta ese momento no me di cuenta de lo cansado que estaba. No era el mejor momento para quedarme dormido, desde luego. Lo raro sería que un insomne se rindiera al sueño cuando tal vez le quedaba sólo un rato de vida. Si unos días antes alguien me hubiera dicho que muy pronto estaría sentado en un coche entre dos agentes del NKVD, y además en París, me habría partido de la risa. Pero así es la vida. Está llena de sucesos inesperados contra los que no puedes hacer nada salvo adaptarte.

La casita a la que llegamos era una edificación de dos plantas, no muy grande, un poco más allá de Vaucresson. Una verja oxidada daba paso a un corto sendero que moría en unos peldaños de piedras gastadas. Estaba oscuro desde hacía rato y nada indicaba que hubiese alguien dentro. Los tres hombres se bajaron y me rodearon. No dejarían de tener claro que no echaría a correr. De ser uno de ellos, yo tampoco me habría fiado, ni siquiera por haber sido cacheado o porque no hubiera abierto la boca en todo el camino más que para fumar.

Dentro de la casa olía un poco a cerrado y a humedad, pero todo estaba razonablemente limpio y ordenado. Un pequeño salón con el hueco de una chimenea en el que eché en falta unos cuantos troncos y el crepitar acogedor de las llamas, una cocina y en el pasillo supuse que una o dos habitaciones, la casa no daba para más. Tal vez un cuarto de baño.

—Venga conmigo —me dijo el que llevaba la voz cantante.

Lo seguí por el pasillo hasta una puerta y entré en una habitación en la que el único mobiliario eran dos butacas y una mesa. A través de la cortina echada no se veía ninguna luz.

—Se quedará aquí —me comunicó—. ¿Necesita ir al baño? ¿Quiere algo de comer?

Que me ordenase permanecer en ese cuarto no me sorprendía. Pero las dos preguntas que sin duda contenían una buena dosis de amabilidad forzada me extrañaron. Es más, podrían interpretarse como los últimos caprichos concedidos a un sentenciado a muerte: una buena comida y vaciar los intestinos para no pringarlo todo cuando apretasen el gatillo o me pasaran un cable por el cuello.

—Gracias —respondí—. Bastará con agua.

Una jarra llena de agua y un vaso fueron mi única compañía durante mucho rato. Al otro lado de la puerta oía rumores de conversaciones, en ruso, y la ahogada música de una radio. Descorrí la cortina, pero no había nada destacable en el pequeño jardín que rodeaba la casa. Unos cuantos arbustos mal cuidados, ni una luz o un perro que ladrase. Oscuridad y silencio. Me quité el abrigo, lo dejé caer en el respaldo de una butaca, encendí otro pitillo y me senté en la otra. Cuando te detienen las horas pasan despacio, tus captores son conscientes y se aprovechan de esa perversa relatividad del tiempo para doblegarte. No siempre tiene uno la suerte de haber estado en los dos lados para saberlo. La escasa luz fría de la lámpara era tan molesta que me dolían los ojos y me levanté para apagarla. Una vez que me acostumbré a la penumbra me encontré mucho más cómodo. Con las brasas del cigarrillo tenía bastante para alumbrarme. Y con el agua era suficiente para calmar la sed. De momento, tenía bastante con el vino que bebí en el tren. No es que fuera abstemio, me seguía apeteciendo empinar el codo de vez en cuando, pero ya no necesitaba estar borracho como antes. Me sentía mucho mejor ahora, sereno todo el tiempo. Si al final tenían que venir a visitarte fantasmas, lo harían igualmente, estuviera beodo o sereno. Y a mí me perseguían demasiados fantasmas como para que más tarde o más temprano no dieran conmigo.

La casa estaba helada y al cabo de un rato me entró frío. Cogí el abrigo y me lo eché por encima, estiré las piernas, coloqué los pies en la otra butaca y cerré los ojos. Además de la relajación tras aceptar lo inevitable, dormir también era una forma de restar tedio a la espera, al momento en que alguien abriera la puerta y me revelase lo que me esperaba. Aunque la verdad era mucho menos poética: el cansancio del viaje me empezaba a pasar factura. Era una ventaja, porque así se me haría más corta la espera. Me estaba haciendo mayor. La fatiga estaba presente muchas más veces y mucho antes de lo que me gustaría. No tardé mucho en caer rendido. Las voces de mis guardianes se esfumaron, igual que la música de la radio. Lo único que notaba era la cálida pesadez de los párpados, el sueño que se apoderaba de mí. Por raro que parezca, la proximidad inevitable de la muerte puede ser algo parecido. Lo sé porque me ha tocado estar muy cerca muchas más veces de las que me gustaría. No es por ser más valiente, qué va, pero cuando la ves venir y comprendes que no hay solución te afecta una paz extraña. Sabes que no puedes hacer nada para escapar, dices hasta aquí hemos llegado y aceptas tu destino.

Pero estaría faltando a la verdad si dijera que me quedé dormido sin más, que no sentía ninguna preocupación por lo que pudiera pasarme. Miedo no, inquietud. No se andarían con bromas quienes me habían llevado hasta allí. Para que la espera no se me hiciese eterna me había esforzado en no mirar el reloj cuando entré en la habitación, pero lo primero que hice cuando me desvelé fue preguntarme qué hora sería. Me había quedado profundamente dormido, los huesos protestaban por la mala postura en la butaca y por el frío tan intenso a medida que avanzaba la noche. La boca seca, pero en lugar de levantarme para buscar la jarra de agua me encogí como un feto para tratar de conservar el calor. Me pareció oír el motor de un coche, pero no podía estar seguro de no haberlo soñado. Luego abrieron la puerta, sin llamar. Encendieron la luz y durante un momento no pude abrir los párpados para ver de quién se trataba. El tipo me preguntó si necesitaba algo.

—Tengo frío —le dije—. Y quiero ir al baño. Y también me gustaría saber hasta cuándo me vais a tener aquí esperando.

Cerró la puerta, sin contestar. También se olvidó de apagar la luz. Enseguida volvió y me indicó una puerta abierta al otro lado del pasillo. Al menos me dejaron sentarme en la taza del váter solo, sin tener que soportar la humillación de que alguien te mirarse mientras evacuabas los intestinos. Cuando volví al cuarto habían vuelto a llenar la jarra de agua y puesto en la mesa un viejo samovar. Acerqué las manos a la jarra para calentarme. Aunque no había nadie conmigo en la habitación, puesto que el samovar era de dimensiones considerables y también habían traído un par de vasos, el té no lo iba a beber yo solo. Procuré concentrarme en lo que pasaba más allá de la puerta. No podía saber si había llegado alguien más o si alguno de los hombres vendría a tomar el té conmigo mientras me hacía unas preguntas. En los otros usos que podían darle al té hirviendo para hacerme hablar era mejor no pensar. Retiré las manos del samovar en un impulso repentino. Pero luego coloqué uno de los vasos debajo del pequeño grifo y giré la llave. Estaba tan caliente que se me quemaron los dedos al tocar el metal. Esperé un poco para beber. Se me ocurrió que, para evitar que me torturasen echándomelo por encima, lo mejor sería bebérmelo todo poco a poco. Como si eso impidiera que pudieran volver a calentar más, u obligarme a meterme en una bañera llena de agua hirviendo. Es cierto, la tranquilidad o la resignación desaparecían cuanto más se aproximaba el final, porque eso era lo que creía, que todo acabaría pronto, y se me estaban ocurriendo unas cuantas maneras en las que el desenlace no me gustaba.

Llevaba dos sorbos de té cuando oí unos pasos acercarse. Eran dos personas. Un hombre abrió la puerta pero se quedó fuera para que pasara quien lo acompañaba. No entró enseguida, se demoró un par de segundos en el pasillo, pero cuando por fin lo hizo pensé que el viaje tan largo me había regalado un inesperado sueño profundo del que no había despertado todavía. La mujer que acababa de entrar en la habitación no tenía que existir sino en mis recuerdos. Me miró largamente antes de ocupar la butaca vacía y servirse un poco de té. El pelo tirante, recogido en un moño, la falda estrecha y la chaqueta ajustada, abotonada hasta el cuello; los ojos negros que no dejaban de mirarme y parecían reírse de mi sorpresa. No la culpo. Por mucho que lo deseara o que el coronel Makárov lo hubiera insinuado, ella no estaba entre las personas que esperaba encontrar. Si acaso, sólo algún dato revelador que arrojase luz sobre lo que pasó, pero no verla. Si ni siquiera sabía si estaba viva, cómo iba a ser capaz de imaginar que había vuelto. Puede que ella tuviese tantos motivos como yo, incluso más, para mantenerse alejada de París. ¿Cuántos años tendría? Pensé en los que tenía yo y sumé unos cuantos más. Si no había cumplido los cincuenta, le faltaba poco, pero seguía siendo tan hermosa que dolía mirarla. Se llevó el vaso a los labios y volvió a mirarme por encima de la curva del cristal. Ahora no tuve dudas de que sonreía.

—¿Cómo estás, Gordon Pinner? —me dijo, su voz era la misma de cuando éramos jóvenes—. Me alegro mucho de verte.

TERCERA PARTE

PARÍS, 1930

Capítulo x

Asistir a esa fiesta en la mansión situada en los límites del Bois de Boulogne era igual que viajar en el tiempo. Había estado ya dos veces en la Unión Soviética, pero la varita de un mago me había tocado para convertirme en uno de los personajes secundarios de *Miguel Strogoff* y estaba a punto de presenciar el momento en que le comunicaban al zar Alejandro II la revuelta del tártaro Feofar Khan en Siberia. Cincuenta y cuatro años habían pasado desde que se publicó la famosa novela de Julio Verne y casi trece desde que Nicolás II, nieto de aquel zar cuyo nombre no aparece en la aventura del escritor francés, renunciase al trono en el vagón de un tren; pero en ese trocito del mundo, aunque sólo fuese por un rato y tan lejos de Rusia, se mezclaban las personas de carne y hueso y los héroes de las novelas.

Apoyado en la recargada balaustrada de mármol, me entretuve observando la llegada de los invitados: hombres con sombreros de copa y severo traje oscuro, mujeres con vestidos de ensueño y peinados imposibles, coches lujosos aparcados en la entrada y hasta el metropolita Eulogio, jefe de la iglesia rusa en el extranjero, se dejaba besar la mano con indiferente solemnidad mientras subía la escalinata de la mansión del príncipe Mijaíl Mijáilovich Kovalevski. El aristócrata, primo en tercer grado de último zar, cumplía setenta y cinco años. Antón Vladímirovich Kuliakov, viejo conocido y mi enlace con el *Obedinyónnoye Gosudárstvennoye Politícheskoye Upravlénie* —el Directorio Político Unificado del Estado, el OGPU, el servicio secreto, para abreviar— había tenido una gran idea al sugerírmelo: no se me habría ocurrido mejor ocasión para encontrarme cara a cara con los miembros más destacados del exilio ruso en París. Me sentía feliz, pero también estaba un poco nervioso. Acababa de llegar a la capital francesa con tres días de retraso por una huelga que paralizó el tráfico marítimo en el Canal de la Mancha, contrariado por la tardanza en empezar una nueva vida en la que, sobre todo, deseaba ser útil a la revolución a pesar de las dudas que me corroían, cada vez más, cuando pasaba algún tiempo en la Unión Soviética. Aun así sentía que, desde que me afilié al Partido Comunista Inglés seis años antes, cada paso me empujaba hacia ese momento y que, más pronto que tarde, haría algo importante para contribuir a extender el movimiento obrero por el mundo.

Hasta llegar no fui consciente de que, al no ir tan bien vestido como debería, llamaría demasiado la atención. Me bastó ver a los invitados para aventurar que los camareros irían mejor arreglados que yo y que, sin mencionar la costura suelta de los bajos del pantalón y la mancha de la camisa que me obligaba a adoptar cierta rigidez para ocultarla, la mía sería la única chaqueta de pana, pero sólo llevaba tres horas en París y apenas tuve tiempo de buscar un lugar decente y económico donde alojarme, una habitación con un baño compartido entre todas las demás habitaciones de la pensión, putas y clientes incluidos, asearme a toda prisa después de hacer cola, enfrentar la tarea imposible de encontrar en mi equipaje algo elegante que ponerme y emplear algunos de los francos que me habían dado para gastos en un taxi desde la place du Pantheon hasta el frondoso Bois de Boulogne.

Si el barco no hubiera estado retenido en Portsmouth por la huelga habría tenido tiempo de preparar el encuentro con calma. Pero en la vida casi nunca ruedan las cosas como uno quiere y hay que saber improvisar. Ya tendría tiempo de acercarme a la embajada soviética para ponerme a disposición de Antón Vladímirovich, pero el cumpleaños del príncipe Kovalevski era esa noche y no estaba dispuesto a esperar un año entero si tenía la oportunidad de asistir a la fiesta. Oficialmente, mi objetivo en París era escribir, estar alerta y encontrar noticias. Extraoficialmente, debía mezclarme con la comunidad de rusos exiliados, la más numerosa del mundo, alrededor de medio millón en Francia, más que en todos los países del resto de Europa juntos; estar al tanto de las intrigas, una posible vuelta a la guerra si algún loco idealista todavía creía en la posibilidad de derrocar a los soviets. Qué mejor forma de empezar que en la fiesta de cumpleaños del que tal vez no fuera el más conocido pero sí el más rico y poderoso de todos. Sólo faltaba que llegase mi acompañante, si es que alguien se había encargado de anunciarle que, aunque con retraso, ya estaba en París.

Kuliakov se había encargado de ponerme al día en Moscú, dos meses antes. Al ruso lo había conocido en Londres durante la huelga de mineros de 1926, cuando cubrí la revuelta de los trabajadores para el *Evening Post* e incluso fui detenido durante una carga policial que se saldó con varios heridos por arma de fuego, algún navajazo —varios policías también los sufrieron— y muchas contusiones y magulladuras —algunas mías— que pudieron ser más graves porque cuando nos detuvieron un minero me tomó por un espía infiltrado de la policía y si no me lincharon fue gracias a la intervención oportuna de uno de los líderes sindicales que aseguró haberme visto en primera línea, junto a ellos, mientras los agentes empleaban las cachiporras. Al director del periódico no le gustó que me pasase tres días sin aparecer por la redacción cuando todas las cabeceras de la competencia informaban del final de la huelga. Las explicaciones que presenté no le parecieron suficientes. Tampoco lo ablandaron las mataduras de mi cara ni que la policía me hubiera requisado y extraviado la mochila que llevaba con mis notas sobre la huelga y la cámara fotográfica. Pero al salir de la redacción como un reportero en paro, un tipo desgarbado, con perilla descuidada y gafas diminutas que hablaba inglés con un acento extraño, me propuso charlar un rato. Aquella primera conversación con Antón Vladímirovich fue la piedra de toque que cuatro años después me acabaría llevando a esa fiesta parisina de postín.

Fue el ruso quien me habló de Katya por primera vez, en un despacho del gigantesco edificio de fachada amarillo pálido donde trabajaban los espías soviéticos, cerca de la plaza Roja. Yo estaba a punto de marcharme de Moscú, adonde había llegado dos meses antes invitado junto a un grupo de intelectuales que iban a conocer la Unión Soviética para luego contar al mundo las ventajas de vivir en el primer país donde había triunfado la dictadura del proletariado. La condición de periodista justificaba mi presencia entre afamados artistas cuya visión sobre la vida en Rusia se limitaba a las novelas de Bulgákov o Dostoyevski. Doce años después, a finales de 1929, si uno ponía los ojos en un lugar diferente al que Antón Vladímirovich y otros como él pretendían que mirases, no era difícil descubrir las costuras de la revolución. Aunque también es verdad que para eso ayudaban las ganas de fijarte en lo que no querían que vieras. No me refiero sólo a los obreros descontentos, a los rostros famélicos de la gente que pasaba hambre —el invierno de finales de 1929 y principios de 1930 fue uno de los más duros— o a las pintadas que, para escarnio del régimen proletario, animaban a levantarse a los nostálgicos de los Románov; sino a la triste evidencia de que, casi década y media después del asalto al Palacio de Invierno, como me diría algún ruso exiliado no mucho más tarde, Rusia había pasado de la autocracia sanguinaria de los zares a la no menos violenta dictadura de los bolcheviques. Pero, ya digo, un razonamiento así sólo serviría a quien quisiera tener los ojos abiertos en lugar de preferir llevar una venda. Y yo, lo confieso, con franqueza tardía, qué le voy a hacer, pertenecía al segundo grupo. Me afectaba un entusiasmo desmedido por la justicia social y la igualdad de clases y mis ojos no se habían abierto del todo.

Los nostálgicos del imperio de los zares, anclados en un mundo que ya no existía, aferrados a recuerdos de un pasado esplendoroso, estaban acostumbrados a ser vistos como animales exóticos. A la curiosidad, a la admiración, incluso al desdén o al desprecio de los franceses. Pero alguien me iba a ayudar a introducirme en ese círculo. Alguien que todavía no sabía si me acompañaría esa noche.

Me refiero a Katya. Aunque, en realidad, yo todavía tardaría en emplear ese hermoso hipocorístico. Tampoco Antón Vladímirovich lo usó cuando me habló de ella por primera vez. Cuando me dijo que me encontraría con ella en París, ignoró su apellido y sólo usó su nombre de pila más el patronímico, esa curiosa forma neutra que emplean los rusos para referirse a alguien con distancia o respeto.

—Yekaterina Paulovna —más que decir su nombre parecía anhelar el estreno de una representación en el Bolshoi—. Es quien mejor te podrá ayudar a introducirte en la comunidad de rusos exiliados de París. ¿Has oído hablar de ella?

Ni siquiera me sonaba ese nombre.

—Yekaterina Paulovna Velyaminova —repitió, añadiendo su apellido, y otra vez tuve la sensación de que miraba el cartel anunciador de su espectáculo musical favorito—. Fue una artista famosa en la última época de los Románov. Llegó a ser la primera bailarina del teatro Marinsky. Su cara era habitual en las revistas. Los poderosos se encapricharon de ella y la invitaban a sus fiestas. Las malas lenguas cuentan que fue amante de Nicolás el sanguinario.

Torcí el labio en una sonrisa de compromiso. Nicolás el sanguinario era la forma en que muchos bolcheviques aún se referían al último zar. Pero no me apetecía ponerme a debatir con Antón Vladímirovich sobre la idoneidad del contundente apodo del Románov, aunque mi impresión era que Nicolás el pusilánime resultaba más preciso para motejarlo.

—Una bailarina famosa que se convierte en amante del zar de Rusia. Podríamos estar hablando del argumento recurrente de una novela romántica de no haber sido un hecho frecuente, no sólo en la última época de los Románov, sino siempre, ¿no crees?

Miró para otro lado. Más allá de la ventana, un carro rebosante de carbón cruzaba la plaza de la Lubyanka hacia la calle Nikolskaya. Haría falta mucho carbón para calentar Moscú. Me alegré de poder estar muy pronto lejos de allí.

—Te he traído esto —sacó del zurrón una carpeta arrugada.

No le pregunté qué era. Tampoco la abrí. Prefería que lo hiciera él.

—Aquí la tienes —me dijo, colocando varios recortes de revistas sobre la mesa, como si repartiera las cartas de una baraja—. Yekaterina Paulovna.

Las imágenes eran una suerte de recuerdos de época y de fichas policiales. Una mujer joven destacaba en todas. Aunque se encontrase en uno de los majestuosos salones de Tsárskoye Seló repleto de invitados, resplandecía igual que si un cañón de luz la iluminase, no importaba que no estuviese bailando en el escenario.

—No la conozco, pero tampoco me habría importado conocerla —dije, con estúpida socarronería masculina, aunque enseguida rectifiqué—. No, en serio. Jamás había oído hablar de ella.

Antón Vladímirovich volvió a guardar los recortes en la carpeta y la deslizó hacia mi lado de la mesa.

—No tenías por qué —respondió—. Estas fotos son de hace muchos años. Lo único que importa es que ahora ella vive en París y trabaja para nosotros.

—¿Le habéis hablado de mí? —al hacer la pregunta me di cuenta de que podía ser malinterpretado. Cuando se trata de una mujer como esa, lo difícil era no imaginar que un hombre se interesara por ella.

—Lo haremos pronto. Cuando estés en Londres nos pondremos en contacto contigo para darte instrucciones y haremos lo mismo con Yekaterina Paulovna. La conocerás cuando llegue el momento.

Como ya no quedaban invitados que llegar, encendí un pitillo para matar el tiempo. Todos estaban dentro. Era posible que la bailarina no acudiera a la fiesta. En realidad, sólo había intuido, o quizá deseado, que ella estaría dispuesta a ir al cumpleaños conmigo o sin mí, y que la única manera de encontrármela fuese acudiendo yo también. Pero Yekaterina Paulovna también podría ir con alguien si no le habían contado que yo estaba en París, lo que complicaría las cosas aún más. Entrar yo solo en la celebración no tenía mucho sentido. Había tenido la suerte de que me franqueasen el paso en la cancela al decir que era su acompañante, pero al final de la escalinata otros dos hombres controlaban la llegada de los invitados. Uno de ellos le proporcionaba un toque pintoresco al momento: piel azabache, de rasgos que por alguna asociación mental mezclada con desconocimiento se me antojaron nubios, aunque nunca hubiera visto a nadie así, embutido en un dolmán rojo, a modo de improbable húsar negro, las botas lustrosas, el gorro alto con barboquejo, la empuñadura bruñida del sable y el pecho hinchado. Tan metido en su papel parecía, la mirada al frente pero sin perder detalle de ninguna de las personas que entraban en la mansión, que sería imposible colarse en la fiesta sin el permiso de aquel guardián insólito.

Hay mujeres que pasan desapercibidas por mucho que intenten llamar la atención y hay otras que por mucho que quieran no pueden pasar desapercibidas. Yekaterina Paulovna Velyaminova pertenecía, sin duda, a la segunda categoría. Deslumbraban sus fotos, las que Kuliakov me había mostrado en las dependencias de la Lubyanka. Había visto algunas de cuando era muy joven, la época en la que empezó a despuntar como primera bailarina del Marinsky y otras más recientes, después de la revolución, antes de que pidiera asilo en Londres durante una gira. Antón Vladímirovich no me había aclarado si se marchó voluntariamente y luego fue reclutada, o si desde el principio entraba en los planes del OGPU hacerla pasar por una disidente y su estancia primero en Londres y ahora en París formaba parte de una estrategia. Pero eso daba igual ahora. Tampoco me importaba que no supiera quién era yo o que no me reconociese, aunque también le hubieran mostrado mis fotos. Aún no podía ver su cara, pero en cuanto se aproximó por el sendero supe que era ella. Cien metros más allá, el taxi en el que había venido daba la vuelta para regresar a la ciudad. Los árboles se apartaban a su paso firme, la vereda se había ensanchado y el abrigo blanco de piel de zorro oscilaba con sensualidad cada vez que daba un paso. Era muy delgada, la piel lechosa, resplandeciente, y el pelo negro recogido le formaba un caracolillo irresistible sobre la frente. Lo que menos me importaba era que no me reconociese. Sólo por verla habría merecido la pena esperar.

Di la última calada al pitillo antes de saludarla.

—¿No me va usted a ayudar? —me preguntó, me recriminó, en realidad, taladrándome con la mirada mientras sujetaba el vestido con la punta de los dedos para no tropezarse al subir.

Sin pensármelo, tiré la colilla al suelo, la aplasté con un movimiento rápido del pie, bajé la escalinata y le ofrecí mi brazo.

—No nos han presentado —le dije, cuando llegamos al último peldaño—. Pero usted debe de ser Yekaterina Paulovna.

Me sostuvo la mirada. Había una sombra de duda en sus ojos que al final se convirtió en resignación cuando se apartó un poco para verme mejor.

—No me diga que usted es...

—Gordon Pinner, efectivamente.

—Vaya —dijo, chasqueando la lengua, mirándome de arriba a abajo—. Lo había tomado por un camarero. Un camarero mal vestido...

Procuré pasar por alto la crítica despiadada a mi indumentaria.

—¿No la han avisado de que había llegado a París?

—Me dijeron que teníamos que habernos encontrado anteayer para preparar lo de esta noche. Pero no he tenido noticias suyas.

—Estuve tres días retenido en Inglaterra por una huelga. No he tenido tiempo de avisarla y pensé que alguien se habría encargado de informarla —tiré de las solapas de la chaqueta para evidenciar una justificación que en el fondo me incomodaba—. Tampoco he tenido tiempo de comprar algo más adecuado para ponerme...

Yekaterina Paulovna volvió a mirarme de arriba abajo. Esperaba que no fuésemos a perder toda la noche discutiendo sobre la inconveniencia de mi vestimenta.

—Da igual —me dijo—. ¿Tiene un cigarrillo?

Busqué en mis bolsillos apresuradamente y le ofrecí un pitillo. Antes de que se lo llevase a los labios prendí la cerilla. Me temblaron las manos al mantener su mirada. Quise achacarlo a la adrenalina. Pero prefería que ella no se diera cuenta. Menuda carrera como agente secreto me esperaba si no era capaz de disimular la turbación que me provocaba la presencia de una mujer hermosa.

—¿Viene usted de Moscú? —me preguntó cuando desapareció la cortina de humo entre nosotros.

—No exactamente. De Londres, pero antes estuve en Moscú.

No conseguí interpretar el significado de esa sonrisa que apuntaba en su rostro, los labios un poco torcidos, tal vez por desagrado, quizá por nostalgia. Según lo poco que sabía de ella, llevaba varios años sin pisar la Unión Soviética.

—¿Ha estado también en Leningrado? —me preguntó, volviendo un poco la cara hacia un lado, para no esconderse tras la nube de humo.

—Nunca he estado en Leningrado. Y me gustaría. Dicen que es una ciudad muy hermosa.

—Ya lo creo —ahora la mirada de Yekaterina no escondía la nostalgia—. Pasé años inolvidables allí —volvió a darle una calada al pitillo y desvió la mirada hacia el jardín iluminado por media docena de farolas mortecinas—. Fui muy feliz.

Señalé con la barbilla la entrada de la casa. Porque había venido para eso y porque percibí un incómodo estallido de tristeza bajo su apariencia resuelta.

—Tal vez deberíamos entrar —sugerí.

La bailarina asintió. Tiró el cigarrillo al suelo, se levantó un poco el vestido y lo aplastó con la punta del zapato.

—Para eso estamos aquí, ¿no? —dijo—. Hagamos una cosa. Ahí dentro debe de haber, como poco, doscientas personas, y seguro que más de la mitad son hombres. No me tome como una demostración de vanidad lo que le voy a decir, pero, si entro cogida de su brazo, muchos querrán saludarlo y conocerlo, saber quién es usted a pesar de cómo va vestido. Aunque lo envidien por mi compañía y también a pesar de su chaqueta, se habrá ganado su respeto o incluso su admiración.

—Vaya —respondí, procurando que mi sonrisa fuera tan evidente como para subrayar la ironía de lo que iba a decir—. Veo que la modestia no es su fuerte.

—La modestia no le servirá de mucho si quiere llegar a ser algo en la vida, créame. Pero no sea estúpido. Cruzaremos esa puerta y lo llevaré hasta el anfitrión. Aproveche esta oportunidad que tiene de hacer unos cuantos amigos entre los rusos exiliados en París. Le aseguro que no se abren así como así a cualquiera.

Yekaterina Paulovna me miraba de hito en hito. Yo no podía saber, acababa de conocerla, si hablaba en serio o si se estaba burlando de mí. Vi, o quise ver, un brillo de picardía en sus ojos. En un ademán que tenía algo de teatral, le ofrecí mi brazo.

—Será mejor que entremos —le dije.

Se agarró a mí después de hacerme esperar un momento.

—Le confesaré algo —me explicó—. Que entremos los dos así en la fiesta también significa una pizca de egoísmo por mi parte.

Aminoré el paso y la miré, interrogativo.

—Estos eventos pueden llegar a ser muy cansados. No siempre se tienen ganas de mantener docenas de conversaciones intrascendentes —tomó aire, hizo una pausa—. Y los hombres con una copa de más suelen ser muy pesados, no les importa que sus mujeres estén vigilándolos. Quiero decirle que llegar acompañada a la fiesta también supone un alivio para mí.

Antes de que tuviera tiempo de contestar, el húsar de rasgos nubios empujó la inmensa puerta labrada que daba acceso, por fin, a la mansión de Mijaíl Mijáilovich Kovalevski.

Enseguida se acercaron a nosotros otros dos sirvientes para llevarse nuestros abrigos y mi sombrero. Los hombros al descubierto de Yekaterina resaltaban aún más su cuello largo nacarado. Me habría gustado caminar detrás de ella todo el tiempo para poder contemplarla a hurtadillas: el recogido exquisito de su pelo, la forma en que el vestido se le ceñía a la cintura, los huesos de la columna bajando por el corpiño, justo donde estaba el primer botón —me pregunté quién la habría ayudado a abrochárselo, si sería tan hábil para hacerlo ella sola—, las acogedoras caderas y el andar firme de su delicado cuerpo de bailarina. Pero la entrada en el salón donde se celebraba la fiesta iba a ser cogida de mi brazo. Si no tuviera la certeza de que en el momento que entramos no sonaba la música, diría que la orquesta se paró justo cuando aparecimos. Sentí que se abría un pasillo ante nosotros. Los hombres inclinaron la cabeza a modo de reverencia o de admiración. Si alguien se preguntaba quién sería el afortunado que acompañaba a la bailarina, lo disimulaba muy bien. A su lado había descubierto la sensación inquietante de ser invisible.

En ese salón inabarcable habría por lo menos doscientas personas. La inmensa lámpara de araña que colgaba del techo, tan limpia, tan reluciente, proporcionaba a la estancia una calidez deslumbrante. No menos de una docena de camareros uniformados se movían entre los invitados ofreciendo bebidas y canapés. Un cuarteto de artistas comenzó a animar la velada con la música suave de un vals en el que creí reconocer el sello de Tchaikovski. Más Rusia, por supuesto. La elegancia, rancia en algunos, exagerada en otros, como esos hombres embutidos en trajes demasiado estrechos para sus vientres abultados por los años, la buena comida, la falta de ejercicio o la desidia; los collares de perlas de las mujeres, tesoros guardados de tiempos mejores.

Reconocí enseguida al anfitrión. Algunos de los invitados más ilustres departían con Mijaíl Mijáilovich Kovalevski. El príncipe llevaba una chaqueta color marfil de cuya pechera colgaban una suerte de condecoraciones, recuerdos antiguos de alguna contienda lejana, quizá la guerra contra los turcos cuando tendría poco más de veinte años, o tal vez la forma en la que el zar le agradeció alguna ominosa carga contra los huelguistas de San Petersburgo. El pelo blanco, escrupulosamente pegado al cráneo; la perilla recortada y las puntas del bigote engominadas. Tuve la sensación de estar en presencia de un almirante. Puede que el príncipe Kovalevski no hubiese pisado nunca un buque de guerra más que para las fotos, o tal vez sí porque tantas condecoraciones que adornaban su guerrera no podían ser falsas. Sostenía una copa, a medio beber, quizá más por la incomodidad de tener las dos manos libres. Conque este es Mijaíl Mijáilovich Kovalevski, me dije. Había oído hablar tanto de él y ahora lo tenía delante. Aparentaba menos años de los setenta y cinco que cumplía. Sin duda, la vida lo había tratado bien, mucho mejor que a la mayoría de sus compatriotas, no sólo después de los tiempos difíciles de la revolución, sino desde que nació. Si aquella fiesta era una película de época, el príncipe Kovalevski sería el protagonista, o mejor dicho, uno de los protagonistas, porque sin duda el papel principal habría de compartirlo, si es que no era eclipsado por ella, con la mujer que me acompañaba. El aristócrata estaba contándole algo al alcalde de París y todos los hombres que lo acompañaban reían. Entre ellos me pareció reconocer al general Denikin, el militar que había comandado el Ejército Blanco en la guerra contra los bolcheviques hasta que la presión le pudo y le pasó el testigo al barón Wrangel. Como un periodista o como un espía procuré grabarlo todo, que mis ojos y mi memoria sustituyesen al cuaderno de notas y a la cámara fotográfica que no me había atrevido a llevar a la fiesta. Habría sido una imprudencia.

Acaso una temeridad.

Capítulo XI

No pude retener a Yekaterina Paulovna a mi lado mucho tiempo. Al acercarnos, el anfitrión nos recibió con amabilidad y me saludó brevemente cuando ella me lo presentó. Pero, tras estrechar mi mano y escuchar con desganado envaramiento lo que mi acompañante le contaba sobre mí —un periodista inglés que acaba de llegar a París y tiene muchas ganas de conocer a los rusos que vivimos en la ciudad—, enseguida se dedicó a destacar la belleza de la bailarina y a agradecerle su presencia en la fiesta mientras el resto de hombres que formaban el corrillo asentían. Por segunda vez en esa fiesta oposité a hombre invisible, pero tenía la ventaja de que, si me apartaba de allí, nadie se daría cuenta o, como mínimo, nadie se molestaría.

No muy lejos de ellos vi otro corrillo formado por varios invitados, pero en ese también había mujeres. De uno de los hombres no tuve ninguna duda: sabía muy bien de quién se trataba. Con una chaqueta oscura y una pajarita en torno al cuello, sostenía con elegancia una copa de vino por la base, para que no se calentara. En la otra mano un pitillo, sujeto entre dos dedos, y una encantadora sonrisa instalada en la cara del príncipe Félix Félixovich Yusúpov mientras escuchaba con atención lo que decía una de las mujeres. El hombre que acabó con la vida de Grigori Yefímovich Rasputin no sólo existía en los libros de Historia, era otro de los nobles rusos exiliados en Francia. Siempre tuve curiosidad por conocerlo, no sólo porque el inquietante *staretz* me inspirase una profunda antipatía. También porque la figura del hombre que lo mató estaba rodeada de leyenda y me apetecía descubrir cuánto había de cierto en los rumores sobre su afición extraña y sorprendente por los asuntos esotéricos —me contaron que acudía con regularidad a consultar a un vidente en Viena— o su homosexualidad. No pude evitar buscar alguna clase de amaneramiento en sus gestos, preguntarme si en lugar de una fiesta de cumpleaños aquel fuera un baile de disfraces no habría preferido vestirse de mujer, como decían que hizo muchas veces de joven en San Petersburgo.

Me acordé de algún bolchevique exaltado para quien el colmo de la felicidad sería colocar en aquel salón una bomba que hiciera saltar a todos los invitados por los aires y terminar de un solo golpe con los quebraderos de cabeza de quienes, aunque de puertas para afuera menospreciaran la capacidad de maniobra de aquellos apátridas sentenciados a la derrota, en su fuero interno estaban convencidos de que no había que darles la más mínima ventaja. Por más que los busqué, no vi a Alexander Kerensky ni al gran duque Cirilo Vladímirovich. El primero, que fue ministro de Justicia, de Guerra y luego primer ministro tras la abdicación de Nicolás II, suponía que no vendría, probablemente ni siquiera estaría invitado. El segundo, primo hermano del último zar, a quien los exiliados consideraban el heredero del cetro imperial ruso, vivía en Bretaña, pero no me extrañaría que acudiera a una fiesta donde su presencia entre tantos nostálgicos de los Románov sería una bendición. Aun sin estas dos piezas formidables, tener bajo el mismo techo a tantos que todavía tendrían algo que decir en la desaparecida Rusia imperial era como ganar un premio en la lotería. A nadie, ni siquiera a mí, le habría extrañado que en cualquier momento apareciese Nicolás II con la zarina Alexandra Fiodorovna del brazo mientras todos los invitados formaban un pasillo y se inclinaban en una reverencia. Tras ellos, también, por supuesto, las princesas Olga, María, Tatiana, Anastasia y el pequeño zarévich Alexéi, mimado e hiperprotegido por su madre debido a su dolencia hemofílica.

El vozarrón entusiasta de alguien que no reconocí me ayudó a regresar a la realidad. Quien quiera que fuese había brindado por Rusia. Todo el mundo levantó su copa. También el periodista infiltrado.

Nadie se había dirigido a mí todavía, y me felicité por ello: prefería pasar desapercibido y seguir observando a los invitados. Pero Yekaterina, a pesar de haberme abandonado, estaba pendiente de mí. Volvió a mi lado mucho antes de lo que pensaba.

—No hacía falta que viniera —le dije—. Estaba muy bien acompañada.

Sonaba al reproche soterrado de un amante celoso. Me habría gustado tragarme las palabras.

—No creo que todas las fiestas de los exiliados rusos sean tan fastuosas como esta —añadí, como si así pudiera borrar lo anterior.

—Por supuesto que no —concedió Yekaterina, pasando por alto mi comentario inoportuno—. Además, los que ve aquí no son más que una pequeña muestra de los exiliados en París. Tenga en cuenta que si hubieran venido todos seríamos demasiados invitados

—Pero aquí están muchos de los más ilustres.

—Eso es cierto. Por eso está usted aquí conmigo hoy, ¿no?

Miré al anfitrión.

—¿Qué sabe de él?

La bailarina se tomó unos segundos antes de responder.

—Hace muchos años que lo conozco. No es un mal hombre. Era uno de los nobles más ricos de Rusia y quizá el único que sigue siendo inmensamente rico en el exilio. Fue más listo o tuvo más suerte. Eso no puedo decírselo

—¿No tiene familia?

—La historia de la familia de Mijaíl Mijáilovich es muy larga, y sobre todo es muy trágica. Ya se la contaré en otro momento, si hay ocasión. Aunque quizá será el propio príncipe Kovalevski quien se la cuente.

Me quedé mirándola. No sabía que quería decirme.

—Se ha mostrado interesado en usted.

—¿Ah, sí? ¿Y eso por qué?

—A Mijaíl Mijáilovich le gustan los periodistas, sobre todo cuando puede utilizarlos para airear las vergüenzas de los bolcheviques. Es una llama que intenta mantener viva en la opinión pública. Además, he insistido en que usted trabaja para un periódico inglés. Aventuro que antes o después querrá verlo de nuevo, sin invitados y con más calma. Y, si no, intentaremos que sea así. Sólo démosle un poco de tiempo.

—Vaya, muchas gracias. Me parece bien que podamos encontrarnos otro día. Además, no he traído mi cuaderno —me excusé, en broma.

—Créame, por muy ocupado que esté atendiendo a sus invitados, a su alteza no se le escapa ni un detalle. Él ya sabe quién es usted y tenga por seguro que no lo olvidará.

No supe si me gustaba cómo sonaba eso.

—No veo aquí a Kerensky —le dije, aunque sabía que no estaba, pero quería cambiar de tema—. Es —me corregí y cambié el tiempo verbal porque debía ser muy cuidadoso al caminar sobre un terreno tan resbaladizo. Acababa de conocer a Yekaterina y, aunque Antón Vladímirovich me hubiera facilitado su contacto, no podía estar seguro de hasta qué punto estaba implicada en la revolución, y mucho menos por qué motivo lo estaba, si es que lo estaba—, era un político demasiado famoso para no reconocer su cara.

—No estoy segura de si a Kerensky le hubiese gustado

venir, y tampoco sería capaz de adivinar si muchos de los invitados se tomarían su presencia como una afrenta.

—Entiendo...

—Al fin y al cabo, Alexander Kerensky obligó a abdicar a Nicolás II. Algunos, después del triunfo de los bolcheviques, durante mucho tiempo lo consideraron una alternativa real e interesante en una monarquía renovada y por supuesto parlamentaria. Nuestra Historia... —Yekaterina se volvió hacia mí. Los ojos le brillaban y no creí que fuera por culpa del vino— es demasiado complicada. Pero es la que tenemos.

Del corrillo en torno a Kovalevski habían salido algunas personas y entraron otras, pero seguía siendo lo bastante nutrido para interesarme por quienes lo componían. Ella se dio cuenta enseguida de mi intención.

—Empecemos por los que rodean al príncipe Kovalevski —me dijo—. El hombre que está a su derecha es el acalde París. Como puede comprobar, tiene muy buena relación con nuestro anfitrión. Y hace que sus compatriotas se sientan muy orgullosos. Ser rico facilita mucho las cosas, desde luego, pero ser apreciado y respetado por el hombre que manda en la ciudad dice mucho sobre la personalidad de Kovalevski. Ya en Petrogrado eran legendarias su generosidad, su exquisito gusto y su fino olfato para adquirir obras de arte.

No lo dudaba, pero seguro que habría muchos que no tendrían tan buena opinión del aristócrata. No se podía llegar a ser tan rico y tan poderoso sin despertar muchos recelos y ganarse muchos enemigos.

—No sé quién es la señora que está junto al alcalde —siguió contándome—, pero no parece rusa. Supongo que será su esposa. La otra es la mujer de Alexander Kutépov. El general Kutépov es el hombre que está de espaldas. Supongo que habrá oído hablar de él.

Por supuesto que sabía quién era el dueño de aquella calva resplandeciente y de la espalda marmórea. Me informaron muy bien en Moscú, cuando preparábamos mi estancia en París. Con permiso del difunto Kornílov, ese tipo era el más aguerrido de los generales del Ejército Blanco y uno de los mayores quebraderos de cabeza del OGPU. Claro que había oído hablar de él. Mucho. Y también había leído sobre él. Incluso en alguna publicación se había escrito pomposamente que el general Kutépov era el Napoleón de los rusos blancos.

—Por supuesto —respondí—. También me pareció ver antes al general Denikin.

Yekaterina Paulovna alzó la copa discretamente en la dirección donde estaba el matrimonio Yusúpov.

—Allí lo tiene. A pesar de que Antón Denikin fue comandante en jefe del Ejército Blanco, su estrella parece haberse apagado. Es más, me extraña verlo aquí. He oído que vive retirado en Vanves, a las afueras de París, y no le gusta recibir visitas. Si tuviera que apostar por el jefe de un hipotético nuevo ejército de rusos blancos, sin duda mi hombre sería Alexander Kutépov.

Después de todo, no me está contando nada que Antón Vladímirovich no me hubiera contado antes, pero que coincidieran en tantos puntos resultaba bastante significativo.

—Supongo que no he de hablarle del hombre que está junto al general Denikin. Sabe quién es, ¿verdad?

—¿Quién que estuviera interesado en la Historia reciente de Rusia podría no saber quién es Félix Yusúpov?

—Tuvo el valor de quitar de en medio al incordio de Rasputin, aunque no sirvió de mucho. Hay quien piensa que el asesinato del monje siberiano sólo consiguió acelerar el final de los Románov y del imperio —se quedó en silencio mientras se fijaba atentamente en el resto de los invitados—. No parece que haya venido a la fiesta nadie más tan destacado.

De repente reparé en un hombretón de bigote contundente y patillas grises apoyado en una columna. Un elemento ajeno a la celebración, como yo mismo. La chaqueta le quedaba estrecha o es que no se sentía cómodo dentro de ninguna americana. Le apretaba el nudo de la corbata, me di cuenta porque tiraba de cuando en cuando hacia abajo y movía discretamente el cuello en círculos para rebajar la presión. También miraba atentamente a los invitados, con más desconfianza que curiosidad, y no le faltaba razón, porque más de una vez sus ojos se fijaron en mí, a buen seguro el invitado más impostado de cuantos se hallaban en la fiesta.

—¿Quién es ese? —le pregunté a Yekaterina.

—¿Quién?

—El hombre solitario que está apoyado en aquella columna.

—Ah, ese es el coronel Makárov.

—¿Otro militar? Vaya, esta fiesta parece un encuentro de Coraceros Azules.

—Serguéi Makárov es el hombre de confianza del príncipe Kovalevski. Trabaja para él desde hace años. Antes fue un destacado oficial, durante la guerra civil. Es de origen cosaco. Sirvió a las órdenes del general Denikin en Ucrania, y luego, cuando el Ejército Blanco se disolvió, se enroló como mercenario en la guerra de Marruecos, con los legionarios españoles. Es un elemento de cuidado. Yo que usted procuraría no enemistarme con él. Y sobre todo procuraría que no se enfadara.

Apuré la copa de champán mientras dediqué un último vistazo al coronel, que ahora me miraba. Parecía que en cualquier momento vendría a preguntarme qué estaba haciendo en esa fiesta.

—Gracias por advertirme —le dije, apartando la vista de él.

—No hay de qué. Casi nada de lo que ve aquí es lo que parece.

Levanté la mano para que acudiera un camarero. Esta vez traía Piotr Smirnoff 21, el vodka favorito de Kovalevski.

—No entiendo qué quiere decir —retomé la conversación. Me interesaba cualquier cosa que pudiera contarme sobre los invitados.

—Está usted asistiendo a la representación de un mundo desaparecido —me explicó—. Nada de esto es real. Fíjese en los trajes. Algunos son buenos y muy costosos, pero la mayoría son alquilados, en el mejor de los casos, o prestados. Los demás, muchos más de los que imagina, son tan viejos que si se acercara un poco podría oler la naftalina. ¿Acaso cree que durante el resto del año la mayoría de los rusos que están aquí se comportan de la misma forma? —chasqueó la lengua—. Ni por asomo. El príncipe Kovalevski es inmensamente rico. Félix Yusúpov ya no conserva ni la décima parte de la fortuna que tenía antes de la revolución, pero aún sigue siendo un hombre acaudalado. Tras ellos dos, el escalón es notable. Sólo algunos médicos, arquitectos o quienes ejercían profesiones liberales en la Rusia imperial han podido labrarse una vida decente en el exilio. Los otros son unos desechos. Se han instalado aquí como unos parientes lejanos, molestos y empobrecidos, a quienes los franceses han dejado dormir en un colchón tirado en el portal de su casa con la condición de que no molesten. ¿Ve a ese hombre de allí?

Se refería a otro tipo solitario que bebía distraídamente en el punto del salón más alejado de los músicos.

—Su nombre es Vasili Sorokin. También es coronel, pero no tuvo la suerte de Makárov. Vasili Sorokin no trabaja para un hombre poderoso. Fue un héroe condecorado en la Gran Guerra, y luego luchó a las órdenes del general Kutépov contra el Ejército Rojo. ¿Quiere saber a qué se dedica ahora a pesar de su traje, su corbata y su apariencia solemne?

Ni siquiera tuve tiempo de asentir.

—Cada día recoge periódicos atrasados para vender el papel, como un trapero. Y cuando no tiene suerte, acude a comer a una casa de beneficencia donde tratan bien a los rusos emigrados y que, por cierto, se financia casi en su totalidad gracias a la generosidad del príncipe Kovalevski. Ya ve, si quería conocer la situación real del exilio ruso, aquí tiene la mejor muestra. Un reflejo del pasado que vivieron, una llama que se extinguirá cualquier día, cuando Kovalevski y otros como él ya no estén.

Así debió de haber sido la Rusia zarista, pero por mucho que la fiesta reflejase la verdad de aquel mundo, sólo era una parte muy pequeña de lo que sucedía. Además de los palacios, los hombres con las puntas del bigote engominadas y las mujeres vestidas de princesas, desde las orillas del Báltico hasta el mar de Japón, millones de almas sobrevivían de mala manera, siervos feudales en pleno siglo XX a pesar del decreto que los liberó en 1861; pobre gente sin esperanza de poseer jamás la tierra que trabajaba en unas condiciones terribles, con la tristeza de sólo poder dejar a sus hijos, si sobrevivían, miseria y hambre, cada vez más miseria y más hambre mientras una minoría disfrutaba de privilegios y de una vida regalada con la que ellos ni siquiera podían permitirse soñar.

—No había reparado en eso —le dije, sin embargo.

—Pues así es, no se engañe. Esa pareja de allí —señaló con la barbilla a un hombre y a una mujer que bailaban un vals en una pista improvisada en el centro del salón—, ¿no le parecen la imagen de una postal de ensueño que la gente esperaría de la Rusia de los Románov? Quizá nunca haya oído hablar de ellos, pero pertenecen a una de las dinastías más antiguas de Novgorod. La familia de ella acumula numerosos títulos nobiliarios desde la época de Catalina la Grande. La de él, más o menos lo mismo. Lo perdieron todo con la revolución. Palacios, tierras, obras de arte, dinero. Consiguieron escapar de Rusia, si no, tal vez también habrían perdido la vida. Ahora ella es ama de llaves de la familia de un banquero. Y han tenido suerte. Él es taxista. ¿Sabe por qué? Porque, como muchos de los hombres que ve aquí, lo único que se le da bien es conducir. La mayoría de los exiliados malvive, incluso pide limosna, pero se las arregla para fingir durante unos pocos días al año que nada ha cambiado. Piden prestado, empeñan las pocas joyas que conservan, quienes hayan tenido la suerte de conservarlas, se gastan lo que con tanto esfuerzo han ahorrado, muchas veces a costa de malcomer o de zurcir hasta lo imposible los calcetines. Todo para revivir el pasado en una fiesta como esta, en París o en la Costa Azul, como si se pudiera trasplantar un pedacito de la Rusia imperial en este país que nos ha acogido.

—¿Y qué opina usted sobre eso? —después de trasegar varias copas de champán y un vaso de ese vodka exquisito pensé que tal vez era un buen momento para preguntárselo.

La bailarina me miró. El ceño fruncido, interrogante.

—Quiero decir qué le parece que las cosas hayan cambiado tanto en Rusia —le aclaré.

No le dio tiempo a contestarme. Fue mejor así, supongo, no saber de parte de quién estaba. El mismísimo Mijaíl Mijáilovich Kovalevski había cruzado el salón para buscarla. Le daba igual que estuviese conmigo. Bastaba con ignorarme. Dobló la cintura con exagerada afectación y le ofreció su brazo para sacarla a bailar. Yekaterina Paulovna le devolvió el gesto con una reverencia tampoco exenta de pomposidad y, antes de dejarse llevar al centro del salón donde se sabría el blanco de todas las miradas, me dejó su copa, sin mirarme.

Todos los invitados se apartaron para hacerles sitio. Kovalevski no tuvo que hacer un gesto a los músicos para que empezasen a tocar la pieza que le apetecía bailar. Los empleados de un hombre poderoso siempre están atentos a sus deseos, para anticiparse y complacerlo. He de reconocer que el viejo aristócrata no se movía mal al compás de la música. Puede que durante muchos años su única ocupación en San Petersburgo fuese esa, ponerse un uniforme elegante, invitar a sus amigos a una fiesta en su palacio y seducir a mujeres guapas. Al contarlo puede parecer que estaba mirando al príncipe Kovalevski. Qué va. No le envidié al aristócrata ni un céntimo de su fortuna. Ni siquiera, por mucha curiosidad que sintiese, le envidié tantas cosas interesantes que habría visto en sus setenta y cinco años de vida. Pero cuando lo vi bailar con ella en la fiesta, juro que me habría cambiado por él, sin dudarlo. Al cabo de un momento, como el resto de los invitados, sólo podía fijarme en Yekaterina Paulovna, en el travieso tirabuzón oscuro que se deslizaba por su cuello, en el vestido ceñido a su cintura, tan estrecha que podría abarcarla con mis manos —ojalá mis manos aterrizaran allí alguna vez—; en el vuelo de la fina tela sobre sus caderas poderosas hasta arrastrarse por el suelo. Era menuda y delgada y lo mismo podría haber sido bailarina que actriz de cine o miembro destacado de la realeza europea. En un momento dado, mientras bailaba, sus ojos se cruzaron con los míos, e incluso me pareció verla sonreír, pero no estuve seguro porque no pude sino desviar la mirada de esos ojos negros encerrados en las pestañas que describían una curva deliciosa. Yekaterina Paulovna era el vórtice de un huracán que arrasaba cuanto lo rodeaba. Imaginé que de pronto nos habíamos quedado solos, que yo era un bailarín notable, le tomaba su delicada mano y la llevaba hasta el centro de la pista.

La mujer que flotaba en brazos del anfitrión con la fragilidad de un pajarillo pero al mismo tiempo dirigía sus pasos con astucia —no había que fijarse mucho para darse cuenta de que en realidad mandaba ella— llevaba cuatro años en París, pero antes estuvo en Londres, al menos durante un año. Aprovechó una gira de su compañía para quedarse. A pesar de haberse marchado de la Unión Soviética —me preguntaba si de mala manera, aunque ¿acaso había otra forma de hacerlo?—, durante al menos ocho años estuvo viviendo, trabajando y viajando en Rusia sin importarle que la corte se hubiera trasladado al Kremlin de Moscú. Ahora, instalada de una forma voluntaria u obligada en París, trabajaba para los bolcheviques mientras era querida, admirada y deseada por sus compatriotas exiliados. Me pregunté de parte de quién se pondría cuando no le quedase más remedio que elegir un bando.

Sabía algunas cosas de ella, pero aquella misma noche supe que nunca serían suficientes. Quién podría afirmar que era cierto el rumor sobre ella y el zar. Aunque no quise abundar en el asunto cuando Antón Vladímirovich me lo contó, se me antojó que aquella podía ser una de tantas falsedades más o menos burdas con que los bolcheviques acostumbraban a intoxicar la reputación de quienes se marchaban. Hubiera sido la amante de Nicolás II o no, desde que la vi llegar a la fiesta no se me ocurrió otra cosa más que desear estar en la piel del último de los zares si lo que contaban era verdad.

Apuré el vodka, sin poder dejar de mirar cómo bailaba. No había nadie en esa fiesta que no hiciera lo mismo que yo.

Capítulo XII

Alexander Kutépov, con sombrero hongo y paraguas en mano, salió del portal de su casa. Continuó hasta llegar a un edificio del que no saldría hasta media hora después para almorzar en un bistró con alguien muy bien vestido que no identifiqué. Como el lugar donde comieron no estaba lejos, mientras estaban allí regresé al portal y anoté en la libreta los nombres grabados en placas doradas en la fachada: Charles Leduc, dentista; Jean Pierre Moreau, abogado; Raymond Cambar, reumatólogo; Alan Girardon, asesor financiero. Por tanto, el general Kutépov podía tener una caries, necesitar una consulta legal, padecer dolor de huesos —enero es un mes muy frío en París— o haberse planteado una inversión para multiplicar sus ahorros, si es que los tenía. Pero, puesto que salieron a almorzar juntos, también podía haber ido a visitar a un amigo.

Era el cuarto día que andaba tras sus pasos, apuntando sus rutinas, memorizando sus horarios. Tal vez una barrera inconsciente evitó que fuéramos presentados en la fiesta de cumpleaños del príncipe Kovalevski. Puede que algo en mi interior me indicase que lo más conveniente sería que el militar no recordase mi cara, y tampoco el general Denikin, ni Félix Yusúpov. Ninguna de las piezas importantes a cobrar en aquella fiesta debería reconocerme. El combativo general mantenía una intensa actividad social. Cada día salía de su vivienda para reunirse con alguien. Algunas veces lo acompañaba su mujer. El domingo fue a misa. No eran muchas anotaciones en la libreta y la segunda mañana ya supe que no averiguaría nada relevante, pero no era tarea mía decidir si la información que había recabado era importante o no. Durante los días que lo seguí cruzó dos veces el Sena por el viejo Pont Royal, dejó a un lado el Louvre y los majestuosos jardines de las Tullerías para acercarse al café du la Rotonde y sentarse junto a otros exiliados rusos que lo recibieron como a un héroe. Quizá que quienes compartían contigo el infortunio del exilio se alegrasen tanto de verte fuera una forma también de animarte, de darte cuenta, aunque sólo fuera por un rato, que tu vida tenía sentido. Pero no me parecieron más peligrosos esos encuentros que un paseo junto a los puestos de libros del Sena. Eso fue lo que le conté a Kuliakov, aunque mi opinión no le importase. Cuando le entregué el informe, el agente del OGPU me dijo, tras leerlo atentamente, que de momento no sería necesario volver a seguir al general. Me preguntó si creía que me había visto alguien y respondí que no. Había tomado precauciones y seguro que Kutépov no se había dado cuenta.

Cuatro días antes, justo una semana después de la fiesta de cumpleaños del príncipe Kovalevski, me acerqué a los aledaños de la embajada soviética. Antón Vladímirovich me había enviado una nota a la pensión para que fuera a verlo. Fui el primero en llegar al café y ocupé la mesa del rincón, lejos de la ventana pero con vistas a la calle. Me gusta observar sin que se dé cuenta nadie. Al cabo de media hora no aparecía. No me preocupé porque tampoco era la primera vez que no se presentaba después de citarme. El enlace del

OGPU en París no quería de ninguna manera que entrase en la embajada para buscarlo. Esperé un poco, hasta que, sin darme cuenta, me convertí en el cazador que se cobra una pieza inesperada cuando ya se ha resignado a marcharse de vacío. Desgarbado, con sus inconfundibles andares desparejos, las lentes minúsculas en el puente de la nariz ganchuda y el cigarrillo suspendido en los labios, Antón Vladímirovich venía a mi encuentro.

Como al poco de sentarse me preguntó si por fin había conocido a Yekaterina, aunque estaba seguro de que ella ya se lo habría contado, tiré del hilo que me ofrecía para saber más cosas de la bailarina. Aún no podía imaginar que me había citado para que siguiera al general Kutépov.

—¿Era muy famosa? —le pregunté.

—Era la más famosa. Y se merecía ser la más famosa. Yo la vi bailar una vez en el Bolshoi, jamás lo olvidaré —entornó los ojos, para recrearse en el recuerdo—. *El lago de los cisnes*. Yekaterina Paulovna no bailaba. Se quedaba suspendida en el aire, ajena por completo a la Ley de la Gravedad, como una mariposa que batiera las alas.

—¿Por qué se fue?

—Al principio de la revolución se quedó en Petrogrado y durante unos años mantuvo su puesto como primera bailarina del teatro Marinsky. Pero aprovechó una gira para escaparse. Fue en Londres, hace cinco años. Un lord inglés se quedó prendado de ella y movió los hilos necesarios en el Foreing Office para que pudiera quedarse. Se formó algún revuelo, pero la compañía acabó regresando a la Unión Soviética sin ella.

No le había preguntado cómo se fue, sino por qué se largó. Pero a Antón Vladímirovich no le apetecía contármelo. Lo conocía lo suficiente para saber que no era prudente insistir. Yekaterina Paulovna se marchó y ahora colaboraba con ellos. Punto. Traté de hacer memoria, pero no recordaba haber leído nada sobre el asunto, aunque era posible que se hubiera producido un pequeño escándalo, o incluso un incidente diplomático.

—¿Cómo se gana la vida en París?

—Lo primero que hizo al llegar aquí fue abrir una academia en Montparnasse. Tiene mucho talento, no le ha costado abrirse camino. Dentro de pocos meses debutará en la Ópera Garnier. Eso no es fácil, te lo aseguro. Además, mírala. ¿Serías capaz de encontrar algún hombre que no estuviese dispuesto a sacrificarse para ayudarla? Parece que de Londres ya vino con un pequeño capital que invirtió en la academia. Ya me entiendes...

Claro que lo entendía: puede que se hubiera llegado a Francia con algún dinero que, según se colegía de la expresión de zafia camaradería masculina de Antón Vladímirovich, procedía de la cuenta bancaria del lord inglés al que abandonó para ir a París. También entendía que Kuliakov no me había mandado llamar para hablar de Yekaterina Paulovna. Quería verme por dos motivos. El primero, que le hablase del cumpleaños del príncipe Kovalevski. Escuchó lo que le conté de la fiesta, sobre todo quería saber quiénes estaban allí.

—Allí dentro había un tesoro —le remarqué—. Kovalevski, Félix Yusúpov, Denikin, Kutépov...

—¿Has llegado a conocer al general Kutépov? —me preguntó.

—No —respondí, y estuve a punto de disculparme por no haberme preocupado de ser presentado—. Estaba en la fiesta, Yekaterina Paulovna me confirmó que era él, pero no hablamos.

Antón Vladímirovich asintió. La mano en la barbilla, los ojos perdidos en algún punto indefinido de las baldosas ajedrezadas del café.

—Mejor —me dijo, por fin, sin levantar la vista—. ¿Crees que él ha reparado en ti o sabe quién eres?

—Lo dudo. Allí había mucha gente. El general Kutépov parecía muy entretenido con los invitados.

A lo mejor percibí algo en la forma en que asintió cuando me habló del general Kutépov que no me gustó. Por eso cambié de tema.

—Puede que Kovalevski quiera volver a verme.

—¿Ah, sí?

—Al presentármelo, Yekaterina Paulovna le dijo que yo era un periodista muy interesado en conocer a los rusos exiliados. Parece que al aristócrata le gustó la idea y es posible que nos encontremos de nuevo. He pensado proponerle una entrevista, o tal vez escriba un reportaje. Puede ser una buena forma de enterarme de cosas interesantes.

—Me parece bien.

—Sólo habré de ganarme su confianza, pero estoy seguro de que con un poco de paciencia no será difícil. Creo que Kovalevski es un hombre vanidoso y antes o después querrá contarme cosas.

—¿Hablaste con él?

—No mucho, la verdad. Y tampoco sé mucho de él todavía, aparte de que es inmensamente rico, que participó en la guerra contra los japoneses en 1905 y, mucho antes, cuando no era más que un jovencito, contra los turcos. No me cabe duda de que ha tenido una vida larga e intensa.

—Y trágica también. No es oro todo lo que reluce en su mansión.

—¿Qué quieres decir?

—Enviudó hace cuarenta años y no se ha vuelto a casar. Tuvo una hija que también murió joven, no se trataba con ella cuando falleció. Recuperó el cariño de su único nieto y también lo perdió.

—¿No tiene herederos?

—No, y tampoco estaría mal saber adónde irá a parar la fortuna de un hombre tan rico cuando muera. Un millonario poderoso que odia a los comunistas, no olvidemos eso. Haces bien en pegarte a él.

—Entiendo...

—En cualquier caso, Yekaterina Paulovna conoce bien la vida de Kovalevski. Ella podrá contártelo mejor.

—Entonces tendré que hacerle una visita —dije, sonriendo. Sentía que me había dado permiso para encontrarme otra vez con la bailarina.

—No dudaba que querrías volver a verla. Pero antes quiero que hagas algo para mí.

Quiero que hagas algo para mí. La frase, directa, sin aparente trascendencia, sería la que marcaría todo lo que sucedería después. Ese era el otro motivo por el que quería verme, quizás el más importante. Hice lo que se esperaba de mí y me convertí en la sombra del general Kutépov. Seguir a alguien es más tedioso de lo que parece. Al principio resulta estimulante, pero casi todo el tiempo se trata de esperar hasta que te das cuenta de que la vida de los demás es tan aburrida como la tuya. Y te preguntas si has venido a París para tomar notas sobre las rutinas de un general sin ejército. No puedes imaginar nada malo. Todavía no.

Tampoco pensaba que fuera a disfrutar de unas vacaciones eternas en París, paseando por el barrio de Saint Germain, sentado plácidamente en los cafés o haciendo excursiones a Versalles. Antes o después tendría que cumplir una misión, dar la cara, pero no a la empresa editorial inglesa que me pagaba, sino a quienes esperaban que lo diera todo por una causa. Que diera la vida si hacía falta. Después de la fiesta de cumpleaños del príncipe Kovalevski, antes de que Antón Vladímirovich me enviase una nota a la pensión, mi única ocupación fue caminar cada día por París con la excusa de buscar alguna noticia sobre la que escribir. Las suelas de los zapatos gastadas de andurriales interminables desde la lujosa avenida de los Campos Elíseos hasta la colina de Montmartre para contemplar la ciudad desde lo alto de la escalinata empinada que conduce a la basílica del Sacre Coeur; o deambulando sin rumbo hasta cobijarme en la fresca penumbra de las iglesias del Barrio Latino, con una sonrisa incrédula cuando más de una vez mis dedos buscaron el agua bendita en la pila, el ritual que me inculcó mi madre y al que terminaron de acostumbrarme los curas españoles de mi infancia. Paseaba por la ciudad con curiosidad golosa, la de quien explora un lugar nuevo y distinto. Más de una vez, en realidad muchas veces, me olvidaba de quién era, no sólo la pieza minúscula de un poderoso engranaje que ansiaba extender la llama de la revolución más allá de las fronteras de la Unión Soviética, sino también un periodista atento a cuanto lo rodeaba para encontrar un enfoque original sobre lo que sucede en el mundo y luego contarlo con un toque diferente y novedoso. Deseaba ser uno de esos exploradores románticos que lo abandonan todo para partir durante años y a menudo no regresan, pero, si lo consiguen, vuelven con la mochila cargada de experiencias y el orgullo de haber sido los primeros en pisar una tierra ignota y quizá repleta de aventuras y de tesoros que antes de que ellos la descubrieran sólo existía en la imaginación de unos cuantos iluminados.

Me había propuesto no mostrar el asombro que me provocaba París, ni a Antón Vladímirovich ni a cualquier otro camarada que me fuera a prestar cobertura en la ciudad. Incluso estaba dispuesto a presumir ante ellos de haber estado en otras muchas ciudades hermosas —Londres, Edimburgo, Moscú, Berlín, Lisboa, Roma, Madrid, Barcelona o Sevilla—, y en algunas de ellas cumplir con diligencia el cometido que me encargaron. Pero como cualquier viajero que visita París por primera vez, me sentía cautivado y, aunque era consciente de que la tarea que me encomendarían antes o después no sería sencilla, era inevitable el deseo de admirar las gárgolas de Notre Dame, las vidrieras mareantes de Saint Denise, la riqueza inabarcable del

Louvre aunque algún camarada se hubiera empeñado en convencerme de que el museo parisino palidecía en la comparación con el Hermitage; la vida bohemia de Montmartre o las cúpulas colosales de Les invalides y el Panteón. Lo confieso: al llegar a París me podía más el instinto del viajero y la curiosidad insaciable de aprender que mi deber como simpatizante de la causa revolucionaria.

Aún no había cumplido los veintiocho y tenía un trabajo que me permitía moverme con libertad por cualquier país de Europa, del mundo si era necesario, sin más horarios que los que yo mismo decidiera marcarme. Igual que otros muchos, y a pesar de que ya existían indicios suficientes de que no todo en la Unión Soviética era tan bueno como sería deseable y de que Stalin iba camino de convertirse en un tirano no muy diferente a un zar sanguinario, aún no quería verlo, porque, al cabo, no era más que un soñador.

Ahora el mundo parecía haberse vuelto loco en sólo unos pocos meses: colas de gente desesperada en los comedores benéficos, fábricas cerradas, huelgas y más huelgas. Primero Estados Unidos, luego Europa. Muchos camaradas se frotaban las manos con alegría, convencidos de que había llegado el comienzo de una era y la revolución sería imparable. Yo no deseaba tanto el triunfo de la revolución como el advenimiento de un mundo más justo. Eso era, sobre todo, lo que me empujaba a seguir adelante, a arriesgarme aunque mi conciencia, imposible de acallar, me advirtiera de que para conseguir ese mundo justo, si no era una quimera, por mucho que me pesara había que cometer algunas injusticias y sacrificar a más de un inocente.

El resto de la mañana no pensaba dedicárselo a la revolución, sino a algo más personal, aunque, bien mirado, no dejaba de ser una utopía. Tenía una excusa para plantarme frente al edificio donde Yekaterina Paulovna enseñaba danza a las niñas acomodadas del barrio de Montparnasse. Un rato después de despedirme de Antón Vladímirovich ya estaba allí, pero no subí inmediatamente. Desde la acera de enfrente miré uno por uno los ventanales de la última planta del edificio de elegantes líneas rectas, con cierto aire de palacio que aún se alzaba orgulloso a pesar de las grietas en la fachada y del óxido de algunos balcones que pedían a gritos una mano de pintura. Pero no se podía aventurar nada desde la calle. Tal vez si fuera de noche y estuviera la luz encendida habría adivinado si las ventanas de la academia de Yekaterina Paulovna daban al bulevar o a un patio interior. Para resolver el enigma no me iba a quedar más remedio que subir y llamar a la puerta. Hay cosas que no se pueden esconder. Uno vuelve a ser un inexperto y atolondrado adolescente cuando se trata de provocar un encuentro con una mujer hermosa.

Subí a pie las siete plantas del edificio y, como quien acude a una cita galante, me preocupé de recuperar el aliento y la compostura antes de llamar.

La música había dejado de sonar antes de que se abriera la puerta, pero al verla delante de mí fue como si el mundo entero se detuviera. Un, dos, tres. Un, dos, tres. Seis muchachitas aprovecharon para hacer estiramientos en la barra mientras su profesora atendía al recién llegado. Miré las figuras de las niñas reflejadas en un espejo inmenso, pero enseguida mis ojos se fijaron otra vez en el rostro de Yekaterina Paulovna, en los ojos negros y en el pelo negro recogido bajo un pañuelo.

—Buenos días —le dije, despojándome del sombrero e inclinándome un poco en un amago de reverencia que se enseguida me pareció ridícula y escandalosamente servil—. Espero que se acuerde de mí.

—Ahora mismo estoy ocupada —señaló el espejo donde se reflejaban sus alumnas estirando los músculos.

Me había presentado sin avisar. Además, ella estaba trabajando, concentrada en sus clases, y yo no era más que un desconocido maleducado que la había interrumpido. Pero al menos las dos palabras con las que inició la frase eran una posibilidad. No me había dado con la puerta en las narices.

—Puedo esperar —me apresuré a explicarle—. Esta mañana no tengo mucha prisa.

Yekaterina Paulovna me miró. Por más que lo intenté, seguía siendo incapaz de descubrir alguna clase de emoción, algún brillo en sus ojos. Abrió la puerta del todo y, aunque permaneció en silencio, el gesto era una invitación. Ya estaba dentro. La madera del suelo crujía bajo mis pies. Le daba la espalda al espejo. Al otro lado del pequeño salón las chiquillas cuchicheaban. Seguro que no estaban acostumbradas a las visitas. Y mucho menos a la visita de un hombre. Quizá la bailarina decidió dejarme entrar porque pensó que era bueno para sus alumnas practicar delante de un desconocido. Así se habituarían a templar los nervios.

—Puede esperar allí —me dijo—. No haga ruido.

Me coloqué junto a uno de los tres ventanales por donde a esa hora de la mañana se colaba una luz gozosa. El vidrio reflejaba el salón y el espejo al otro lado, multiplicando a Yekaterina Paulovna y a las niñas. La profesora colocó de nuevo la aguja sobre el disco y el gramófono sonó de nuevo. Rachmaninov, creía. Pero la voz de la bailarina sonaba por encima de la música.

Un, dos, tres.

Un, dos, tres.

Un, dos, tres.

Ella era la que marcaba el ritmo.

La que decidiría cuándo era el momento de acabar la clase.

La que mandaba.

Al poco rato salí del piso y bajé a la calle. No me parecía bien fumar allí. Y, sobre todo, no me parecía buena idea quedarme en la academia mientras las chiquillas se cambiaban.

Dos cigarrillos después, ella salió a la calle embutida en el mismo abrigo de pieles blanco que llevaba la noche que la conocí. El moño tirante, negro, el cuello largo, los labios rojos. A pesar del fondo triste de sus ojos parecía una estrella de cine preparada para rodar una escena importante o arreglada para asistir a una entrega de premios. Pensé cuánto me gustaría que paseara de mi brazo, abrirle la puerta para entrar en un restaurante, hacerle incluso una delicada y divertida reverencia. Yo estaba apoyado en la pared y todavía no me había visto.

—Si no tiene otro compromiso —le dije, cuando aún estaba de espaldas—, me gustaría invitarla a comer.

Yekaterina Paulovna no se dio la vuelta todavía. Pero seguro que habría reconocido mi voz. Tal vez pensaba la respuesta.

—Usted nunca se rinde, ¿verdad? —respondió, girándose hacia mí, por fin. Los labios se le habían curvado en un amago de amabilidad. Al menos había alguna esperanza.

Mi sonrisa era abierta, franca. Me dio vergüenza que mis ganas de agradar fueran tan evidentes.

—¿Rendirme? —le dije—. Eso jamás. Sobre todo si el premio es conseguir que acepte mi invitación.

Negó con la cabeza, pero el proyecto de sonrisa no había desaparecido de su rostro.

—¿Siempre es tan insistente?

—Por supuesto que no. Sólo con las bailarinas guapas.

—Le advierto que los halagos fáciles no van conmigo.

—No se trata de un halago. Sólo constato la realidad.

—Tengo buenas noticias para usted —dijo, obviando el piropo.

—Vaya, me alegro mucho. ¿Debo entender que acepta mi invitación?

—Mejor que eso. El príncipe Kovalevski quiere que vaya a verlo.

—Perfecto.

—Ya le dije que salir en un periódico inglés era una oportunidad que no iba a dejar escapar.

—¿Ha vuelto a verlo?

—¿Al príncipe? No, me ha enviado un mensaje. Es un hombre muy poderoso. Cuando quiere algo, escribe una nota y te la hace llegar. Me la trajo uno de sus criados.

—¿Quién? ¿Ese coronel cosaco que estaba en la fiesta?

—No.

—¿Entonces fue ese sirviente negro vestido de húsar que vi en su casa?

Se echó a reír. Al hacerlo levantó un poco la barbilla, sin dejar de mirarme.

—El mismo —dijo—. Veo que se fijó bien. Es usted muy observador.

—Nunca había visto un húsar negro. A lo mejor soy un ignorante, pero me pareció raro.

—Es evidente que no ha estado en Rusia antes de la revolución. No era tan raro como cree.

—¿No?

—No. Contar con negros en su guardia personal era una tradición de los Románov. El último zar también los tenía.

—No lo sabía.

—El último era uno de origen norteamericano. Decían que era hijo de esclavos. Sirvió fielmente a Nicolás II hasta el último día.

—¿Estaba con la familia real en Ekaterimburgo?

La bailarina humilló los ojos cuando pronuncié el nombre del lugar donde el zar, su familia, su médico, sus sirvientes, incluso su perro, fueron masacrados.

—No, no estaba. Dicen que sobrevivió a la guerra. Hay

quien asegura haberlo visto en Rusia, no hace muchos años, vestido todavía con los jirones del uniforme que llevaba cuando servía al zar. Pero ha pasado tanto tiempo desde 1917 que probablemente no sea más que una leyenda.

—Supongo que Kovalevski tiene un criado negro al que viste de húsar para las fiestas como homenaje a los viejos tiempos.

—Posiblemente. También conduce sus coches, hace recados y es otro de sus hombres de confianza, por debajo del coronel Makárov en la cadena de mando, claro está.

—Muy bien. Y ahora dígame. ¿Aceptará mi invitación?

—Es tarde y dentro de un rato he de volver a las clases —dijo, tajante, borrando cualquier posibilidad de insistir—. Suerte con el príncipe. Vaya a verlo, no deje escapar esta oportunidad. Le aseguro que no suele ser tan receptivo.

Capítulo XIII

Tardó un rato y ya creía que no me la estrecharía, pero al final mi mano desapareció dentro de la del coronel Makárov. Lo consideré el saludo pertinente a pesar del rostro imperturbable del cosaco. Aunque, eso sí, sus ojos me decían sé quién eres, a mí no me vas engañar. Y, sobre todo, traidor, sé lo que has hecho y vas a pagar por ello, conque ándate con ojo. De todos los días posibles, aquel era el peor para visitar a Kovalevski. Si el aristócrata ya se había enterado de lo que pasó y sospechaba de mi participación, podía darme por muerto. Si aún no se había enterado o si se había enterado pero no recelaba de mí, me costaría tanto disimular que al final él o alguno de sus perros guardianes acabarían dándose cuenta.

El criado africano fue hasta el Barrio Latino el viernes para entregarme una nota en mano. Estuvo dos horas esperándome en la puerta de la pensión y mi respuesta fue que sería un honor aceptar la hospitalidad de su alteza. Estaría allí el lunes a las diez de la mañana, sin falta. No es necesario, respondí cuando se ofreció a recogerme. Iré por mis propios medios, pero gracias de todos modos. No faltaré, insistí. El empleado de Kovalevski esta vez no iba vestido de húsar, pero su aspecto formidable —piel brillante, mandí-

bula de hierro, mirada de acero y andares principescos—
imponían el mismo respeto que si lo fuera. Dije que sí porque a pesar de todo tenía muchas ganas de pasar un rato con
el aristócrata, pero también —y por supuesto— porque aún
no sabía lo que pasaría el domingo. Quién me iba a decir
que unas pocas horas después de que se marchase el criado
nubio de Kovalevski recibiría otra visita que lo pondría todo
patas arriba.

Por fortuna, el coronel Makárov permaneció en silencio
hasta que me invitó a pasar a un salón decorado por un cuadro de dimensiones colosales. Ocupaba una pared entera.
Fue lo primero que vi al entrar. Casi lo único que vi.

—Borodino —me explicó—. Se trata de una réplica. El
original es aún más grande y está en Moscú.

—Difícil sacarlo de Rusia, supongo —bromeé.

—Ya nos gustaría —respondió el coronel, tajante—. Pero
no le quepa duda de que a su alteza no le importaría construir un museo sólo para ese cuadro.

Debía de tratarse de una obra de arte muy importante,
pero aunque conocía la famosa batalla entre las tropas de
Napoleón y el general Kutúzov, confieso mi ignorancia. No
había oído hablar de ese cuadro.

La estancia se asemejaba a la sala abigarrada de un museo.
En una esquina, junto a la espesa cortina roja con filos de
bramante, las agujas de un historiado carillón dorado marcaban las diez y cinco minutos de la mañana. Enfrente, una
escultura griega cuyo nombre no fui capaz de recordar a
pesar de haberla visto en algún libro. La sobrecarga de obras
de arte me resultaba mareante, como ese exceso de orna-
mento en algunas iglesias y palacios de Moscú. Ni siquiera al
levantar la cabeza pude relajar la vista porque me fijé en la
hermosa tracería de tonos dorados bajo el techo abovedado.

—El original es una obra panorámica de ciento quince metros de largo. Nicolás II se lo encargó al pintor Franz Roubaud para conmemorar la victoria sobre Napoleón.

Ensimismado como estaba, la aparición de Mijaíl Mijáilovich Kovalevski me había pillado por sorpresa. Hoy no vestía el uniforme blanco del día de su fiesta de cumpleaños, pero el traje de tres piezas gris oscuro no le confería un aire menos distinguido.

—El coronel Makárov lleva razón. Si pudiera traer de Rusia el original construiría un museo sólo para albergar esa obra. Bienvenido a mi casa, señor Pinner —me tendió la mano e inclinó un poco la cabeza de una forma rápida y mecánica, sin dejar de mirarme a los ojos—. Acompáñeme.

Recorrimos un pasillo cubierto en buena parte con varios cuadros entre los que identifiqué el de algún primitivo flamenco y entramos en el que debía de ser su despacho. Con un gesto me invitó a sentarme en un cómodo sillón de piel y él ocupó el otro. Sólo nos separaba una mesa y la chimenea. A juzgar por las brasas, debía de llevar bastante tiempo encendida. Era tan grande que casi cabría dentro, de pie. Me esforcé en no pensar en eso. Aquella era una de tantas maneras en las que el príncipe podía torturar a un impostor. Lo mismo debajo de los cojines tenía escondido un *knut*, ese látigo al que tan aficionados eran los zares cuando se enfadaban, y me lo enseñaría pronto, con una sonrisa siniestra, como adelanto de lo que me esperaba.

—¿Qué le apetece tomar? —me preguntó, sin embargo.

No había terminado la frase y dos sirvientas aparecieron en el salón con sendas bandejas. En una, una tetera humeante, una jarra de agua, un azucarero y un juego de tazas y vasos; en la otra, una montaña de dulces, pastas y pan con un olor tan rico que no podía sino estar recién salido del horno. Podía cerrar los ojos e imaginar que estaba en la mejor *brasserie* de París.

—Cualquier cosa estará bien —dije.

Las criadas colocaron las bandejas en la mesa y luego se alejaron lo bastante para servirnos café cuando se vaciaran las tazas, pero también para que su presencia no nos molestara. Quietas y en silencio todo el tiempo, igual que las estatuas de la mansión, una parte más del mobiliario, empleadas adiestradas para servir sin ser vistas, sin incomodar a quien les pagaba. Me pregunté si serían rusas o francesas. Sería curioso que fueran parisinas: tantos nobles rusos que trabajaban como mayordomos o chóferes en París y un aristócrata ruso millonario empleaba a francesas. Puede que existiera una especie de justicia poética en ello, una compensación que equilibrase la paupérrima situación de muchos de sus compatriotas.

—Dígame, señor Pinner. ¿Por qué este interés de un hombre tan joven en nuestra Historia? —me preguntó, tras dejar la taza de café en el platillo. Tan acostumbradas estaban las criadas a sus gestos que ninguna de las dos hizo amago de acercarse esta vez. Abrió una pitillera y con la punta de los dedos la empujó hasta mi extremo de la mesa. No era mi costumbre resistirme a los cigarrillos caros. Cogí uno, volví a arrastrar la pitillera también con mucho cuidado y me apresuré a sacar el encendedor del bolsillo.

Además de para mostrar buenos modales, la secuencia de movimientos me ayudó a no revolverme en el sillón. La pregunta que me había formulado era tan directa como incómoda. Aquella mañana todo era embarazoso para mí.

—La revolución ha cambiado el mundo, y me temo que lo ha cambiado para siempre —le dije—. Apenas han pasado trece años, pero está claro que, además de la Gran Guerra, en los libros del futuro se estudiará lo que pasó en Rusia como uno de los hechos más significativos del siglo XX. Y creo que tan importante es conocer lo que sucedió a partir de 1917 como lo que ocurrió antes.

—No se puede entender el presente sin conocer el pasado.

—Así es.

—Tenemos una Historia muy sangrienta —se quedó en silencio mientras daba una larga calada al pitillo—. Pero es la nuestra.

De nuevo silencio mientras me miraba.

—¿Qué quiere saber de mí? —dijo, por fin.

—Me gustaría que me contase cómo era Rusia antes de la revolución. La política, la familia Románov, la gente, la vida en general —señalé las pastas y la tetera con los ojos—. Incluso la comida. Y luego enfocarlo todo desde su propia vida. Muy poca gente ha tenido la oportunidad de ver lo que usted ha visto ni de tratar con tanta gente importante. Según tengo entendido, sirvió a los tres últimos zares.

Kovalevski sonrió y le dio un mordisco a una de las pastas.

—Me parece bien. Pero antes, cuénteme una cosa. ¿Usted de parte de quién está?

Fingí no entender la pregunta.

—Quiero decir si está de parte de los bolcheviques o de la gente de orden.

Durante un segundo eterno pensé que el coronel Makárov abriría la puerta, me cogería por las solapas y me metería la cabeza en la chimenea para que confesara lo que había hecho.

—Más que una pregunta parece una trampa, ¿verdad? —insistió.

—Si quiere que sea sincero, no lo sé. Tal vez usted pueda ayudarme a encontrar la respuesta.

Kovalevski volvió a fumar, sin dejar de mirarme, valorativo.

—¿Sabe una cosa, señor Pinner? Me ha gustado su respuesta. No sé si me está diciendo la verdad, pero me agrada que no quiera adularme. Contra lo que pueda parecerle, no me gustan los halagos. La gente acostumbra a agasajarme, a decirme lo que creen que quiero escuchar, pero no me gusta. Me han contado que usted es mitad inglés y mitad español. Curiosa mezcla, por cierto. Seguro que conocerá esa expresión británica: *fishing for cumpliments*.

—Claro que sí. En España también hay otra que significa lo mismo.

—¿Ah sí? ¿Cuál es?

—Que te gusta que te regalen el oído.

El bigote de Kovalevski se curvó en una sonrisa.

—Tampoco es mala forma de expresarlo. En Rusia decimos *napraxivat'sya na komplimenty*. Literalmente significa «rogar por cumplidos». Quiere decir lo mismo. La cuestión es que se trata de una actitud que anima a los babosos y me molesta mucho.

—Me alegro entonces de no haberme comportado así. Yo soy periodista, y para hacer bien mi trabajo he de ser objetivo, no puedo tomar partido.

Estaba siendo sincero, pero sólo en cuanto a mi profesión. Yo había tomado partido. Habitaba una ficción y dependería de mi capacidad de fingimiento que al final el público aplaudiera tras bajar el telón.

—Me gustaría que sus simpatías estuviesen del mismo lado que las mías, señor Pinner, pero, si no es así, convencerlo de que está equivocado también puede ser un reto estimulante.

Me alegró darme cuenta, es más, me sorprendió, y me sentí culpable por intentar engañarlo, que Mijaíl Mijáilovich Kovalevski fuese un hombre ponderado y, según parecía, alejado de posiciones extremas. Al menos superficialmente. Sin duda, disfrutar de una privilegiada situación económica ayudaba bastante, pero eso también podría llevarlo a mirar con desprecio a quienes estaban por debajo de él a imponer sus ideas sobre las de los otros. Me sorprendió que estuviera dispuesto a escuchar y a tratar de entender a quien no opinase como él. Aunque tenía claro que si supiera la verdad, si estuviera al tanto de quién era, de para quién trabajaba y, sobre todo, lo que había hecho el día anterior, ni siquiera se molestaría en echarme a patadas de su casa, sino que no tendría el menor inconveniente en ordenar a su hombre de confianza que me arrancase la piel a latigazos o me desmembrase en un potro de tortura y luego arrojase mi cadáver dentro de una bolsa de lona lastrada al fondo del Sena.

—¿Le apetece ver mi casa?

La pregunta no era más que un trámite. Ya se había puesto de pie cuando me lo dijo. Y, antes de que se levantara, una de las criadas ya había abierto la puerta.

Lo seguí por el inmenso salón donde se celebró la fiesta de cumpleaños. Vacío, parecía aún más grande. Por un instante volví a ver a los invitados, a los músicos y, en medio de la pista, bailando con el afortunado anfitrión, también estaba ella. Cuánto habría dado por saber bailar, por ser la envidia de todos los hombres de la fiesta, por tenerla entre mis brazos.

Atravesamos salones y habitaciones adornados con tapices y muebles que se sucedían en la misma distribución de un palacio. Puede que el príncipe Kovalevski hubiera dispuesto un lugar espefíco en su mansión a modo de museo, pero cualquiera de las habitaciones por las que cruzamos sería digna de visitar para un aficionado al Arte.

Nos detuvimos delante de una urna. Dentro había una espada no muy grande, tan oxidada que costaba creer que todavía se mantuviera de una pieza.

—Es vikinga —me ilustró Kovalevski—. La encontraron cerca de Kiev. Tiene más de mil años. Parece mentira. A los rusos nos gusta pensar que somos descendientes de esos bárbaros. Y quizá lo seamos. A veces, cuando repaso nuestra Historia, tan sangrienta, estoy convencido de que son nuestros antepasados. Voy a tener que repasar mis conocimientos de Historia rusa para cuando me entreviste. Supongo que nos tendremos que ver muchas veces.

Evitaba pensar en lo que hice el día anterior, pero tanto fingimiento me ponía nervioso y la preocupación paranoica se estaba apoderando de mí. Todos sabían que era un impostor: el coronel Makárov, incluso las criadas, y desde luego

Kovalevski, el muy ladino, también lo sabía. Pero antes de que sucediera algo irreparable, por ejemplo, que yo mismo confesara mi culpa sin que me lo preguntaran, alguien abrió la puerta. El coronel Makárov no nos habría interrumpido de no tratarse de algo muy importante.

El aristócrata fue el primero en darse la vuelta, pero el coronel, con gesto serio, se detuvo a una distancia prudente.

Su hombre de confianza le dijo algo al oído mientras Kovalevski escuchaba, en silencio, el gesto innegable de pesadumbre, cada vez más mientras terminaba de contarle. Yo sabía lo que estaba pasando. Cómo no iba a saberlo. No podía ser una casualidad, aunque me mantuviera expectante. El cosaco se marchó por donde había venido. Mijaíl Mijáilovich Kovalevski aún permaneció unos segundos callado, quién sabe si buscando una respuesta a la terrible noticia que acababa de recibir. La que sólo yo conocía.

—El general Kutépov —me dijo, por fin, y al mirarme parecía que me interrogaba—. Lo han secuestrado.

Se dio la vuelta y empezó a caminar con energía por el pasillo. La noticia había llegado en un momento inoportuno, pero era inevitable. Ya no volví a ver a Kovalevski. Tampoco salió a despedirme el coronel Makárov. El coche más lujoso de los que vi aparcados cuando llegué ya no estaba cuando salí al jardín. Supuse que el coronel y tal vez también el príncipe Kovalevski estarían camino de la prefectura de la *Île de la Cité* o del ayuntamiento. Aunque Mijaíl Mijáilovich Kovalevski podría incluso apuntar más alto y estar dispuesto a llamar a la puerta del despacho del primer ministro, o a la del presidente de la República. Aún no conocía al aristócrata lo suficiente, pero no me cabía duda de que, además de rico, era un hombre muy decidido. De los que se crecen cuando empiezan los problemas.

Capítulo xiv

¿Hay algo peor en la vida que ser un traidor? Seguro que
no. Me esforzaba en creer que yo no lo era porque trabajaba para una causa noble, más grande que todos los remilgos que pudieran afectarme a la hora de entregarme a ella,
pero lo que quedaba del joven idealista que fui —y quería pensar que aún quedaba mucho de él—, no dejaba de
recordarme que no me había portado bien y, peor, que aún
tendría que seguir portándome mal durante mucho tiempo
para cumplir los deseos de hombres a los que no había visto
jamás, funcionarios grises, a veces indiferentes y a veces des-
piadados, que vivían muy lejos, ni siquiera sabrían mi nombre y a buen seguro no les preocuparían mis problemas
de conciencia y mucho menos lo que pudiera pasarme. No
sabía Kovalevski, ni siquiera el coronel Makárov lo sabría
aunque su trabajo fuese sospechar de todo el mundo, hasta
qué punto estaba enterado de lo que le pasó al general
Kutépov.

Yo tampoco lo supe hasta el mismo día que fue a buscarme el criado negro de Kovalevski para invitarme a la mansión de su jefe el lunes por la mañana. Por la tarde, como la
lluvia no iba a remitir, me quedé en la pensión escribiendo
un artículo sobre las colas de hombres desempleados que

crecían día a día en París. Ya hacía horas que se había puesto el sol, fumaba un pitillo tumbado en la cama y no tardaría en quedarme dormido. No era habitual que alguien llamase a la puerta a esas horas. Quien quiera que fuese había golpeado con los nudillos suavemente, porque era muy tarde o porque quería pasar desapercibido. Abre, Pinner, susurró. No identifiqué la voz, pero el hombre que había venido a verme conocía mi nombre. Y eso podía ser bueno pero también podía ser malo. Quedarme en la madriguera tampoco me iba a servir de mucho. Y hacerme el dormido no era una buena opción.

Las canas de la perilla de Antón Vladímirovich brillaban en la oscuridad del pasillo cuando abrí la puerta.

—Buenas noches, camarada —me saludó.

—Buenas noches —respondí, echándome a un lado para dejarlo pasar.

Pero Kuliakov me miró los pies descalzos, el pico de la camisa por fuera y los rizos despeinados.

—Vístete. Vamos a dar un paseo —me ordenó, en un susurro—. Te espero abajo.

Se marchó sin esperar mi respuesta. No le importaba que estuviera solo o acompañado, sano o enfermo, dormido o despierto. Quería hablar conmigo y ya está, conque me calcé los zapatos, me puse una chaqueta, cogí el sombrero, salí al pasillo y busqué el baño para echarme agua en la cara y adecentarme un poco antes de bajar. Ya no llovía pero hacía mucho frío. Corriendo, fui a buscar el abrigo y una bufanda para no constiparme. Antón Vladímirovich ya había empezado a caminar cuando crucé el portal. No me iba a esperar. Estaba acostumbrado a dar órdenes y a ser obedecido sin rechistar ni ser cuestionado. Me levanté las solapas, enterré las manos en los bolsillos, clavé la barbilla en el pecho y eché a andar tras el ruso. Cuando me puse a su altura caminamos los dos en silencio durante un rato. Antón Vladímirovich miró a un lado y a otro, como si con esa temperatura y a esa hora hubiera alguien con ganas de salir a la calle para enterarse de lo que hablásemos, pasó la mano por encima de la madera de un banco para apartar el agua y se sentó. Me coloqué a su lado. No llevábamos ni unos segundos allí cuando pasó por delante de nosotros un carro que transportaba la cuba apestosa donde vaciaban cada noche los excrementos de los retretes. Creo que de no ser por el frío nos habríamos ido a otra parte. Por fortuna el arriero hizo restallar el látigo sobre los caballos y trotaron hacia la Iglesia de Saint-Nicolas-du-Chardonnet. Kuliakov permaneció callado hasta que se disipó el mal olor. Mientras tanto, encendió un pitillo. No llevaba guantes. A mí me podía más el frío que las ganas de fumar.

—¿Cómo van las relaciones con tus nuevos amigos? —me preguntó.

Le conté que Kovalevski me había citado el lunes por la mañana en su casa. A pesar de la oscuridad, con el rabillo del ojo pude ver sus cejas enarcadas en sorpresa.

—¿Vas a entrevistarlo?

—No estoy seguro. Sabe que me gustaría escribir un reportaje sobre él y quiere hablar conmigo. Supongo que será una toma de contacto y que nos tendremos que ver más veces. En la otra posibilidad prefiero no pensar.

—¿La otra posibilidad?

—Que sepa los verdaderos motivos por los que quiero hablar con él. Que alguien le cuente que ahora mismo estoy sentado en un banco helado al lado de un agente soviético.

Antón Vladímirovich se quedó callado.

—No pienses en eso. Si no, te volverás loco. Además, tampoco importaría mucho que nos vieran juntos. Eres un periodista, se supone que tienes que hablar con mucha gente.

—No estoy seguro de que Kovalevski sea tan comprensivo si llega el caso. A partir de lunes te lo diré.

—Me parece muy bien que vayas a verlo. Gánate su confianza. Quién sabe si algún día tendré que pedirte que lo mates. O a lo mejor eres tú quien tiene que hacerlo si te descubre.

Lo dijo sin mirarme, tan serio que no podía sino estar bromeando. Seguro que se aguantaba la risa en la oscuridad.

—Pinner —me dijo—. Ha llegado la hora de que te impliques más en la la causa.

Se me ocurrió replicarle que asistir a la fiesta de cumpleaños de Mijaíl Mijáilovich Kovalevski y convertirme en la sombra del general Alexander Kutépov por unos días, sin mencionar que mantenía los ojos bien abiertos a cada instante y que una buena parte de lo que escribía tenía la finalidad de sumar adeptos a la causa bolchevique, debería ser una prueba más que suficiente de implicación y dedicación, pero asentí. Siempre se podía hacer algo más. Por supuesto.

—Me gustaría que participaras pasado mañana en una operación junto a otros camaradas.

Asentí, en silencio. No sonaba bien, pero esperaba algunos detalles sobre lo que tendría que hacer. Lo dijo con amabilidad, incluso por como había empezado la frase podría deducirse que podría negarme, pero se trataba de una orden. O estaba dentro o estaba fuera. O me implicaba un poco más o se acababa el juego. Y no bastaría con entregar mis cartas malas y abandonar la partida.

—¿Conoces Mountrouge?

—No he estado todavía, pero sé dónde es. El distrito catorce, ¿no?

—Así es —sacó un papel doblado del bolsillo y lo guardó en uno de los míos, sin darme oportunidad de mirarlo—. Preséntate en esta dirección el domingo por la mañana, a las ocho como muy tarde. Te estaremos esperando.

—Supongo que aún no puedo saber de qué se trata.

Antón Vladímirovich se levantó.

—Supones bien —concluyó, cuando ya había empezado a caminar.

Lo vi desaparecer en la noche, más allá de una farola, hasta que su figura se fundió en la niebla que se extendía desde el cercano Sena. Aún permanecí un rato sentado en el banco. Hacía tanto frío que no sabía si sería capaz de levantarme.

El sueño, si es que alguna vez iba a venir, se esfumó tras la visita. Desde que ingresé en el Partido Comunista Inglés me había involucrado cada vez más en la causa bolchevique, sobre todo desde que conocí a Kuliakov. Ya había estado dos veces en la Unión Soviética, participado en reuniones, redactado panfletos incendiarios para animar a la clase trabajadora a protestar contra las desigualdades y, en mi última visita, también entré en el edificio de tonos amarillos y líneas rectas de la plaza Lubyanka que albergaba las oficinas del servicio secreto. Poco a poco, con curiosidad pero también con inevitable aprensión, era consciente de acercarme a un punto de no retorno, la implicación última en mi transformación durante esos años tan confusos. Aún no podía imaginar lo que tendría que hacer, pero no dudaba de que se trataba de un requisito más para que siguieran confiando en mí.

Un par de horas después volví a acostarme, pero cuando me levanté tuve la sensación de apenas haber dormido. La mayor parte del sábado la pasé encerrado, buscando el sueño que se había escapado por la noche. Por la tarde salí a dar un paseo. Y aunque no llevaba un rumbo fijo, de pronto me descubrí andando hacia el sur de París, como un explorador precavido que desea reconocer el terreno. No tardé en dar la vuelta. Quién sabe lo que me esperaría si me presentaba unas horas antes en la dirección que me dio Antón Vladímirovich. Sólo faltaban unas pocas horas para saber de qué se trataba.

Por la noche fui a cenar a un bistró cerca de Cluny y me permití una botella entera de vino tinto para que me ayudase a conciliar el sueño. Poco después de las seis de la mañana me planté delante del armario abierto para decidir qué ropa debería llevar, pero al final lo cerré de un manotazo porque me afectó una repentina sensación de ridículo. Parecía una mujer que no sabía qué vestido ponerse para ir a una fiesta. ¡Pero si ni quiera tenía idea de lo que tendría que hacer cuando me presentara en el lugar acordado!

Despuntaba el alba cuando ya estaba en camino. Llegaría a la cita con tiempo de sobra, pero eso no me preocupaba. Mejor anticiparme que retrasarme.

Por el tiempo que tardaron en abrirme la puerta y porque intuía la respiración de alguien que se acercaba de puntillas, colegí que se estarían cerciorando de mi identidad a través de la mirilla. Fue Antón Vladímirovich quien me recibió. Me invitó a pasar a un pequeño apartamento sin apenas muebles, sólo unas cuantas sillas y una mesa destartalada en el salón, sin vistas porque las ventanas estaban cerradas. La triste bombilla que colgaba del techo apenas alumbraba los rostros de dos hombres a quienes no había visto nunca.

—Este es un camarada que nos va a ayudar —dijo Kuliakov.

Ambos asintieron, sin mucho entusiasmo, y también sin dejar lo que tenían entre manos: uno pasaba un paño sobre unas botas con cierto aire militar; el otro desdoblaba un pantalón que parecía de un uniforme. Antón Vladímirovich hundió las manos en una caja, sacó algunas prendas, las dividió por la mitad, se quedó con una parte y me entregó el resto.

—Pruébatelo —me dijo, mirándome de arriba a abajo con ojos de sastre—. Creo que debe de ser de tu talla. Quizá los pantalones te queden un poco cortos, pero da igual.

Desdoblé la prenda y me quedé mirándola, extrañado: era una guerrera de gendarme.

—Hoy vamos a ser policías franceses —me explicó, quitándose su chaqueta para ponerse la que había sacado de la caja, con una sonrisa poco tranquilizadora—. ¿Qué te parece?

Me limité a suspirar y empecé a desvestirme. Ni en una fiesta de disfraces me habría parecido menos grotesca la situación. Quizá lo mejor de todo fuera que en ese piso destartalado no hubiera un espejo para poder comprobarlo. La guerrera no me quedaba muy mal, tal vez un poco corta a la altura de las mangas, igual que los pantalones. El jefe ya se había vestido. Con la gorra de gendarme no se diferenciaba mucho de su apariencia habitual, pero la porra que acababa de colgarse del cinturón le confería un aire más siniestro, aunque no del todo extraño en él. A mí también me entregó una estaca y una cesta para guardar mi ropa donde ellos habían guardado la suya. Los otros dos ya se habían colgado los palos de los cinturones.

Kuliakov comprobó el cargador en la culata de una Walther. Quizá no fuera el arma reglamentaria de los gendarmes franceses, pero qué más daba. La caja de la que había sacado los trastos, como un mago que prepara la actuación en el camerino, estaba vacía. Los otros dos también llevaban pistolas. Me alegré secretamente de que no hubiera un arma de fuego para mí. Es hora de irnos, anunció Antón Vladímirovich, mirando el reloj, y todos bajamos a la calle. Una pareja que pasaba por la acera se apartó al ver a cuatro policías decididos salir de un edificio. Nadie nos hizo preguntas. Los uniformes eran una barrera, un parapeto imposible de saltar para la mayoría de la gente. Sin saber lo que íbamos a hacer los seguí hasta un Renault aparcado en una calle perpendicular. Antón Vladímirovich me entregó las llaves del coche.

—¿Preparado? —me preguntó.

Cómo iba a estarlo si no sabía lo que tenía que hacer.

—Conduce tú —me dijo, sin esperar la respuesta que jamás le daría.

Seguí las instrucciones que el ruso me iba indicando durante el trayecto. La próxima a la izquierda, sigue recto por esta avenida hasta que yo te diga. Sentados detrás, en silencio, los otros dos miraban distraídamente por las ventanillas la ciudad que se preparaba para el domingo. Unos minutos después embocamos el bulevar de Raspail, hacia el norte. Los cafés abiertos esperaban a los clientes más madrugadores. Nos detuvimos en un semáforo, a un tiro de piedra del jardín de Luxemburgo y muy cerca de la academia de donde Yekaterina enseñaba danza. Quizá por eso ahí me sentí más incómodo. Los músculos de los hombros, de los brazos y del cuello tensos, las manos crispadas en el volante. ¿Y si habíamos venido a buscarla a ella? ¿Y si Kuliakov tenía algún plan que incluía hacerle daño? ¿Y si me había llamado sólo por eso, para darme una lección y mostrarme a las claras quién mandaba y que todo lo podía y todo lo veía, que por mucho que me esforzara a él no sería capaz de ocultarle nada?

El semáforo ya estaba en verde, pero todavía no había pisado el acelerador. Parecía que un ser inconsciente y sumiso dirigiera mis movimientos y me plegase anticipadamente a los deseos de Antón Vladímirovich. Con que sólo avanzase un poco el coche bastaría para ver el portal del edificio. Gira a la derecha, creí que me ordenaría. Entonces un claxon potente sonó detrás de nosotros. Kuliakov me miró, interrogativo, y me ordenó que acelerase antes de que el semáforo volviera a ponerse en rojo. No tardé en adivinar adónde íbamos. En realidad, lo había sospechado desde que vino a verme, no había más que atar cabos.

Me ordenó aparcar el automóvil y parar el motor en la misma esquina de la rue Rousselet donde durante varios días me había apostado para seguir los pasos de Alexander

Kutépov. Eran casi las nueve. Yo había estado un domingo allí, y no me cabía duda de que todos los domingos, con inequívoca puntualidad marcial, el general Kutépov salía de su casa para ir a misa. Pero hoy deseaba que hubiera cambiado de planes, que a lo mejor estuviera enfermo y ni siquiera hubiera podido levantarse de la cama. Por muy importante que resultara para la revolución neutralizar a uno de los generales más competentes del Ejército Blanco, no quería ser cómplice de un asesinato. Pasaban tres minutos de las nueve cuando la puerta se abrió. Kutépov ya estaba en la calle, se ajustó la bufanda y se dirigió hacia nosotros. No es que fuera a buscarnos. El quiosco donde cada día compraba el periódico estaba en esa misma dirección. Lo raro era que no viniera acompañado de su mujer. Tal vez la esperaría en la calle para ir juntos a misa. Nos separaban de él unos cuarenta o cincuenta metros. No había nadie más en la acera. Antón Vladímirovich ya había desenfundado la pistola. La tenía apoyada en el muslo. Supuse que esperaba el momento en que el objetivo pasara por delante de nosotros para descerrajarle un tiro.

—Arranca el coche —me ordenó antes de abrir la puerta.

El arma era tan pequeña que le cabía en la palma de la mano. Los otros dos también se apearon. Arranqué el automóvil: yo no quería participar en un asesinato, por mucho que me hubieran contado que Alexander Kutépov mereciera estar muerto, incluso aunque no les faltase razón a quienes lo pensaban. Pero tampoco quería quedarme atascado en la calle y que unos gendarmes de verdad nos detuvieran o nos acribillaran a balazos. Si la policía nos descubría, de poco serviría que fuéramos disfrazados.

Antón Vladímirovich avanzó hacia el general. Los otros dos hicieron lo propio pero por la calzada. Hasta que no estuvieron demasiado cerca, Kutépov no se dio cuenta de lo que pasaba. Pero ya era tarde. Enseguida oiría una detonación, aunque tal vez el general ni siquiera acertase a ver un resplandor antes de caer desplomado. Desde el coche vi a Kuliakov, de espaldas, hablar con él. Los otros dos se habían colocado detrás, pero no creí que se hubiera percatado todavía. Al cabo de un momento Kutépov se dio la vuelta y uno de los hombres que estaban en su retaguardia lo empujó. Al trastabillar, Antón Vladímirovich lo agarró del brazo y le clavó el cañón de la pistola en los riñones. Kutépov forcejeó, pero apenas pudo revolverse durante unos segundos porque el otro camarada le propinó un golpe con la porra. Antes de que pudiera retorcerse de dolor ya lo estaban llevando al coche. Puede que no gritase ni tratara de resistirse más porque Kuliakov lo había amenazado con descerrajarle un tiro. Mejor que te lleven secuestrado a que te maten. De un empujón lo tumbaron en el asiento trasero del coche. Le volvieron a dar un cachiporrazo. Yo pisaba el acelerador a fondo cuando le ataron las manos, le metieron un trapo en la boca, le vendaron los ojos y le pusieron una inyección. Todo sucedió muy rápido.

Las protestas de Alexander Kutépov eran acalladas a golpes, hasta que al final el general no dijo nada. La morfina hizo efecto enseguida. De todas formas, Antón Vladímirovich permaneció todo el tiempo impertérrito en el asiento del copiloto, la pequeña Walther en la mano, por si había que amenazar al militar de una forma más contundente. Siguiendo sus indicaciones conduje hasta las afueras de la ciudad, más allá de Vicennes. No tardó mucho en decirme que aparcara el automóvil al lado de un almacén abandonado.

—Para el motor y sal del coche.

Obedecí. Los otros dos se quedaron en el asiento trasero custodiando al general. Antón Vladímirovich cogió la cesta donde habíamos guardado la ropa.

—Ya puedes quitarte el uniforme —me dijo.

No tranquilizaba estar junto a la tapia de un almacén abandonado junto a un hombre armado que te mandaba amablemente que te quitases la ropa. ¿Y si había pasado de ser un agente valioso a un testigo molesto? ¿Quién podía asegurarme que Kuliakov no sospechaba de las dudas que me asaltaban? ¿Acaso el ruso era capaz de leer mis pensamientos o anticiparse a los dictados de mi conciencia? Puede que antes de esa mirada de hielo y de esa actitud distante hubiera existido un joven que también libró una batalla interior. Yo conocía mis propias debilidades, y una de ellas era la tendencia a juzgar equivocadamente a las personas que me rodeaban. Demasiadas veces pensaba que eran como yo, aunque al final reconociera que no tenían las mismas dudas dudas ni le daban tantas vueltas a todo. Quizá Antón Vladímirovich me juzgaba de una forma mucho más certera que yo a él.

Acaté la orden, sin rechistar. Además, estaba deseando quitarme el uniforme. A tientas encontré mi ropa entre la de los demás y, sin importarme el frío, me desvestí.

—Si vuelves a la carretera y caminas un poco encontrarás una parada de autobús —me dijo—. Antes o después pasará alguno que te llevará de vuelta a París.

No le hice preguntas. Estaba deseando marcharme. La inquietud no disminuyó cuando caminaba en busca de la parada. Al contrario, era el momento más peligroso. Aún no tenía claro que Antón Vladímirovich no fuera a liquidarme de un disparo por la espalda antes de que llegase a la carretera. Caminaba tenso, los músculos contraídos, la sensación engañosa de que así podría repeler una bala. Tal vez fuera esa la prueba de confianza definitiva que Kuliakov necesitaba, que me marchara sin miedo, sin volver la vista atrás siquiera, desde luego sin hacer preguntas. Pero ya había llegado al arcén cuando oí arrancar el coche. No se adentraron en la carretera, por el ruido de las ruedas parecía que se perdían en la explanada, camino de la nada. No sabía adónde se llevaban a Kutépov. Tal vez fuera un canalla, o un peligro, o un obstáculo importante para la supervivencia de la revolución. No podía saber si era un buen o un mal hombre, pero en esa carretera solitaria, cuando ya sólo me acom-

pañaban el sonido de mi respiración y de mis pasos insegu-
ros sobre el asfalto, no dejaba de preguntarme qué iba a ser
de él, si buscarían una forma subrepticia de llevárselo a la
Unión Soviética o si antes de que terminase el día le habrán
disparado un tiro en la nuca.

Capítulo xv

Las semanas que siguieron al secuestro del general Kutépov fueron complicadas. Salí de la mansión de Kovalevski aliviado, pero la preocupación fue aumentando cada día. Atrancaba la puerta de mi habitación con una silla. No serviría de mucho si venían a por mí, pero al menos así lo sabría antes de que me pusieran el cañón de una pistola en la cabeza. Cada mañana compraba varios diarios, buscaba lo que publicaban sobre el general y encontraba tantas opiniones como opinadores. Alguno apuntaba que unos agentes soviéticos disfrazados de gendarmes se lo llevaron cerca de su casa cuando se disponía a ir a misa, pero ninguno decía nada sobre la marca o la matrícula del coche gris en el que se lo llevaron. Pero la policía podría saber más de lo que la prensa contaba y andar tras la pista de un periodista mitad inglés mitad español simpatizante de los bolcheviques. A partir del momento del secuestro, las noticias divergían: unas decían que estaba en París, otros que el OGPU se había llevado al general Kutépov a la Unión Soviética, o sugerían que lo mantenían custodiado en Berlín para pedir una fuerte suma de dinero por él; quizá lo habrían embarcado en Amberes rumbo a Leningrado, aunque el dichoso coche gris hubiera sido visto en Trouville, en la costa normanda. Sin embargo, otros medios sostenían, por delirante que parezca, que el general Kutépov se había marchado a Sudamérica por voluntad propia, pero, teniendo en cuenta que el origen de esta información era un comunicado de la agencia Tass, se trataba de una cortina de humo tan grande como la torre Eiffel. Yo también tuve que escribir sobre el secuestro. La actualidad mandaba. Algunos textos míos aparecieron en varios periódicos británicos y españoles. Hablé de la visita del embajador soviético al primer ministro francés para presentar una queja sobre las acusaciones vertidas sobre la desaparición del general. Pero puede que a André Taurdieu las palabras del diplomático le entraran por una oreja y le salieran por otra puesto que el propio político francés andaba sumido en una crisis de gobierno que lo privó de su cargo —y de la que también informé puntualmente a mis empleadores británicos— durante dos semanas de febrero en favor del izquierdista Camille Chautemps. Como dato curioso para los lectores añadí que Taurdieu atajó las quejas del embajador Dogalevski animándolo a acudir a los tribunales, aunque también le aconsejó, con un punto innegable de ironía, que no cometiera esa imprudencia.

El exilio ruso parisino fue capaz de reunir quinientos mil francos de recompensa para quien proporcionara alguna pista fiable sobre el general Kutépov, y luego un donante anónimo añadió otros quinientos mil. No publiqué nada sobre este asunto, no me convenía llamar la atención, pero muy probablemente el príncipe Kovalevski estaba detrás de esa generosa gratificación.

No podía saber si no haber vuelto a tener noticias del aristócrata era bueno o malo. Por una parte, ya que se había enterado de lo que pasó con el general, me preocupaba volver a verlo. Encontraba demasiado sencillo que pudiese atar cabos y llegar hasta mí. Pero, por otro lado, también me inquietaba no saber nada de él, por la misma razón. Quién podría asegurarme que no sospechaba de mi participación y estaba esperando a que alguno de sus esbirros le mostrase las pruebas que me incriminaban. Pasaron los días, pasaron las semanas. Todo el mes de febrero sin tener noticias, no sólo del príncipe Kovalevski. Tampoco Antón Vladímirovich se había vuelto a poner en contacto conmigo. No menos de seis veces durante esas angustiosas semanas me acerqué a los alrededores de la embajada soviética, por la mañana, a mediodía o a la hora de cerrar, pero ni rastro de Kuliakov. Puede que no estuviese en París. También, por mucho que lo deseara, a pesar de que tal vez al hablar con ella podría encontrar alguna pista sobre mi futuro, no me acerqué a ver a Yekaterina. Al final, la realidad me había devuelto a lo que era el día que llegué a París: un periodista cuya única misión había de ser abrir bien los ojos y contar lo que pasaba en la ciudad. Era mejor pensar así que sentirme como un soldado abandonado por sus compañeros en territorio hostil.

Cada vez que encontraba un pasquín con la cara del general Kutépov y la recompensa que ofrecían por noticias suyas miraba para otro lado. Si no arranqué alguno fue para no despertar las sospechas de quien pudiera verme, pero el cuerpo me pedía hacer desaparecer todos esos carteles, parecía que se multiplicaban, pegados en las paredes y en las farolas, el recuerdo de mi participación en el secuestro, que me avergonzaba tanto.

Febrero dio paso a marzo, seguía sin noticias de Antón Vladímirovich y la vida tenía que continuar. Así que decidí emplearme a fondo en aquello por lo que me pagaban. Material con el que entretenerme no me faltaba, sin duda. La política en Francia andaba revuelta y esos días, además, el exdictador Primo de Rivera se alojó en un lujoso hotel de Saint-Germain e intenté varias veces, sin éxito, que me concediera una entrevista. Lo más importante en cuanto a noticias era la crisis de gobierno que estaba a punto de resolverse. A primeros de mes André Tardieu recuperó su cargo de primer ministro y yo tenía la sensación, con creciente alivio, de que el OGPU se había olvidado de mí. No para siempre, puesto que conmigo contaban con una tapadera valiosa. A nadie le extrañaría que un periodista husmeara en todas partes y nadie sabría que esos ojos espiaban para ellos. Al Kommintern no le costaba nada tener a un agente infiltrado en la comunidad de rusos exiliados. Como tanta gente afín a la causa bolchevique, mis contribuciones, mis desvelos, incluso el riesgo de perder la vida, si se terciaba, los asumía de forma gratuita. Podría haberme quedado al margen, disfrutar la vida plácida de un profesor en Inglaterra, enseñar Literatura, pasear en bicicleta por la campiña los días soleados, flirtear con las alumnas o incluso casarme y comprar una casa coqueta con jardín. O quizá ingeniero, como mi padre, si me hubiera interesado la minería y como él haber ocupado un puesto importante en España, o en Inglaterra o en Gales. Pero no fueron sino esos trabajos en las minas que desempeñé en verano de adolescente los que empezaron a apuntalar al hombre en que me había convertido. Mi padre no lo habría aprobado, pero ya llevaba mucho tiempo enterrado para protestar. William Pinner se había casado con mi madre, una mujer española que conoció durante los años que trabajó en las minas onubenses de Riotinto. Nos marchamos a Inglaterra cuando yo aún no había cumplido los cinco años, pero nos abandonó una década más tarde. Regresé con mi madre a España y no volví a ver a mi padre hasta tres años después, cuando volví a Inglaterra tras la muerte de mi progenitora. Nunca sentí el cariño del hombre que me engendró, aunque se preocupase de costear mis estudios en el exquisito King´s College de Cambridge. Allí fue donde hice algunas amistades que me animaron a afiliarme al Partido Comunista inglés a los veintidós años, lo que, de alguna forma, me empujó a elegir definitivamente un rumbo diferente cuando falleció mi padre. Era como si ya no pudiera vigilarme ni reprenderme por escoger el camino equivocado y, aunque entonces aún no sabía lo que quería, tenía claro lo que no quería: quedarme sentado mientras pasaba la vida. Eso fue lo que me empujó a participar en las huelgas de mineros en el valle galés de Swansea, a correr delante de la policía, a sufrir cachiporrazos y a pasar algunas noches en calabozos hediondos.

En la universidad conocí a estudiantes, a más de uno, que habían abrazado las ideas revolucionarias antes que yo, y también aprendí que, por paradójico que pareciese, se podía proceder de una familia acomodada, de una familia muy rica incluso, y albergar un corazón bolchevique sin haber tenido jamás callos en las manos por trabajar. No era mi caso, desde luego. Desde muy joven estuve muy cerca de la clase obrera. Con los mineros de Gales había compartido jornadas interminables y agotadoras bajo tierra cuando todavía estudiaba, y también con los jornaleros del asfixiante campo andaluz. Siempre me sentí más cerca de ellos que de los estirados compañeros de pupitre que a menudo me tocaron en suerte.

Estaba en España, tenía quince años y la guerra en Europa no era más que un lejano y confuso rumor del que sólo llegaban noticias en los periódicos cuando los bolcheviques tomaron el Palacio de Invierno. Había muy pocos compañeros de mi clase, quizá ninguno, o así lo recordaba, que entendieran el significado de lo que estaba pasando, pero el adolescente que era no pudo sino alegrarse de que la revolución siguiera su camino. Cuánto me habría gustado estar ahí.

Durante esas semanas tuve mucho tiempo para pensar, demasiado tiempo. También para tener miedo, por qué negarlo. Y una mañana, cuando regresaba a la pensión después de mandar un telegrama a Londres, vi que el criado negro del príncipe Kovalevski estaba en la puerta. No había reparado en el lujoso Bentley azul oscuro aparcado enfrente. Ya era demasiado tarde para dar la vuelta, y ganas no me faltaban, porque el sirviente del príncipe me había visto. Sería demasiado generoso pensar que había ido hasta allí para buscar a otra persona. La gorra de plato y el uniforme de chófer que llevaba no imponían menos que el dolmán de húsar que lucía en la fiesta de cumpleaños de su jefe. Inclinó la cabeza al verme, se tocó la visera en un gesto que recordaba vagamente al de un militar. Lo único que pude hacer fue ralentizar mis pasos mientras se me ocurría algo y esforzarme en no salir corriendo en dirección contraria, aunque estaba seguro de que el hombre que me esperaba me alcanzaría sin despeinarse antes de que llegase al final de la calle.

—Buenos días, señor Pinner —me dijo, hablaba un francés más que correcto—. A su alteza le gustaría hablar con usted.

Ya me lo temía. Asentí, sin mucha convicción, y luego miré hacia donde señalaba su mano. No estaba seguro de si se trataba de una invitación para subir al coche o si quería decirme que prefería interrogarme en privado. Cruzó la calle para llegar al automóvil, estaba claro que no le preocupaba que echase a correr, y abrió la puerta. No esperaba que el mismísimo Kovalevski hubiera venido a buscarme. Además de la preocupación, me sentí halagado cuando el príncipe cruzó la acera y me tendió una mano sin perder la sonrisa en ningún momento.

—Señor Pinner, ¿cómo está?

Tenía curiosidad por saber cómo se habría enterado de dónde vivía, pero para un hombre de su posición resultaba muy fácil saberlo todo. Bastaba pagar a alguien para que lo averiguase, un par de preguntas, puede que alguna propina, y *voilá*: la guarida de Gordon Pinner dejó de ser un secreto.

—¿A qué debo el honor de su visita, alteza?

—Perdone que haya presentado sin avisar, pero hace días que ando buscándolo.

—Lamento que haya tenido que molestarse en venir hasta aquí. Yo no he querido importunarlo estos días. Imagino que habrá estado muy ocupado desde la desaparición del general Kutépov.

—Así es. Han sido unas semanas de mucho ajetreo. Por desgracia aún no hemos averiguado nada.

—Lo siento. He leído muchas cosas en la prensa sobre lo que pasó, pero la sensación que me ha quedado es de una gran confusión. Nadie parece saber a ciencia cierta lo que sucedió.

—Quería disculparme por mi comportamiento inapropiado el día que fue a visitarme.

Si había venido hasta el Barrio Latino para llevarme a la fuerza con él e interrogarme hasta que le confesara mi participación en el secuestro del general, al menos en los prolegómenos se comportaba de una forma exquisita.

—No se preocupe —le dije—. Entiendo que se trataba de un momento de mucha tensión.

—Le agradezco su comprensión, pero al menos debí ocuparme de que alguien lo hubiera traído de vuelta a su casa, o no haber tardado tanto en venir a pedirle disculpas.

—Alteza, de verdad que no es necesario.

—Espero que no haya desistido de escribir ese reportaje sobre mí.

—Por supuesto que no. Tengo las mismas ganas que antes, o más, de ponerme a trabajar.

—No sabe cuánto me alegra. Cuando le venga bien, podríamos continuar donde lo dejamos. A mí también me apetece mucho.

—Será un placer.

—Pero antes me gustaría invitarlo a cenar. Mañana vendrán a casa unos amigos. Algo informal, no seremos muchos ¿Por qué no viene? Creo que le resultará interesante conocer más opiniones sobre Rusia. Así podrá contar con diferentes puntos de vista sobre mi país. ¿Qué le parece?

Sonreí. Kovalevski había dado en el clavo.

—Será un placer compartir un rato con ustedes.

—Por supuesto, puede usted venir acompañado, si le apetece. De hecho, me encantaría volver a ver a Katya.

Tardé un instante en darme cuenta de que se refería a Yekaterina. No estaba acostumbrado a referirme a ella con esa familiaridad. Desde luego, Kovalevski era tan taimado como sospechaba. Mi sonrisa no había desaparecido, pero ahora era el gesto forzado de quien ha sido pillado por sorpresa y el príncipe me miraba igual que un gato a un ratón al que ha tendido una trampa y aún no sabe si divertirse un poco antes de clavarle los colmillos.

—París no es una ciudad tan grande como parece —concluyó el aristócrata, antes de estrecharme la mano otra vez y volver al coche.

No pude evitar preguntarme, de nuevo, cuánto sabía en realidad. Cuál de los dos estaba siendo más embustero con el otro.

Capítulo XVI

No es que necesitara una excusa para volver a verla, pero tampoco iba a desperdiciar la oportunidad de encontrarme con Yekaterina otra vez. Además, a ella no tendría por qué extrañarle mi presencia, mucho menos si iba a pedirle que me acompañase a cenar a casa del príncipe Kovalevski. Me supe un adolescente torpón incapaz de no buscar un pretexto, pero, qué demonios: no tenía nada que perder salvo un poco de dignidad. ¿Por qué no? Al cabo, no era un precio alto por un trofeo tan importante. Por supuesto, no era la primera vez en mi vida que me sentía desorientado y confuso. A pesar de las dudas, creía saber dónde estaban mis lealtades, pero necesitaba una válvula de escape. Que Antón Vladímirovich siguiera sin dar señales de vida me angustiaba y me alegraba a partes iguales, porque mientras más tiempo tardase en recibir noticias suyas, más tardaría en saber si, como la lógica apuntaba, el propio Kuliakov o alguno de los otros dos hombres que lo acompañaban asesinaron al general Kutépov. Pero no eran más que excusas, innecesarias además, para plantarme otra vez delante del edificio donde Yekaterina Paulovna enseñaba danza.

Dos plantas antes de llegar al ático escuché la música y también la voz imperativa de la bailarina de San Petersburgo aleccionando a sus alumnas. No quise llamar al timbre para no molestar, pero tampoco pude evitar girar el pomo, lentamente, y empujar la puerta con cuidado para que no se quejaran las bisagras. Filtrado por la cristalera, un contundente cañón de luz se proyectó sobre una de las niñas, destacándola de las otras como a la protagonista de una obra en el escenario. Mis conocimientos musicales no son tan amplios como me gustaría, por desgracia, y no logré reconocer al compositor cuya ópera sonaba en el gramófono. Yekaterina se giró hacia mí, en un gesto que no significaba enfado, pero tampoco alegría. En ese momento, lo único que le importaba era la media docena de chiquillas a las que estaba adiestrando en los secretos de su arte. La profesora agitó las manos, con vehemencia, para dirigir sus movimientos. Luego se elevó sobre las puntas de los dedos de los pies, un grácil y complicado equilibrio que las niñas imitaron. Miré a la profesora otra vez, que ahora me ofrecía su perfil y flexionaba una rodilla mientras las manos palpitaban en un suave aleteo hasta quedarse inmóvil. La gravedad le resultaba ajena, tan frágil parecía que una ráfaga de viento podría elevarla hasta el techo. Era menuda, tan delgada que los huesos de la columna se le marcaban en la espalda con la misma nitidez de una radiografía. No podía dejar de mirarla: el cuello largo, el tirabuzón negro fugado del moño entre los omóplatos pronunciados; el perfil duro, concentrada en la ejecución del movimiento que intentaba mostrar a sus alumnas. Era la mujer más guapa que había visto nunca. La última de las niñas ya se había rendido, pero ella todavía aguantó un poco más, capaz de resistir el paso de un huracán que asolara París, una estatua frágil sólo en apariencia. Cuando la bailarina apoyó, por fin, los dos pies en el suelo entarimado, batí las palmas con entusiasmo, pero las estudiantes en vez de secundar el gesto se quedaron mirándome como sin comprender, y luego miraron a su profesora, cuyos oídos parecían inmunes a la ovación.

—Muy bien, chicas —Yekaterina Paulovna se dirigió a las niñas, yo no existía—. Después de esta improvisada alabanza de nuestro invitado, la clase ha terminado por hoy. Pero estirad los músculos antes de iros. Recordad que los músculos son muy importantes para la danza. Nos sostienen, nos proporcionan la fuerza que necesitamos. Así que cuidémoslos.

—Espero no haber interrumpido —me disculpé cuando un siglo después ella se dio la vuelta—. Creía que la clase había terminado.

Yekaterina sacó una toalla de un armario y se la colocó alrededor del cuello, después de secarse las diminutas gotas de sudor que le bajaban por la frente. Con las zapatillas de bailarina podría pasar por cualquiera de sus alumnas. Sin tacones, a su lado yo parecía un gigante.

—No se preocupe. La clase estaba a punto de acabar. Pero la próxima vez, ahórrese el aplauso —bajó la voz al decir esto—. Las niñas no necesitan elogios, aún les queda todo por aprender. Y yo soy su profesora. Tampoco necesito que me regalen el oído.

Menos mal que sonrió al decirlo, porque si no, me habría sentido abochornado.

—¿Qué le parece si para compensarla la invito a cenar?

La bailarina volvió a secarse la cara. No arrastró la toalla por la piel. Con un pico se daba golpecitos en la frente, en las mejillas, en el delicado cuello. Cuando llegó a los labios señaló con la barbilla el reloj de la pared.

—Apenas son las doce de la mañana —respondió, y lo mejor es que sonrió abiertamente—. Es usted un hombre impaciente. O previsor. ¿O quizá es que no quiere que nadie se le adelante?

Bajé la cabeza y sonreí también.

—Es posible —reconocí—. No me cabe duda de que usted debe de ser una mujer muy solicitada. Y espero que no me tome como una muestra de impaciencia que haya venido a verla hoy. La cena será mañana.

Se giró para observar los estiramientos de sus alumnas. Parecía satisfecha cuando volvió a mirarme.

—Pasaba por aquí cerca y se me ha ocurrido que podría venir a proponérselo —añadí.

—Debo entender que es un acto social, o al menos una reunión más o menos formal. Si no, no necesitaría tanta antelación o le sería indiferente que fuésemos a cenar otro día.

—Ha acertado. Aunque no estoy seguro de si se trata de algo formal o informal. El príncipe Kovalevski me ha dicho que ha convocado en su casa a unos amigos. Ha tenido la amabilidad de invitarme y ha insistido en que puedo ir acompañado, aunque no estoy seguro de si se trata de una sugerencia o de una petición. Quizá no quiera que me presente solo, para no desentonar.

Yekaterina Paulovna no parecía sorprendida.

—Me consta que es un hombre exquisito. Pero implacable también, no lo olvide.

No pasé por alto la advertencia. Tampoco la forma cariñosa en la que hablaba de Kovalevski. Esquivé con soltura una punzada de celos.

—¿Sabe una cosa? Mostró mucho interés en que usted me acompañase a la cena.

Suspiró. Era evidente que me daba la razón.

—Supongo que alguien nos habrá visto juntos y ha terminado enterándose —añadí.

Ella se encogió de hombros.

—Puede ser, pero somos dos personas adultas y libres, ¿no? Al menos yo lo soy —sonrió, con frialdad calculada—. ¿No lo es usted? Me refiero a lo de libre.

La miré a los ojos. Me alegré de que las alumnas aún estuvieran allí. Ya habían terminado de estirar los músculos y ahora se cambiaban tras el biombo. De estar solos, tal vez habría cometido la torpeza de intentar besarla. Torpeza porque sin duda se trataría de un gesto demasiado precipitado o inoportuno y ella no habría reaccionado como me gustaría. O tal vez en el fondo me alegraba de que las chiquillas aún no se hubieran marchado y era la excusa perfecta para justificar mi cobardía.

—Yo también soy libre —respondí, antes de que me aplastase el silencio—. Por supuesto que lo soy.

—Su alteza conoce a mucha gente. No le extrañe que le hayan contado que nos hayan visto juntos tras la fiesta de su cumpleaños. Esta es la tercera vez que nos encontramos...

Después del reproche amable, aunque esperaba que no fuera más que otra forma en la que la bailarina tiraba deliciosamente del sedal, se dio la vuelta para despedirse de sus alumnas. Las chiquillas se marcharon entre cuchicheos. ¿Quién era ese tipo grandullón y pelirrojo con un zurrón de cuero en bandolera, parecía un profesor, que buscaba cualquier excusa para acercarse a la academia?

—Yekaterina Paulovna—le dije, solemne, cuando nos quedamos solos. Me habría gustado llamarla Katya, como Kovalevski—. ¿Me acompañará usted a la cena?

La bailarina ya estaba detrás del biombo. Había colgado la toalla y enseguida se quitaría la ropa. Tragué saliva.

Como no respondió a mi pregunta ni asomó la cabeza, no sabía si tenía que marcharme o si debía quedarme. Si ella quería que me fuera o si deseaba que permaneciera allí. Poco a poco, el extremo superior de la mampara se fue llenando de la ropa que se quitaba. Primero las zapatillas: los lazos rizados color malva cayeron rendidos por la pantalla; luego, las medias; después, el tutú; más tarde el maillot donde se reflejó el rayo de sol que seguía iluminando la estancia. Las manos de Yekaterina aparecían y desaparecían en una danza improvisada. Los pies desnudos, de apariencia frágil pero musculosos. Cuánto habría dado porque la membrana que nos separaba fuese transparente. Ni siquiera podía atisbar su silueta, pero tampoco me hacía falta. Me bastaba la imaginación y sobre todo me bastaba la certeza de que ella sabía que no me había marchado y de un modo perverso disfrutaba de mi presencia, del esfuerzo que hacía para no apartar el biombo de un manotazo. Una alarma me advertía que aquel era un juego peligroso, pero, ¿qué más daba? Quizá fuera eso lo que más me estimulaba. De una percha que no pude ver, la bailarina cogió su ropa de calle para empezar a vestirse. No tardaría mucho en salir de su escondite, tan elegante y tan hermosa como el día que la conocí. Sabía que cuando la viera no sería capaz de no pedirle que me acompañase otra vez, y no quería ser pesado. Saqué la libreta, arranqué una hoja, garabateé con rapidez la hora a la que pasaría a recogerla al día siguiente para ir a cenar a la mansión de Kovalevski, no haría falta que me respondiese ahora, y estaba a punto de dejarla sobre la mesa junto a la puerta y marcharme antes de que fuera demasiado tarde cuando terminó de vestirse. Hice una bola con el papel y me lo guardé en el bolsillo.

—¿Acaso me queda otra opción? —me preguntó.

Estaba tan guapa que me costaba mirarla.

—¿Acepta mi invitación?

—Lo haré con una condición.

—¿Qué condición es ésa?

—Que dejes de tratarme de usted. Me haces mayor...

Dudé un instante por el tuteo. Me agradaba, pero también me afectó una incomodidad repentina, como de estar en un lugar que no me correspondiese.

—Eso está hecho. Pero déjame que yo ponga otra condición.

—¿Cuál?

—Puesto que lo de mañana se trata de una cena en casa del príncipe Kovalevski, antes me gustaría invitarte a almorzar. Te lo debo desde el otro día.

—Me parece bien —respondió, cogiéndose de mi brazo.

Se me pusieron los músculos tensos al contacto de sus dedos, un acto reflejo por el que enseguida me sentí ridículo.

Antes de subir a la academia me había asomado a un café. No quería dejar nada al azar. Los precios se disparaban para mi presupuesto, pero ya lo arreglaría más adelante. Sólo deseaba que la mujer más hermosa del mundo paseara por París de mi brazo. Frente a eso, nada importaba demasiado.

Capítulo XVII

No sabía si Yekaterina Paulovna era de gustos caros. Tampoco me importaba. Cuando el metre nos trajo la carta para que eligiéramos el vino, ella se quedó mirándome, valorativa, y acabé eligiendo uno que costaba casi tanto como lo que la London General Press me pagaba por un reportaje. No entendía de vinos, pero el precio de ese tendría que ser suficiente para satisfacerla, o al menos para no quedar ante sus ojos como un tacaño. Puede que cuando Antón Vladímirovich me contó que fue amante de Nicolás II exagerase o se refiriese a rumores malintencionados aliñados por gente envidiosa que se vengaba así, maliciosa y secretamente, de las personas tocadas por la varita mágica del destino. Si había que dar pábulo a todos los chismes que circulaban sobre ella, haber bailado un vals en meridiana armonía con el príncipe Kovalevski en la fiesta también convertía al aristócrata en otra de sus conquistas.

Levanté la copa a modo de brindis. Ella me correspondió. Me pregunté si yo también pasaría a formar parte de la lista de quienes la gente aficionada al cotilleo atribuiría una aventura amorosa con Yekaterina Paulovna. Resultaría divertido, pero aún sería más interesante si el cotilleo se correspondiera con la realidad.

—Supongo que te habrás enterado de lo del general Kutépov.

El comentario no me pareció inoportuno. Lo raro era que no lo hubiera mencionado antes. De repente me sentí acorralado. Yekaterina me miraba y no pude evitar la sensación de que lo sabía todo de mí, desde la impostura en la que vivía hasta la confusión que me afectaba. Por un instante tuve ganas de que el almuerzo terminase. Me aterraba pensar que durante el postre la bailarina consiguiera arrancarme la verdad y terminara contándoselo todo, qué estaba dispuesto a hacer si me lo ordenaban y qué no; que había participado en el secuestro del general Kutépov; lo ridículo que me sentía disfrazado de gendarme; el deseo secreto, mientras esperaba sentado en el coche en marcha, de que el hombre al que había estado siguiendo durante días para informar de sus movimientos y de sus rutinas lograse escapar, que algún transeúnte llamase a la policía, a la policía de verdad, y la operación se desbaratara.

—Por supuesto que me he enterado —respondí, tras probar el vino, blanco, con un ligero sabor afrutado, exquisito; no podía ser menos, con lo que costaba—. Todo el mundo se ha enterado de lo que ha pasado. Incluso he escrito sobre ello en la prensa. Pero, en realidad, nadie sabe la verdad.

—Dicen que lo han secuestrado.

—Sí, y también dicen que lo han matado. Pero también hay quien asegura que se ha ido a Sudamérica.

Yekaterina Paulovna probó la primera de las ostras del plato que nos acababan de servir. Luego tomó un sorbo de vino y al limpiarse los labios con un pico de la servilleta dejó una ligera mancha de carmín. En ningún momento dejó de mirarme. Las pestañas negras, intensas, larguísimas, describían una curva gozosa.

—¿Y tú? —me preguntó— ¿Tú qué crees que pasó?

—No tengo ni idea. Pueden haberlo secuestrado, pero

también puede haberse ido de París. No conozco al general Kutépov, no puedo saber de sus motivaciones.

—Pero sabrás que es el presidente de la Unión Militar Rusa.

—Por supuesto. Y me consta que es un problema para el OGPU.

—¿Sabes? Con Kovalevski sucede algo parecido. Para muchos rusos exiliados es la gran esperanza porque piensan que su fortuna podría costear un ejército que cruce la frontera de la Unión Soviética para plantar cara a los bolcheviques.

—No creo que eso fuera posible ni aunque el príncipe Kovalevski tuviera capacidad de formar un ejército que invadiera Rusia. Ni si quiera con el apoyo de una coalición internacional anticomunista. Si te soy sincero, dudo mucho que el proceso revolucionario sea reversible a estas alturas. Todo eso es... —me llevé la copa a los labios mientras escogía las palabras adecuadas— Tan descabellado que no tiene ningún sentido.

Yekaterina Paulovna torció la boca en un inequívoco gesto escéptico.

—No creo que a Antón Vladímirovich le agrade escuchar eso.

—Mi trabajo se sustenta en buena medida en decir la verdad.

—No lo dudo. Pero tampoco dudo que al OGPU le desagrade tu forma de pensar. Deberías andarte con más cuidado. Sobre todo deberías tener cuidado de a quién le cuentas según qué cosas.

—Antón Vladímirovich me dijo que podrías ilustrarme sobre Kovalevski.

—¿Eso te dijo? —Yekaterina Paulovna encogió los hombros. Si quiso aparentar indiferencia, no lo consiguió—. ¿Qué te ha contado él? Te lo pregunto para no aburrirte con lo que ya sabes.

—Me habló de una tragedia en su vida...

Me miró antes de responder. También bebió un poco de vino.

—Como nos pasa a todos los que hemos salido de Rusia estos últimos años.

—Pero el príncipe Kovalevski es un hombre muy rico.

—Ser rico ayuda, por supuesto, pero no te quepa duda de que su alteza estaría dispuesto a dar su fortuna si con ello pudiese dar marcha atrás en el tiempo y que las cosas volvieran a ser como antes de la revolución.

Quizás si yo hubiera sido un noble ruso durante el reinado de los Románov, también habría estado dispuesto a dar cualquier cosa para que nada hubiera cambiado. Pero el mundo no pertenece sólo a los privilegiados. Aunque sabía que no iba a adelantar nada dirigiendo la conversación por ahí y tampoco me apetecía.

—Es un hombre peculiar, interesante —me dijo la bailarina—. Seguro que te puede contar muchas cosas sobre la Rusia imperial. Es mucho lo que ha vivido. Sirvió fielmente a su primo, el zar Nicolás II, y antes que a él a su padre, y a su abuelo cuando era muy joven.

—Háblame de él —le dije.

—¿Qué quieres saber?

—Cuando escribes sobre alguien, es importante contar con diferentes puntos de vista. Eso te aporta una visión mucho más rica, con matices inesperados. Estoy seguro de que podré entender mucho mejor al príncipe Kovalevski y aquellos años si soy capaz de reunir diferentes perspectivas.

Me ahorré explicarle que también quería saber todo lo que pudiera sobre un hombre que quizá sospechaba de mí y me estaba tendiendo una trampa.

—Antón Vladímirovich también me habló de su familia —le conté—. De su hija y de su nieto, con los que no tuvo una relación modélica, parece.

—Olga Mijáilovna —Yekaterina pronunció el nombre con una sonrisa. El camarero nos había servido dos platos de sopa y ahora ella soplaba el líquido humeante en la cuchara antes de probarlo—. No sé si a su alteza le gustará hablar de su hija —me dijo, por fin, tras paladear el caldo—. Murió hace muchos años.

—Me contó Kuliakov que no se trataba con ella.

—Es cierto. Se enamoró de un obrero y se enfrentó a su padre.

—Vaya, parece el argumento de una novela romántica.

—Puede, pero la vida es más áspera. Suele carecer del edulcoramiento de las novelas románticas. ¿Has oído hablar de Jodynka?

—No, nunca.

—Es un lugar cerca de Moscú. Durante la coronación de Nicolás II se anunció que el nuevo zar entregaría miles de regalos a sus súbditos moscovitas. Comida, vasijas, ropa, baratijas, cosas así. Aunque las fiestas comenzarían a las diez de la mañana, desde la madrugada la explanada de Jodynka empezó a llenarse de ciudadanos ansiosos por recibir los regalos del zar, también por verlo y a lo mejor estrechar su mano. Antes de que los fastos empezaran había miles de personas apretujadas. Cuando llevaban varias horas allí, se corrió el rumor de que no había regalos para todos, o que faltaba cerveza o comida, cualquiera sabe. La cuestión es que se produjo una estampida. La policía no pudo controlar a la gente. Murieron cerca de mil quinientas personas, y otras tantas resultaron heridas.

—¿Allí murió la hija de Kovalevski?

—No. Pero aquella tragedia fue lo que empezó a separarla de su padre.

No entendía lo que quería decirme, pero me interesaba la historia que me estaba contando.

—Nicolás II y su esposa visitaron esa tarde el hospital donde estaban los heridos, pero por la noche acudieron a una recepción en la embajada francesa. Dicen que el zar no quería ir, pero sus consejeros lo convencieron. Unos pocos años antes se había firmado un tratado con Francia y no convenía enturbiar las relaciones entre los dos países. Kovalevski también estaba en Moscú. Había acudido a la coronación del zar. Su joven heredera lo acompañaba. Olga Mijáilovna aún no había cumplido los veinte años y era una de las jóvenes más codiciadas de la nobleza rusa. La fiesta de la coronación del zar era un momento estupendo para conocer a los herederos casamenteros de varias familias reales europeas. Como cualquier padre, Kovalevski quería para Olga lo mejor, y para él lo mejor era ver a su única hija sentada en el trono de un país europeo. Pero en lugar de ir al baile de la embajada de Francia, la joven se empeñó en recorrer los hospitales donde estaban los heridos para ayudar en lo que hiciera falta.

Me acordé de algunas fotos que había visto de las hijas de Nicolás II y de otras jóvenes aristócratas rusas vestidas de enfermera para atender a los soldados heridos en la Gran Guerra. No era raro que a una rica heredera le gustase mezclar su sangre azul con la sangre roja de la gente humilde tras una tragedia. Algunas veces por esnobismo, otras porque poseían cierta conciencia solidaria que las empujaba a socorrer a los desfavorecidos o porque, simplemente, eran seres humanos que sentían pena por los demás.

—Allí conoció a un obrero joven y guapo cuya madre y hermana habían sido arrolladas por la multitud —prosiguió Yekaterina—. Se llamaba Konstantín Zuzdalev. El resto, puedes imaginártelo.

—Supongo que sí. Se enamoraron y a Kovalevski no le hizo mucha gracia.

—Ninguna. Hizo todo lo posible por apartar a su hija de aquel joven pobre. Pero fue imposible. Olga Mijáilovna abandonó la vida de ensueño de la que disfrutaba en San Petersburgo para irse con él y acabó desheredada. Murió unos pocos años después, no sé dé qué. Cuando Kovalevski quiso reconciliarse con ella, si es que quiso reconciliarse con ella, ya estaba enterrada. Pero habían tenido un hijo. Su alteza consiguió hacerse cargo de él, darle sus apellidos. Dicen que lo compró. El marido de Olga Mijáilovna seguía siendo muy pobre y Kovalevski le pagó mucho dinero para recuperar a su nieto. Puede que Konstantín Zuzdalev considerase que al niño le iría mucho mejor si vivía con su abuelo.

—Entonces Kovalevski sí tiene familia.

Yekaterina Paulovna apuntó una sonrisa que evidenciaba mi ignorancia o el recuerdo de alguien que conoció.

—¿Lo conociste? —le pregunté—. Al nieto de Kovalevski, quiero decir.

Había vuelto la cara hacia la ventana. No estuve seguro de si buscaba encontrar la mirada de algún curioso que la hubiera reconocido al otro lado del ventanal, si su deseo era encontrar al camarero para que le sirviera más vino o si, en realidad, hablaba para sí misma.

—¿A Iván Konstantínovich? —contestó, teatral— Claro que sí. ¿Quién que haya vivido en San Petersburgo ha podido no conocerlo? Si quisieron darle lo mejor, te aseguro que se lo tomó al pie de la letra. En cuanto que tuvo edad suficiente se aficionó a las fiestas, al juego, a los duelos, a montar caballos y mujeres, a la buena vida en general. Con el dinero de su abuelo podía comprar todo lo que deseaba —hizo un pausa y matizó—: casi todo lo que deseaba.

Había tanta información y tanta riqueza de tonalidades en el fresco que acababa de componer la bailarina, que mi imaginación no pudo dejar de trabajar a toda máquina. Enseguida me asaltaron unos absurdos e inoportunos celos retrospectivos. Sentí un aguijón incómodo en el pecho al pensar que el nieto de Kovalevski hubiera besado los labios que se curvaban de esa forma tan peculiar, que hubiera disfrutado ese interminable cuello.

—Pero no te preocupes —ella cortó el hilo de mis pensamientos—. Si alguien te ha contado que el nieto de Kovalevski y yo fuimos amantes, te ha informado mal. Te he dicho hace un momento que el dinero podría comprar casi todo lo que deseaba, no todo.

—No me han contado nada. Pero no me extrañaría que, de haberte conocido, te deseara. Quién podría no desearte.

Tras soltar la frase preferí no haber abierto la boca. Yekaterina suspiró largamente. Al llenar los pulmones de aire, los pechos se le hincharon bajo la blusa. Aunque había procurado mirarla todo el tiempo a los ojos, no estuve seguro de mantener todo el tiempo la vista donde debía. Tras el suspiro me habría gustado ver una sonrisa surcar el rostro de la bailarina, pero se quedó callada, sin duda mi último comentario había sido inoportuno, prematuro. Estuve a punto de disculparme, pero la llegada del camarero me dio una tregua. Su copa estaba vacía y, muy atento, se la llenó de vino. Antes de recriminar mis palabras, probó un pequeño sorbo, mirándome por encima del borde de la copa.

—Iván Konstantínovich deseaba cualquier cosa que estuviese a su alcance. Y si no estaba a su alcance, aún lo deseaba más. Nunca fuimos amantes, ya te lo he dicho. No hagas caso a las habladurías. Me invitó a cenar en varias ocasiones, pero siempre encontré algún pretexto para declinar el ofrecimiento, y él, aunque no se daba por vencido, encajaba el rechazo con elegancia y deportividad antes de volver a la carga con cualquier excusa. Yo casi era una niña entonces, y contra lo que otras chicas de mi edad pudieran pensar, que el rico y libertino heredero de la inmensa fortuna de la familia Kovalevski me cortejara, no digo que no me halagara, pero también estaba convencida de que, si accedía a sus caprichos, más pronto que tarde acabaría siendo un desecho más en su larga lista de amantes.

No pude evitar, de nuevo, hacer un repaso mental de la lista de hombres que se le adjudicaba a la mujer con quien almorzaba. Mas qué importaba eso. El tipo que ahora se hallaba sentado frente a la primera bailarina del Marinsky era yo, aunque intuyese que llegar a ser su amante me resultaría aún más difícil que al príncipe Kovaleski financiar un ejército y derrocar a Stalin.

—No hago caso de habladurías —le dije—. Me gusta sacar mis propias conclusiones. Además, nadie me ha contado nada sobre tu vida privada.

—Mientes muy mal, Gordon Pinner —Yekaterina colocó la cuchara sobre el plato para indicar que había terminado la sopa. Se le marcaron dos hoyuelos en la barbilla al sonreír—. Espero que nunca te veas obligado a decir un embuste por necesidad. Se te notará enseguida.

—No sé si debería tomármelo como un cumplido.

—Eso depende de si mentir resulta imprescindible para ganarte la vida.

Miré el reloj.

—¿Tienes prisa? —le pregunté.

—Aún falta un rato para la siguiente clase. Luego he de ensayar para el estreno.

—Estás muy ocupada.

—Mejor así. ¿Por qué me lo preguntas?

—Me gustaría que me siguieras contando la historia de Kovalevski.

—¿Porque quieres hacer los deberes antes de entrevistarlo o porque eres un hombre obediente que desea complacer los deseos de Antón Vladímirovich?

Me eché a reír. Me gustaba su ironía.

—Antón Vladímirovich no está aquí y mañana vamos a ir a cenar a casa de Kovalevski. Te diría que sí a lo primero sin descartar del todo lo segundo. Además, Kuliakov quiere que me lo cuentes tú y yo tengo interés en conocer la historia. Puedes complacernos a todos.

Bajó los ojos un momento. Temí que en cualquier momento zanjase mis dardos. Aunque hasta ahora ninguno hubiera dado en el blanco.

Capítulo xviii

—Si durante los primeros años criar a su nieto fue una bendición, me temo que, cuando el chaval creció, más de una vez se preguntó en qué se había equivocado.

—No entiendo…

—Quizá para compensar lo estricto que fue con su hija, a su nieto se lo permitió todo. Lo mandó a Londres a estudiar, pero ni siquiera el poder de su abuelo pudo evitar que lo expulsaran del colegio. A pesar de que lo que más convenía al heredero de Kovalevski era disciplina y mano dura, al estallar la guerra el príncipe le procuró un destino amable en una oficina, lejos del zumbido de los obuses y de las bayonetas. Cuando la situación empezó a ponerse complicada y sólo unos pocos fueron capaces de darse cuenta del final del imperio, a Iván Konstantínovich no se le ocurrió otra cosa que enamorarse de una joven que, para variar, no era del agrado de su abuelo. Pero no sé si pudo haber sido peor.

—¿Por qué?

—Antes de enamorarse de una mujer que su abuelo consideraba equivocada, frecuentó durante bastante tiempo los arrabales de Petrogrado donde vivían los cíngaros. Tanto se aficionó a bailar y a emborracharse con ellos de madrugada en Nóvaia Derevna, o en Gruziny si estaba en Moscú, que durante un tiempo no era raro verlo vistiendo un caftán negro con mangas bordadas, pantalones anchos y botas altas.

—No veo qué puede tener de malo.

—Nada, en realidad, pero el príncipe temía que a su nieto le diese por marcharse a vivir como un nómada. No se fiaba de que la parte plebeya de la sangre que corría por sus venas fuera más fuerte que la aristocrática, aunque tampoco tiene mucho sentido porque bastaba con que hubiera salido a su madre. Pero yo creo que lo que de verdad le molestaba era que el propio Rasputin fuese también muy aficionado a esas juergas nocturnas en los barrios gitanos y quería evitar que a su nieto lo pudieran ver con el monje siberiano o, peor, que se hicieran amigos.

—Entiendo.

—A Kovalevski no le hacía ninguna gracia, claro, y menos mal que durante esa época pasó mucho tiempo fuera de Petrogrado, visitando a las tropas en el frente con su primo el zar. Dicen que si el príncipe hubiera estado junto a Nicolás II en ese tren que lo llevaba de vuelta a la capital en marzo de 1918, lo habría convencido para que no abdicase.

—Qué curioso que vayamos a cenar mañana en la casa del hombre que pudo haber cambiado la Historia.

—El zar tenía en gran estima la opinión del príncipe Kovalevski. Cualquiera sabe qué habría pasado de estar con él entonces. O igual nada hubiera cambiado. Eso nunca podremos saberlo. La cuestión es que el mundo se desmoronaba y el nieto de Kovalevski se había aburrido de las fiestas cíngaras pero se encaprichó de una joven de origen humilde. La historia se repetía, con un agravante.

—¿Cuál?

—Que además de pobre era prostituta. A Iván Konstantínovich no le importaba. Le alquiló un piso con vistas al canal Fontanka, le asignó una pensión generosa y se dedicó a pasearla de su brazo por todas las fiestas de Petrogrado a las que era invitado en ausencia de su abuelo. El príncipe Kovalevski montó en cólera cuando se enteró. Estábamos a finales de 1916, los cimientos del mundo que habíamos conocido se resquebrajaba, el zar se había puesto al mando del ejército, a Rasputin estaban a punto de asesinarlo y su nieto se dedicaba a alternar con la estirada sociedad de Petrogrado de la mano de una prostituta.

—¿Llegaste a conocerla?

—Sólo la vi una vez, que recuerde. Y te aseguro que fue un momento que preferiría olvidar. La noche que estrenamos *El cascanueces* en el Marinsky. Yo estaba muy nerviosa. Acababa de debutar como primera bailarina. La noche anterior no pude pegar ojo. Tampoco fui capaz de comer nada. Pensé que vomitaría en el escenario si ingería algún alimento. O que mis tobillos no resistirían el peso de mi cuerpo y se quebrarían como cristales. La noche del estreno el teatro estaba a rebosar. Se esperaba al zar, pero no acudió. Me dijeron que había tenido que partir urgentemente hacia el frente, pero yo creo que más bien tuvo un mal día con la zarina Alexandra por culpa la de influencia negativa que Rasputin ejercía sobre ella, un hecho conocido por toda la sociedad de Petrogrado. Pero sí acudieron algunos políticos importantes, entre ellos Alexander Protopópov, nuestro ministro del Interior. El príncipe Kovalevski estaba sentado en primera fila. Era un benefactor muy generoso de nuestra compañía, así que resultaba lógico que hubiera venido al estreno. El problema era que su nieto también estaba allí, con su amante. Que se encontrasen cuando ambos fueron a saludarme al camerino no fue más que una feliz, o fatal, casualidad. Aunque también podría haber sido peor, que se hubieran enfrentado en la platea, antes de comenzar la función, o peor todavía, que se hubiesen peleado una vez que la función ya había comenzado, cuando yo intentaba dominar los nervios, sola en el escenario, ejecutando los movimientos de *Hada de azúcar*. El espectáculo fue un éxito. Apenas llevaba un minuto bailando y los nervios desaparecieron, enseguida dejé de pensar en el público y sentí que no había en todo el teatro nadie más que yo.

Se quedó callada. Casi pude ver en el iris de sus ojos los recuerdos de hace tantos años.

—Pero no es de mis temores en el escenario de lo que estamos hablando.

—Estábamos en tu camerino —le apunté, y enseguida me di cuenta de lo inapropiado de la frase. Aunque todo dependía, pensé, para amortiguar el incipiente bochorno, de la interpretación que la bailarina hiciera de mi torpe ironía.

—Cierto —Yekaterina continuó sin que la ilusión de intimidad que tan tontamente mostré afectase a la narración. Acaso, y esto era lo más probable, le daba lo mismo que me arrastrase la idea de estar solos los dos en su camerino. O llevaba media vida soportando insinuaciones, algunas elegantes y otras no tanto, de hombres a los que les gustaría quedarse a solas con ella.

—Como te decía, se encontraron en mi camerino. Primero fueron a saludarme Iván Konstantínovich y Zoya Nikoláieva, así se llamaba su amante. Yo aún estaba abrumada por los aplausos del público. Habíamos tenido que salir varias veces a saludar mientras los espectadores batían palmas en pie. Tras la función, por los pasillos del teatro no dejaba de agolparse gente deseosa de felicitarnos. Creo que habríamos estado allí hasta la madrugada si el príncipe Kovalevski y su heredero no se hubieran peleado. Iván me besó la mano y me presentó a su prometida, así lo hizo, con esas palabras. Te confieso que parecía otro. Enseguida me di cuenta de que si el hombre que tenía delante había cambiado, se debía sobre todo a la mujer que lo acompañaba. Nadie que no conociera a Zoya Nikoláieva habría podido adivinar que apenas unos meses antes era una de tantas mujeres a las que no quedaba otro remedio que buscarse la vida en un burdel. Venía vestida como una princesa, los ojos dos gotas azules, transparentes, su pelo dorado brillaba tanto como el delicado collar de perlas que lucía. Luego supe que lo que más irritó al príncipe Kovalevski fue el collar. Ya has conocido a su alteza. Suele ser un hombre afable, de modales exquisitos, en cuya boca resulta imposible imaginar una palabra más alta que otra. Aquella noche, en la puerta del camerino, parecía un dragón a punto de vomitar una vaharada de fuego. Si yo me di cuenta, imagínate su nieto cuando lo vio. No puedo saber si el príncipe Kovalevski tuvo intención de saludarlo o al menos no mostrarle acritud en algún momento, pero creo que el talante de Iván Konstantínovich aquella noche era conciliador, y al menos le habría dado la mano a su abuelo. Pero el príncipe Kovalevski sólo veía a un joven pusilánime de cuya voluntad se había adueñado una furcia. Supongo que la intención de Iván Konstantínovich era presentarle a su prometida. No es que tuviera que darle un abrazo cariñoso, y mucho menos quererla. Tan sólo habría sido el gesto cordial entre un hombre y la mujer que ama su nieto. Pero el príncipe Kovalevski sólo tenía ojos para el exquisito collar que perteneció a su difunta esposa en el cuello de una fulana. Lo más desagradable fue ver cómo, sin pensárselo siquiera, Mijaíl Mijáilovich lo abofeteó en mi presencia y delante de varios miembros destacados de la aristocracia de Petrogrado. Iván Konstantínovich primero se quedó paralizado, como si no entendiese lo que acababa de ocurrir. Luego las mejillas coloradas, los labios apretados, sacudía la cabeza en pequeñas negaciones enérgicas; los puños crispados por la rabia o por la vergüenza, pero sobre todo conteniéndose para no emprenderla a golpes con su abuelo. Fue Zoya la que tomó del brazo al joven, le pasó una mano por la mejilla donde su abuelo acababa de estampar la bofetada, le susurró algo al oído para calmarlo y lo sacó de allí. Todos los presentes habían bajado la cabeza. Aún miraban al suelo cuando Iván Konstantínovich y su amante ya no estaban, tal vez porque no querían enfrentar sus ojos a los del todopoderoso príncipe. Desde el camerino yo contemplaba la escena como un espectador una obra de teatro. Y, ¿sabes lo que mejor recuerdo de aquella noche? Los labios temblorosos del príncipe. Era la única parte de su cuerpo que no podía controlar. Al vibrar daban la sensación de balbucear alguna palabra ininteligible. Pero yo sabía lo que le pasaba. Lloraba por dentro. Era consciente de haber cometido un error irreparable. Él jamás habría consentido que alguien, ni siquiera su abuelo, lo humillase públicamente.

Cuando Yekaterina dejó de hablar, tardé un momento en volver a la realidad. Había conseguido que el mundo que me rodeaba desapareciera mientras me contaba la historia del nieto de Kovalevski. La bailarina declinó rematar la comida con algún postre delicioso de la lista que nos recomendó el camarero.

—Es hora de volver a la academia —se excusó—. Me gusta sentirme ligera, no pesada.

Me ahorré la broma recurrente de decirle que estaba tan delgada que podría merendar cada tarde una tarta de chocolate y su cuerpo no lo notaría.

Despaché un café a pequeños sorbos antes de pedir la cuenta.

—¿Qué fue del nieto de Kovalevski? —a esas alturas no podía evitar preguntárselo—. ¿Vive en París? Antes me dijiste que el príncipe no tenía familia.

—Iván Konstantnínovich también murió, no hace muchos años. Después de la Gran Guerra luchó en el Ejército Blanco contra los comunistas. Supongo que así consiguió ganarse el respeto de su abuelo. Luego estuvo viviendo en París, pero durante poco tiempo. Contra los deseos de Kovalevski buscó la forma de volver a Rusia para buscar a Zoya. ¿Has oído hablar de la Operación Confianza?

—No.

—Hace pocos años regresaron a la Unión Soviética muchos exiliados. La creación de una organización falsa, la Unión Monárquica de la Rusia Central, sirvió para que cayeran en la trampa, como moscas incautas en una tela de araña. La mayoría de los que volvieron fueron ejecutados o terminaron en campos de trabajo. El nieto de Kovalevski fue uno de ellos. Seguramente pasó un tiempo en la cárcel, pero sobrevivió.

—¿Y encontró a Zoya Nikoláieva?

—Parece que sí, pero ya no pudo salir. Yo aún estaba en Rusia, pero no volví a verlo. Y dudo que su vida fuera fácil cuando regresó. Un apellido aristocrático no es la mejor carta de presentación en la Unión Soviética. Me enteré de que murió hace cinco o seis años. Por esa época yo estaba a punto de marcharme.

—Supongo que para Kovalevski fue una noticia terrible.

—Supones bien. Ya te he dicho que, contra lo que pueda parecer viendo su casa y el lujo que lo rodea, su vida no tiene nada de bonita ni de envidiable. Ese hombre ha sufrido mucho, créeme —Yekaterina hizo una pausa—. Sigue sufriendo mucho todavía.

—Entiendo. No todo es felicidad —chasqueé la lengua, lamentándome—. Ni tan bonito como parece desde fuera. Lo más triste para él es sentirse el último de su dinastía.

—Antón Vladímirovich también me habló de su herencia.

Yekaterina me devolvió un gesto parecido a una sonrisa cansada.

—Antón Vladímirovich no deja nada al azar. Es demasiado listo. No sé a quién obsesiona más la herencia, si al propio Kovalevski o a Antón Vladímirovich. Pero veo que no te ha contado lo de su bisnieta.

Miré la nota que trajo el camarero y, aunque se trataba de

una cantidad exagerada, me alivió comprobar que llevaba suficiente dinero. Si hubiera tenido que pedirle algo prestado a Yekaterina Paulovna para pagar la cuenta, me sentiría tan ridículo que me costaría mucho volver a verla. Dejé una propina generosa en la mesa y, antes de salir a la calle, la ayudé a ponerse el abrigo.

—¿Hay algo que debería saber sobre su bisnieta? —le pregunté, por fin, cuando caminábamos de regreso a la academia.

—Eso depende de tu curiosidad.

—Está claro que Antón Vladímirovich quería que me lo contaras tú.

—No llego a entender la razón. Él sabe tanto o tan poco del príncipe Kovalevski como yo.

Por supuesto, pensé. Antón Vladímirovich lo sabía todo.

—La nieta de Olga Mijáilovna, su hija díscola. Es la mayor obsesión de Kovalevski —hizo un pausa, aminoró el paso—. Tal vez la única.

—No sabía que el príncipe Kovalevski tuviese una bisnieta.

—No lo sabe mucha gente. A él no le gusta hablar de eso. Es lógico. A mí me lo contó una vez y nunca lo he visto tan triste.

Los celos volvieron a punzarme. Puede que después de todo Yekaterina Paulovna y el príncipe Kovalevski hubieran sido amantes en una época pretérita. O por lo menos mantenían conversaciones íntimas propias de amantes.

—¿Qué ocurre con su bisnieta? —no podía permitirme el lujo de dejar pasar esa oportunidad.

—Nadie sabe mucho de ella. Debe de ser una cría de no más de cinco o seis años que áun puede vivir en Leningrado.

El edificio donde se encontraba la academia de danza estaba en la acera de enfrente.

—¿Y su madre? ¿Qué pasó con ella?

—No lo sé. Creo que se quedó a vivir durante un tiempo en ese apartamento del Fontanka hasta que los bolcheviques la echaron de allí. Tal vez regresó al lugar del que procedía y estuvo escondida durante la guerra. Pero parece claro que el nieto de Kovalevski pudo dar con ella y los dos volvieron a instalarse en Petrogrado y tuvieron una hija.

—Parece claro que, contra la opinión de todos, de verdad estaban enamorados.

—Se nos ha hecho tarde —se excusó la bailarina—. La clase está a punto de empezar, y una de las virtudes más importantes que intento inculcar a mis alumnas es la puntualidad. Lo siento, pero debería irme ya.

Estuve de acuerdo. Por mucho que deseara llegar al final de la historia, debía respetar el horario de las clases.

Un grupo de niñas llegó al portal del edificio al mismo tiempo que nosotros y levantaron las manos para saludar a su profesora. Con el moño perfectamente dispuesto para practicar danza, algunas parecían la versión incompleta de Yekaterina. La bailarina respondió al saludo con una sonrisa.

—Id subiendo —les dijo a las crías—. Enseguida estaré con vosotras.

—El príncipe Kovalevski es un hombre que, después de todo, merece la pena conocer —me dijo, cuando nos quedamos solos—. Has hecho bien al aceptar su invitación. Y estaré encantada de acompañarte.

Se dio la vuelta y ya no volví a ver su cara. Por un momento pensé que le habría gustado que le diese un beso de despedida, pero deseché el pensamiento enseguida. Apenas conocía a Yekaterina Paulovna, pero estaba seguro de que no era de esas mujeres que esperan que un hombre lleve la iniciativa. Me habría besado ella si le hubiera apetecido. Si no lo hizo fue porque no quiso, simplemente. O porque yo no era su tipo. O porque aquel no era el mejor momento. Ya estaba dentro del edificio cuando me di cuenta de que no habíamos concretado la hora a la que la recogería para ir a la cena en casa de Kovalevski. Pero seguro que ella se fue a sabiendas de mi olvido. Tampoco dudaba que le gustaba jugar. Sobre todo si un hombre se lo ponía tan fácil como yo.

Capítulo XIX

Ya era de noche cuando fui a buscarla. Me habría gustado ir a recogerla a su casa, todavía no sabía dónde vivía, por si tenía que asearse y cambiarse para la cena, pero olvidé preguntárselo el día anterior. Eran asuntos demasiado íntimos por muchas muestras de confianza creciente que me hubiese demostrado o yo hubiera querido adivinar. Pensé que había sido un estúpido cuando la vi bajar al portal, un estúpido por pensar demasiado y anticiparme, equivocadamente en este caso, como muchas otras veces, a lo que sucedería. Antes tuve que ir a la academia y al encontrarla cerrada preguntar a un vecino si sabía dónde vivía la bailarina. Por fortuna su casa no estaba lejos. En la misma calle, dos edificios más allá, en dirección al jardín de Luxemburgo. Subí hasta el tercer piso, pero en lugar de llamar al timbre, para no molestarla si se estaba arreglando, dejé una nota bajo la puerta. Te espero abajo, decía. No hay prisa.

Radiante era un adjetivo que no le hacía justicia. Aunque llevase el mismo abrigo blanco de piel de zorro siberiano de las otras veces. Serían mis ojos, que la veían más guapa cada día. Me sabía vulnerable, pero no me importaba. Además, Yekaterina Paulovna se cogió de mi brazo —ya iban dos veces en dos días—, yo coloqué mi mano sobre la suya y ella no la retiró. Nada me importaba más que eso ahora. Yo también llevaba esa noche mis mejores galas y aun así temía no estar a la altura: sombrero de fieltro verde oscuro, abrigo gris con las solapas anchas, corbata de seda, zapatos recién lustrados por un limpiabotas del Barrio Latino. Parecía un hombre de negocios, un aristócrata o un comerciante adinerado, no un periodista hechizado por los vientos revolucionarios. No podía dejar de tenerlo presente, pero tampoco quería que recordarlo me nublase esa velada prometedora en la que iba a ser la envidia de los hombres invitados a la cena en casa de Kovalevski, la envidia incluso del anfitrión. Aunque aún no sabían quiénes serían, ningún hombre podría evitar una punzada secreta de celos al ver a Yekaterina Paulovna llegar del brazo de otro. No solté su mano hasta que le abrí la puerta del taxi. Esa noche tampoco pensaba reparar en gastos. Nada de metro, nada de tranvía, nada de caminar. Todo el trayecto desde Montparnasse hasta el Bois de Boulogne en un taxi amplio y cómodo.

—¿Sabes quiénes son los otros invitados? —me preguntó.

—Kovalevski no me lo dijo. Ni siquiera sé cuántos serán. Sólo me informó de que eran unos amigos. ¿Te ha mandado alguna nota para avisarte? Quizá tú sepas algo de lo que yo no estoy enterado.

—A mí tampoco me ha dicho nada. Tal vez, aunque pienses lo contrario, mi presencia esta noche será una sorpresa para él.

—Seguro que no. Katya es una mujer estupenda, me dijo.

Me lo acababa de inventar, pero como Kovalevski se había referido a ella con el hermoso diminutivo, era la mejor forma que se me ocurría de sacarlo a colación.

—Y aunque no fuera así —añadí—, quiero decir, aunque me haya equivocado y el príncipe Kovalevski no espere que aparezca contigo en su casa, que, insisto, lo dudo mucho, estoy seguro de que se sentirá muy feliz cuando te vea llegar —hice una pausa y, sin pensarlo demasiado, añadí—: aunque sea de mi brazo.

Creí verla sonreír en la oscuridad del taxi. Quise acercar mi mano y acariciarle el dorso de la suya, pero algo me decía que no era un buen momento, no todavía.

—Katya —le dije, imitando el tono solemne de Kovalevski—. A mí también me gustaría poder llamarte así.

La bailarina apoyó la nuca en el respaldo del asiento y me miró, divertida. Los faros de un coche iluminaron su rostro. Me pregunté cuánto tardaríamos en llegar. Cada vez me costaba más no besarla.

—Yekaterina, Katya, Katusha... Puedes llamarme como prefieras.

Para no estropear la noche antes de que comenzara, le di conversación al taxista. Era un veterano de la Gran Guerra que había comprado ese coche con sus ahorros de varios años trabajando como conductor de autobús. Con la crisis, me contó, había menos trabajo. Pero es lo que hay, concluyó, resignado. He conocido tiempos más duros que estos, no crea.

Unos minutos después, un portero uniformado nos franqueó el paso en la cancela de la mansión del Bois de Boulogne.

El único coche aparcado en el jardín era el Bentley azul de Kovalevski. Si los otros invitados no habían acudido en taxi, éramos los primeros en llegar. Al salir del automóvil, tuve la sensación de que ella ahora prefería no cogerse de mi brazo. Quizá fuera lo mejor. Una cosa era llegar a la cena acompañado de Yekaterina Paulovna y otra muy distinta presumir ante unos desconocidos —desconocidos para mí, quizá no para ella— de que entre los dos había algo más, algo que, por mucho que lo desease, y esperaba que ella también, aunque sólo fuera un poco, aún no había sucedido.

Fue el propio Kovalevski quien salió a recibirnos. Los ojos le bailaban de satisfacción, no de sorpresa, al ver que me acompañaba Yekaterina.

—Katya —la saludó, con una reverencia exagerada. Tomó su mano para besarla y se separó de ella un poco, sin soltarla—. Qué alegría que hayas venido. Estás preciosa, como siempre. No atesoro en mi casa ni una sola obra de arte que pueda medir su belleza con la tuya.

La bailarina sonrió, agradecida, pero procuró restar importancia a la zalamería que, aunque bienintencionada, sin duda se le antojaba exagerada. Luego, Kovalevski estrechó mi mano. Su mirada envolvía el gesto cómplice de un hombre que conoce un secreto del otro. Podía leer sus pensamientos con tanta claridad como si los expresase en voz alta: sabía que vendrías con ella, soy demasiado astuto y he cumplido bastantes años como para no darme cuenta de muchas más cosas de las que me gustaría. Me esforcé en dejarlo ahí. Si no, me llevaría toda la noche preguntándome si ya se habría enterado de que participé en el secuestro del general Kutépov.

—Pasad —nos dijo—. Ya están casi todos.

Lo acompañamos a una estancia en la que no había estado antes. Un salón pequeño a modo de comedor, con una mesa oblonga exquisitamente dispuesta para nueve personas: vajilla de Bohemia, mantel y servilletas de seda, cubiertos de plata, igual que las palmatorias que sostenían las velas gruesas. Ya habían llegado los primeros invitados, era verdad, y no eran muchos, dos mujeres y dos hombres a los que no recordaba haber visto antes.

Los caballeros, tan elegantes como Kovalevski, tomaron las manos de Yekaterina para estampar un ósculo. Las damas besaron las mejillas de la bailarina, y a mí no me quedó más remedio que inclinar el lomo y hacer lo propio con las mujeres antes de estrechar la mano de los hombres. Eran Yevgeni Tarasov y Grigori Kudryavtsev, exdiputado de la duma de Petrogrado el primero y médico el segundo, con sus respectivas esposas, Valentina Tarasova y Alexandra Kudryavtseva.

Cogí una copa de vino de la bandeja que me ofreció la sirvienta y me hice a un lado mientras los invitados intercambiaban unas frases en ruso. Nada destacable, apenas las palabras banales de a quien no se le ocurre hablar de otra cosa. Aparte de la bailarina nadie sabía que, aunque no fuera un experto, mi dominio de la lengua de Tolstoi era suficiente para entender lo que decían.

—Dejemos el ruso para otra ocasión —los interrumpió, cortés, pero firme, en francés, el príncipe Kovalevski—. Si no, me temo que nuestro invitado periodista terminará por sentirse aislado.

Asentí, agradecido. Los otros sonrieron.

—Mi nuevo amigo va a publicar una extensa y jugosa entrevista conmigo en un periódico británico. —Kovalevski se dirigió a los invitados colocando una mano sobre mi hombro—. Creo que cuanto más conozca sobre cómo era la vida en nuestra querida Rusia, mejor y más objetivo será el resultado de lo que escriba.

En ese momento apareció el coronel Makárov. Se quedó en el umbral. El perro adiestrado incapaz de molestar.

—Discúlpenme —nos dijo Kovalevski—. Parece que han llegado los invitados que faltaban.

Cuando el anfitrión salió a recibir a los recién llegados, los hombres se interesaron por mi profesión mientras, un poco más allá, las mujeres hablaban con Katya. Dado mi apellido británico, me hablaron en inglés. No me sorprendió: muchos rusos adinerados estudiaron en Inglaterra.

Estaba seguro de que el hombre que acababa de entrar acompañado de su esposa y de Kovalevski hablaba también hablaba un inglés fluido. Aunque ya lo dominaría desde niño, los años que pasó estudiando en la universidad de Oxford seguro que fueron muy provechosos. Ya tuve ocasión de verlo en la fiesta de cumpleaños, pero hasta esa noche no fui presentado a Félix Félixovich Yusúpov, conde de Sumarkov-Elston, marido de Irina Alexandrovna Yusúpova, sobrina de Nicolás II. Su fortuna antes de la revolución eclipsaba a la de cualquier millonario rusa. La familia Yusúpov era una de las más ricas del imperio, mucho más que la de nuestro anfitrión. Pero después de haber perdido casi todo su patrimonio con la caída de los Románov, comparada con la del hombre que nos había invitado a cenar, las riquezas del hombre que mató a Rasputin palidecían, a pesar de los cuadros que había conseguido sacar de Rusia y de unos cuantos inmuebles repartidos entre París, la Costa Azul o Córcega.

El príncipe Kovalevski ocupó el lugar central de la mesa. Félix Yusúpov se sentó a su lado y los otros dos hombres en los extremos de ese lado del rectángulo. Las mujeres se colocaron todas frente a ellos y yo me acomodé en uno de los laterales de la mesa, al lado de Katya, como un apéndice al que no supieran dónde poner.

—Supongo que no hay ninguna novedad sobre el general Kutépov —le preguntó Kovalevski a Yusúpov después de que sirvieran el vino.

—Nada nuevo hasta ahora. Y ya ha pasado más de un mes. Han tenido tiempo de sobra para llevárselo a Rusia. No soy optimista.

—¿Por qué? —le preguntó Katya—. Quizá no debamos perder la esperanza todavía.

Félix Yusúpov se quedó callado. Tal vez prefería no responder a una mujer que ni siquiera era de sangre azul. Pero después de unos segundos de silencio, le dijo:

—Temo que Alexander Kutépov esté muerto. Esos comunistas no habrán tenido piedad de él. Puede que se lo hayan llevado a Rusia, pero ¿no lo habrían anunciado como una gran victoria de ser cierto eso? Se trata de uno de nuestros generales más famosos.

—Quizá quieran pedir un rescate —apuntó Yevgeni Tarasov.

—Lo dudo —respondió el anfitrión—. Estoy de acuerdo con el príncipe Yusúpov. Si estuviera vivo, en París, y los bolcheviques quisieran un rescate, ya lo habrían pedido. No olvidemos que hemos ofrecido un millón de francos a quien nos dé noticias sobre su paradero. Según sus consignas, la riqueza debe repartirse, pero eso no les priva de pedir mucho dinero, bien sea por las obras de arte usurpadas que se exponen en los museos de Rusia o por el rescate de nuestro general. A Kutépov lo secuestraron. No sabemos si con intención de llevárselo a Rusia o para pedir un rescate, o por ambos motivos, pero creo que no me equivoco al pensar que algo les ha salido mal, que el general se resistiera o haya fallecido al intentar escapar. Me temo que eso no lo sabremos nunca. Nadie va a reconocer el secuestro, y mucho menos un asesinato.

—El embajador se reunió hace unas semanas con el primer ministro para protestar por las, según él, mentiras que se están contando sobre la desaparición del general —apuntó Alexandra Kudryavtseva.

—Dogalevski es un perro al servicio de Moscú, Sasha. No podemos pedirle que nos ahorre el cinismo. —respondió Yusúpov, y luego bebió un corto sorbo de vino.

Me moría de curiosidad porque hablase sobre aquella noche de diciembre de 1916 en la que invitó a Grigori Rasputin a su palacio de San Petersburgo y le ofreció una bandeja de pastelillos envenenados. Sería un documento extraordinario y un privilegio impagable que uno de los protagonistas de aquella noche me refiriese la historia, pero sabía muy bien que no iba a suceder.

—Me gustaría saber qué opina nuestro amigo periodista sobre la desaparición del general Kutépov —Yusúpov se dirigió a mí por sorpresa—. Tal vez una perspectiva nueva pueda arrojar algo de luz sobre este incidente.

Procuré que no se me notara la inquietud. Apoyé los riñones en el respaldo de la silla y miré a los comensales. Por último, al príncipe Yusúpov.

—Es un asunto delicado, sin duda. Ya escribí unas líneas para el *Herald* y para el *ABC* de Madrid en las que conté mis impresiones sobre lo sucedido.

—¿Ah, sí? ¿Y cuáles son sus impresiones sobre lo ocurrido? —me preguntó Valentina Tarasova.

—Dada la importancia del general Kutépov —respondí—, todo apunta a que se trata de los bolcheviques. Pero tal vez no deberían descartar otras hipótesis. ¿Quién podría asegurar que no lo han secuestrado otros? ¿Y si de verdad fue la policía de París quien se lo llevó porque hay un interés o una intención oculta del gobierno francés de presionar al exilio ruso? También pueden haberlo secuestrado para entregárselo a los bolcheviques, o a algún gobierno que necesite congraciarse con ellos. Y, de todos modos, aunque hayan sido los bolcheviques, no deberíamos perder la esperanza de que esté vivo.

Habría sido el colmo del cinismo por mi parte recordarles que el general podía haberse marchado secretamente a Sudamérica, como sugirió aquel medio soviético. En cualquier caso, todos negaron, enérgicos. El primero, Kovalevski.

—Sólo quiero decir que no deberíamos descartar otras opciones —maticé, aunque al terminar la frase me di cuenta de lo endeble que sonaba mi argumento.

—Ya se ve que usted no los conoce —me espetó Grigori Kudryavtsev, el médico—. Los comunistas secuestraron al general porque es un enemigo de gran altura para ellos. Pero también lo han hecho para asustarnos. Por eso lo han matado.

—Pero no nos van a amedrentar —dijo su esposa—. Tarde o temprano los venceremos y la vida en Rusia volverá a ser como antes.

—Nada volverá a ser como antes —la corrigió Yekaterina, lúcida—. A estas alturas ya no es posible.

—No seas derrotista, Katya —replicó la otra.

—No se trata de derrotismo, sino de sentido común —apuntó Kovalevski—. Han pasado ya trece años desde la abdicación del zar. Hemos sufrido una guerra civil y mirad donde estamos. Vivimos en la ilusión de un mundo desaparecido. Aunque consiguiéramos derrotar a los bolcheviques, nada volverá a ser como antes. Los tiempos han cambiado, y no podemos ni debemos mirar sólo hacia atrás.

—Vaya —dijo Félix Yusúpov, sonriendo—. Parece que tú también te has vuelto un bolchevique.

Kovalevski no le devolvió la sonrisa. Tampoco parecía enfadado. Pero seguro que el comentario no le agradaba.

—No es eso —respondió el anfitrión—. Y tú sabes tan bien como yo que sería imposible que la situación fuese la misma que antes de la revolución. El mundo ha cambiado mucho durante estos años.

—¿Acaso piensas que lo mejor para Rusia sería una república?

A Irina Alexandrovna, la esposa de Félix Yusúpov, se le arrugó la nariz al oír hablar de una república rusa. Se diría que la idea incluso le gustaba menos que la de una Rusia bolchevique.

Kovalevski sacudió la mano, con desdén.

—Ni siquiera somos capaces de ponernos de acuerdo sobre si la persona adecuada para dirigir la nueva Rusia sería el príncipe Cirilo. Sin duda habría que hacer muchas reformas. Es algo inevitable —Kovalevski se acarició la perilla—. Y deseable también.

La conversación estaba resultando muy ilustrativa. Kovalevski se mostraba ponderado y conciliador. Ni Antón Vladímirovich ni ninguno de los agentes del OGPU que conocía estarían de acuerdo, pero sus argumentos resultaban bastante razonables. Katya estaba callada, quizá no quería dejar entrever su opinión. O que supiera, como yo lo sabía, como seguro que lo sabía Kovalevski, a pesar de todo, aunque se empeñase en sentirse obligado a mantener viva la ilusión, que la llama que prendió en 1917 ya era imposible de sofocar.

Durante la velada también se habló de la crisis bursátil. Todos parecían estar de acuerdo en que la situación caótica y precaria del mercado de valores favorecía su causa y daba argumentos a los bolcheviques.

—Nadie sabe qué va a pasar —argüí—. Me han contado que en Nueva York las colas de hombres desempleados son cada vez más habituales. Gente que parecía tener la vida resuelta lo ha perdido todo de la noche a la mañana. En Londres está pasando lo mismo, y aquí, en París, ya lo ven ustedes. Beneficie a los bolcheviques o no, lo que está sucediendo puede arrastrar a muchos trabajadores a su causa.

En realidad pensaba, igual que lo pensaban muchos camaradas, que la revolución no era sólo un proceso imparable, sino también el resultado natural del curso de la Historia. Era tan evidente todo lo que estaba ocurriendo que hasta un ciego tendría que darse cuenta. No sería algo inmediato, claro que no. Pero con el tiempo, estaba convencido, la única alternativa posible y justa para el mundo era el comunismo.

Por mucho que ahora me cueste reconocerlo, así era como pensaba entonces.

—Y nuestro amigo inglés —dijo de pronto Félix Yusúpov, clavando otra vez la mirada en mí—. ¿Qué opina de los bolcheviques? Si va a escribir un reportaje sobre el príncipe Kovalevski supongo que hablará de la historia reciente de Rusia. Esos revolucionarios iluminados, aunque nos pese, también forman parte de ella.

Era un momento delicado, aunque tampoco me sorprendió la pregunta. No podía decir lo que pensaba, porque además de peligroso me comportaría como un maleducado. Pero tampoco me sentía obligado a mentir.

—No tiene una respuesta fácil esa pregunta —contesté, no obstante, para ganar algo de tiempo.

—¿Ah, no? ¿Por qué?

—Porque, como ha expresado antes muy certeramente su alteza, las circunstancias del mundo han cambiado a una velocidad de vértigo en los últimos años y hay muchos factores a tener en cuenta. No es sólo la revolución. También está la Gran Guerra, los fascistas en Italia, la caída de la bolsa... Y veremos qué pasa en Alemania en el futuro.

—Todo eso está muy bien —intervino Kovalevski—. Pero la pregunta del príncipe Yusúpov me parece muy pertinente. Yo tampoco se la he formulado nunca, y lo cierto es que tengo interés en saber su opinión, Pinner. ¿Qué piensa usted de los bolcheviques?

Capítulo xx

Hay momentos que te definen. Intuí que de mi respuesta dependería que Kovalevski siguiera confiando en mí o que no quisiera volver a verme nunca más. Que incluso a Katya le sucediera lo mismo. El resto de los presentes me daba igual: ni Félix Yusúpov, ni su mujer, ni los otros dos matrimonios. Quise creer que la bailarina y el príncipe Kovalevski me importaban por motivos diferentes, por dos extremos que iban desde lo personal hasta las órdenes de Kuliakov, pero algo extraño me empujaba a intentar ganarme el favor, o más bien el respeto, del aristócrata ruso. Ahora no era el momento de ser cobarde. Ahora era el momento de no ser, al menos de no serlo del todo, un descomunal embustero. Después, que el diablo me llevase por delante.

—Yo creo que en Rusia eran inevitables muchos cambios. Lo único que hizo la revolución fue acelerarlos.

Yevgeni Tarasov, el antiguo diputado de la duma de Petrogrado, dejó los cubiertos sobre la mesa. Daba la sensación de que se iban a quedar clavados en el mantel. Más que resoplar, barritó, como un elefante.

—¿Y cree usted que fue inevitable la revolución? —me preguntó Félix Yusúpov.

No me dejó responder. Mejor así. Estaba claro que mi respuesta no le iba a gustar.

—No se trataba de la revolución —siguió con su exposición—. Y no niego que hubieran de cambiar muchas cosas. Pero la familia del zar, que además era la familia de mi mujer, por si no lo sabe, fue masacrada, y hubo una guerra civil en la que murieron millones de rusos. Tampoco 1917 era el mejor momento para traicionar a Rusia. Estábamos en guerra con los alemanes, con los austriacos, con los húngaros, con los turcos. Con medio mundo. Pero Lev Trotsky, ese inútil que ahora se pasea por el mundo como la alternativa amable a Stalin, firmó un tratado infame con los alemanes. Les dio todo lo que quisieron, incluso más todavía, con la excusa de que Rusia tenía asuntos más importantes de los que ocuparse. Por lo visto, defender nuestros intereses no era un asunto primordial para los bolcheviques. ¿Quién sabe si con un poco de suerte las potencias centrales habrían ganado la guerra y terminado ocupando Rusia hasta Moscú? Después de todo, ya habíamos regalado una buena parte de nuestro territorio. Y en cuanto al derramamiento de sangre, ¿acaso no se ha vertido demasiada desde que comenzó la revolución? ¿No le han contado sobre el hambre, los asesinatos, los campos de trabajo o el adoctrinamiento forzado cuando no la purga de quienes no piensan igual que los bolcheviques? No irá a creer que todos los campesinos y todos los trabajadores están contentos con el régimen comunista. Además, en Rusia no sólo había obreros, campesinos y aristócratas antes de 1917. También existía una burguesía pujante, profesionales liberales, comerciantes, pequeños propietarios... ¿Cree que todos han tenido la posibilidad de escapar? ¿Piensa que los hace felices vivir bajo una tiranía? ¿Quizá los bolcheviques son más justos que los Románov? Le daré un consejo. Viaje usted a Rusia en cuanto tenga ocasión. A los comunistas les encanta organizar excursiones de intelectuales para que puedan hacerse fotos en la Plaza Roja o delante de la casa de Tolstoi y luego cuenten al mundo las mentiras disfrazadas de bondades del nuevo estado que han creado. Usted es periodista. Seguro que no le costará que lo inviten. Y yo le animo a hacerlo. Vaya. Vaya a Rusia. Pero vaya y abra bien los ojos, procure fijarse en lo que lo que no quieren que mire. Vaya y luego cuénteme si no tengo razón.

Durante un momento me pregunté si cabía la posibilidad de que supieran que ya había estado dos veces en la Unión Soviética. Sin duda se trataba de un pensamiento o de un temor exagerado, pero no podía descartarlo del todo. Me convenía estar alerta. Porque si sabían que había estado en su tierra, seguro que también sabrían con quién y por qué. Me quedé mirando a Félix Yusúpov mientras seguía despotricando contra los bolcheviques, pero ya había perdido el hilo de la conversación. Las soflamas ideológicas siempre me provocan aburrimiento.

—Resulta imposible saber qué habría pasado de continuar Rusia en la Gran Guerra —terció Katya—. Y tampoco podemos saber si antes o después habría estallado una guerra civil. Los obreros y los campesinos llevaban décadas avisando de lo que podía pasar. Era imposible no adivinarlo.

Kovalevski asintió, aunque no sé si estaba de acuerdo conmigo —que nuestras opiniones coincidieran resultaba altamente improbable— o si estaba a punto de pedirme que abandonara su casa.

—¿También piensa que el zar y toda su familia habrían sido asesinados de no haber estallado la revolución? —me preguntó, por fin, clavándome el acero gris de sus ojos.

Le sostuve la mirada. Todos estaban pendientes de mi respuesta. Katya había apoyado la mejilla en el dorso de la mano, atenta a lo que fuera a decir.

—El asesinato de la familia imperial fue uno de los sucesos más lamentables de la revolución —respondí, por fin, y no expresé sino lo que pensaba realmente, pero me guardé de decir que la masacre de los obreros que fueron a pedir ayuda al zar aquel domingo sangriento de 1905 me repugnaba del mismo modo. Las víctimas no tienen categoría, para mí son todos iguales—. Pero supongo que no, alteza, sin la revolución, probablemente el zar y su familia no habrían sido asesinados.

—Está muy bien —dijo Yusúpov—. Pero no ha contestado a la pregunta que le hice. No me ha quedado claro si simpatiza con los bolcheviques, aunque deduzco por su palabras que no le resultan del todo innecesarios.

—No se trata de simpatizar con ellos o no. Como en todos los colectivos, no me cabe duda de que habrá gente mala y otra gente que no lo es tanto. Mi conclusión, insisto, y espero que nadie en esta mesa se sienta ofendido por ello, es que Rusia necesitaba avanzar hacia el futuro. Los bolcheviques empujaron el país hacia delante por las bravas, sin duda con muchos y tremendos errores y de manera injusta, pero así es como lo veo. Aunque tampoco dudo que con el tiempo, en una o dos generaciones quizá, y por supuesto de una forma mucho más lenta y desde luego menos sangrienta, las cosas en Rusia habrían cambiado igualmente.

—No le falta razón a nuestro amigo inglés —le dijo Kovalevski a Yusúpov—. Antes o después los cambios eran inevitables, y cada vez estoy más convencido de que una restauración monárquica en Rusia pasará por mantener muchas de las reformas que ya se han hecho y esforzarnos todos en mirar hacia delante. Pero también estoy convencido —y ahora se dirigió a mí, con firmeza— de que la única forma de conseguirlo es expulsando a los bolcheviques del poder.

—¿Y cómo puede hacerse eso? —contesté—. ¿Invadiendo Rusia? ¿Empezando una nueva guerra civil?

—La guerra sería el último recurso. Pero, créame, no dudaría en derramar sangre si con eso consiguiera aplastar a los comunistas. Nosotros no tenemos recursos para mantener un ejército, por mucho miedo que Stalin tenga de que lo hagamos. No habrían secuestrado al general Kutépov si no lo creyesen. Pero podemos convencer a los gobiernos europeos de que nos apoyen. No se trata de una tarea fácil, desde luego, pero tampoco imposible. La utopía de los bolcheviques consiste en extender su revolución por todo el mundo, el planeta entero dominado por una ideología que, bajo la falsa promesa de igualdad para todos, esconde una oligarquía tan cruel y tan caduca como el feudalismo. Mientras se dan cuenta de que luchan por un sueño imposible, cada vez más huelgas, más desmanes, más asesinatos y más guerras —Kovalevski sacudió la mano, tajante—. No lo vamos a consentir, señor Pinner. Ni nosotros ni ningún mandatario que tenga un mínimo de lucidez y, créame, hay más de un gobernante inteligente en Europa. La revolución proletaria no se extenderá más allá de las fronteras de Rusia. Antes o después los bolcheviques no serán más que un mal recuerdo, una pesadilla en la larga historia de nuestra amada patria.

Quizá después de atender a los razonamientos vehementes de Kovalevski entendía un poco mejor los temores del OGPU y la necesidad de tener a alguien cerca del aristócrata. Imaginé a Mijaíl Mijáilovich Kovalevski convenciendo a un primer ministro o a otros millonarios como él. Como mínimo, resultaba preocupante. No significaba que la revolución peligrase, pero ese hombre que me había invitado a cenar en su casa podía llegar a ser un incordio para Moscú si se lo proponía.

—En ningún momento he dicho que sea fácil. En cualquier caso, celebro su sinceridad. Dice mucho de usted que haya tenido la valentía de expresar abiertamente su opinión en nuestra presencia —Kovalevski miró a Yusúpov y a los otros dos hombres que lo acompañaban en su lado de la mesa—. No le falta razón a nuestro amigo Pinner. Tal vez si hace veinticinco años hubiéramos prestado atención a las demandas del pueblo, los bolcheviques no lo habrían tenido tan fácil para convencerlos y ahora no lamentaríamos estar lejos de Rusia —antes de que alguno de sus invitados pudiera replicarle, el anfitrión levantó la copa que una criada, siempre atenta, le había llenado de vino, y miró a la bailarina—. Pero dejemos la política por esta noche. No es de caballeros aburrir a las damas. Katya, querida, brindemos por el éxito de tu estreno. Falta poco más de un mes para el acontecimiento, ¿no es así?

—Así es —respondió la bailarina, alzando también su copa—. En abril estrenamos en la Ópera Garnier.

—¿Estás nerviosa? —le preguntó Irina Yusúpova.

—¿Cómo podría no estarlo?

—Antes de brindar me gustaría anunciarte una cosa —le dijo Kovalevski a Katya—. Hace un par de días compré doscientas entradas para la noche del estreno. Quiero regalárselas a mis amigos de París, a los rusos y a los franceses, para que puedan disfrutar de tu arte. ¡Por Katya! —exclamó, haciendo chocar el filo de su copa con la de la bailarina, que aún no había asimilado lo que acababa de contarle.

Todos lo imitaron. Yo fui el último en levantar la copa. Me sentía igual que un luchador que a pesar de haber terminado el combate aún no está dispuesto a bajar la guardia. Quién podría saber si después de la tregua generosa que me habían dado, el propio anfitrión o alguno de sus invitados volverían a la carga. Las copas seguían en alto. Félix Yusúpov pronunció unas palabras en ruso, pero ya no pude oírlas. Apenas duró un segundo, pero me sentí tan desorientado que si tras el brindis hubieran vuelto a sacar el tema político no sé si habría sido capaz de fingir. Yekaterina había colocado una mano sobre la mía, y no fue sin darse cuenta. Deslizó los dedos suavemente sobre mi dorso, luego lo acarició con su palma y apretó un instante para luego retirarla antes de que todos bajasen las copas y bebieran.

No quise mirarla. Temí que alguien se diera cuenta de lo que estaba pasando. Sólo deseaba —siempre fui un estúpido idealista, es cierto, ese es el mayor de mis defectos— que las copas permanecieran ahí arriba mucho tiempo. Al beber, la bailarina me miró a los ojos. Su mano ahora descansaba sobre el mantel. La mía aún no se había movido, aunque estuviera seguro de que ella no iba a repetir el gesto. Kovalevski tenía razón. ¿Por qué seguir hablando de política?

—¿Y tus clases en la academia? —le preguntó el anfitrión a Katya—. ¿Tendremos a una Yekaterina Paulovna parisina en el futuro? No será tan talentosa como la original, pero con una maestra así, seguro que será una bailarina extraordinariamente virtuosa.

Katya sonrió. Parecía ruborizada. Yo me zampé media copa de vino de una vez sólo para no abrazarla delante de todos.

—Tengo varias alumnas muy aplicadas. Me encantaría que alguna de ellas llegara a ser bailarina profesional. Pero aún es pronto para saberlo.

—Verás como después del estreno te van a llover las ofertas y tendrás que mudarte a un sitio más grande para dar clase porque todas las niñas de París querrán aprender danza contigo —le dijo la mujer del médico.

—Bueno —respondió Katya—. Me conformo con seguir bailando y con seguir enseñando. Si algo he aprendido durante estos últimos años es a no pensar a largo plazo. Ya veremos cómo ruedan las cosas tras el estreno.

—Estaremos todos allí, en primera fila. No tengas ninguna duda de ello —miró a los invitados, también a mí, antes de alzar la copa de nuevo—. ¡Por Yekaterina Paulovna!

Brindé por la bailarina y, mientras lo hacía, lo juro, estaba convencido de que yo también, pasara lo que pasase, sería uno de los que ocuparía un asiento en primera fila, quién sabe si al lado de Mijaíl Mijáilovich Kovalevski. Ahora fue mi mano la que aterrizó sobre la de Katya, sólo un instante, por debajo de la mesa, el tiempo justo de acariciarla y apretarla.

Ella no la retiró.

No volvimos a hablar de política. Al terminar la cena pasamos a un salón en el que ya había estado antes y los hombres fumamos de pie, junto a la chimenea, mientras las mujeres ocuparon una mesa a una distancia prudente. Katya estaba de espaldas y aproveché para contemplarla mientras fingía escuchar alguna frase intrascendente de labios de uno de los invitados de Kovalevski. Muchas mujeres aún mantenían la moda del pelo corto, a lo *garçon*, tan en boga en los últimos años, pero, inmune a las corrientes contagiosas, la bailarina conservaba la melena negra que siempre llevaba pulcramente recogida. La imaginé indómita, poderosa, al derramarse suelta sobre sus hombros, y una muy leve pero inevitable y deliciosa sensación de mareo me sobrevino al imaginar mi cara hundida entre sus pechos, la cabellera suelta sólo para mí. No recordaba haber haber deseado tanto a una mujer. No recordaba haber deseado algo tanto en mi vida.

Durante el resto de la velada sólo pude conversar mecánicamente sobre la crisis bursátil, respondiendo con monosílabos incoherentes a los comentarios sobre el supuesto valor de un cuadro cuyo autor ruso no había oído nunca nombrar antes de esa noche. De vez en cuando giraba la cabeza para mirarme, para comprobar que no me había marchado, que no la dejaría sola y volveríamos los dos juntos en un taxi de la misma manera que habíamos llegado. Al despedirse, los tres matrimonios subieron al espacioso Mercedes de Félix Yusúpov. Eran seis personas, además del conductor. Me alegré de que fuéramos demasiados para compartir trayecto porque prefería quedarme solo con Katya. Iba a pedirle a Kovalevski que llamase a un taxi, pero el aristócrata se había adelantado: el coronel Makárov estaba plantado junto al automóvil de su jefe, la puerta abierta para que nos acomodásemos gustosamente en el interior. No habitaba ni un gesto en la cara del antiguo oficial del Ejército Blanco. Los labios sepultados bajo el bigote. Kovalevski tomó las manos de la bailarina y besó sus mejillas para despedirse. Luego estreché mi mano.

Dejé pasar a Katya al interior del coche, cerré la puerta con cuidado y di la vuelta para entrar por el otro lado.

—Gracias por venir —me dijo Kovalevski—. Nos veremos pronto.

Me alegró saberlo. Por suerte, el atrevimiento al expresar abiertamente mi opinión no había provocado el rechazo del príncipe. Puede que incluso hubiera despertado, sin pretenderlo, una curiosidad mayor por conocerme.

—¿A dónde? —preguntó Makárov al arrancar.

—A Montparnasse —le indicó Katya.

Yo preferí permanecer en silencio. Que el coronel le hubiera preguntado en ruso a ella a dónde quería que nos llevara me había brindado la excusa perfecta para hacerme el distraído La place du Pantheon no quedaba lejos de Montparnasse. Si Katya no le decía al coronel otra cosa, iríamos hasta su casa y luego caminaría hasta la pensión si no le apetecía que me quedase con ella.

El Arco del Triunfo apareció cuando apenas llevábamos un par de minutos de trayecto, tras una cortina de fina lluvia que no tardaría en convertirse en aguanieve. Dentro del coche estaba oscuro, pero de cuando en cuando encontraba el brillo de los ojos del coronel Makárov en el retrovisor. No había apenas tráfico, apenas unos cuantos coches por los campos Elíseos. Montparnasse no quedaba cerca de la la mansión de Kovalevski, pero no íbamos a tardar en llegar tanto como me gustaría, y mucho menos a esa hora y con tan poco tráfico. No había cruzado una sola palabra con Katya desde que subimos al coche. Cada uno miraba por su lado de la ventana. Parecía que estábamos cansados o fuésemos dos turistas deseosos de admirar París antes que conversar, absortos en los edificios apenas iluminados por la endeble luz de las farolas. El edificio de la Ópera estaba a un tiro de piedra. Tal vez la bailarina soñaba con ese estreno inminente, la capital de Francia rendida a su arte, como se merecía, no podía ser de otra forma porque no había nadie más grande que Yekaterina Paulovna. Hasta la propia Isadora Duncan palidecería a su lado. Y seguro que la famosa bailarina americana no había tenido una vida tan azarosa ni tan complicada como la suya.

Llevábamos ya la mitad del trayecto recorrido cuando me lancé a por todas. En algún momento había que hacerlo, y ese me pareció tan bueno o tan malo como cualquier otro. Mejor así, en el coche, aprovechando la oscuridad y que ella seguía mirando por la ventana. Así no podría ver sus ojos. Así, si me rechazaba, tal vez tuviera la cortesía de no castigarme con un gesto desabrido, incluso una bofetada, para no humillarme en presencia del adusto coronel. Mi mano reptó en su busca, pero el asiento trasero del coche era amplio y nos separaba la anchura de un océano. Creí que para poder tocar a la bailarina habría de estirarme en una postura ridícula cuando por fin mi mano rozó la suya. Quizá esperaba Katya que lo hiciera y me facilitó el encuentro. Fuera lo que fuese, las yemas de nuestros dedos se acariciaron antes de entrelazarse. Se apretaron con fuerza, pero no nos miramos todavía, aunque nos acercamos un poco cuando el coche giró para cruzar el Sena. Abrí la mano de Katya, muy despacio. Con la punta del índice acaricié su palma y seguí por el antebrazo. Esperando que Makárov no se diera cuenta, me llevé su mano a mis labios, para besarla. Ella ni siquiera me miró. No podía. Tenía los ojos cerrados, la cabeza descansaba en el respaldo del asiento. Tampoco retiró su mano de mis caricias y de mis besos. El trayecto por el bulevar Raspail se me hizo interminable. Dejamos atrás el café donde almorzamos el día anterior y doblamos la esquina de su calle. Cuando la mano de la bailarina volvió a su regazo supe que habíamos llegado a nuestro destino antes de que Serguei Makárov detuviese el automóvil.

—Muchas gracias, coronel —le dijo Katya.

Makárov asintió. Su manera de responder cuando le habían dado las gracias era apenas aparentar una sonrisa bajo el bigote, si es que sabía sonreír. Salió del coche, volvió a asentir, reverencial, y abrió la puerta por donde tenía que salir Katya. Pero cuando bajé del automóvil y el coronel me miró, percibí un duro brillo interrogativo en los ojos. Ahora te toca a ti, impostor, parecía decirme. Dime a dónde tengo que llevarte y acabemos de una vez. Pero yo también le di las gracias y cerré la puerta. El ruso se quedó mirándome, por si cambiaba de idea, mientras Katya cruzaba la acera hacia el portal para resguardarse de la lluvia. Me toqué con la punta de dos dedos el ala del sombrero para despedir a Makárov, que volvió a subir al Bentley y se marchó rumbo a la otra punta de la ciudad.

Cuando me di la vuelta, ella ya se había protegido bajo el arco de la entrada. La diadema de plata me lanzaba destellos amplificados por las finas gotas de lluvia. Con sus manos sujetaba el cuello del abrigo para protegerse la garganta. Anda, ven aquí, no te vayas a mojar y pilles un resfriado. Mi imaginación se inventaba las palabras que deseaba oír: no seas tonto, ven, abrázame, y bésame, ¿no te das cuenta de que lo deseo tanto como tú? Las voces sonaban cada vez más fuerte en mi cabeza. La única forma de silenciarlas era clausurando la distancia que nos separaba. Era tarde, hacía frío y la tormenta empezaba a arreciar, pero aunque la calle hubiera estado abarrotada, la única persona a quien vería sería la bailarina. Todavía me quedé quieto un momento mientras las gotas de agua me salpicaban el sombrero. Le cogí las manos y sonrió, muy seria. Puede ser peligroso, pensé un instante, antes de seguir, pero qué más daba ya.

—Nadie puede enterarse de esto —le dije, antes de besarla.

—Nadie —repitió Katya, atrayéndome hacia ella.

Capítulo XXI

—Buenos días, señor Pinner —me saludó la portera al llegar.

La mujer tuvo el detalle de no preguntarme dónde había pasado la noche, pero aparté la mirada porque en sus ojos habitaba un inevitable destello de curiosidad. No quería que el brillo de los míos le confirmase lo que sospechaba. Subí a mi habitación, me senté en la cama y consulté el reloj: eran poco más de las ocho. Tenía que descansar un poco. Me dejé caer en el colchón y cerré los ojos. El escozor bajo los párpados me recordó que llevaba veinticuatro horas sin dormir, pero también era la prueba de que había pasado una noche espléndida con Katya. Sólo veía su mirada, su melena suelta, su sedosa piel de leche. Tal vez porque no quería olvidarlo me costó tanto conciliar un breve sueño. No había dejado de pensar en ella desde que salí de su casa. Era de noche todavía, hacía mucho frío y se me podría haber hecho el trayecto demasiado largo, pero a lo mejor quería estirar el tiempo, que la noche vivida no se acabara nunca.

Cuando la besé por primera vez creí que iba a marearme. Nuestros labios se acariciaron lentamente, pero sólo al principio, porque enseguida cada uno buscaba con ansia al otro. Nos separamos mientras buscaba las llaves del portal. Yo le cogía la otra mano. No quería soltarla porque temía que hubiera cambiado de idea y se despidiese, que sólo hubiera querido regalarme un adelanto, o peor, que después de permitirme que la besara hubiese resuelto que era un error, porque era tan peligroso para mí como para ella, que lo mejor sería darnos las buenas noches y no volver a vernos. Pero la bailarina tiró de mí hacia el interior del edificio y de nuevo me dejó besarla, apreté mi cuerpo contra el suyo, empujándola contra la celosía metálica del ascensor que tardaba en subir una eternidad.

Me temblaron las piernas cuando la vi desnuda. Era de noche, llovía en París y el cielo estaba cubierto de nubes, pero por la ventana se colaba la luz suficiente para que se me cortara el aliento. Katya ya se había quitado el abrigo y el vestido. Lo único que le quedaba era un camisón de seda tan fina que tuve que frenarme para no acariciarla. Conteniendo la respiración, me coloqué frente a ella, muy cerca, y me quedé mirándola. Sonrió, dispuesta a dejarme hacer. Con cuidado, le quité la diadema y la melena cubrió sus hombros. Mis manos se posaron en las caderas de la bailarina. La gasa era tan ligera que sentía la piel suave y cálida en las yemas de los dedos. Volví a besarla, pero esta vez procuré no apretarme contra ella porque me avergonzaba que se diera cuenta de mi potente e inevitable erección. El camisón cayó al suelo y la abracé, con delicadeza, aguantándome las prisas, procurando que no se me notara lo que tanto deseaba desde la noche que la conocí. No sé si esperar tanto tiempo fue una buena estrategia porque no fui capaz de reprimir, qué vergüenza, un espasmo inesperado que, aunque gozoso, tendría que haber llegado más tarde, después del rato pertinente de caricias y de besos. Todo había terminado antes de empezar. Me había vaciado como un adolescente sin quitarme los pantalones todavía. Al menos, me dije, para consolarme, he llegado a ver desnudo ese cuerpo delicado, los pechos pequeños y firmes, el vientre plano y las caderas poderosas, la mata de delicioso vello oscuro entre sus piernas que ya no disfrutaría. Me separé, cabizbajo, avergonzado, con la esperanza inútil de que un agujero se abriese bajo mis pies y ya nunca pudiera salir de allí. Mas la bailarina me atrajo hacia ella, me abrazó, me acarició el cuello. *Tijo, dorogoy. Tijo, moi dorogoy.* Tranquilo, querido. Tranquilo, querido mío, me dijo. Por alguna razón oírla hablar en ruso amortiguaba mi bochorno. Me acunó entre sus brazos y luego me miró y se llevó el dedo índice a los labios para pedirme que me callase. Me besó, una vez, dos veces, en la comisura de los labios, en el cuello, demorándose una eternidad. Me quitó la chaqueta y la dejó caer al suelo, me soltó la corbata, me desabrochó la camisa y antes de mordisquearme el pecho volvió a besarme los labios. Me miraba y sonreía, muy segura de lo que hacía. Poco a poco la deshonra se fue disipando y, aunque no era capaz de olvidar lo sucedido, de repente parecía posible otra vez, porque ella me lo permitía y me animaba, empezar de nuevo.

Y empecé de nuevo, como si no hubiera pasado nada.

Varios asaltos después estaba tumbado a su lado. Katya dormida, la silueta de su cuerpo bajo las sábanas. Mis ojos se habían acostumbrado a la oscuridad y el espejo sobre la cómoda me devolvía la imagen de un hombre aturdido pero feliz que vela el sueño de su amante. Cada momento de esa noche contaba como un tesoro y no quería perderme ni un detalle. También, maldita sea, mientras la veía dormida me acordé más de una vez de Antón Vladímirovich. Por muy lejos que estuviera, el ruso siempre era un fantasma molesto a mi lado. Acostarte con ella no es una buena idea. Imaginaba su voz advirtiéndome. Cuanto menos compromisos, más libre y menos vulnerable serás. Basta que estés enamorado o simplemente que tengas alguien a tu cargo para que sea mucho más sencillo hacerte daño, convencerte, obligarte. Lo que haga falta. Sería exagerado decir que estaba enamorado de Katya. Pero sabía que no tardaría en estarlo. Y en cuanto eso pasara empezarían los problemas. No sólo para mí, puede que también para ella. No sabía hasta qué punto el OGPU tenía control sobre la vida de la bailarina. No había hablado con ella de eso todavía, y tampoco estaba seguro de si me lo contaría. Una parte de mí me castigaba por dar un paso equivocado, por cruzar una línea de donde no podría regresar; pero otra parte más complaciente o menos exigente de mí mismo quería convencerme de que no había hecho nada malo. Nadie tenía por qué enterarse. Después de todo, se trataba de un hombre y de una mujer que habían pasado la noche juntos. Además, por mucho que lo deseara, no podía saber si volvería a suceder.

Todavía no había amanecido cuando me levanté con cuidado para no despertarla. Me vestí despacio y al terminar me incliné sobre ella, le aparté un rizo de la cara y la besé en la mejilla, sin apenas rozarla. Katya ronroneó, sin abrir los ojos, me cogió la mano, la apreté entre las mías y me la llevé a los labios. No me moví hasta que ella relajó la presión. Todavía me quedé un momento mirándola antes de marcharme.

Cuando me desperté, apenas una hora y media después de quedarme dormido, sin quitarme la ropa siquiera, seguía pensando en ella. ¿Qué habría pensado cuando me fui sin despedirme? ¿Habría sido mejor quedarme a dormir con Katya o prefería que no la molestara? Tenía que ir a verla otra vez, para preguntárselo, para explicárselo. Fui al baño para lavarme. Me disgustaba quitarme su olor, la única prueba que tenía de aquella noche, pero quería cambiarme de ropa y arreglarme. A mediodía ya no podía ni quería esperar más. Si dejaba pasar más tiempo antes de visitarla sería una descortesía. Si ella no quería volver a saber nada de mí, si no quería sonreírme siquiera, tendría que asumirlo, pero no podía quedar a los ojos de la bailarina como un maleducado.

Ni siquiera había tomado un café. Tenía el estómago cerrado, demasiadas emociones concentradas. Salí del edificio y pasé junto a una de las naves laterales de la iglesia de Saint-Étienne-du-Mont, crucé la place du Panthéon y emboqué la rue Soufflot para atravesar el jardín de Luxemburgo. Otra vez andando, igual que apenas unas horas antes. Me gustaba caminar. Me sigue gustando. Pasear ayuda a ordenar las ideas, me despeja cuando me siento aturdido, o cuando, como entonces, estaba nervioso, me relaja. Caminé sin prisas, casi una hora porque di un rodeo. Quería alejarme cuanto pudiera de la embajada soviética y de la calle donde vivía el general Kutépov —la calle donde lo secuestramos, vaya—, alejar los malos pensamientos, no contaminar el recuerdo de la noche con Katya con la mala conciencia y la culpa. Además, así correría el tiempo mientras avanzaba la clase que ahora mismo debía de estar impartiendo la bailarina. Me preguntaba si habría pensado en mí, si alguna vez durante las pocas horas que pasaron desde que salí de su casa habría deseado verme, si contendría el aliento para que las alumnas no advirtiesen su sobresalto al sonar el timbre.

Fueron varias las floristerías por las que pasé durante mi caminata, pero, prudente, me mantuve a distancia. Si la idea de comprar flores para Katya me parecía ridícula, aún más ridículo sería pasear por las calles de París con un ramo en las manos, como un novio triste plantado en el altar. Pero cuando dejé atrás el cementerio de Montparnasse no me pude contener. La que podía ser la última floristería del camino me hizo señales desde el otro lado de la acera. Como mucho, quedaban veinte minutos de paseo. Mejor comprar flores ahora que lamentarme luego por no llevarlas. Además, si me arrepentía, podía tirarlas antes de subir. Una docena de rosas rojas era un ramo digno y vistoso. La mujer que me las vendió le colocó un lazo coqueto, también rojo. Si Antón Vladímirovich o algún agente enviado por él me estaba siguiendo, se iba a reír con ganas. Lo que uno hace cuando está feliz suele parecer ridículo a los demás. Y si me imaginaba a un agente del OGPU contándole a Kuliakov la situación, tampoco podía aguantar la risa: el objetivo ha estado caminando toda la mañana, desde la pensión del Barrio Latino, sin rumbo fijo, para comprar un ramo de flores; no sé si el sujeto es de fiar, pero está claro que se trata de un tipo extraño, incluso diría que un poco torpón y atolondrado...

Aún dudé si tirar el ramo cuando llegué al portal. Ojalá que Katya no estuviera asomada a la ventana.

Siete pisos más arriba, en un acto reflejo, la bailarina se llevó la mano a la boca cuando abrió la puerta. Deseé que fuera por la sorpresa, no para reprimir la carcajada que le provocaba verme aparecer con una docena de rosas. Por suerte, la clase había terminado y estaba sola. Me habría dado mucha vergüenza que las niñas me vieran llegar con las flores.

—Son para ti —le dije.

—¿Para mí? —respondió, fingiéndose sorprendida—. No me digas. Pensé que de vez en cuando te gustaba pasear por París con un ramo de flores en la mano.

—Katya, por favor...

—Anda, pasa —me cogió el ramo, se hizo a un lado y me dejó entrar, acercó la nariz, cerró los ojos para oler las rosas—. Son preciosas. Espera que busque algo para ponerlas. Serán un perfume estupendo durante varios días. Las niñas sudan, fíjate. Lo que hacen requiere un gran esfuerzo físico.

Asentí mientras la vi llenar de agua una jarra. Las flores lucían bonitas junto a la ventana. Con las yemas de los dedos, la bailarina acarició los pétalos y se retiró para contemplar el ramo. Luego volvió a acercarse y con un dedo contó las rosas una a una.

—Son preciosas —se dio la vuelta para mirarme, tenía el ceño fruncido—. Has sido muy amable. Muchas gracias. Pero, dime una cosa. Nunca le has regalado flores a una mujer rusa, ¿verdad?

No sabía qué quería decir. Si se trataba de celos, eran infundados, por mucho que me halagase aquella preocupación por que le hubiera regalado flores a otra mujer rusa antes que a ella. Sonreí, sólo un poco. Tal vez ahora debería marcharme porque ya no tenía nada que hacer allí. Lo que pasó anoche no fue más que un accidente. Quizá fuera mejor así. En el fondo, me ahorraría un montón de problemas, los dos nos los ahorraríamos. Katya seguía mirándome. Llevaba un echarpe bordado sobre los hombros. Debajo, el maillot negro, y más abajo unas mallas ajustadas le dibujaban las piernas espléndidas, esbeltas y musculosas al mismo tiempo. Cogió una de las rosas, la apartó del ramo, fue otra vez al baño, llenó un vaso con agua, metió la flor y lo llevó a un rincón lejos del ramo.

—Las rosas son preciosas, querido —me dijo—, pero me has regalado una docena.

¿Acaso eran pocas? ¿Quizá había sido demasiado generoso?

—En Rusia es costumbre llevar un número par de flores a los entierros —me explicó—. Dos, cuatro, seis, ocho, diez o doce. Cualquier número par es válido para un funeral. Y no creo que haya sido esa tu intención al comprarlas.

Menos mal que se echó a reír. Si no, habría pensado que estaba enfadada.

—Como ves —le dije—. Nunca he comprado rosas a una mujer rusa.

—Supongo que pedir que tampoco se lo hayas comprado a ninguna otra mujer sería demasiado —replicó, coqueta—. No, no respondas a eso. No quiero saberlo.

—Entonces no diré nada...

—¿Y ahora qué hacemos? — me preguntó, acercándose muy despacio—. Después de traerme un ramo de flores no puedes irte como si nada.

No me moví. Ella se acercó un poco más, se quedó mirándome. El tiempo se estiraba, se me hacía eterno. Colocó las palmas de las manos en mi pecho, se puso de puntillas y me dio un beso fugaz en los labios. Cerré los ojos y, cuando volví a abrirlos, Katya había desaparecido tras el biombo y empezaba a quitarse la ropa. Aunque ya la había visto desnuda y disfrutado de su cuerpo, igual que la otra vez que la vi cambiarse tuve que contenerme para no apartar de un manotazo la mampara que nos separaba y comérmela a besos.

No fuimos a un restaurante esta vez. Caminamos hasta el parque de Luxemburgo, apenas a una manzana de distancia. Me hubiera gustado que se cogiese de mi brazo, pero tal vez sería pedir demasiado, no sólo porque nos vieran, sino porque podría sentirse incómoda. Hacía mucho frío, pero el cielo despejado ofrecía una claridad espléndida que no tardaría en tornarse, en cuanto avanzase la tarde, en un cálido estallido de tonos rojizos. En un puesto callejero compré unos bocadillos y nos sentamos a comer en un banco, no muy lejos de la fuente. No pude dejar de mirar todo el tiempo a los hombres que se cruzaban con nosotros, por si alguno podía ser un enviado de Antón Vladímirovich. Pero esa zona estaba muy concurrida. Cualquiera podía ser un espía del OGPU y no serlo también.

—Tenía muchas ganas de volver a verte —le confesé, mirando a un cisne solitario que se deslizaba sobre la superficie gélida del estanque. Con el rabillo del ojo la vi sonreír, lo justo, pero con eso me valía. Ella masticaba despacio y se limpió una miga de pan que le había quedado prendida en el labio—. Y al final no he podido resistirme a venir con un ramo de flores...

La bailarina puso la palma de su mano sobre mi pierna.

—Si era lo que te apetecía, has hecho lo correcto.

La miré. Tenía que preguntárselo, porque no creía que ella me lo fuera a decir espontáneamente. Tampoco que me respondiese lo que deseaba oír. Por lo poco que la conocía, podía ser cualquier cosa menos una mujer complaciente. Además, ¿cuántas veces habría escuchado decir a hombres más ricos y más poderosos, y seguro que también más apuestos, la frase que me quemaba en los labios?

—¿Y tú? —le pregunté—. ¿Tú también tenías ganas de verme?

Me regaló otro de esos silencios a los que sabía que nunca llegaría a acostumbrarme. Como contrapartida, mantuvo la mano sobre mi pantalón un instante. Incluso me pareció que apretaba mi pierna un poco antes de retirarla. Habrá que conformarse con eso, pensé, desfilar al ritmo que ella marque. Y, si tengo la fortuna de conseguir algo más, será con mucho esfuerzo. Sin prisas, los dos terminamos la comida en silencio. De vez en cuando la bailarina cerraba los ojos y levantaba la cabeza para disfrutar de los rayos de sol. Yo apuntalaba las cervicales para no mirarla, la forma coqueta en la que tiraba hacia abajo del cuello del jersey para aprovechar la luz. Un poco más allá, el ánade nos miró a los dos hasta que, aburrido, hundió el pico en el agua.

Volvimos a la academia sin hablar apenas. No lo confesamos, pero, aunque deseásemos estar juntos, los dos temíamos que nos vieran si no era necesario. Por tanto, aquella podría ser la última vez que nos encontrásemos en unos días, o quizá en unas semanas. No era lo que quería, pero tampoco podía forzar las cosas.

—Seguramente mañana iré a ver a Kovalevski —le dije, en el portal, para retrasar un poco el momento de la despedida—. Anoche estaba bastante receptivo, ya lo viste, y lo cierto es que me apetece que me cuente cosas de Rusia. Creo que después de todo me va a quedar un reportaje interesante.

—Kovalevski —respondió, sin mirarme—. Ya has visto cómo es. Ha comprado doscientas entradas para el estreno.

—Todo un detalle, ¿no crees?

Katya asintió, con desgana.

—Desde luego. Pero es demasiado rico, demasiado poderoso. Y eso me abruma. También puede comprar todo el patio de butacas y guardarse las entradas para que nadie acuda al estreno, o para disfrutar el solo del espectáculo.

—Jamás haría eso. Te admira mucho y lo sabes. Todos te admiran. Es lógico. Yo estoy deseando que llegue el día del estreno. Se me romperán las manos de aplaudir, seguro.

Por su gesto ausente me di cuenta de que no le apetecía hablar de eso. Pero me sorprendió que cambiase de tema de una forma tan abrupta. Y tan directa.

—¿Quieres subir? —me preguntó.

Miré el reloj.

—¿No tienes clase?

—Aún falta casi una hora.

Aún avanzó unos pasos hacia el portal antes de darse la vuelta para mirarme. Eres tonto, parecía decirme, pero yo sólo podía ver sus ojos y su sonrisa.

Y no podía resistirme.

Los dos sabíamos que Antón Vladímirovich no aprobaría que estuviéramos juntos. A los espías no les agrada que dos agentes que participan en una misión se enamoren, aunque ni ella ni yo nos considerásemos espías de pleno derecho, sino un hombre y una mujer a quienes las circunstancias los habían llevado a elegir un bando por convicción ideológica o para sobrevivir. Y, respecto al enamoramiento, no puedo hablar por ella, sólo por mí, y ya lo he dicho antes: me estaba asomando al abismo y sólo me faltaba un empujón para saltar al vacío. Hasta pensaba en fugarme con ella. A un lugar muy lejos de París y de Antón Vladímirovich, donde quiera que estuviese. Un sitio donde no tuviéramos que vernos a escondidas. Porque, ¿qué íbamos a hacer a partir de ahora? Por las mañanas y algunas tardes Katya impartía sus clases, pero desde hacía tres meses ensayaba junto a otras siete bailarinas profesionales la coreografía del estreno en la ópera. No podría ir a recogerla cada noche a la academia, por mucho que lo deseara, esperar a que se lavara y se arreglara y pasear por Montparnasse, disfrutar de una botella de vino en un café, sentados junto a una de esas estufas acogedoras de las terrazas. Tendría que esperarla en su casa después de entrar a escondidas, como un ladrón, y eso sólo si ella me permitía ir a verla. Aunque a ratos el optimismo se apoderaba de mí y me decía que no tendríamos por qué escondernos, quizá nuestra misión había terminado y no lo sabíamos. Yo aparté el miedo y mis escrúpulos para secuestrar al general Kutépov y me había acercado al príncipe Kovalevski, ¿qué había de malo en disfrutar de una tregua inesperada de felicidad, sin sobresaltos? Cada pocos días podría mandar algún texto para justificar mi sueldo a la London General Press. Poco a poco fui enterrando el recuerdo de mi participación en el secuestro —no había nada que pudiera hacer para arreglarlo—, muy pronto llegaría la primavera y Katya parecía estar muy a gusto conmigo. ¿Por qué no podría detener el tiempo?

Cuando lo comprendí ya era demasiado tarde. Volvía a casa. Ya había oscurecido. A pesar del rodeo que di por la mañana, esta vez sí quise acercarme hasta la rue de Grenelle para pasar por la puerta de la embajada soviética, por si me encontraba a Antón Vladímirovich. Después de lo de Katya necesitaba hablar con él, no para que me contase qué había pasado con el general Kutépov —como mucho me mentiría para conformarme— sino para saber si una vez que les había demostrado mi lealtad les bastaría con que de vez en cuando escribiera algún reportaje favorable a la revolución y siguiera afianzando mi amistad —ya sé que es una forma muy exagerada de definirlo— con el príncipe Kovalevski. Hasta ahora había cumplido con lo que quería el OGPU. ¿Qué esperaban? ¿Que les diera información para secuestrarlo? ¿Me pedirían que lo matara yo mismo cuando fuera a verlo a su casa? A ellos no les importaría que no pudiera salir vivo de allí, pero yo tenía claro lo que estaba dispuesto a hacer y lo que no. Matar a un anciano no entraba en mis planes. Seguía siendo el mismo, mis ideales no habían mutado, pero sentía que me asfixiaba y necesitaba alejarme. Estaba cansado de preocuparme a cada rato por si el príncipe Kovalevski o algún otro ruso exiliado se enteraba de lo que había hecho. Yo no era más que un periodista novato con ínfulas de espía que aún no había hecho nada demasiado grave, un don nadie que no tenía por qué estar alerta. Pensaba en eso cuando volvía a casa después de resignarme, otra vez, a no hablar con Antón Vladímirovich. En realidad, me dije, todo estaba en mi imaginación, no tenía nada que temer. Por eso me relajé.

Decirlo ahora no sirve de nada, pero habría sido mejor asegurarme de que no me seguía nadie.

Aún tardé un instante en entender que fue un empujón, o tal vez primero me dieron un puñetazo, un estallido debajo de la oreja que me dejó sordo y me paralizó el cuello. Pero muy pronto me iba a olvidar de esos golpes porque enseguida llegarían otros, y aunque intenté levantarme apenas pude esquivar las patadas. No perdí el conocimiento, pero no era más que un guiñapo que el coronel Makárov arrastraba sin esfuerzo por la acera y luego arrojó al asiento trasero del Bentley. El criado nubio de Kovalevski estaba al volante. El coronel se iba a sentar detrás conmigo. Seguro que prefería tener las dos manos libres, por si me revolvía. Pero sólo hicieron falta un par de golpes más.

Luego todo fue oscuridad.

Capítulo XXII

Seguía vivo. La prueba no era la conciencia de estar despierto a pesar de no ver nada, sino el pinchazo en el costado —quizá tuviera alguna costilla rota— o el molesto zumbido agudo en el oído izquierdo, justo donde el coronel Makárov me había dado el primero de los puñetazos. Por lo demás, salvo que estaba atado de pies y manos a una pesada silla, me encontraba bien. Me revolví, lo bastante para darme cuenta de que sería imposible liberarme pero no tanto como para caer al suelo y golpearme de mala manera en la cabeza o en la cara. Poco a poco las pupilas se acomodaron a la penumbra, y los contornos de la habitación, los muebles, la mesa, el ventanal que ahora tenía las cortinas echadas, sugirieron que estaba en el despacho de Kovalevski. Imaginar la ira del príncipe no me tranquilizaba, ni siquiera por la certeza de que todavía sería peor si Antón Vladímirovich hubiera adivinado mis dudas y estuviese esperando a ser interrogado por agentes del OGPU.

Oí unos pasos acercarse y la puerta se abrió enseguida. No había duda de quiénes eran los dos hombres que llegaron, aunque tuviera que cerrar los ojos cuando encendieron la luz. Al abrirlos, el coronel Makárov ya había colocado una silla frente a mí. Mijaíl Mijáilovich Kovalevski ya estaba sentado. Vestía impecable traje azul y corbata. Un pañuelo de seda le asomaba con estudiado cuidado en el bolsillo superior de la chaqueta. Las piernas cruzadas con elegancia y un pitillo entre los dedos. De no tener el ceño fruncido y los duros ojos grises clavados en mí, diría que en lugar de frente a un hombre maniatado estuviera sentado en una terraza del bulevar Saint-Germain viendo pasar la vida plácidamente mientras disfrutaba de un café. Dio un par de caladas al cigarrillo, la prisa no existía para él. Después de la última, antes de hablar, el humo ascendió en círculos hasta disiparse.

—Ay, Gordon Pinner —dijo, por fin—. Qué extraña es la vida. Siempre te sorprende cuando menos te lo esperas.

Sin dejar de mirarme, giró un poco la cabeza hacia el coronel

—Desátalo —le ordenó.

Estuviese o no de acuerdo con su jefe, el cosaco abandonó su posición discreta junto a la librería, se colocó detrás de mí, una navaja automática se empalmó en un siniestro chasquido, y me cortó las ligaduras. Cuando las cuerdas inservibles cayeron al suelo me froté las muñecas. Kovalevski no dejó de mirarme en ningún momento.

—Gracias —le dije.

—No hay de qué —respondió el aristócrata—. El coronel te ha registrado y en tu abrigo sólo ha encontrado tu libreta y la pluma con la que escribes. Me ha asegurado que estás desarmado. Pero yo le he dicho que aunque tuvieras un cuchillo o una pistola no me harías nada —hizo una pausa y se inclinó hacia mí—. ¿Me equivoco?

Me llamó la atención que de pronto me tutease. Tal vez era el momento adecuado para hacerlo, después de haber sido llevado a rastras a su casa.

—No. No se equivoca. Pero mañana pensaba venir a verlo —miré a Makárov, no iba a esconder mi malestar—. No era necesario golpearme y traerme a la fuerza.

240

—Yo pienso igual que tú, pero lamentablemente la opinión del coronel es muy distinta a la nuestra. Y como era él quien tenía que convencerte para que vinieras, tenía libertad para hacerlo según su propio criterio.

—Un criterio muy particular, ¿no le parece? —respondí, aceptando tras un instante de duda uno de los cigarrillos de la pitillera que el anfitrión acababa de ofrecerme.

—Particular o no, es el suyo. Y ya está hecho. Estás de una pieza. Un poco magullado, pero entero —Kovalevski dejó caer la ceniza de su cigarrillo en el cenicero labrado que el coronel le acababa de poner en la mano. Tan grueso y macizo era, que si me lo arrojasen a la cabeza, Makárov o el propio Kovalevski en un arrebato de ira, no tendría escapatoria—. Sin embargo, tú aún puedes convencerme de que no debo dejar que sea el coronel quien te interrogue. Créeme, querido Pinner. Sabrá cómo hacerlo. Y a pesar de que me has mentido, te aseguro que no me gustaría verlo.

—¿Qué quiere saber?

—Quiero que me lo cuentes todo. Para empezar, estaría bien que me dijeras quién eres.

—Soy un periodista, nos hemos conocido y me ha parecido una buena idea hacer un reportaje sobre usted. Pero todo eso ya lo sabe...

Kovalevski encendió otro pitillo y se quedó mirándome, sopesando la respuesta o rumiando la siguiente pregunta, al tiempo que con los dedos de una mano tamborileaba sobre el brazo de la silla.

—Un reportaje sobre mí —asintió, por fin—. ¿De quién ha sido la idea? ¿De tus jefes de Londres o de tus jefes de Moscú?

—No tengo jefes en Moscú. Y los de Londres están muy lejos. En mi trabajo tengo bastante libertad de acción.

—Háblame de Moscú —me dijo de pronto, en ruso, y aunque permanecí callado, insistió—. Háblame de Moscú.

Empeñarme en negar que lo había engañado no parecía una buena estrategia. No podía adivinar lo que ocurriría en los próximos minutos, pero intuí que sería un error no confesar lo que él sabía.

—He estado en Moscú, lo admito. Cuando nos conocimos no me pareció buena idea contárselo. Pensé que sería una forma poco conveniente de despertar sus recelos. Me fascina su país, su Historia. Aproveché la oportunidad de viajar a Rusia con un grupo de periodistas.

Kovalevski chasqueó la lengua, contrariado.

—No sé qué me decepciona más, amigo Pinner. Que no hayas sido sincero conmigo o descubrir que eres otro de esos estómagos agradecidos empeñados en mentir al mundo sobre las bondades del comunismo.

—Lamento haberlo decepcionado, alteza. Contar la verdad es una condición esencial de mi trabajo. Y conocer de primera mano todas las fuentes ayuda bastante, créame.

Los ojos de Kovalevski parecían buscar una respuesta en la alfombra.

—Ahórrame los trámites de interrogarte, querido. Estoy empezando a impacientarme, y seguro que el coronel aún más que yo —Makárov, en posición marcial, parecía subrayar las palabras del príncipe—. Te han visto reunirte varias veces con uno de los agentes de Stalin en París.

Fruncí el ceño, y nada más hacerlo me di cuenta de lo innecesario del gesto. El coronel Makárov, o cualquier enviado por Kovalevski, me había estado siguiendo. Por muchas precauciones que hubiera tomado, no era imposible que me hubieran visto reunirme alguna vez con Antón Vladímirovich. O que alguien les hubiera contado que estuve en Moscú.

—No sé de quién me habla —respondí, sin embargo, para ganar tiempo.

Kovalevski se levantó con pesadez. Parecía muy cansado. Rodeó el escritorio, sacó un sobre de un cajón y me lo entregó. Dentro había varias fotografías de Kuliakov algunos años más joven. Aunque no serviría de nada, me alegré de no ver ninguna de nuestros encuentros en París. Pero eso no me salvaría si el aristócrata estaba al tanto de lo del general Kutépov.

—¿Conoces a este hombre? —me preguntó—. Es una pregunta retórica, desde luego. Por supuesto que lo conoces. No estaríamos aquí si no fuera así.

—Lo conozco, sí. Es Antón Vladímirovich Kuliakov. Trabaja en la embajada soviética. Lo conocí cuando estuve en Moscú. Fue el encargado de atender al grupo de periodistas que visitamos el país. Hicimos buenas migas y nos hemos visto algunas veces en París. Alteza, puedo entender que le incomode, pero sentarme a tomar un café con un conocido, aunque sea un funcionario soviético, no tiene nada de malo.

La tarea de Antón Vladímirovich como guía de unos periodistas de visita en Moscú además de cierta resultaba una coartada creíble.

Kovalevski sonrió, con suficiencia.

—Vamos, Pinner, dejémonos de rodeos. Soy demasiado viejo para creer en las casualidades. Ese Antón Vladímirovich es un agente del OGPU. Cuéntame qué quieren los espías bolcheviques de mí.

—Alteza, le doy mi palabra de que no sé de lo que me habla —golpeé con un dedo el rostro de Kuliakov en una de las fotos—. Para mí este hombre no es sino alguien que se esforzó en ser amable con los periodistas que visitamos Moscú el año pasado.

—Lo siento, querido, pero veo que no quieres ayudarme. Tal vez prefieras tener esta conversación con el coronel.

Miró a Makárov y con la barbilla me señaló a mí. Llegó la hora de subir la apuesta. Sólo era cuestión de tiempo porque sabía que tenía la partida perdida. Ni siquiera me quedaba la esperanza de recurrir a un farol. ¿Quién sería capaz de engañar a quien lo está apuntando con una pistola?

Kovalevski no me dio opción de responderle. Había abandonado el despacho sin despedirse y enseguida yo haría lo mismo encañonado por el arma del coronel. No levanté las manos para no parecer idiota. Caminé erguido por el pasillo. Sentía que los ojos de las personas que aparecían en los retratos, avergonzados por mi traición, se apartaban al verme. Makárov me ordenó bajar por unas escaleras y lo obedecí. También había un sótano en la mansión de Kovalevski. Igual que en la Lubyanka. Un sótano oscuro donde encerraban a los desgraciados para que cuando los torturasen no se pudieran oír sus gritos.

—Abre la puerta —me dijo el coronel.

Antes de que hubiera tocado la manija, sentí que la culata de la pistola me reventaba la cabeza. No perdí el conocimiento. Makárov me obligó a sentarme en una silla y con unos movimientos rápidos volvió a maniatarme. Cuando por fin me espabilé, estaba de pie, frente a mí, se había quitado la chaqueta y arremangado la camisa. La primera bofetada levantó las patas de la silla. La segunda estuvo a punto de hacerme caer, pero la manaza del coronel me agarró por la solapa para que no perdiese el equilibrio.

—¿Quién eres? —me preguntó—. ¿Qué buscas aquí?

También me tuteaba. Sería lo que dictaba el protocolo de la tortura.

—Me llamo Gordon Pinner. Soy un periodista inglés nacido en España que trabaja en París.

Al hablar me di cuenta de que un hilillo de sangre me bajaba por la barbilla. Nadie me había entrenado para soportar un interrogatorio. No era más que un simpatizante de los bolcheviques al que los acontecimientos habían sobrepasado.

—¿Cuál es tu misión? —el coronel acercó su cara a la mía. El suave olor a perfume que desprendía contrastaba con su mirada de acero, y sobre todo con la bofetada que subrayaba la pregunta.

—¿Espiar a su alteza? —insistió, y de nuevo una bofetada—. ¿Matarlo?

Esperaba otra bofetada, pero tras la última pregunta me agarró por la corbata y tiró de mí. Era capaz de levantarnos, a mí y a la silla, y quedarse así hasta estrangularme. Pero antes de que perdiese el conocimiento, el coronel me soltó de mala manera y de una patada tiró la silla al suelo. El sótano se había vuelto del revés. Sin poder levantarme, vi sus pies alejarse. Antes de abrir la puerta y marcharse apagó la luz. Me había quedado a oscuras y solo en un sótano sin ventanas. Aunque gritase, nadie vendría a rescatarme. Además, ¿quién podría acudir? Nadie. Si Antón Vladímirovich supiera que me habían descubierto no movería un dedo para sacarme de allí; y si sospechara que deseaba romper con todo y marcharme con Katya, el resultado también sería acabar maniatado y torturado. Había sido demasiado ingenuo. Antes o después Kovalevski o Makárov tendrían que enterarse de mi doble vida. Que alguien los hubiera puesto sobre aviso era lo de menos. Ya estaba hecho, y lo único que me quedaba ahora, si es que aún tenía la oportunidad de hacer algo, era solucionarlo. El coronel me había apretado tan fuerte las ligaduras que sólo sentía un hormigueo preocupante más allá de las muñecas. La punzada en el costado seguía ahí. Tenía los labios hinchados por las bofetadas. ¿Qué sería lo siguiente? ¿Me dejarían encerrado en el sótano hasta morir de hambre? ¿Volvería el coronel con unas tenazas para arrancarme las uñas? ¿Decidiría quizá que no merecía la pena seguir con el interrogatorio y me metería de nuevo en el coche para luego darme un tiro y arrojarme a una escombrera o antes me dejaría en manos del criado negro para que comprobase la fuerza de sus puños conmigo? Ninguna de los respuestas me entusiasmaba.

No sé cuánto tiempo pasó, pero la puerta se volvió a abrir. Puede que fuera el principio del final. Otra vez cerré los ojos cuando encendieron la luz. Makárov no había vuelto solo. Lo acompañaba el príncipe Kovalevski. El coronel me levantó del suelo y colocó la silla frente a la que había ocupado el noble ruso. El semblante del aristócrata era grave. Parecía más triste que enfadado.

—Me ha contado el coronel que no quieres colaborar —me dijo, tras mirarme un momento—. Y es una lástima porque, aunque no lo creas, no deseo que te haga daño.

Por más que intenté ver un chispazo de sarcasmo en la expresión de Kovalevski, su rostro era el de una esfinge.

—Él quiere cortarte las orejas y enviárselas como regalo a ese agente bolchevique amigo tuyo. Pero a mí me incomodan los excesos. Ya tuve bastante con los desmanes de tus amigos en Petrogrado. ¿No te han hablado de los policías clavados a bayonetazos en las puertas como trofeos? ¿Nadie te ha contado de los asesinatos de la gente en plena calle por el inofensivo hecho de vestir un traje y un sombrero o por no llevar un lazo rojo en la solapa como apoyo a la revolución? El coronel ha visto cosas más horribles todavía. Nada puede sorprenderlo ya. Pero yo le he dicho que no será necesario hacerte más daño, aunque me hayas decepcionado.

Metió la mano en uno de los bolsillos de su chaqueta. De repente sentí unas ganas irrefrenables de fumar, pero no era la pitillera lo que Kovalevski buscaba, sino una bolsita de cuero. Deshizo el nudo, vertió el contenido en la palma de su mano y me mostró una esfera perfecta, nacarada, de un tamaño superior al de una canica. No soy un experto en joyas, pero intuí que debía de ser una perla exquisita, carísima.

—¿Ves esto? —me preguntó— Perteneció a mi abuela. No encontrarás otra perla igual en el mundo. Es tan hermosa que sería una pena perforarla. Siempre la llevo conmigo. A menudo la saco, me la pongo en la palma de la mano, la miro un momento y juego con ella. Me gusta su tacto —la sujetó con dos dedos para mostrármela mejor—. Me fascina contemplar la superficie completamente lisa, su esfera perfecta. Así es como me gustaría que fueran las cosas siempre. Sencillas, sin aristas peligrosas ni manchas incómodas. Pero la vida no es así, querido Gordon Pinner. Por desgracia no lo es. Tú eres muy joven todavía, pero lo sabes igual que yo —encerró la perla en su puño y luego la volvió a guardar en la bolsa con mucho cuidado—. Esta joya me recuerda cada día que el mundo no es como me gustaría y lo acepto con resignación. Tampoco son como esta la mayoría de las perlas. Lo normal es que tengan imperfecciones, arañazos. Te preguntarás qué sentido tiene divagar sobre esto mientras estás amarrado en el sótano de mi casa. Te lo voy a explicar. Al principio, cuando te conocí, a pesar de las advertencias del coronel, que siempre desconfió de ti (no lo culpes, su trabajo es desconfiar de quienes me rodean), a mí me agradó encontrar a un joven periodista deseoso de conocer mi punto de vista sobre la Historia reciente de Rusia. Me apetecía que vinieras a visitarme, compartir buenos ratos contigo. Al menos superficialmente, eras como esta perla que te acabo de enseñar. Tiendo a pensar eso de la gente que me gusta. Y me preocupa, aunque también me divierte, encontrar esa imperfección que deprecia su valor. Porque todos tenemos un defecto que nos define, una pequeña mancha delatora. Muchos se acercan a mí en busca de dinero o de favores, pero eso es muy fácil detectarlo, y en todo este tiempo que ha pasado desde que nos conocimos me he preguntado muchas veces cuál sería tu tara —Kovalevski encendió un pitillo, descansó la espalda en la silla y le arrancó la primera calada—. Me has sorprendido, Pinner. Por desgracia, me has sorprendido, y ahora no sé qué hacer contigo. Si dejar que el coronel termine su trabajo o volver a darte la oportunidad de que me cuentes por las buenas la verdad.

Lo que más deseaba era dar una calada a uno de esos cigarrillos caros como el que saboreaba Kovalevski. El aristócrata lo adivinó y me colocó uno entre los labios y acercó el mechero a la punta. Mientras lo hacía, escrutó las mataduras de mi rostro, no sé si porque no deseaba que su perro de presa me hubiera causado mucho daño o todo lo contrario.

—No soy un bolchevique —le dije, después de tragar el humo un par de veces —. Es cierto que he estado en Rusia. Fui invitado junto a un grupo de periodistas y he tenido contacto con algunos revolucionarios, no lo niego. Pero eso es lógico. Seguro que lo entiende, alteza.

La expresión de Kovalevski permaneció inmutable. Se me ocurrió que debía de ser un jugador de póquer imbatible.

—¿Por qué te acercaste a mí?

—El exilio ruso me parece un material muy interesante para un reportaje.

—No me lo pongas tan difícil. Dime algo convincente. Cualquier cosa que sirva para que el coronel no tenga que terminar su trabajo.

Cada vez me gustaban menos los eufemismos del aristócrata. Según sus palabras anteriores, que Makárov terminase su trabajo significaba, como poco, que mis orejas se separaran de la cabeza y se las enviasen en una caja a Antón Vladímirovich a la embajada soviética o a donde quiera que estuviese. Pero seguro que abrir el regalo tampoco le privaría al hombre del OGPU en París de disfrutar el desayuno.

—Nunca he tenido intención de hacerle nada malo —confesé—. Creo que sabe que le digo la verdad.

Pensar que esa sinceridad que tenía una parte innegable de fingimiento ablandase a Kovalevski era esperar demasiado. En ningún momento los ojos del noble ruso dejaron de tener esa apariencia inquietante de acero helado. El arco de la ceniza del pitillo que sostenía entre mis labios se desmoronó y escupí la colilla al suelo. No parecía que Kovalevski me fuese a ofrecer otro cigarrillo. El aristócrata ni siquiera pestañeó. Quizá trataba de averiguar la verdad que quería ocultar, la razón que necesitaba para ordenar al coronel Makárov que terminase lo que había empezado. Me esforcé en no pensar en nada, que mi mente fuera una caja cerrada de la que no pudieran salir secretos, pero el viejo zorro, como siempre, se anticipaba.

—Háblame del general Kutépov.

Fingí no entender la pregunta, no recordar siquiera quién era Alexander Kutépov.

—Sé lo mismo que usted, alteza —contesté por fin—. Lo mismo que todos. Que unos gendarmes lo secuestraron cerca de su casa.

—Los dos sabemos que lo secuestraron los bolcheviques. Sólo quiero que me digas qué hicieron con él. ¿Se lo llevaron a Rusia? ¿Está preso en París? —hizo un pausa, parpadeó por primera vez—. ¿Lo han asesinado?

—No puedo responder a eso. Y, aunque sea con franqueza tardía, le confieso que he intentado averiguar lo que pasó, pero hasta ahora no lo he conseguido.

Kovalevski cruzó los brazos y se quedó mirándome. Parecía un juez a punto de dictar sentencia. Al cabo, aunque no le hubiera dicho toda la verdad, tampoco le había mentido en lo esencial. Mi participación en el secuestro de Kutépov fue inesperada, incluso anecdótica. Habría sucedido igualmente si yo no hubiera estado al volante del automóvil. Aunque tampoco tenía dudas de que, a pesar de su apariencia flemática, si el príncipe hubiera sabido que participé en el rapto del general no habría dudado en arrancarme las uñas él mismo o rebanarme el cuello y contemplar con frialdad cómo me desangraba. Pero Kovalevski se levantó sin decir nada. Me habría gustado ver alguna clase de emoción en su rostro. Que estuviese enfadado porque no le había dicho la verdad, que acaso lamentara tener que ordenar al coronel Makárov terminar su trabajo. Pero ni siquiera le dijo nada a su perro de presa cuando se marchó. El hombre de confianza asintió después de que Kovalevski cerrase la puerta. Tras el mostacho no se ocultaba el placer que sentía. Seguro que ahora empezaba lo bueno y el coronel sabía que antes o después su jefe le iba a permitir rematar la faena.

Sin prisas, el cosaco se inclinó sobre mí y todo se volvió oscuro, incluso antes de ver su puño de gigante acercarse —otra vez, y ya iban unas cuantas esa noche— a toda velocidad a mi cara.

Capítulo XXIII

Al despertar tuve la sensación de que el cerebro me bailaba dentro del cráneo y el mareo me iba a tirar al suelo. Me habían vuelto a amarrar a la silla, la cabeza me iba a estallar y en uno de los pómulos, justo en el sitio donde me había golpeado Makárov antes de desmayarme, era como si me hubiesen arrimado la llama de un potente mechero. Ahora el coronel ocupaba la silla donde antes estaba Kovalevski. La mueca de satisfacción aún no había desaparecido tras el bigotón. Tal vez el gesto del ruso sería lo más preocupante si en las manos no tuviese esa navaja. La hoja no era muy grande, pero eso era lo de menos. Quién sabe si Serguéi Makárov y Kovalevski no habrían acordado que si yo no respondía satisfactoriamente a las preguntas la consigna para cortarme las orejas y enviárselas a Antón Vladímirovich era que el aristócrata se marchase del sótano sin decir nada. La única certeza era que ahora el coronel disponía de mi vida y eso no me tranquilizaba. Como mínimo, pensé, me voy a quedar sin orejas. Luego, tal vez me dejará desangrarme si no me raja la garganta, o con suerte, para ahorrarse tiempo y no manchar mucho el suelo, acabará descerrajándome un tiro.

Makárov se pasó la hoja reluciente por la palma de la mano, muy despacio, mirándome de cuando en cuando. Aunque estaba claro que procuraba mantener el mismo gesto serio de jugador de póquer experimentado de su jefe, el brillo en los ojos y el gesto inquietante bajo el bigote lo delataban. Me habría gustado ver mi propio rostro. El pómulo hinchado, un ojo morado, el labio partido y la sangre ya seca en la cara y en el cuello. Yo tampoco sonreía. ¿Quién podría hacerlo maniatado frente a un oso del Cáucaso que estaba deseando probar el filo de la navaja en sus tripas? Nunca he sido un gran jugador de póquer, pero sé encontrar el momento oportuno para subir la apuesta, si debo retirarme porque me han repartido cartas malas, ir de farol o, lo que ahora me atañía, tener un as guardado en la manga que me posibilitara jugar otra mano. Y, aunque en la única esperanza que tenía había tanto de farol como de carta escondida, no me quedaba otra que jugármela para seguir en la partida.

—Ya veo que está deseando usar eso —le dije al coronel, señalando la navaja con la barbilla—, pero antes de que empiece a desorejarme dígale a su alteza que me gustaría hablar con él otra vez.

La sonrisa se hizo más evidente bajo el mostacho de Makárov. Se cambió la navaja de mano y, muy despacio, pasó un dedo por el filo.

—Hablo en serio, coronel. Dígale a su jefe que tengo algo muy importante que contarle.

Se acercó un poco más. No había guardado la navaja. En cualquier momento podía clavármela en las tripas y todo habría terminado. De nada servirían los faroles ni los ases en la manga. Un idiota muerto a cambio de un famoso general del Ejército Blanco secuestrado. Mal negocio para mí, pero también mal negocio para Kovalevski.

Le resumí mi reflexión a Makárov.

—Hágame caso, coronel. Valgo más vivo que muerto. Dígale a su alteza que quiero hablar con él. Luego, si no interesa lo que tengo que decirle, puede meterme en un saco y arrojarme al Sena si quiere.

Sin alejarse de mí, el coronel Makárov se puso de pie. Quise creer que estaba indeciso, porque la otra opción se me antojaba mucho menos placentera: podía haberse levantado para no mancharse de sangre cuando me rebanase el cuello. El momento se eternizaba, pero me dio una bofetada, la manaza abierta en mi mejilla otra vez, la silla trastabilleando, a punto de caer al suelo.

—Te escucho.

Mijaíl Mijáilovich Kovalevski no tardó mucho en volver al sótano, supongo que no porque tuviera prisa por enterarse de lo que le iba a contar, sino porque quería terminar cuanto antes. De mi capacidad de convencerlo dependería que me dejasen marchar o que mis orejas saliesen camino de la embajada soviética.

—Quiero hablarle de su bisnieta.

El príncipe contuvo a duras penas lo más cerca que un hombre de su talante podía expresar parecido a un respingo.

—¿Qué?

—Su bisnieta, alteza —insistí—. Nunca me ha hablado de ella, pero sé que existe, igual que usted, y además puedo ayudarle a encontrarla.

En un arrebato insólito, Kovalevski me agarró por la solapa. La silla se tambaleó. Tan cerca, aunque no empuñase una navaja daba más miedo que el coronel Makárov.

—¿Qué sabes tú de mi bisnieta?

—Estuve el año pasado en San Petersburgo —mentí—. Me contaron un rumor que corre por la ciudad desde hace mucho tiempo. La única heredera de uno de los nobles exiliados rusos más acaudalados vive en un orfanato.

Kovalevski no me soltaba.

—Mentira —me dijo—. No sabes nada.

—No puede tratarse más que de ella. No me ha hablado nunca de su familia, pero antes de conocernos me contaron cosas sobre usted. Sé lo de su hija, sé quién era su nieto y también sé lo de aquella prostituta de la que se encaprichó.

El aristócrata soltó la silla con desdén, pero después de tambalearme peligrosamente, conseguí recuperar el equilibrio. Un poco más allá, el coronel esperaba la orden de acabar con todo.

—Sigue.

Tardé un momento en percatarme de que me lo había dicho a mí, no a Makárov.

—Los bolcheviques están muy interesados en encontrarla. Están convencidos de que la cría sería una moneda de cambio inmejorable.

Kovalevski suspiró. De repente parecía muy cansado.

—¿Qué quieres decir?

—Usted es un hombre muy rico y con muchos contactos. No debería extrañarle que a los bolcheviques les interese dar con el paradero de su bisnieta.

Kovalevski asintió.

—Pretenden extorsionarme...

—Así es. Pero nunca han encontrado a la niña.

—Ya, y resulta que tú sí sabes dónde está.

—No, yo no he dicho eso. He dicho que puedo ayudarle a encontrarla. Tengo amigos en Rusia. No se ofenda, pero entre los revolucionarios también hay buena gente. Cada uno ha de vivir según las cartas que le han repartido.

El aristócrata paseaba. La mirada perdida en el suelo mientras le contaba.

—Sé que durante un tiempo la madre vivió con su nieto en un apartamento cerca del canal Fontanka, hasta que tuvo que marcharse. Luego volvieron los dos a la ciudad. Su nieto falleció cuando Zoya Nikoláieva estaba a punto de dar a luz. Y por desgracia ella también murió cuando la niña aún no habría cumplido un año.

Kovalevski ya no paseaba. Me miraba, valorativo. Le había contado unas cuantas mentiras mezcladas con verdades, pero vi en sus ojos una sombra de duda lo bastante razonable como para mantener un hilo de esperanza. Katya me había contado el incidente tan desagradable entre el aristócrata y su nieto en la puerta del camerino. Era posible que, mientras me escuchaba, el príncipe estuviera preguntándose por qué lo hizo. Si no lo hubiera humillado en público, tal vez todo habría sido diferente. Después de todo, se trataba de su bisnieta. Aunque difícil, no sería imposible salir de Rusia con los contactos adecuados. Y yo tenía que aprovecharme de esa inquietud.

—Puedo intentar averiguar dónde está.

—Eso puedo encargárselo a alguien en quien confíe. Y tú no eres esa clase de persona.

—Alteza, los dos sabemos que no le habría propuesto este trato si no estuviese maniatado en el sótano de su casa. Entiendo su decepción conmigo, pero ya le he dicho que mi intención nunca ha sido hacerle daño. Ya sabe de mis simpatías hacia los bolcheviques, pero, créame, también puedo ponerme en su lugar y entenderlo a usted y a los rusos exiliados. Le confieso que después de conocerlos a ustedes he pensado mucho sobre ello. En realidad, nada es blanco ni negro. Siempre hay una gradación de matices que definen la vida. Piense bien esto que le voy a decir. Muerto, no le sirvo de nada. Si me deja vivir, tampoco podré causarle ningún daño, ni siquiera problemas. Usted es un hombre poderoso y yo no soy más que un idealista sin recursos. Pero puedo hablar con gente que nos ayudará. No voy a prometerle que encontrarán a su bisnieta, pero tiene mi palabra de que haré cuanto esté en mi mano por localizarla y que usted pueda traerla a París.

—Tu palabra... —me dijo, con una mueca de asco—. ¿Crees que voy a fiarme de tu palabra?

—Por mucho que le cueste creerme, le digo que sí, que puede fiarse de mi palabra. Pero tendrá que dejarme marchar y arriesgarse.

Kovalevski miró al coronel y Makárov le aguantó el envite. No se irá usted a echar atrás ahora, alteza, parecía decirle. Déjemelo a mí. Retírese a la otra planta que yo le daré su merecido. Y no se preocupe, que si lo de su bisnieta es verdad, no voy a parar hasta que este traidor me cuente todo lo que sabe.

Kovalevski volvió a recorrer el sótano. Pasos cortos, los brazos cruzados, la mirada al suelo.

—¿Y qué harás? —me preguntó, por fin, al detenerse.

No estuve seguro de entenderlo. Se lo hice saber con un gesto.

—Si te dejo marchar —concretó el aristócrata—. ¿Qué harás?

—Escribiré a algunos amigos que tengo en Rusia. También, si eso no es suficiente, podría hablar con alguien de la embajada soviética, por descabellado que le parezca.

Había sido tan directo que temí que Kovalevski daría por terminada la conversación en cualquier momento. Pero no me quedaba más remedio. La otra opción, quedarme a solas con el coronel Makárov, me seducía mucho menos. Al menos el príncipe, aunque impasible, seguía plantado frente a mí.

—No se ofenda, alteza —continué—, pero no hay otra forma de hacerlo. Si los bolcheviques se le adelantan, y supongo que también andarán buscando a su bisnieta, cualquier funcionario con pocos escrúpulos querrá su dinero y a lo mejor no moverá un dedo para traer a la niña de Rusia.

—Dinero —musitó Kovalevski, mirando las baldosas—. Al final siempre se trata de dinero.

—El dinero es necesario. También para la revolución. Usted es un gran coleccionista de arte. Dígame, ¿cuántas veces le han ofrecido alguna pieza del Hermitage a cambio de dinero? ¿Acaso cree que las venden por gusto? Ese dinero lo necesitan para construir fábricas con las que dar trabajo a los obreros, para levantar hospitales, mejorar la enseñanza y reducir el número de analfabetos.

El príncipe levantó una mano implacable para que no siguiera enumerándole lo que los bolcheviques hacían con el dinero.

—También para levantar campos de trabajo donde esclavizar a la gente que no piensa como el cerdo georgiano que se sienta en el Kremlin.

Yo también había oído rumores, pero podían ir cargados de verdad o no ser más que habladurías, exageraciones para desacreditar los logros innegables de la revolución. Aún quedaba mucho por hacer en la Unión Soviética, y la sociedad distaba mucho de ser perfecta, pero hacía falta tiempo para conseguirlo, generaciones tal vez, o eso es lo que yo quería que pasara. Pero no era ese el mejor momento para ponerme a debatir con Kovalevski sobre las ventajas del comunismo.

—La cuestión, alteza —le dije, para que la conversación no nos llevase a un terreno más resbaladizo— es que si no soy yo quien se ocupa de averiguar dónde está su bisnieta, cualquiera podrá engañarlo, pedirle mucho dinero y además usted no llegará a verla nunca. Aunque ahora le cueste creerlo, soy el único en quien puede confiar.

—¿Cómo puedo saber que no me estás mintiendo?

—No puede. Tiene que fiarse de mí.

Después de decirlo se me ocurrió que era el mejor momento para que Makárov me diese otra bofetada, pero no hubo más que silencio. Kovalevski me estaba mirando y el esbirro seguía esperando órdenes en el rincón. Ya no me quedaban argumentos para convencerlo y después de la última frase se me habían quitado las ganas. Se trataba de la paz sobrevenida del soldado que sabe que no puede hacer nada más tras disparar el último cartucho.

Cuando el aristócrata se marchó no dejé de preguntarme si antes de salir le había dado a Makárov la orden definitiva, sobre todo porque el coronel se quedó conmigo. Que ni siquiera me mirase no significaba que no fuera a terminar el trabajo. Pero al cabo de unos pocos minutos también se marchó. Antes de salir volvió a apagar la luz. Quizá el único final posible, lo único lógico después de que me hubiesen descubierto, fuera morir a oscuras, desangrado o de aburrimiento. Por mucho que gritase, nadie iba a venir a rescatarme. Me revolví, pero era imposible soltarme. Además, aunque fuera capaz de liberarme, ¿qué haría luego? ¿Apostarme tras la puerta para darle un empujón al coronel cuando regresara? No tenía ninguna posibilidad de escapar. También me habría gustado palparme la cara y sobre todo las costillas para comprobar si tenía algún hueso roto. Sentía fuego en los labios y en el pómulo, además del molesto aguijón en las costillas cuando respiraba. Puesto que estaba jugando una partida, lo único que podía hacer es esperar. Acababa de subir la apuesta y las cartas que llevaba no eran tan buenas como quise hacer creer al otro jugador. Nunca imaginé que sería capaz de recurrir a un farol tan grande, tan arriesgado. A Kovalevski le había contado una mentira disfrazada de verdad o una verdad que ni yo mismo me creía, pero al menos había conseguido una tregua. Ya no dependía de mí seguir jugando, sino de que el aristócrata quisiera continuar la partida para ver mis cartas. Pero yo no era capaz de ver las suyas. Serían la curiosidad o las ganas de averiguar la verdad sobre su bisnieta las que lo animarían a seguir jugando. Pero el tiempo se dilataba y el farol podría servirme de bien poco. Además, ya he dicho que ni siquiera soy un buen jugador de póquer. Era yo quien estaba en manos de Kovalevski, no al revés, y serían sus ganas de llegar hasta el final las que decidirían mi vida.

Se me cerraron los ojos, pero no podía quedarme dormido. Lástima terminar sin haber empezado todavía. Aunque lograse salir de ese sótano nada sería como antes. Si quería sobrevivir, para tapar las mentiras que le había contado a

Kovalevski no me iba a quedar más remedio que inventar otras nuevas. Pero ya me enfrentaría a eso más tarde.

La puerta del sótano volvió a abrirse. Regresaban los dos. Semblantes serios. El coronel no se quedó esta vez en el rincón. Ambos se plantaron frente a mí: el reo, el juez que dicta sentencia y el verdugo que la ejecutará con frialdad o con el íntimo placer de liquidar a un intruso que se ha pasado de listo. Yo había hecho cuanto pude. Pedir clemencia no entraba en mis planes. Al menos no pedir clemencia para mí. Tampoco, por muy honrado que me hubiera gustado ser, tenía intención de cumplir mi palabra. Uno es honesto hasta que tiene que dejar de serlo. Si Kovalevski me dejaba libre, tenía pensado ir a recoger mis cosas y luego buscar a Katya para marcharnos de París. O al revés, primero buscarla a ella y luego recoger mis cosas. Decirle que nos marchásemos los dos, aunque me tomase por loco. De verdad creía que sería capaz de dejarlo todo por mí, su vida en París, sus clases en la academia, el próximo estreno que la catapultaría de nuevo a la fama. Me gusta pensar que habría sido así, escapar los dos juntos, tener la suerte de que con el tiempo el OGPU se olvidase de nosotros. Muchas veces pienso en lo diferente que podría haber sido mi vida —las vidas de los dos, también la de Katya— de haber rodado así las cosas. Pero eso no lo sabré nunca.

Tal vez Kovalevski no se habría enterado de lo que pasó entre nosotros. A lo mejor no sospechaba de la bailarina como sospechaba de mí. Pero el viejo aristócrata, como siempre, iba unos pasos por delante. De mí, de todos. Cómo iba a imaginar que, mientras esperaba en el sótano, el coronel Makárov o ese criado nubio, puede que los dos, habían ido a buscar a Katya.

Todo dejó de importar cuando me lo dijo. Había conseguido mantenerla al margen cuando me interrogaron. Cada vez que Kovalevski o el coronel Makárov me hacían una pregunta me esforzaba en enterrar su nombre, pensar en otra cosa para que no pudieran darse cuenta, por algún gesto revelador, de que procuraba salvarla. Fue inútil, al final sólo se trataba de una cuestión de tiempo. Si sospechaban de mí, ¿por qué no iban a sospechar de Katya? Si me habían descubierto no resultaba extraño que también la hubiesen descubierto a ella.

Tampoco podía imaginar que la bailarina me había salvado la vida. Y mucho menos que yo tendría que salvar la suya.

Capítulo XXIV

—Tienes suerte, Gordon Pinner —me dijo Kovalevski mientras su esbirro volvía a desatarme—. Ella ha confirmado tu versión.

Lo miré, confundido.

—¿Dónde está —le pregunté. Quedaría como un héroe al añadir que me revolví y los amenacé, pero mentiría. No podía sino preguntar y esperar que me dijeran la verdad.

A Kovalevski le daba igual lo que yo quisiera saber. Era quien mandaba, quien dispondría de mi vida a su antojo.

—Katya está de acuerdo en que puedes encontrar a mi bisnieta.

Tenía las manos guardadas en los bolsillos. Me pregunté si jugueteaba con la perla que me había enseñado.

—¿Dónde está? —repetí.

El aristócrata sonrió igual que un padre al que la impaciencia de su hijo le resulta enternecedora pero al mismo tiempo no está dispuesto a concederle un capricho porque sabe que así templará su carácter.

—De hecho —siguió hablando, a lo suyo, ni mi curiosidad ni mi ansiedad le importaban—, ha sido ella la que me ha convencido para que te deje marchar.

El coronel Makárov abrió la puerta y el príncipe me indicó

con un gesto que abandonásemos el sótano. Obedecí, sin protestar. Nadie tenía más ganas que yo de salir de allí.

—Quiero verla —le dije a Kovalevski.

Deseaba que no la hubieran traído a la fuerza. Que no le hubieran hecho daño. Me sentía responsable de lo que pudiera pasarle.

—Me temo que eso no va a ser posible.

—¿Por qué no? Sé que está aquí. Me gustaría hablar con ella.

El aristócrata se cogió de mi brazo y me animó a seguir avanzando por el pasillo.

—Querido —me dijo—, no estás en situación de exigirme nada, ¿no crees? Katya está bien, no te preocupes por eso. Por nada del mundo le haría daño. Ella ha estado de acuerdo en ser mi invitada mientras solucionamos este asunto.

Volví a pararme. Ya estábamos en el vestíbulo.

—Ahora está descansando —añadió—. Ha sido una noche muy larga para todos. Mañana tiene que reanudar sus clases en la academia, y por la tarde los ensayos. El día del estreno está cada vez más cerca. Aquí la cuidaremos y le proporcionaremos todo lo que necesite. Tendrá un coche y un chófer a su disposición para que pueda continuar con su vida e ir a donde le plazca.

—Me gustaría verla —insistí, sin mucha convicción.

—Mejor dejémosla dormir. Tú también deberías descansar un poco. Pronto emprenderás un largo viaje. ¿Tienes preparado el equipaje?

No le contesté. No tenía previsto marcharme a ninguna parte. Cómo iba a tenerlo preparado.

—Me sorprendería que no fuera así. Un hombre con tu trabajo ha de estar listo para cualquier imprevisto. De hecho, cualquiera debería de estar siempre dispuesto para partir. La vida es imprevisible, todo puede cambiar en un momento.

—No creo que sea necesario viajar a Rusia para averiguar el paradero de su bisnieta.

—Yo creo que sí. ¿Acaso piensas quedarte de brazos cruzados en París mientras alguien hace el trabajo por ti? No, Pinner. Tendrás que ir tú mismo, resolverlo sobre el terreno.

—Viajar a Rusia no será tan fácil ni tan rápido. Alteza, usted lo sabe tan bien como yo. Hacen falta permisos, está muy lejos.

—Estoy seguro de que te las arreglarás para hablar con quien haga falta.

—Puedo ir y no encontrar a la niña.

Kovalevski chasqueó la lengua.

—No contemplemos esa posibilidad por ahora.

—Si la encuentro, tampoco tengo la certeza de poder sacarla de Rusia y traerla a París. Primero he de convencer a algunas personas. El resto no depende de mí.

—¿Tienes preparado el equipaje? —volvió a preguntarme. Estaba claro que mis cuitas no le interesaban—. Ven conmigo —me dijo, sin esperar mi respuesta—. Quiero enseñarte algo.

Si Mijaíl Mijáilovich Kovalevski estaba acostumbrado a que cualquiera obedeciese sus órdenes sin pestañear, cómo iba a volver la cara para comprobar si un prisionero caminaba tras sus pasos. Además, el coronel Makárov cerraba la pequeña comitiva. No había forma de negarme, por muy poco que me apeteciera ver lo que quisiera mostrarme.

Entramos en una habitación no mucho mayor que un vestidor. Encendió la luz y señaló algo en un rincón. Me acerqué, con desgana. Se trataba de un arcón viejo. Si tantas ganas tenía de enseñármelo podría tratarse de un tesoro, miles de monedas de oro que me deslumbrarían al abrir la tapa, el dinero con el que el OGPU pensaba que podría financiar un ejército para empezar una nueva guerra civil. La fortuna que usaría para pagar el rescate de su nieta.

—¿Sabes que hay dentro?

No dije nada. Me estaba acostumbrando a las preguntas retóricas del príncipe. Un cofre repleto de oro, o de secretos. Habría sido fantástico para incluirlo en el reportaje sobre Kovalevski que nunca escribiría. Pero no sentía curiosidad, no era el momento. Él tampoco esperó mi respuesta. Lo abrió. Sólo había ropa doblada pulcramente. Me pareció adivinar un uniforme de gala que el aristócrata debió de lucir en alguno de esos bailes deliciosos de los que disfrutaba la gente adinerada en la capital del imperio de los zares y unos cuantos libros con letras en bellos caracteres cirílicos en el lomo.

—Aquí guardo lo necesario para empezar una nueva vida en Rusia —me explicó—. Hace diez años que preparé este baúl. Desde entonces cada amanecer me pregunto si ese será el día que pueda regresar. Muchas veces, cuando no puedo conciliar el sueño, vengo a esta habitación, lo abro, compruebo que está todo en orden, añado algún bártulo o saco la ropa, la huelo y vuelvo a guardarla. Luego me voy a la cama y duermo como un niño. A veces sueño que me despiertan para decirme que ya puedo volver a San Petersburgo y me tranquiliza saber que lo tengo todo preparado para partir sin demora. Es esto lo que me hace seguir vivo. Lo que me mantiene despierto y alerta. Mi equipaje listo para dejarlo todo y regresar. Puede que alguna vez suceda, puede que no. Pero te aseguro que si llega ese día no perderé ni un minuto más en París.

Sobraba desmentir la quimera, falsar la ecuación que dirigía la vida de Mijaíl Mijáilovich Kovalevski, explicarle de nuevo que nada iba a cambiar en San Petersburgo, o en Leningrado, o en Petrogrado, o como quiera que se llamase la antigua capital de los zares en el futuro. El mundo que el noble ruso había conocido jamás regresaría. Los dos los sabíamos. Pero no estaba en situación de replicarle.

—No me digas que no sabes cuánto tardarás en poder viajar a Rusia —sentenció; ni señalándome con un dedo acusador se habría mostrado más contundente—. No me digas que no estás preparado. Un hombre que se viste por los pies siempre ha de estar listo para romper con todo y empezar de nuevo, hacer cuanto esté en su mano para salir adelante. Todas las riquezas del mundo no sirven de nada cuando llega el momento de la verdad. Créeme, querido. Si yo puedo hacerlo, tú también. Y no te preocupes por Katya. Ella estará bien. Será mi huésped hasta tu regreso.

¿Y si no vuelvo? Estuve a punto de preguntarle. ¿Y si no puedo volver? Pero no serviría de nada. Volví a seguir a Kovalevski hasta el vestíbulo después de que saliera de la habitación. Fue el coronel Makárov quien cerró la puerta y apagó la luz. Ya no volvimos a hablar.

Sin protestar. Un cordero manso camino del matadero. Así fue como salí de la mansión de Kovalevski. Todavía no había amanecido. A pesar de lo que me había dicho el aristócrata, no me fiaba. Te vamos a soltar. Haz lo que tengas que hacer, habla con quien tengas que hablar. Ve a Rusia, recorre Siberia si hace falta, pero encuentra a la niña. Si no lo haces, si me la juegas, te juro que gastaré hasta el último céntimo de mi fortuna en encontrarte. Te convertirás en un billete de lotería y ni siquiera dentro de los muros del Kremlin te librarás de mí. Sabes tan bien como yo que a los comunistas se les puede convencer con dinero. Desde San Petersburgo hasta Vladivostok habrá cientos de bolcheviques dispuestos a matarte.

Antes de subir al coche miré las ventanas de la planta alta, pero estaban todas las luces apagadas. Kovalevski me había dicho que Katya estaba descansando, pero no lo creí. Quise pensar que me miraba, a oscuras. Me miraba y me deseaba suerte, me decía que volviera, que me esperaría, que todo saldría bien porque confiaba en mí y sabía que yo pelearía hasta el final por conseguirlo. Yo también deseaba decirle que no se preocupara —si no se lo grité para que se enterase no fue para evitar sentirme abochornado, sino porque estaba seguro de que entre el coronel Makárov y el chófer nubio me habrían acallado a golpes—, que iría a la Unión Soviética para encontrar a la bisnieta del príncipe Kovalevski y volvería a París para buscarla. El caballero victorioso que regresa al castillo para rescatar a la princesa raptada.

Que el coronel Makárov me invitara a subir al coche, aunque ahora no fuese a la fuerza, no era un buen presagio. Kovalevski se quedó en la entrada. No quiso bajar los peldaños de la escalinata donde vi a Katya por primera vez. Me acomodé en el asiento de atrás y el coronel se sentó junto a mí. Como no me habían dicho nada, no pude aventurar el lugar al que nos dirigíamos. Durante los primeros minutos del trayecto presté atención a las veces que el automóvil aceleraba o se detenía en un semáforo o giraba a la derecha o a la izquierda, pero enseguida me desorienté y lo mismo me podían estar llevando al centro de París que a un descampado en las afueras donde poder descerrajarme un tiro y enterrarme sin que nadie se enterase. Pero cruzamos hacia la margen izquierda del Sena y parecía claro adónde íbamos. A casa de Katya, no. La bailarina se había quedado en la mansión de Kovalevski. Al Barrio Latino, tampoco: a esas alturas los buenos modales sobraban y no tendrían el detalle de llevarme a casa. Casi sonreí cuando el coche aminoró la marcha a la altura del 79 de la rue de Grenelle. Los sirvientes de un noble ruso exiliado llevando a un traidor a la puerta de la embajada soviética no dejaba de tener cierta gracia retorcida. Al menos no estábamos en un lugar deshabitado. Todavía había alguna esperanza de que el príncipe Kovalevski cumpliera su palabra y siguiese con vida.

Aún era demasiado temprano —o demasiado tarde, según se mire— para que las puertas estuvieran abiertas, pero seguro que habría algún guardia al otro lado del imponente portón de madera enmarcado entre dos gruesas columnas y no querrían que nos viera. El coronel Makárov le dijo al chófer que detuviese el coche a unos doscientos metros de la embajada y me ordenó bajar. A duras penas distinguía su cara gracias a la luz insuficiente de una farola. Me costó salir. Los músculos engarrotados y el dolor de las costillas apenas me permitían moverme. Sin esfuerzo aparente, Makárov me agarró por las solapas y como una grúa me sacó del automóvil y me tiró al asfalto. La chaqueta se descosió a la altura de la espalda. Sin darme tregua, tiró de mí hasta dejarme en la acera. El ruso ya se dirigía al coche para marcharse, pero debió de pensarlo mejor, porque en unas pocas zancadas enérgicas volvió a recortar la distancia que nos separaba y me clavó la punta del zapato en el estómago.

Todavía rodaba de mala manera sobre la acera cuando el automóvil desapareció al final de la calle.

En los dos meses que llevaba en París no había cruzado la puerta de la legación diplomática ni una sola vez. Nadie me dijo que estuviera prohibido. Se trataba de una norma autoimpuesta para no llamar la atención. Pero, aunque me hubiesen obligado a mantenerme lejos de aquel coqueto edificio tras un amplio patio rectangular, ¿qué más daba romper las reglas? ¿Qué importaba saltarse alguna norma si todo se había puesto patas arriba?

Era demasiado temprano para llamar a la puerta, pero también era demasiado tarde para irme a casa a descansar. Lo de descansar era de un optimismo exagerado: por mucho que me doliera el cuerpo —cada paso que daba las costillas me recordaban los puños contundentes del coronel Makárov—, lo último que me apetecía era encerrarme en mi habitación para tratar de conciliar un sueño que jamás vendría.

Empecé a caminar. Era lo único que se me ocurría hasta que abriese la embajada. Quince minutos y medio kilómetro después desemboqué en la amplia explanada de Les Invalides. A pesar de que estaba aterido me senté en un banco. Las primeras luces del alba se reflejaban en la cúpula del edificio que albergaba los restos de Napoleón. Uno de los hombres más relevantes de la Historia y un pobre diablo tan cerca. Poco más de un siglo antes, el corso que había puesto Europa patas arriba llevó a su *Grande Armée* hasta Moscú. De los casi setecientos mil soldados que partieron apenas regresó una quinta parte. Si Rusia se convertía en la tumba de cualquiera que cometiera la osadía de intentar conquistarla, cómo podría yo, un soldado solitario, sobrevivir a lo que me esperaba. Al contrario que a Napoleón Bonaparte, no me iba a quedar el consuelo pírrico de quemar el Kremlin, ni ganas que tenía.

Busqué la libreta y la pluma que Kovalevski me había devuelto antes de dejarme salir de su casa, me froté los dedos con energía para que mi caligrafía fuese legible y no sin esfuerzo me puse a escribir, apenas un par de párrafos. No tenía que extenderme mucho, sólo contar lo necesario. Lo leí un par de veces, taché una frase y la cambié por otra, volví a leerlo, cerré la pluma, guardé el cuaderno, sacudí las piernas para espantar para calentarme y hundí las manos en los bolsillos. En la Unión Soviética haría mucho más frío. No tardaría en comprobarlo. Era lo único que tenía claro. Si conseguía llegar vivo al final del día, y tenía previsto hacer cuanto estuviese en mi mano para lograrlo, pronto estaría en Rusia.

Cuando volví a la embajada ya habían abierto las puertas y atravesé el patio como si tuviese la costumbre de hacerlo cada día. El ala del sombrero ocultaba las señales que me había dejado el coronel en la cara. A la primera oficinista que encontré, a pesar de que tecleaba con furia en una reluciente Remington, le dije, en ruso, que quería ver a Antón Vladímirovich Kuliakov. La mujer me devolvió una mirada confundida por encima de las gafas de leer y, por un instante, dudé si le extrañaba mi pregunta o si mi forma de hablar su idioma le provocaba un zumbido en los oídos. Tras haberlo comprendido o decidido que debía atender mi petición, me señaló una silla al otro lado del pasillo y me invitó a sentarme. Como la vi desaparecer tras una puerta y empezó a pasar el tiempo sin que nadie apareciese, me pregunté si no habría sido demasiado impulsivo o ingenuo al acudir a la embajada. Después de la desaparición del general Kutépov la prensa se había encargado de airear rumores relacionados con el edificio en el que me encontraba. Fueran falsos o ciertos no resultaba tranquilizador imaginar ese supuesto sótano de la embajada donde en *Le Petit Parisien* decían que se custodiaba y torturaba a los enemigos de la revolución.

Entrar había sido fácil, pero algo me decía que si quisiera marcharme ahora sin esperar respuesta los guardias de la puerta no serían tan permisivos. Me levanté de la silla, estiré un poco el cuello para intentar verlos, pero desde allí resultaba imposible. Me sentía como un corderillo inconsciente que no había tenido mejor ocurrencia que colarse en la guarida del lobo. Pero era la única alternativa que me quedaba, me dije, para consolarme, mientras esperaba. Volví a sentarme, la mejilla apoyada en la palma de la mano y la vista en el suelo para disimular las mataduras. Tenía la sensación de que todo el que pasaba y me miraba de reojo se daba cuenta de la mala noche que había sufrido.

Lo primero que vi fueron los zapatos elegantes del hombre que se detuvo frente a mí. Pero al alzar la vista comprobé que el resto de su indumentaria era tan anodina como la de cualquier funcionario de la embajada. Aunque eso daba lo mismo. Lo importante era que el hombre que acababa de llegar no era Kuliakov.

—Buenos días —me dijo, en un francés impecable en el que apenas destellaba algún ramalazo de su ruso materno—. Acompáñeme. En mi despacho podremos hablar tranquilamente.

Sin levantarme, estiré el cuello para mirar detrás de él, pero sólo vi a la mujer con la que había hablado antes.

—No veo al camarada Kuliakov.

El recién llegado me señaló una puerta abierta al otro extremo del pasillo.

—Mejor hablemos en mi despacho.

No era buena idea decirle que si Antón Vladímirovich no estaba volvería en otra ocasión. Me levanté y seguí la línea imaginaria que marcaba el dedo del recién llegado. La mujer que me recibió volvía a aporrear con furia la máquina de escribir, como si yo nunca hubiera estado allí.

Después de cerrar la puerta, invitarme a tomar asiento y rodear la mesa para colocarse frente a mí, el ruso se quedó mirándome, sobre todo el labio partido y el ojo hinchado.

—¿Qué le ha ocurrido?

—He tenido una mala noche —respondí—. ¿Dónde está Antón Vladímirovich?

El funcionario guardó silencio mientras no dejaba de escrutar las heridas de mi rostro con aire de médico preocupado por el bienestar de un paciente.

—El camarada Kuliakov no está en París.

—Es importante que hable con él. Muy importante.

Volví a preguntarle dónde estaba y de nuevo se negó a decírmelo. No me apetecía entrar en un forcejeo dialéctico estéril. Tampoco me convenía.

—De acuerdo —le dije.

Saqué la libreta del cuaderno y arranqué la hoja que había garrapateado frente a Les Invalides. Después de todo, la había escrito porque estaba seguro de que no podría hablar con Antón Vladímirovich. Preguntar por él al tipo que ahora leía el papel con atención no era más que un trámite. Yo no tenía por qué saber que estaba fuera. Yo no tenía que saber nada, ni conocerlo siquiera.

—Mi nombre es Gordon Pinner —lo escribí en otra hoja de mi cuaderno que también arranqué y le entregué—. Es muy importante que le hagan llegar este mensaje de mi parte al camarada Kuliakov. Y aún más importante es que le llegue cuanto antes.

Me levanté antes de que me dijera otra vez que Antón Vladímirovich no estaba en París.

—Volveré mañana por la mañana para enterarme de si ha habido respuesta. Si necesitan hablar conmigo antes, no dudo que sabrán dónde encontrarme.

Tuve la suerte de poder marcharme sin averiguar cuán ciertos eran los rumores sobre esas mazmorras del sótano, aunque confieso que mientras atravesaba el patio —ahora era más grande y yo caminaba más despacio— contuve la respiración varias veces, como quien se da cuenta de que un jarrón valioso se tambalea y está a punto de hacerse añicos en el suelo. Salí a la calle y giré a la derecha, en dirección al Barrio Latino. Ganas me daban de correr, pero no quería llamar la atención. Además, a cada paso que daba los huesos me recordaban la mala noche que había pasado.

Capítulo xxv

Esquivé la mirada curiosa de la portera al llegar. Llené una palangana de agua y la subí a mi habitación. Tardé unos segundos en darme cuenta de que el *Ecce homo* que me devolvía el ridículo espejo sucio de la entrada era yo. El párpado izquierdo estaba tan hinchado que parecía el pómulo, la boca tenía el mismo aspecto que si le hubiera dado un mordisco a un avispero. Quitarme la ropa no me levantó el ánimo. La chaqueta tenía arreglo, pero entre las manchas de sangre y los jirones, haría mejor tirando la camisa a la basura. Me pasé los dedos con cuidado por las costillas, pero, aparte de la que sin duda estaba rota, las demás seguían en su sitio. Con suerte, las mataduras en la piel desaparecerían en unos días. Empapé una esponja y, preocupándome de no apretar, limpié los restos de sangre seca que me bajaban hasta el pecho. También quería espantar cuanto pudiera el recuerdo de la paliza. Por eso, a pesar de estar aterido, me desnudé totalmente y me froté todo el cuerpo con jabón. Todavía estaba tiritando cuando me secaba.

Me tumbé en la cama desnudo y me cubrí con dos mantas. Seguía temblando, hecho un ovillo, no creí que fuera nunca a entrar en calor. No sé durante cuánto tiempo me castañetearon los dientes, pero me dio por pensar que era verano, una de esas contundentes tardes estivales del sur de España en las que el único alivio es la fresca penumbra tras un grueso muro encalado y el agua limpia de un botijo. Poco a poco París estaba muy lejos y todavía mucho más lejos estaba Antón Vladímirovich. Ni siquiera sabía quién era, aún no había ido a buscarme a la salida del calabozo donde me encerraron mientras cubría una huelga minera en Londres. Cómo iba a conocer al agente del OGPU si yo no era más que un niño con todo el verano por delante para disfrutar. Mi madre estaba viva, mi padre todavía no nos había abandonado y por las noches la brisa traía el olor del mar.

Tuve suerte. Podía no haberme quedado dormido, o dejado vencer por pesadillas que estropeasen el descanso. No puedo recordar si soñé, pero al cabo de un rato ya no sentía frío, los párpados me pesaban, no oía los pasos de nadie por la pensión, ni puertas cerrarse o abrirse, ni cuchicheos. Muy pronto ya no sentía nada.

Lo peor fue al despertar. Al levantarme de la cama tuve la sensación de que me había pasado un carro por encima. Miré el reloj y comprobé lo que sospeché al ver la luz oblicua al otro lado de la ventana: había conseguido dormir hasta media tarde. Me puse ropa limpia, bajé las escaleras y pregunté si me me habían dejado algún recado. Me dijeron que no. Aún era pronto para que le hubieran entregado mi mensaje a Antón Vladímirovich. Con suerte, tal vez lo habría leído pero aún no podría darme una respuesta. Era un asunto demasiado delicado para que la decisión sobre cómo proceder le correspondiera nada más que a él.

Quedarme encerrado no aceleraría el tiempo, sino todo lo contrario. Pronto oscurecería. Salí a la calle y empecé a andar, pero el dolor del costado volvió a recordarme que tenía suerte de seguir vivo. No me quedó más remedio que subir a un tranvía. Incluso el corto paseo hasta la parada se me hizo eterno.

Me bajé un poco más allá de la place du Etoile. Sin entretenerme a admirar el formidable Arco del Triunfo eché a andar hacia la mansión de Kovalevski. Tal vez una parte inconsciente y desconocida que no sabía que tenía me susurraba al oído que para ahuyentar el miedo primero debía volver a la guarida del lobo.

El portero me miró como si no me conociera. Peor aún: me miró como si me conociera pero no estuviese dispuesto a dejarme entrar ni aunque le dijera que tenía algo muy importante que comunicarle al príncipe.

Eso fue lo que le dije.

—Me gustaría ver a su alteza. Es urgente.

Parecía una de esas estatuas clásicas que coleccionaba su jefe.

—Por favor —insistí.

—Su alteza no se encuentra aquí.

Desde la entrada veía el Bentley azul oscuro. Eso no significaba que Kovalevski estuviera ahí, pero era un indicio.

—Puedo esperarlo.

Su única respuesta fue encoger los hombros. No iba a dejarme entrar. Pero tampoco podía impedir que me quedase fuera. Encendí un pitillo y me alejé unos pasos, lo suficiente para no estorbar en la entrada pero lo bastante cerca para que no dejase de tener presente que seguía ahí. Me quedé un buen rato. Los castillos se rinden tras un largo asedio.

No entró ni salió nadie de la casa. Una hora y tres cigarrillos después otro sirviente se acercó a la puerta. No sé si vino a relevar al que no me dejó entrar o este le hizo señas para que se acercara. Le dijo algo al oído. El otro me miraba. Sin duda le hablaba de mí. Tal vez fuera el momento de marcharme, antes de que perdieran la paciencia y llamasen a la policía o, peor, me invitaran a entrar para no dejarme salir. Decidí quedarme. Unos pocos minutos después llegó el coronel Makárov. Cruzó la puerta, se detuvo frente a mí y, antes de decirme nada o agarrarme por las solapas del abrigo para zarandearme, me miró la cara. Quizá quería comprobar la eficacia de sus puños.

—¿Qué quieres?

—Hablar con su alteza.

—No está.

—Puedo esperarlo.

—No es buena idea.

Apuré el pitillo y arrojé la colilla a la acera.

—Hay algo que debo contarle —insistí—. He estado en la embajada soviética.

Makárov asintió. No le había dicho nada que no supiera. Él mismo me sacó del coche en la puerta de la legación diplomática.

—Cualquier novedad que traigas puedes decírmela a mí. Yo me encargaré de transmitírsela.

Uno ha de saber cuándo ha de abandonar la partida. Obstinarme en hablar con Kovalevski no parecía una buena táctica.

—He enviado un mensaje a Moscú.

El coronel me miró, sin pestañear.

—Creo que muy pronto viajaré a Rusia y haré lo imposible por cumplir mi parte del trato.

—Es lo que se habló —respondió, lacónico.

Fue lo que habló Kovalevski, no lo que yo quería.

—Dígale a su alteza que ella no tiene la culpa. Que la deje marchar si me ocurre algo.

—Así lo haré.

Terminó la frase y giró sobre sus talones.

A pesar de la botella de vino que compré por el camino, pasé la noche en blanco. Es lo que suele suceder cuando has dormido unas pocas horas durante el día y estás preocupado: el sueño se escapa y las horas se estiran. En las interminables vigilias los insomnes suelen hacer cosas que a los afortunados sin problemas de sueño les parecen raras o incluso les espantan: pasear de madrugada, por mucho frío que haga, hacer trabajos manuales, pintar, leer, limpiar la casa o contar ovejas. Yo me pasé casi toda la noche mirando el techo. Mis ojos acostumbrados a la oscuridad seguían las grietas en la pintura que formaban extraños dibujos a los que buscaba encontrar sentido. Aún no había amanecido cuando me puse a hacer la maleta. No había recibido noticias de Antón Vladímirovich, pero sabía que cuando llegaran me dirían que emprendiese viaje enseguida. Puede que hoy mismo, mañana como muy tarde.

Al abrir el armario me acordé del baúl del príncipe Kovalevski. Llevaba razón en lo de estar preparado. Quizá también quiso decirme, a pesar de toda la riqueza que poseía, que la vida es más sencilla con menos lastre en los bolsillos. Casi todo lo que me importaba o necesitaba cabía en una maleta. Si abultaba más de lo debido era por la ropa de abrigo. Muy pronto llegaría la primavera, pero pensar en flores y en brisa fresca sería demasiado generoso para mediados de marzo en la Unión Soviética. Nunca había estado en Leningrado, pero tenía entendido que el clima era menos agradable que en Moscú: más viento, más lluvia, más humedad y el mismo frío. Comparado con eso, los copos de nieve en las hojas de los árboles del invierno parisino podrían pasar por verano.

Lo dejé todo preparado encima de la cama y fui a lavarme. El ojo hinchado había adquirido un intenso color púrpura y el labio partido me dificultaba hablar o sonreír. Pero no tenía ganas de pegar la hebra con nadie y sonreír no era una de mis prioridades. Me seguía costando andar, me dolía todo, la costilla rota lo que más, pero pude caminar hasta la rue Grenelle con la suficiente dignidad para no dar pena a nadie y a primera hora cruzaba de nuevo las puertas de la embajada soviética

—Íbamos a enviar esta mañana a buscarlo —me dijo el mismo funcionario de ayer después de hacerme esperar un rato.

—Entonces he hecho bien al venir. Les he ahorrado el viaje.

Se quedó mirándome, no sé si porque captó la ironía de la respuesta o precisamente por todo lo contrario. Aún seguía mirándome cuando abrió un cajón del escritorio, sacó un sobre y lo dejó caer encima de la mesa. No era muy grande, pero abultado.

—Es para usted —dijo.

Lo arrastré con cuidado hacia mi lado de la mesa.

—¿Qué hay dentro?

Su silencio indicaba que lo abriera sin hacer preguntas. Ya había sacado del interior los papeles cuando por fin respondió.

—Son los permisos para visitar la Unión Soviética —me explicó, aunque no hacía falta. Había visto documentos como esos más de una vez. Conocía los caracteres cirílicos del sello inconfundible.

—Es todo cuando puedo decirle. El camarada Kuliakov le proporcionará toda la información necesaria.

—¿Ha hablado usted con él?

—Le hemos transmitido su mensaje y ha ordenado que vaya a Moscú.

No me había equivocado. Antón Vladímirovich ya estaba en Rusia.

—Quizá sería conveniente que nos encontrásemos en Leningrado mejor que en Moscú.

Enarcó una ceja, incrédulo por mi comentario.

—¿No le gusta Moscú?

Al final el funcionario también sabía usar el recurso estimable de la ironía. Además, con su pregunta me mostraba quién mandaba o, más bien, me mostraba que para él mi opinión tenía la misma importancia que la de una hormiga.

—Moscú es una ciudad interesante —le dije—. Pero el camarada Kuliakov debe de saber que la finalidad de este viaje es ir a Leningrado. Pero, lleva razón. Iré a donde quiera que me manden.

Me dedicó la misma sonrisa que un sádico le dedicaría a su víctima antes de descuartizarla. Comparado con ese gesto, los ojos del retrato de Stalin parecían tan bondadosos como los de una Virgen de Murillo.

—El camarada Peshkov se encontrará con usted esta noche en la Gare du Nord —añadió, señalando con un gesto la puerta que acababa de abrirse, antes de ponerse de pie—. Le acompañará en todo lo que sea necesario.

Me di la vuelta, sin levantarme todavía. Enmarcado en la puerta, el hombre que acababa de llegar me resultaba familiar. Peligrosamente familiar. Nunca había cruzado una palabra con él, pero enseguida caí en la cuenta: era uno de los tipos que participó en el secuestro del general Kutépov.

Le acompañará en todo lo que sea necesario. El eufemismo impecable no le restaba gravedad al asunto. Quizá la aventura acabaría antes de lo previsto, o sería un viaje más largo, sin retorno. No distinguí en el semblante del recién llegado ningún gesto cómplice, ni siquiera un amago de sonrisa por participar juntos en aquel acto que prefería olvidar. No me enorgullecía de haber conducido el coche, pero un detalle de camaradería quizá me habría brindado alguna esperanza.

Me levanté, cogí de la mesa el sobre con el visado para entrar en la Unión Soviética y me encaminé a la salida. No podía hacer otra cosa más que ir paso a paso, con mucho cuidado, como el ratón que se ha colado en un laberinto siguiendo un rastro falso y ahora debe andar con mucho cuidado si quiere sobrevivir.

Sólo me quedaban unas pocas horas en París y quería dejar arreglados mis asuntos. No sabía cuándo regresaría. No sabía si regresaría. Volví a casa, busqué a la portera y le pagué un mes por anticipado.

—Tengo que salir de viaje y puede que tarde unas semanas en volver —respondí a su mirada inquisitiva, aunque el objeto de su curiosidad fueran las señales de mi cara. Sobre eso no me preguntó y yo tampoco le dije nada.

Luego fui a enviar un telegrama a la London General Press para decirles que me marchaba a la Unión Soviética. Puede que no les hiciera mucha gracia que abandonase mi puesto en París. Pero, ya que no les pedí que me enviasen dinero para gastos y, aunque había pasado un mes y medio la desaparición de Alexander Kutépov seguía siendo un tema jugoso, esperaba que dedujesen, sin tener que ponerlo por escrito, que el motivo de mi viaje a Rusia era enterarme de si el general estaba preso en Moscú o criando malvas en algún camposanto. Llegué a la pensión justo en el momento en que repicaban las campanas de Saint Etienne du Mont. Ya era mediodía. Las primeras horas desde que salí de la embajada habían pasado rápido porque estuve entretenido dejándolo todo preparado. Puesto que ya no tenía que hacer nada, la segunda parte del día se me haría más larga. A esa misma hora en la que me asomaba a mi último mediodía en París, Katya habría terminado sus clases y se dispondría a dar cuenta de un ligero almuerzo para luego continuar con otro grupo de alumnas o a lo mejor aprovechar la tarde para los ensayos. Estuve tentado de ir a despedirme, aunque pensase que Kovalevski tendría alguien vigilándola y no me dejaría acercarme. Aunque lo más sensato fuera mantenerme al margen y dejar las cosas como estaban hasta resolver lo de la bisnieta del príncipe.

Me tumbé en la cama y se me cayeron los párpados. Con suerte lograría quedarme dormido. Una vez que subiera a ese tren no sabría lo que me esperaba. Me convenía descansar. Dormir de día y vivir de noche puede ser el paraíso para la gente que vive con el horario cambiado, pero a menudo tiene más de tortura que de liberación. Cuando te levantas muy tarde el mundo ha empezado sin ti y el esfuerzo de acompasar tu ritmo todavía lento al de los demás no merece la pena. Es mejor vivir de día y dormir de noche. Mejor superar el cansancio por la mañana temprano que despertarte aturdido —otra vez, ya iban dos días seguidos—, sin saber dónde estás ni qué hora es durante unos instantes confusos, cuando el sol ha empezado a caer. Soñé que aporreaban la puerta. Sé que lo soñé porque antes incluso de mirar el reloj me levanté a abrir, pero no había nadie en el pasillo. Luego comprobé que aún faltaban varias horas para que saliera el tren nocturno a Berlín, la primera etapa del viaje.

Cogí la maleta, me aseguré de cerrar bien la puerta y fui a echarme agua en la cara. No me entretuve en darme la vuelta para mirar la que había sido mi casa durante los últimos dos meses. Era mal momento para la nostalgia.

Empecé a andar. Una parte de mí me decía que hacía lo correcto. Otra menos emocional me advertía de la inutilidad del acto. El reluciente Bentley de Kovalevski aparcado frente al edificio donde a esa hora Katya debía de estar ensayando junto a otras bailarinas le daba la razón a mi mitad lógica. El aristócrata no bromeaba cuando me dijo que ella sería su invitada. No le faltaría de nada, estaría bien atendida. No me cabía duda de eso, pero también estaría vigilada todo el tiempo, aunque viviese en una cárcel de oro.

Serguéi Makárov estaba sentado al volante. Si me enfrentaba a él tenía todas las de perder, así que no tenía sentido plantarle cara. Y si entraba a escondidas en el edificio lo único que conseguiría sería poner nerviosa a Katya y estropear el acuerdo establecido con Kovalevski. Ir dentro de un rato con una pistola y obligar al coronel a dejarme subir por las bravas tampoco era una opción inteligente, entre otras cosas porque no tenía un arma guardada en un cajón. En el caso de que lo consiguiera —y conociendo a Makárov, conseguirlo se me antojaba poco menos que imposible—, incluso aunque pudiera llegar hasta Katya y ella accediera a marcharse conmigo, todo se había complicado demasiado. Si nos escapábamos, Kovalevski no pararía hasta dar con nosotros y Antón Vladímirovich tampoco pararía hasta encontrarnos. Ir a la policía habría sido lo más lógico para cualquier persona normal pero, ¿cómo iba a pedir ayuda en la gendarmería un tipo que había participado en el secuestro de un general ruso? No, los finales felices sólo valen para los cuentos de hadas y yo estaba de mierda hasta el cuello.

Pero no me marché inmediatamente. Katya también podría estar esperándome, ¿por qué no? Apuré un pitillo en un portal, lo bastante lejos para que el coronel no me viera pero no tanto para que Katya, si se asomaba a la ventana, se percatase de mi presencia. Las luces de la academia estaban encendidas, quizá todavía estarían allí las flores que le regalé. Tal vez las rosas durarían más que yo. Cuando se marchitasen muy bien podría estar muerto. Desde allí abajo sólo veía algunas sombras distorsionadas, bailarinas esbeltas devenidas en seres deformes, extremidades alargadas de forma grotesca, cabezas apepinadas de monstruos, fantasmas en equilibrio junto a la barra de ejercicios. Veía bailar a las sombras y casi podía escuchar la música. Una de ella era la de Katya, aunque no pudiera distinguirla de las demás.

Asómate, murmuré. ¿No ves que estoy aquí? ¿Acaso puedes imaginar que me conformaría con la decisión de Kovalevski y me marcharía de París sin verte por última vez? Te he metido en un lío. De verdad que lo lamento. Intenté engañar al príncipe para salvar la vida y mis mentiras han terminado arrastrándote. Acércate a la ventana, por favor, hazlo aunque sea sólo un momento. Aprovecha ahora que el coronel no está mirando. Si te descubren, la culpa será mía. No te preocupes. Sé que no te harán daño. El príncipe Kovalevski te aprecia. Me voy a Rusia y te juro que haré lo imposible para estar de vuelta el día del estreno en la ópera. No hay nada que desee más ahora mismo que romperme las manos aplaudiendo en primera fila. Ya sé que todo esto te parece una locura. A mí también. No sé cómo voy a conseguirlo, ni siquiera sé por dónde empezar. Pero lo conseguiré.

Me moría de ganas por ver a Katya y decírselo, pero también me alegraba de no poder hacerlo. No sé si mirándola a los ojos habría sido capaz de contarle tantas mentiras.

Cuarta parte

Rusia, 1930

Capítulo XXVI

Más de una vez, al entrar en un lugar que no debía, he pensando que las puertas se iban a cerrar a mi espalda y los guardias me pedirían que los acompañase o me agarrarían por los brazos para arrastrarme a un rincón. La culpa es de esa mala costumbre que tengo de meter la nariz donde no debo y embarcarme en causas perdidas en contra de los deseos de quienes mandan. Por raro que pueda parecer, es la misma sensación que cuando de niño el director me llamaba a su despacho en el colegio. Nunca era para felicitarme, sino para soltarme una reprimenda por bostezar durante la misa o fingirme enfermo para no vestirme de monaguillo. A ver si te crees que por ser inglés te vas a librar del castigo, me decía el gesto severo del cura. Yo fingía no saber de qué hablaba, pero él me pellizcaba la patilla o me tiraba de la oreja hasta ponerme de puntillas y saltarme las lágrimas. Entiendes el español para lo que quieres, sin embargo te haces el tonto cuando no te interesa una asignatura o quieres librarte de rezar. ¿Por qué estás aquí?, me dijo más de una vez. Los deseos de mi madre eran darme la mejor educación posible, y en un pueblo del sur de España la mejor opción era un colegio de curas. Pero eso no lo entendí hasta mucho más tarde.

En Moscú me sucedió algo parecido. Acababa de entrar en un lugar donde tendría que rendir cuentas, tenía la certeza de no haberme portado bien y me preparaba para un castigo inminente. La diferencia era que ahora no serían golpes con una regla en la palma de la mano. Las puertas no se cerraron detrás de mí y los guardias no me habían arrastrado a un rincón, todavía, pero dentro del edificio de líneas rectas de la plaza Lubyanka, daba mucho más miedo. Bien mirado, los crucifijos no eran muy diferentes a las hoces y los martillos. Ambos eran símbolos que lo significaban todo, acaso lo único, para millones de personas.

Sólo unas pocas horas antes me llevé los dedos a la boca para calentarlos tras despejar el vaho de la ventana. Era la tercera mañana que me despertaba en Moscú y aún no me habían dejado salir del piso en el que Bogdan Peshkov y yo nos instalamos. Llegamos de noche, ya había perdido la cuenta de las horas de tren, y fuimos hasta un apartamento donde mi guardián y yo compartimos la habitación libre porque la otra la ocupaba un matrimonio maduro —lo deduje por la foto de boda gastada por el tiempo— al que apenas veía porque salían para ir a trabajar cuando aún era noche cerrada y volvían mucho después de la puesta de sol. Lo agradecía, porque tampoco me apetecía sostener una conversación intrascendente con unos desconocidos. Peshkov también se marchaba por la mañana, pero antes tenía el detalle de dejarme ir al baño. Después de asearme o de vaciar la vejiga o el vientre, o las tres cosas, volvía a encerrarme en la jaula hasta que regresaba. En tres días daba tiempo de sobra para explorar un piso de apenas treinta metros cuadrados, incluidas la cocina y los dos dormitorios. En nuestra habitación sólo había dos camas tan estrechas en las que, si te descuidabas al darte la vuelta, podrías acabar en el suelo de no ser porque el otro catre, en el que dormía Peshkov, estaba tan cerca que lo más lógico sería juntarnos más de lo que las normas de educación aconsejaban. La relación con el tipo que me vigilaba era correcta, todo lo cordial y distante que se espera entre dos hombres obligados por las circunstancias a convivir durante varios días en un espacio reducido. Esperaba que en ese apartamento fuese igual que los días anteriores, en el compartimento del tren en el que viajamos desde París hasta Berlín, y luego hasta Moscú después de atravesar Polonia y cruzar la frontera soviética una vez que los funcionarios comprobaron que todos los documentos estaban en orden.

La habitación de la otra pareja que ocupaba el piso no era mucho mayor que la nuestra. Al menos en la cocina había té, pan razonablemente tierno que para matar el hambre untaba con mermelada. El piso estaba lleno de tarros, parecía un almacén en miniatura. Un armario de la cocina a rebosar de botes de confitura, pero en la habitación de los anfitriones no menos de una treintena de frascos se alineaba con orden marcial desde el suelo hasta la ventana. Cuando el invierno es tan largo y tan duro y escasea la fruta fresca no queda otra.

La tercera mañana, con el escozor acostumbrado bajo los párpados tras pasar una mala noche en la que apenas conseguí conciliar un sueño intermitente, procuré ahuyentar los malos pensamientos. Nadie podría saber cuándo ni cómo terminaría el juego perverso en el que me había metido.

No era sólo la distancia física, sino también la lejanía en el tiempo, aunque sólo hubieran transcurrido seis días desde que salí de París, lo que me pesaba tanto. La falta de noticias sobre Katya era una losa muy pesada. Durante el viaje en el que atravesábamos media Europa fue imposible recabar alguna noticia. ¿Qué podía hacer? ¿Preguntarle a Peshkov por la bailarina? En una semana de insomnio repasé incontables veces el compromiso adquirido con Kovalevski, los embustes que le conté para salvar la vida. Una mentira te lleva a otra mentira mayor, o distinta, y luego otra; y así hasta que no puedes salir del atolladero. Cada vez estaba más convencido de que sólo la suerte podría salvarme. Aunque el azar podía ser un bonito o un manido recurso narrativo para las novelas. Era de tontos entregarse a una estrategia tan simple cuando se trataba de la vida y de la muerte.

Apenas doce años atrás, cuando alguien viajaba a Rusia, el desusado calendario juliano proporcionaba la ilusión falsa de ganar trece días de vida, pero ya ni siquiera ese recurso estúpido me quedaba, porque uno de los avances que la revolución impuso fue arreglar el desajuste de fechas entre el viejo imperio anclado en el feudalismo y el resto del mundo enganchado al presente. Ahora finales de marzo era finales de marzo en Francia y en Moscú, pero en la capital de la Unión Soviética la nieve que alfombraba las aceras en una suerte de postal bucólica, las hojas de los árboles cubiertas de escarcha, los bancos espolvoreados de copos relucientes que disuadían de sentarse a cualquiera que estuviera cansado —si es que alguien a esa hora de la mañana tenía tiempo de sentarse a descansar— amenazaban con durar hasta bien entrada la primavera.

Bogdan Peshkov llevaba dos horas fuera. Probablemente pensó que yo estaba dormido. En cuanto echó el cerrojo de la puerta al salir, limpié el cristal de la ventana para poder verlo y adivinar a dónde se dirigía, pero era imposible. Como cada día, se marchó con la tranquilidad de que su prisionero no escaparía. Abrir la ventana y caminar por la cornisa helada no resultaba viable. Tampoco lo sería derribar a patadas la puerta del apartamento. Aunque el edificio no era muy viejo, no parecía una hoja demasiado gruesa, pero si conseguía echarla abajo sería a costa de hacer demasiado ruido y que alguien llamase a la policía, si es que entre los vecinos no había algún chivato encargado de alertar sobre mis movimientos a los agentes del OGPU. Y, aunque finalmente pudiera salir a la calle, ¿adónde iría? Convertirme en un fugitivo en la Unión Soviética no me iba a ayudar a encontrar a la bisnieta de Kovalevski y mucho menos a recuperar a Katya. Eso sin contar lo que podría pasarme cuando me detuviesen.

Ya era casi mediodía cuando el ruido de la cerradura precedió a Peshkov. Me miró de arriba abajo y asintió, tras pasarme revista.

—Nos vamos —me dijo.

No había cerrado la puerta, así que pensé que debía de tener prisa.

—No cojas la maleta. No te va a hacer falta.

Daba igual. La sola perspectiva de salir a la calle ya me estimulaba.

—Abrígate —Peshkov se tentó con dos dedos las solapas del grueso sobretodo espolvoreado de nieve—. Esto no es París.

Cogí mi abrigo de la habitación y me calé una gruesa gorra de fieltro, con orejeras. El sombrero no me parecía lo más adecuado para llevar en Moscú, y no sólo por el frío.

En la calle, antes de empezar a caminar, Peshkov buscó bajo su abrigo un paquete de tabaco con los dedos torpes enguantados. Se llevó uno a la boca y me ofreció otro. Un par de caladas más tarde, el hombre al mando empezó a caminar. Pocos minutos después un tranvía renqueaba calle abajo. Miré la cúpula oscura del cielo. Al menos ya no nevaba, aunque el frío era tan intenso que echaba de menos algo más de ropa. A pesar de ello, prefería caminar. Después de estar enclaustrado en un cuchitril, lo que menos me apetecía era volver a encerrarme en el vagón maloliente de un tranvía.

—¿Vamos muy lejos? —me quedé quieto en la acera y le pregunté—. Si no es así, mejor caminemos. Quiero respirar aire fresco.

Durante un instante la cabeza de Peshkov desapareció entre las enormes solapas levantadas.

—Es tarde —señaló el vagón amarillo con un breve movimiento de la cabeza que volvió a aparecer sobre sus hombros—. Luego tendrás tiempo de caminar todo lo que quieras. Supongo que sabes dónde estamos o al menos te habrás hecho una idea. No es tu primera vez en Moscú.

La respuesta era sencilla. Sobre todo si el río quedaba cerca y calle abajo se distinguía la silueta del monasterio de Novodévichy.

—El distrito de Khamovniki, sin duda. Estamos en el centro.

Bogdan Peshkov soltó un bufido de suficiencia y subimos al tranvía. Dentro, no hacía mucho menos frío que en la calle.

—Ya no se llama así —me explicó—. Ahora es el distrito Leninsky. Le cambiaron el nombre hace poco.

Aunque cambiar el nombre de las cosas era una costumbre discutible en la Unión Soviética desde la revolución —y antes, ahí estaba el ejemplo de San Petersburgo, Petrogrado y ahora Leningrado—, que seis años después de su muerte le hubiesen puesto el nombre de Lenin a un distrito del centro de Moscú tenía sentido. Otra cuestión era que a los enemigos de Stalin se los estuviese persiguiendo, enterrando cualquier prueba de su existencia o borrándolos de los archivos. Si descubrían que sería capaz de traicionarlos para salir del atolladero en el que me había metido, yo estaría muy lejos de esa categoría. Creo que, como mucho, recibiría la consolación de una tumba anónima en algún camposanto si no arrojaban mi cadáver a un bosque para que me comiesen los lobos. Quizá a Kovalevski le divertiría saber que pensaba en eso, y también en él, cuando después de unos minutos de trayecto dejamos a un lado las torres del Kremlin. Muy poco después, el imponente edificio de suaves tonos amarillos se reveló como el único destino posible, no sólo esa mañana, sino desde que en París tomé la decisión de jugármelo todo a una carta. Peshkov se detuvo un instante al bajar del tranvía. Quizá quisiera revestir de solemnidad el momento de atravesar la puerta de las entrañas del OGPU.

Me dijo que esperase mientras hablaba con alguien que lo escuchó con atención. Regresó a mi lado, sin decirme nada, cuando el otro subió las escaleras. Tampoco le pregunté. En los días de viaje que habíamos compartido no me preguntó sobre el motivo por el que íbamos a Moscú ni yo tampoco le pedí que me aclarase nada. Sería absurdo esperar ahora algún gesto de complicidad. Además, el hombre que bajó por las escaleras al cabo de unos pocos minutos era Antón Vladímirovich Kuliakov. Si tenía que hablar con alguien, era con él. Para eso había ido a Moscú.

—Camarada Pinner —me saludó, con falsa afectación, mirando los recuerdos del coronel Makárov que aún me quedaban en la cara—. ¿Pero qué te han hecho?

—Tuve un mal rato antes de salir de París.

Apuntó una sonrisa de conejo, o de rata. Las patas de gallo se revelaron más profundas bajo las gafas. Disfrutaba.

—Anda, ven conmigo.

Me di cuenta de que Peshkov ya no estaba. Era lógico. Su trabajo había terminado después de entregar la mercancía. Durante el largo viaje que compartimos tuve la sensación de que me protegería si alguien quisiera hacerme daño, pero ahora estaba seguro de que cualquier cosa que pudiera sucederme no era asunto suyo.

Seguí a Antón Vladímirovich hasta la primera planta y luego un buen trecho por un pasillo desde cuyos ventanales se podían contemplar unas magníficas vistas de la plaza y del centro de Moscú. Sin embargo, la ventana del despacho en el que entramos era interior. Me alegré de no haber bajado al sótano, al menos no todavía. Había oído demasiadas historias sobre oscuros calabozos y siniestras cámaras de tortura.

Capítulo XXVII

No sé si Antón Vladímirovich había medrado en estas semanas que llevaba sin verlo, pero si aquella pequeña oficina en la que entramos era suya, sin duda el secuestro del general Kutépov había contribuido a su ascenso. Incluso contaba con un hermoso samovar sobre una mesa auxiliar. El olor a té caliente era la prueba de que lo había preparado para cuando estuviésemos en el despacho.

—En París siguen muy preocupados por la desaparición de Kutépov —le solté, a bocajarro, aunque no dudaba de que estaba al tanto de todo lo que sucedía en la capital francesa. Había elegido bien el sustantivo: ni secuestro, ni asesinato. Lo mejor era mantener una posición ambigua. Era la única forma que se me ocurría de recabar alguna información sobre lo sucedido con el general, pero no parecía dispuesto a revelarme nada.

—Algunos piensan que sigue con vida —insistí, de todos modos—. Sin embargo, otros creen que está muerto.

Kuliakov vertió el contenido de la tetera en dos vasos, sin mirarme.

—¿Y qué crees tú?

—Yo no creo nada —mentí, cada vez lo hacía con más convicción—. No es asunto mío.

Torció el labio en un gesto incrédulo. Se inclinó sobre la mesa, me miró por encima de las gafas y bajó la voz.

—¿Piensas que no deberíamos haberlo secuestrado? ¿Crees que lo hemos matado? Y, si es así, ¿crees que Kutépov no merecía morir? —hizo una pausa, me sostuvo la mirada—. ¿Acaso preferirías no haber participado?

—Si no te conociera, diría que me estás interrogando.

—No te equivoques. Sólo quiero saber si te has olvidado de la razón por la que estabas en París.

—Por supuesto que no la he olvidado. No estaría aquí de no ser así. Pero pensé que te gustaría saber que están desesperados. Entienden que ya no podrán hacer nada por el general.

—¿Ah, sí? —se aguantó una carcajada, en el caso de que un hombre como él fuera capaz de desternillarse—. ¿Y qué piensan hacer?

—Tienen dinero y tienen contactos. No todas las guerras se ganan a bayonetazos.

Kuliakov bajó los ojos, pensativo.

—El príncipe Kovalevski es muy rico y conserva una estimable capacidad de influencia —añadí, aunque me apresuré a matizar—. Pero también es un hombre lúcido y en el fondo sabe que persigue una utopía.

No contestó inmediatamente. Calibraba cada argumento, quizá otorgándole una importancia inmerecida.

—¿Piensas entonces que no debemos preocuparnos por él? ¿Crees que es inofensivo?

—Eso depende de hasta qué punto esté dispuesto el OGPU a prestar atención a Kovalevski. En mi opinión, no creo que, por mucho que se esfuerce, consiga mucho más que armar un revuelo, como sucedió con el general Kutépov, pero pensémoslo fríamente. Por muchas pataletas de los rusos exiliados, nada va a cambiar en la Unión Soviética.

—Es posible. Pero tampoco nos gustaría una campaña permanente de propaganda. Si podemos evitarla, mejor.

—Estoy de acuerdo, pero quitar a Kovalevski de en medio tampoco significa que una futura corriente crítica vaya a desaparecer.

—¿Quitar a Kovalevski de en medio? Vaya, Pinner, yo no he dicho eso. ¿Crees que deberíamos neutralizarlo?

Tomé un trago de té. Los eufemismos me ponen nervioso. Neutralizar a Kovalevski. Al general Kutépov también lo habíamos neutralizado. Pero con el aristócrata era diferente. A pesar de todo, no quería que le hicieran daño.

—Estoy seguro de que lo último que conviene ahora, cuando lo del general Kutépov está tan reciente, es que Kovalevski desaparezca. El escándalo que vendría después no nos beneficiaría.

Antón Vladímirovich asintió. Era un pescador paciente, convencido de que, antes o después, la presa mordería el anzuelo. La metáfora no es brillante, pero sí acertada. También incómoda, puesto que el único pez del estanque era yo.

—Cuéntame cómo te descubrieron.

—No sé cómo me descubrieron. Y tampoco sé cuándo. Puede que nos vieran juntos en París, o que ya sospecharan de mí desde el principio y esperaron el momento oportuno.

—¿Qué le dijiste al príncipe de su bisnieta?

—Sabía lo poco que Yekaterina Paulovna me contó. Creyó que podría convencer a alguien para sacar a la niña de la Unión Soviética. Pero exageré mis posibilidades, claro. Estaba atado a una silla y me golpeaban. No dudo que habrían terminado matándome. Ni siquiera sabía si podría hablar contigo, y mucho menos imaginaba que nos veríamos aquí. Pero funcionó. Kovalevski me dejó marchar y tú has mostrado interés en mi plan.

Kuliakov cogió mi vaso y volvió a llenarlo del líquido caliente del samovar.

—¿Sabes? Cuando recibí tu nota me pareció un tanto descabellado lo que me proponías, pero luego pensé que a lo mejor no era mala idea.

—Me alegra saberlo.

—Estos días he estado haciendo algunas averiguaciones.

—¿Y has dado con la niña?

—Aún no, pero sigo intentándolo.

—Yekaterina Paulovna me dijo el nombre de la madre, Zoya Nikoláieva. Aunque supongo que eso ya lo sabías. También sabrás que está muerta.

Al referirme a Katya, me esforzaba en utilizar el mismo nombre que siempre usé con Kuliakov. Si no se había enterado de lo que pasó entre nosotros, no sería yo quien se lo contara.

—Sí, lo sabía. Era una prostituta que el nieto de Kovalevski retiró de un burdel cuando se encaprichó de ella. Llevas razón. Incluso he visto su certificado de defunción. Falleció hace cinco años.

—¿Y la niña? Yekaterina me contó que vive en un orfanato. ¿No hay ningún registro?

—Eso no lo sabemos. Sólo sabemos el nombre y el apellido de la madre. No hay más datos de ella. Recuerda que antes de conocer al nieto de Kovalevski era una prostituta. Puede que hasta cambiase su nombre verdadero por uno más apropiado para su trabajo. En cuanto a la niña, no consta que falleciera, así que hay tres posibilidades: que esté a cargo de un familiar, que la acogiera alguna persona de la confianza de su madre o que la llevasen a un orfanato. Pero eso nos plantea otro problema.

—¿Cuál?

—Que haya sido adoptada. Es una cría pequeña, no es difícil que ya tenga una nueva familia, quizá un nuevo apellido.

—¿Y qué sugieres que hagamos? Supongo que para eso he venido a Moscú.

—Ayudaría saber la procedencia de Zoya Nikoláieva. Por muy recóndito que fuera su lugar de origen, bastaría encargar al representante del soviet local que hablara con su familia para saber si una niña de cinco o seis años vive con ellos.

Pero insisto, se trata de una prostituta, puede que su familia, si es que la tuvo, ni siquiera lo supiera, y a lo mejor tampoco se habrán enterado de su muerte todavía.

—Entonces sólo nos queda Leningrado.

—Sí, pero será como buscar una aguja en un pajar. Hay muchos niños huérfanos en la Unión Soviética. También en Leningrado. Muchos mendigan o roban en la calle, si es que no han de vender su cuerpo para comer, niños o niñas, eso da lo mismo. Para encontrarla, incluso para empezar a buscarla, necesitamos más datos.

—Eso tal vez podría proporcionárnoslo Yekaterina Paulovna. Pero hasta mi vuelta, hasta mi vuelta con una respuesta convincente para Kovalevski, mejor dicho, será su rehén.

Antón Vladímirovich asintió. Probablemente ya lo sabía.

—¿Cuándo fue la última vez que la viste?

—Pocos días antes de venir a Moscú. Kovalevski nos invitó a cenar en su casa.

—Vaya, eso no lo sabía. ¿Hay algo más que debas contarme?

—No mucho. Creo que para entonces Kovalevski ya sospechaba de mí. Tal vez quería asegurarse. O a lo mejor tenía planeado retenerme en su casa pero al final cambió de idea. Cualquiera sabe.

—¿Quién más estaba en esa cena?

—Kovalevski, Yekaterina Paulovna —me tocaba las yemas de los dedos mientras enumeraba a los asistentes—, un par de matrimonios amigos del príncipe cuyo nombre he olvidado, pero no me parecieron importantes, y el príncipe Félix Yusúpov y su esposa.

—¡Una cena privada con Félix Yusúpov en casa de Kovalevski! Vaya, Pinner. Cualquiera diría que te estás haciendo amigo íntimo de los nobles rusos.

Encendí un pitillo y lo miré.

—De eso se trataba, ¿no? La excusa de escribir un reportaje sobre Kovalevski me estaba dando mucho juego.

—¿Lo escribirás al final?

Encogí los hombros.

—Puede que sí.

—Como ves, no es tan amable como parece. Cuando se enfada puede ser tan peligroso como cualquiera.

—¿Crees que llegará a hacerle daño a Yekaterina Paulovna si no consigue lo que quiere?

—No te quepa ninguna duda.

Aquella era la peor de las noticias. Procuré que no se percatara de cuánto me afectaba.

No sé si lo conseguí.

—Pero no pensemos en eso ahora. Aunque ojalá pudiéramos hablar con ella. Nos aclararía algunos enigmas. Ella te contó cosas del nieto del príncipe y de su amante. ¿No pudo revelarte algún detalle que se te haya pasado por alto?

La pregunta me pilló por sorpresa. Tampoco sabía hasta dónde llegaba la información que tenía Antón Vladímirovich ni lo que Katya querría que supiera. Me sentía el jugador que sospecha que todos en la partida conocen sus cartas mientras él no tiene ni idea de quién puede ir de farol.

—Creo que te he contado todo lo que sé —le dije—. Aunque soy consciente de que tampoco es mucho.

—También he encargado a alguien que revise los registros de todos los hospicios de Leningrado en los últimos cinco años. No es una tarea fácil, pero estoy esperando que me den alguna noticia de un momento a otro.

—¿Crees que la cría, si está viva, habrá sido registrada con su nombre verdadero?

Los dedos de Kuliakov tamborilearon sobre la mesa mientras rumiaba la respuesta.

—Eso tendremos que averiguarlo.

—¿Entonces cuándo nos vamos a Leningrado? —le pregunté, procurando no parecer ansioso.

Se encogió de hombros y tomó un trago de té.

—Como comprenderás, un asunto tan delicado no depende sólo de mí. Aún he de hacer algunas averiguaciones. Pero quiero que tengas presente una cosa: oficialmente, estás aquí para ayudarme a identificar a un disidente que mantiene contacto con Kovalevski.

—Pero no conozco a nadie así.

—Cuando llegue el momento lo conocerás. Está en Leningrado.

—¿Quién es?

—Es el hijo de un funcionario de la corte de Nicolás II. Creemos que forma parte de *La Joven Rusia*, una de las organizaciones antirrevolucionarias financiadas por tu amigo Kovalevski. Se dedican a imprimir carteles subversivos, alentar publicaciones, intrigar contra nosotros. Se llama Lev Izmáilov. ¿No has oído hablar de él a los rusos de París?

—Creo que no. No me suena ese nombre.

—Da igual. La vigilancia a la que tenemos sometido a Lev Izmáilov basta para justificar tu presencia en la Unión Soviética. Has pasado los últimos meses en París y has estado muy cerca de los rusos exiliados. Se supone que sabes mucho sobre ellos y esa información nos ayudará a detener a unos cuantos traidores. En cuanto a la nieta de Kovalevski, de momento, y hasta que no tenga más datos, prefiero no airearlo demasiado.

Nunca volver a respirar el aire de la calle, aunque fuera helado, me sentó tan bien. Desde que salimos de su despacho hasta que pisé la acera, presentí que en cualquier momento Antón Vladímirovich se separaría de mí para que unos guardias me prendieran. Nadie que se cruzara con nosotros por el pasillo iba a hacer preguntas ni se iba a extrañar si me veía gritar. Tampoco se oirían mis protestas desde la plaza

Lubyanka y, aunque se oyeran, ¿importaría eso algo? ¿Se atrevería alguien a socorrerme? ¿A levantar la cabeza siquiera en un acto reflejo para enterarse de lo que pasaba? Cuando me encerrasen en un calabozo, Kuliakov ya estaría muy lejos, tal vez camino de Leningrado para encontrar a la bisnieta de Kovalevski. Yo ya había viajado a la Unión Soviética. Con eso el príncipe podría entender que hice cuanto pude y a partir de ahora Antón Vladímirovich se ocuparía de todo. No era necesario que me dejaran vivir si sospechaban que podría llegar a ser un estorbo. Estaba claro que, igual que yo, Kuliakov había hecho trampas. Éramos dos farsantes con pocas ganas de mostrar al otro alguna pista sobre la siguiente jugada, aunque cada uno por separado hubiera llegado a la misma conclusión para convencer a quien tuviera que dar el visto bueno a lo que haríamos. Quizá le resultase útil a pesar de todo. No sabía por cuánto tiempo, si por un rato o por unos días. Y me conformaba con eso. Cuando el coronel Makárov me llevó a la fuerza a la mansión de Kovalevski, pensé que todo había terminado. Que unos pocos días después estuviese en Moscú, y mi participación en la búsqueda de la bisnieta del príncipe fuera el hilo que me mantenía vivo, de creer en Dios habría dicho que se trataba de un milagro. Pero mi falta de fe sólo me dejaba verlo como una broma macabra.

Capítulo XXVIII

Me puse a mirar por la ventana la nieve que alfombraba la calle. La escasa luz amarilla de las farolas regalaba por momentos una sensación cálida, como de postal navideña. No era tarde aún, pero en marzo anochece pronto y daba la sensación de que enseguida se apagarían todas las bombillas de los edificios y la gente se iría a dormir porque mañana sería un día duro, como lo eran todos en un país que en sólo unos pocos años había conseguido dejar atrás su retraso medieval para ser el faro de un cambio que antes o después se extendería por el resto del mundo. La revolución no era perfecta, y mejorar la vida de la gente humilde no iba a resultar un camino sencillo ni por desgracia exento de injusticia. Mi compromiso era genuino, pero siempre tuve claro que no por ello iba a dejar de ser quien era ni de levantar la voz para protestar si lo que veía no me gustaba.

No era el momento de esforzarme en encontrar el punto de equilibrio entre mis convicciones y mis propios principios, en los que no cabía apartar la mirada cuando lo que sucedía me desagradaba, y mucho menos asumir la aniquilación de la propia personalidad en aras de un bien supremo. Todo eso había quedado muy lejos, otra vida parecía, desde el día en que el príncipe Kovalevski me descubrió. Lo que me preocupaba en ese momento no era la justicia social, la igualdad de oportunidades o que los trabajadores tuviesen un horario razonable en lugar de malvivir en las fábricas como esclavos; la crisis mundial por la caída de la bolsa o lo que pudiera pasar en Europa en los próximos años. Lo único que me importaba, y era en lo único en que podía permitirme pensar mientras contemplaba la suave nevada en Moscú, era encontrar a la bisnieta del príncipe Kovalevski y buscar la forma de sacarla de la Unión Soviética. No iba a ser fácil, pero ¿qué era yo sino un estúpido idealista? Me lo decía todo el mundo ¿Acaso no era hora ya de darme cuenta?

El resto del día transcurrió en la cárcel que me habían asignado en el centro de Moscú. Bogdan Peshkov me llevó en un coche que condujo él mismo desde el edificio de la Lubyanka —por segunda vez no me permitió dar un paseo—, subió conmigo al apartamento y volvió a cerrar la puerta con llave antes de irse. Me pregunté si ya no volvería a verlo.

El matrimonio que ocupaba la otra habitación del piso había regresado hacía rato. Me saludaron con una respetuosa y torpe inclinación de cabeza, se encerraron en la cocina y sólo salieron para irse a dormir. Yo no tenía hambre. Tampoco sueño. Me deprimía irme a la cama temprano, aunque la única distracción fuera dar vueltas a la cabeza mientras veía caer la nieve sobre Moscú.

Enredado en mis pensamientos, no esperaba a Antón Vladímirovich cuando se abrió la puerta. Vi el movimiento de sus labios reflejados en el cristal de la ventana.

—Anda, Pinner, vámonos. Salgamos a dar un paseo.

Fue a la cocina y abrió la puerta del armario con la misma familiaridad que si viviera allí. Unos segundos después me enseñó una botella mediada de vodka. Una sonrisa huidiza se enmarcó en su perilla.

—Los espías de tu amigo Kovalevski han de contarle que eres un hombre libre, ¿no? ¿Qué pensará si le dicen que llevas tres días encerrado en Moscú? —dio un tirón a la manga del abrigo para mirar el reloj con un ademán solemne—. Es temprano. Vamos a salir —se asomó a la ventana y me miró otra vez sin que esa extraña sonrisa desapareciera de su rostro—. No hace muy mala noche.

—Sonríe —me dijo, señalando con la barbilla un edificio, cuando estábamos en la calle—. Desde esas ventanas puede estar observándonos un espía de Kovalevski. Cualquiera que nos crucemos por la calle puede ser un informador del príncipe. Así que divirtámonos.

Abrió la botella y me ofreció un trago antes de beber. El líquido me quemó la garganta, pero también me reconfortó, aunque no fuese el vodka que había probado en casa de Kovalevski. Le devolví la botella y, después de hacer lo mismo que yo, me dio una palmada en la espalda y me animó a caminar.

Antón Vladímirovich era alto, enjuto, me sacaba veinte años y el tono muscular, si alguna vez lo tuvo, sin duda había desaparecido. Pero su brazo sobre mi hombro me pesaba tanto que no encontraba el momento de despegarme.

Antes de empezar a andar eché un vistazo a las pocas ventanas con luces en los edificios. Quién sabe si tras alguna se ocultaba un traidor a sueldo de Kovalevski.

Pero eso no dependía de mí. Me limité a caminar al paso de Kuliakov, aunque este no pareciera tener prisa ni una intención clara de adónde ir. Los dos sumidos en un silencio inquietante, apurando trago a trago la botella.

Poco más de media hora después, cuando caminábamos en paralelo al Moscova, se alzaron los imponentes muros de la cara sur del Kremlin. La Lubyanka no quedaba lejos. Todo lo contrario: la sentía peligrosamente cerca. Una manzana antes habíamos entrado en una licorería para comprar otra botella. Éramos los únicos clientes y en la calle tampoco había nadie. Si Kovalevski había enviado a Moscú a un espía para vigilar nuestros movimientos debía de estar haciendo muy bien su trabajo porque era invisible. ¿Qué pasaría cuando le contaran que estuve paseando de esa guisa junto a Kuliakov? ¿Tranquilizaría al príncipe esa información? Puede que esa fuera una forma retorcida en la que Antón Vladímirovich me mostraba su poder: sacarme a pasear por donde quisiera, en París, en Moscú, en cualquier parte, como una mascota obediente.

Al llegar a la altura de las cúpulas de nata de la catedral de san Basilio ya habíamos trasegado la mitad de la nueva botella. Dadas las dimensiones oceánicas de la plaza Roja, me dio tiempo de beber otros tres largos tragos y a Kuliakov otros tantos antes de llegar al final. Es mentira eso de que el alcohol calienta. Mis pies y mis manos seguían helados, no sentía los dedos, pero desde hacía rato se había apoderado de mí un dulce mareo y no me sorprendió impacientarme cuando Antón Vladímirovich se demoró en entregarme otra vez la botella.

Nos cruzamos con tres o cuatro personas y un par de coches. También me pareció ver a un mendigo que agitaba una lata en la que apenas habría unos pocos kopeks. Me quedé mirándolo. No podía ser. Me dieron ganas de frotarme los ojos. Le pedí a Antón Vladímirovich que se fijase bien, al menos para confirmarme que no estaba loco, sólo borracho. Pero no me hizo caso y el mendigo ya no estaba cuando volví a mirar. No era buen negocio pedir limosna en Moscú a esas horas. La imaginación me habría engañado. Puede que incluso no hubiera nadie. Sería eso, porque incluso me pareció que vestía uniforme bajo el abrigo raído. Eran los primeros síntomas de una cogorza monumental.

Al pasar al otro lado de la Puerta de la Resurrección Antón Vladímirovich se detuvo, giró sobre sus talones y volvió a pasarme el vodka.

—Te gusta, ¿verdad? —parecía ensimismado en el hermoso edificio que albergaba el Museo Estatal de Historia. A lo mejor era un apasionado de la arquitectura y no me había dado cuenta hasta ahora.

Se volvió hacia mí, estiró el brazo y agarró la botella. Ya quedaba menos de la mitad.

—Te gusta estar aquí —insistió, bebió un largo trago y miró más allá del arco por el que habíamos cruzado—. ¿Cuántas veces has visitado Moscú?

Era una pregunta retórica porque sabía la respuesta. A pesar de ello, le respondí:

—Tres con esta.

—Tres son muchas veces para no estar seguro de si eres uno de los nuestros —dijo, sin mirarme.

Agradecí que me volviese a dar la botella. Un trago después yo también miraba los peculiares ladrillos rojos del museo con interés de arquitecto diletante.

—¿Por qué piensas que no estoy seguro? —le pregunté, sin mirarlo.

Volvió a pasarme el brazo por encima del hombro. Con la mano libre me arrebató la botella.

—Te conozco bien, Pinner —me empujó con suavidad para que siguiéramos caminando—. Quieres cambiar el mundo, pero quieres cambiarlo a tu manera y eso es imposible. Te gusta el ideal que representamos, pero cada día que pasa crees un poco menos en nosotros. Hace mucho tiempo que me di cuenta. La mitad de tu alma es la de un bolchevique y la otra mitad la de un burgués atormentado. No quiero decir que seas un *burzhuy*, ni mucho menos, pero vives en una contradicción permanente. No hay nada malo en eso si al final haces lo que debes.

Menos mal que las palabras de un borracho se antojaban menos graves. La última frase sonó igual que una advertencia.

—¿Y qué es lo que debo hacer?

Apuró el último trago que quedaba en la botella, la levantó hasta la altura de sus ojos para comprobar que no había más vodka, la tiró al suelo y de una patada la apartó del camino. No tenía intención de responder a mi pregunta. Al menos no todavía. Tenía la sensación de estar viviendo una trampa dentro de otra trampa. Para continuar con vida había de mantener una farsa. Si me descubría, Antón Vladímirovich no sería tan amable conmigo, no me pasaría el brazo por encima del hombro, y si lo hacía no sería amistosamente. Como tampoco me ofrecería una botella de vodka para emborracharnos juntos. Envuelto en un aturdimiento que a pesar de las advertencias de Kuliakov no me resultaba incómodo, esperé en la calle a que mi guardián consiguiera otra botella al dejar atrás la plaza Manézahaya. Ya no quedaba nadie en la noche de Moscú. Antón Vladímirovich y yo éramos los únicos capaces de encarar la ventisca.

Caminamos un poco más, hasta que tuvimos delante el Bolshói. Pero Kuliakov no me había llevado hasta allí para que admirase el espléndido edificio. Ya lo había visto las otras dos veces que estuve en Moscú. Las gruesas columnas blancas y el frontón triangular bajo la cuadriga de Apolo le conferían un inconfundible aire griego o romano. Me quedé unos minutos en silencio, admirando el teatro. Cerré los ojos. Aunque estuviera vacío, no me costaba imaginar la música bajo el inmenso techo dorado, las cortinas rojas de los palcos, el público entusiasmado.

Cada vez faltaba menos tiempo para el debut de Katya en la Ópera de París. Quizá por eso me había llevado hasta allí Antón Vladímirovich, para recordármelo. Cuanto mejor te portes, antes estarás de vuelta. Si haces las cosas bien, podrás volver a verla.

Abrí los ojos cuando me dio una palmada en la espalda, con firmeza marcial. Me tambaleé, pero conseguí mantenerme en pie.

—Será mejor que demos la vuelta —me dijo, con esa sonrisa de conejo que intuí tras la gruesa bufanda—. Se hace tarde.

—Sí, será mejor —respondí.

Aún nos quedaba un cuarto de vodka cuando regresamos a una plaza Roja en la que no quedaba nadie salvo dos soldados que asemejaban estatuas heladas junto a la tumba de Lenin. Kuliakov se detuvo frente al monumento y, durante un instante que tuvo algo de cómico, creí que se iba a poner de rodillas Que incluso a pesar de no creer en Dios sería capaz de persignarse y rezar una oración. Pero el único gesto de mi acompañante consistió en arrancar otro trago a la botella, más largo esta vez, y entregármela.

—¿Qué vas a hacer cuando esto termine? —inquirió, sin dejar de contemplar el mausoleo.

Me quedé mirándolo. ¿Qué iba a hacer cuando esto terminase? Buena pregunta, pero ¿qué era lo que había de acabar? ¿Se refería a la revolución? ¿A la consecución de un mundo más justo o a algo más cercano y tangible como encontrar a la bisnieta de Kovalevski? Seguro que se trataba de lo último. El idealismo de un mundo mejor quedaba para unos pocos ilusos como yo. La mayoría de las personas que conocía eran sensatas y tenían la inteligencia suficiente para no gastar su vida persiguiendo sueños imposibles.

—Volver a París —respondí—, intentar olvidarme de esto y seguir trabajando. No creo que pueda ser en París, al menos durante un tiempo —me encogí de hombros, di un sorbo a la botella, la miré para comprobar que aún quedaba licor dentro y se la devolví—. Pero supongo que podré seguir siendo útil.

No estaba convencido de mis palabras. Lo único que me importaba era encontrar a la niña y rescatar a Katya. En lugar de yelmo y armadura llevaba un abrigo grueso y un gorro con orejeras. Ni siquiera portaba una espada, pero me sentía igual que un esforzado caballero dispuesto a sacrificarlo todo para rescatar a su dama. Incluso sacrificarme a mí mismo.

—Si es que no me matas antes —añadí.

Cuando quise darme cuenta ya era tarde para tragarme la frase.

Me miró. No sé si se puso muy serio, se esforzaba en contener una carcajada o estaba a punto de bostezar.

—Tu billete a París pasa por Leningrado —señaló con un dedo tembloroso de alcohol el final de la plaza Roja, justo donde la coqueta catedral de San Basilio se asomaba orgullosa entre la niebla.

Echó a andar, la cabeza le oscilaba a cada paso, pero era capaz de aguantar el equilibrio y me dispuse a seguirlo antes de que desapareciera. Me preguntaba si además de la bruma eran mis ojos de borracho los que enturbiaban la noche. Le acababa de mencionar abiertamente la posibilidad de que me matara y no había mostrado enfado ni sorpresa.

No lo seguí. Estuve a punto de empezar a caminar en dirección contraria, aunque no sirviese de nada y hubiera vuelto a buscarlo al cabo de un rato. La única razón por la que me quedé estaba en mitad de la plaza Roja, entre la tumba de Lenin y la formidable fachada de la galería comercial Gum. Kuliakov se había perdido en la bruma, en dirección a la catedral de San Basilio, los dos guardias que custodiaban la momia de Vladímir Ulianov quedaban muy atrás. Sólo estábamos el mendigo y yo. Sostenía la lata para las monedas. Preocupaba ver que no llevaba guantes. Pensé que la mano se le había quedado pegada al asa y si trataba de soltarla se arrancaría la piel. Me miró. Tenía el rostro del mismo color del criado nubio de Kovalevski, pero era más alto, aún más fuerte y mucho más viejo. Al acercarme vi que las hebras blancas de la barba eran canas, no escarcha. Debajo del abrigo, a la altura del cuello, asomaba un dolmán que en otros tiempos fue rojo. Las botas agujereadas tal vez serían de la misma época. Según Katya, el último guardia negro de los Románov vagaba por Rusia como un alma en pena. Y estaba a dos metros de mí. No dejaba de mirarme, impasible, o quizá miraba al vacío, sin verme. Me avergonzaba tambalearme por culpa de la borrachera. Quizá Kuliakov también lo había visto pero no quiso entretenerse. Suele pasar cuando encuentras un mendigo. Pero no iba a marcharme hasta hablar con él. Por el ruido que hacía al sacudirla, no habría más de dos o tres monedas en la lata. La movía para llamar mi atención. Antón Vladímirovich ya estaba lejos y los guardias de la tumba de Lenin eran dos esfinges. Lo raro era que me miraba como si me conociera y en lugar de pedirme dinero quisiera decirme algo. ¿Quién eres?, le pregunté, pero sus ojos siguieron fijos en la niebla. Tampoco me escuchaba. ¿Eres tú? Avancé otro paso, volví a buscar una moneda en los bolsillos, pero el alcohol me dificultaba tanto los movimientos como el frío. ¡Pinner!, oí que me llamaban. Antón Vladímirovich era el único que sabía mi nombre. Tenía que ser él. ¡Pinner, vamos! repitió. Estuve a punto de caerme. Me quité los guantes, si los hubiera sentido, me habrían dolido los dedos al contacto con la ropa, tenía las uñas a punto de sangrar.

—¿Qué estás haciendo? —me preguntó Kuliakov—. ¿Te vas a desnudar?

—No hombre, no. Sólo quiero darle unas monedas.

—¿Unas monedas? ¿A quién? ¿Vas a lanzar unos kopeks al aire como los viajeros que quieren volver a la plaza Roja? Has bebido demasiado. Los dos hemos bebido demasiado, pero a ti te ha sentado peor.

Se echó a reír. La carcajada resonaba en la oscuridad. Conseguí sacar unas monedas del bolsillo, pero ya no había nadie. Miré a Antón Vladímirovich.

—¿Dónde está? —le pregunté.

—¿Dónde está quién?

—El mendigo. El mismo de antes, cuando cruzamos la plaza. Ahora estaba aquí otra vez. ¿No lo has visto?

Puso la mano sobre mi hombro. No sé si para no caerse al suelo.

—Te lo he dicho, Pinner. Has bebido demasiado. Aquí no hay ningún mendigo. Y tampoco había un mendigo antes. ¿Pero quién va a ponerse a pedir a estas horas? ¿Quién que no esté tan loco como nosotros se va a atrever a pasear con el frío que hace? Anda, vámonos.

Lo seguí a regañadientes. Pero al cabo de tantos años sigo estando convencido de que aquella noche vi dos veces al último guardia negro de Nicolás II. Sabía quién era, lo que había ido a hacer allí, y quería advertirme de que debía marcharme en cuanto pudiera, antes de que fuera demasiado tarde. A veces los fantasmas son los únicos capaces de decirte la verdad.

Pero ya era imposible dar marcha atrás.

Rodeamos la fortaleza y caminamos de vuelta al distrito Leninsky. La sensación de frío era mayor en la ribera del Moscova. No habíamos vuelto a hablar desde que dejamos atrás el Kremlin. Antón Vladímirovich se paró, al cabo de un rato, frente a la fachada lechosa de la catedral del Cristo Salvador. El templo que se alzaba frente a nosotros se construyó para celebrar la victoria de los rusos en la guerra con los franceses y también anticipaba mi fracaso. Yo tampoco tardaría en salir de Moscú, o de Leningrado, cabizbajo si tenía suerte de seguir vivo, puede que con menos orgullo que el corso pero consciente de la derrota inevitable. Si hubiera ido a Moscú veintiún meses más tarde la hermosa iglesia de cúpulas doradas ya habría sido reducida a escombros por orden de Stalin. Triste destino de los símbolos del pasado.

Con tanto vodka en la sangre no me habría extrañado que un Bonaparte taciturno se me hubiera aparecido para avisarme. Márchate antes de que sea demasiado tarde. Aprovecha para empezar a correr ahora que Antón Vladímirovich está borracho. No vas a tener una oportunidad como esta. Qué importaba un fantasma más o menos esa noche. Scrooge necesitó tres visitas en Navidad para entender su vida amargada. Yo había tenido suficiente con el espectro de un guardia imperial. Y los otros fantasmas seguían ahí, acechándome, aunque aún no se me hubieran aparecido: Katya, Kovalevski, el coronel Makárov, una niña de que todavía no conocía. Quién sabe si también Napoleón Bonaparte.

Pero no era capaz de largarme. Aunque estuviera convencido de que huir fuera la única salvación posible.

—¿Estás cansado? —me preguntó Antón Vladímirovich.

La pregunta le salió de la boca como si tuviese la lengua anestesiada. Puede que también me pasara lo mismo. Mucho vodka y además en ayunas desde mediodía.

—Tengo sueño. No sé si es cansancio, pero me quedaría dormido aquí mismo.

Era verdad. De no ser por el frío habría sido capaz de quedarme dormido de pie. Seguro que a Kuliakov le hubiese dado un ataque de risa al verme así.

—Mañana nos espera un día muy largo —me dijo—. Saldremos de viaje muy temprano.

¿Mañana? ¿Tan pronto? ¿Muy temprano? ¿Y me lo dices ahora?

—Esta tarde me han enviado la información que necesitaba —añadió, antes que pudiese replicar—. Hemos localizado a la bisnieta de Kovalevski.

—¿Dónde está?

—En un orfanato. No ha sido fácil, pero al final hemos tenido suerte. Encontramos un registro de hace cinco años. La niña todavía sigue allí.

—¿Estás seguro de que se trata de la cría que buscamos?

—Tengo bastantes indicios para que merezca la pena el viaje. Alegra esa cara, Pinner. Al final vas a salirte con la tuya.

Ya me gustaría haberlo tenido tan claro como él. Habían encontrado a la bisnieta de Kovalevski, mañana salíamos hacia Leningrado y cada vez tenía más dudas sobre cómo se resolvería todo. Conté mentalmente los días que habían pasado desde que hice el trato con el aristócrata. Ocho. ¿Cuántos serían sumando el viaje de mañana y los días que tuviéramos que pasar en Leningrado? ¿Diez? ¿Doce? ¿Quince en total? Me parecían muy pocos. Todo estaba sucediendo mucho más rápido de lo previsto. No me gustaba. Quise achacarlo al exceso de vodka, pero en realidad sentía el suelo abrirse bajo mis pies, el vértigo de asomarme al vacío cuando el final se acercaba.

—Dime una cosa, Pinner. ¿Por qué has venido?

Vaya pregunta. Tan sencilla y tan difícil de contestar. No se le escapaba nada. Y mucho menos si estaba borracho.

—He venido para encontrar a la bisnieta de Kovalevski.

Acercó el gollete de la botella al ojo, como un catalejo, y se echó a reír.

—Dime la verdad.

—Te la acabo de decir.

Seguía mirando el licor que aún quedaba en la botella. Aún le quedaba un rastro de sonrisa.

—Quizá ni tú mismo sepas la razón por la que estás aquí.

No me apetecía discutir. Estaba demasiado borracho y el hombre que ahora me pedía que le contara la verdad aún no se había querido dar por enterado de lo que le dije sobre matarme. Después de eso, no me sentía obligado a ser sincero, a contestar siquiera. Pero confieso que tampoco estaba seguro de conocer la respuesta a su pregunta. Por fin bebió un trago antes de continuar.

—Estás aquí porque crees que puedes hacer lo que consideras justo. La razón por la que quieres encontrar a la bisnieta de Kovalevski y llevártela a París no son tus ideales. Tampoco lo haces por Yekaterina Paulovna. Bueno, tal vez en parte por ella sí. Y, créeme, te entiendo, en otro momento de mi vida tal vez yo también me arriesgaría por una mujer así. Pero la verdadera razón por la que Gordon Pinner está aquí se llama Gordon Pinner. No me refiero a egoísmo. Eres demasiado honesto para eso. Pudiste salir de París cuando Kovalevski te dejó marchar, o inventarte alguna excusa que te liberase del compromiso. Después de todo, te habían descubierto y no podías hacer nada más. Pero en lugar de huir o esconderte fuiste a la embajada para hacerme llegar una nota. Lo de la bisnieta del príncipe es una idea brillante, lo confieso. Fíjate si me gustó que mañana por la noche estaremos en Leningrado. Fui yo quien te mandó venir, pero lo habrías hecho igualmente. Lo habrías hecho porque quieres asegurarte de que todo saldrá según la promesa que le hiciste a Kovalevski. A mí no me vas a engañar. No puedes evitar hacer lo que consideras justo. Y eso te honra, camarada, pero las cosas no funcionan así. Lo sabes tan bien como yo. Tarde o temprano tendrás que elegir. Y espero que tu decisión sea la correcta.

Me pasó la botella, sin mirarme. Luego se dio la vuelta, se alejó de mí unos pasos y se puso a mear al borde del Moscova. Tambaleaba tanto que pensé que terminaría mojándose los pantalones. O a lo mejor era yo el que se movía.

—¿Y cuál sería para ti la decisión correcta? —le pregunté.

Soltó una carcajada interrumpida enseguida por un ataque de tos. Se giró un poco, para asegurase de que podía oír lo que me decía.

—Aquella que no me obligue a matarte.

Envalentonado por el alcohol, se me ocurrió que sería fácil darle un empujón y arrojarlo al río. Con suerte no tendría amigos, ni familia, ni nadie que lo echase de menos. Ganas no me faltaban. Pero a pesar de estar borracho, o quizá por estar demasiado borracho, era consciente de que acabar con él sería una gran equivocación. Lo más sensato era seguir como hasta ahora. Incluso los caballeros más esforzados y valientes tenían que ser pacientes.

—Vas a venir mañana a Leningrado conmigo —me dijo, dándose la vuelta mientras se cerraba la bragueta—. Te ceñirás al plan establecido. No harás tonterías ni te meterás en líos, fingirás que encuentras a la bisnieta de Kovalevski y dejarás que nosotros hagamos el resto —se detuvo y me miró a los ojos; los suyos brillaban en un reflejo de entusiasmo etílico—. Sólo así podrás salir con vida de esta, créeme. Sólo así podrás salvar a Yekaterina Paulovna. Pero si te empeñas en actuar por tu cuenta sólo vas a conseguir que os maten. A ella, en París. Kovalevski o su perro guardián lo harán. A ti, aquí, en la Unión Soviética. Puede que yo mismo tenga que hacerlo si no me dejas otra salida. Y, aunque no lo creas, no me gustaría que eso pasara. A pesar de tus contradicciones y de tus dudas estoy convencido de que puedes seguir siendo útil.

Capítulo XXIX

El Estrella Roja abandonó la estación de Oktyabrsky en un estrépito tan alentador como preocupante. Por una parte, me alegraba dejar Moscú atrás porque cada bufido de la locomotora nos acercaba al final del viaje. Pero, por otro lado, la cercanía del peligro era mayor. Había viajado tres mil kilómetros y cada vez tenía menos claro lo que pasaría. A mi lado, Antón Vladímirovich roncaba con la placidez contundente de un bebé. La resaca, la misma resaca culpable de mi mal aliento, lo había dejado exánime. Las piernas estiradas en el pequeño compartimento, la cabeza apoyada en la ventanilla de mala manera y un hilillo de baba asomándole en los labios. Aún no habíamos salido de Moscú pero ya estaba dormido, o lo parecía, porque con él nunca podías estar seguro. Sentado frente a él, Bogdan Peshkov hojeaba distraídamente un ejemplar de *Pravda*. La raya bien alta, el suave olor a colonia, la espalda recta y las piernas cruzadas eran la prueba de su ausencia en el largo paseo nocturno. Dormía cuando volví. Por la mañana me zarandeó hasta sacarme de la cama y casi a empujones me llevó a un tranvía para llegar a tiempo a la estación. Se me ocurrió que anoche se quedó en el apartamento para poder vigilarme durante el viaje a Leningrado. De ser así, la borrachera que disfrutamos su jefe y yo no fue improvisada. En realidad, siempre había un motivo detrás de cualquier cosa que hiciera Antón Vladímirovich.

En el compartimento nos acompañaban dos hombres jóvenes y una mujer en la frontera difusa de la madurez y la vejez. No conseguí adivinar el oficio de los varones porque uno de los dudosos logros de la revolución había sido la homogeneización en la vestimenta. Lo mismo podían ser obreros de una fábrica a orillas del Báltico que profesores o médicos. Eso, si no eran agentes del OGPU cuya misión fuese vigilarme por si me daba por escapar cuando bajase al andén para estirar las piernas en alguna parada. O vigilarnos a los tres, porque hasta el bolchevique más radical podría ser considerado sospechoso. Pero estaba exagerando. ¿Adónde podría ir? ¿Cuánto tardarían en encontrarme? ¿Quién se atrevería a darme cobijo, a prestarme ayuda siquiera? La monotonía la rompió la mujer que se sentó en la esquina cercana al pasillo. El sombrero de plumas y el viejo abrigo desentonaban con el resto de los pasajeros. Su ropa descolorida y sus zapatos viejos aun conservaban el aire de un catálogo de moda parisino de por lo menos veinte años antes. La imaginé atrapada en el tiempo, como tanta gente en la Unión Soviética que no era rica ni noble, o que a pesar de pertenecer a la aristocracia asumió la caída de los Románov como el primer paso para avanzar hacia un futuro esperanzador mientras asistía con pavor y aturdimiento a los primeros tiempos del poder de los bolcheviques; profesionales liberales, comerciantes que tuvieron que decidir entre quedarse en la tierra que nacieron o marcharse al extranjero. Había visto muchos así las otras veces que estuve en Moscú. Gente desarraigada, desencajada en un mundo que ya no le correspondía, que ni siquiera entendía. Obstinada en lucir ropa antigua que ya no era posible comprar en la Unión Soviética, recuerdos de una época desaparecida, esta había sido una mujer atractiva, sin duda, todavía lo era. La miré de reojo por última vez antes de caer rendido, pero en la duermevela me acordé de otro mundo desaparecido, el que había conocido en París, una burbuja atrapada en el tiempo, una clase de vida que ya no existía más que en los recuerdos y en los sueños de los expatriados.

Ya era de noche cuando llegamos a Leningrado. Me había pasado casi todo el viaje amodorrado mientras los árboles y la nieve se sucedían interminablemente por la ventana. La mujer con ropas de otra época fue la primera en salir. Tras ella, los otros dos hombres con los que apenas intercambié unas palabras hicieron lo mismo. Antón Vladímirovich, Peshkov y yo fuimos los últimos en abandonar el compartimento.

—Hoy descansaremos —me colocó una amistosa mano sobre el hombro y me dio una palmada. Por un momento creí que me iba a proponer emborracharnos otra vez y recorrer las calles de Leningrado. La idea no me disgustaba, no tanto por pasearme por la ciudad, sino porque no me apetecía encerrarme en una habitación y esperar sin saber por cuánto tiempo. Aunque el recuerdo de la borrachera aún era demasiado reciente para repetir lo de anoche.

Alguien nos abrió la puerta de un coche aparcado frente a la estación Moskovsky. No me había dado cuenta de que nos esperaban. Demasiadas veces cometí el error de no calcular bien el poder de Kuliakov. En ocasiones parecía un vulgar agente de infantería y otras, como a menudo estos últimos días, resultaba evidente su capacidad para disponer de cuantos recursos considerase necesarios: una habitación en Moscú, por muy cochambrosa que fuera, billetes de tren a Leningrado, dinero para gastos, un coche con chófer al llegar a la estación y seguro que nuestra estancia en la antigua capital de los Románov también estaría más que prevista. Resultaba evidente que lo que dependiera de él se solucionaría enseguida. Y lo que no, haría cuanto estuviese en su mano por conseguirlo.

Como era mi primera vez en la ciudad, acerqué la cara a la ventanilla para admirarla. Aunque apenas alcancé a ver tres o cuatro edificios majestuosos, ninguno demasiado alto, indiferentes a la nueva era que ahora vivía el país. Había leído lo bastante sobre la historia de Rusia y estudiado con atención golosa los planos de la ciudad antes de fantasear siquiera con que algún día iría. Las yemas de los dedos señalando las calles y los monumentos sobre el mapa o las fotografías de las revistas

La fachada del edificio frente al que el automóvil se detuvo también distaba mucho de ser uno de esos frontispicios lujosos que imaginaba cuando pensaba en la antigua San Petersburgo. Por guardar las formas o por sincera convicción ideológica, o a lo mejor por pura discreción, Antón Vladímirovich había escogido un lugar austero donde alojarnos.

El apartamento al que subimos era sólo para nosotros. No había indicios de que nadie viviera allí. Ninguna ropa tendida cerca de la estufa, ni olor a comida ni tarros de mermelada apiñados por todas partes, como en un hormiguero. Kuliakov ocupó una de las dos habitaciones y nos dejó la otra. El rango mandaba. Sólo deseaba quitarme los zapatos y tumbarme en la cama. En lugar de remitir, el cansancio aumentaba cada día. Era muy tarde. Antes de acostarme me asomé a la ventana y en la oscuridad sólo pude ver lo que parecía un parque y algunos edificios de fealdad repetitiva.

No quería dormirme sin repasar mentalmente, como cada noche, lo vivido durante el día, pero me pesaban los párpados y hasta disfrutaba porque el sueño se apoderase de mí más rápido de lo acostumbrado. ¿Qué íbamos a hacer ahora?

Quizá fuera esa la única pregunta pertinente. La única posible. Por no tener, que yo supiera, ni siquiera teníamos una fotografía que nos ayudara a reconocer a la bisnieta de Kovalevski. Como cada noche desde que salí de París, antes de quedarme dormido estuve pensando en Katya. No necesitaba esforzarme para acordarme de ella, pero de una forma no del todo consciente me obligaba a tenerla presente. ¿Qué estaría haciendo ahora? ¿La trataría bien Kovalevski? ¿Y los ensayos para el estreno? ¿Estaría nerviosa? ¿Pensaría en mí? Me gustaba pensar que lo hacía al mismo tiempo que yo pensaba en ella. Que se preocupaba por mí, no sólo por lo que pudiera ocurrirle si no resolvía lo de la bisnieta de Kovalevski, sino sólo por mí, porque no quería que me pasara nada.

Mentirse a uno mismo puede ser una forma de salir adelante cuando estás desesperado.

La mirada de Antón Vladímirovich era socarrona e impasible a partes iguales. Parecía un profesor complacido al comprobar las dudas que había sembrado en sus alumnos. Dejó la taza de café sobre la mesa y se quedó mirándome.

Mientras manipulaba el samovar le conté las dudas que tenía sobre lo que fuéramos a hacer en Leningrado. No es que tuviera que informarme de cada paso que diéramos, pero, puesto que yo también era parte esencial del plan, me gustaría estar al tanto de cuanto fuera posible.

—No te preocupes por eso —añadió, por fin—. A la bisnieta de Kovalevski la tenemos localizada. Muy pronto te diré qué tendrás que hacer y cómo tendrás que hacerlo. Porque serás tú quien la saque de aquí. Si no, nada de lo que habrás hecho resultará creíble a los ojos del príncipe.

Le mostré el entrecejo arrugado como respuesta. Pero él tomó otro sorbo de café aguado en silencio. No había obviado la posibilidad de un secuestro, aunque fuera un secuestro simulado, pero ahora, tan cerca, no quedaba otra que enfrentarme a la realidad. Estaba en Leningrado y tal vez tuviera que fingir que raptaba a una niña y llevármela a París.

—Termínate el café —me dijo, levantándose— Nos vamos.

Asentí, sin terminar de beber lo que llamaba generosamente café. Como cada día, tenía ganas de salir a la calle. Me angustiaba la idea de quedarme encerrado, de perder el tiempo cuando fuera quedaba tanto por hacer.

El mismo automóvil que nos recogió anoche en la estación estaba aparcado frente al edificio y me pregunté si habría permanecido ahí toda la noche o si habría acudido por la mañana porque Antón Vladímirovich así lo dispuso cuando llegamos. Lo más probable sería lo segundo, porque al volante del Gaz color cereza de ayer ahora se encontraba Peshkov. Tenía sentido prescindir del otro chófer: cuantos menos testigos, mejor.

Antón Vladímirovich y yo nos acomodamos en el asiento de atrás, como dos hombres importantes de visita en la ciudad. Tampoco ahora parecía que fuera a ver mucho de Leningrado, porque Peshkov no tardó en conducirnos a las afueras y, después de unos pocos edificios que aún conservaban el aire majestuoso de los palacios que fueron cuando los nobles empezaron a acudir en reata a la llamada de Pedro el Grande, la ciudad dejó paso a un paraje yermo en el que sólo aparecía de cuando en cuando alguna *isba* entre la niebla con una manta de nieve por tejado.

La carretera dejó paso a un camino embarrado, cruzamos unos raíles sobre una colina después de que Peshkov se asegurase un par de veces de que no aparecía ninguna locomotora inesperada entre la niebla y pocos minutos después llegamos a nuestro destino. Era una aldea, ni siquiera pensé que pudiese alcanzar la categoría de pueblo, el lugar en el que Kuliakov le ordenó al chófer ocasional que se detuviese. A un lado, tres vacas rumiaban apaciblemente el heno frío de un aprisco. Detrás de un camión destartalado que tal vez ya nadie usaba apareció un patio con unos pocos desangelados árboles pelados y al fondo un letrero en piedra sobre la puerta donde ponía *Sirotstvo*. Una verja oxidada protegía simbólicamente el edificio de dos plantas con fachada de oscura piedra gastada. Aún no se había parado el motor cuando Antón Vladímirovich abrió la puerta. No hubo de sugerirme que lo acompañara porque también salí del automóvil. Casi lo único que podía hacer era andar tras sus pasos, ser su perro faldero y aguardar el momento de poder hacer algo por mí mismo.

Antón Vladímirovich atravesó el patio del orfanato y abrió la puerta sin llamar. Parecía tan familiarizado con el lugar, que podría caminar por el edificio con los ojos cerrados. Cuando entré, la puerta volvió a cerrarse con un quejido de bisagras. Al vernos llegar, la mujer al otro lado de un mostrador nos regaló una sonrisa que, si no era falsa, al menos sí un punto forzada: la de quien aguarda y al mismo tiempo siente inquietud ante una visita no deseada.

—Buenos días, camarada —Kuliakov se quitó el gorro y frotó la suela de los zapatos sobre la alfombra en un vano intento de limpiarlos de cieno. Mientras lo hacía, enterró una mano en el abrigo para buscar su documentación y enseñársela a la recepcionista—. Vengo a hablar con la directora. Ella está al tanto de mi visita.

—Así es —respondió, la sonrisa falsa aún no había desaparecido—. Estábamos esperándolo, pero no sabíamos cuándo vendría.

—Hemos hecho un largo viaje —le dijo, apartándose de la alfombra para que yo también pudiera limpiarme las botas— y era difícil precisar cuándo llegaríamos a Leningrado.

La mujer asintió, solícita. Nos pidió que aguardásemos un momento y desapareció tras una puerta. Cuando nos quedamos en silencio se amplificó un agradable sonido que soslayé al entrar en el edificio. Una algarabía que me trajo recuerdos de muchos años atrás, cuando era un niño y estudiaba en un lugar muy distinto a este, en el sur de España. Un colegio de curas salpicado de crucifijos y de hornacinas con avatares de barro de la Virgen María, una escuela con capilla donde se celebraba misa diaria de asistencia no obligada porque todos los chiquillos acudían de forma natural. Sonreí, con cariño inevitable y también sorpresivo, al recordarme vestido de monaguillo ayudando a un cura a celebrar la eucaristía.

La mujer menuda que apareció al cabo de unos pocos minutos vestía una austera falda larga gris y chaqueta abotonada del mismo color por la que asomaban el cuello y los puños impecables de una blusa blanca; el pelo entreverado de canas recogido en un moño alto. La expresión dura, de quien está acostumbrada a mandar y sobre todo a ser obedecida.

—Camarada Kuliakov —saludó a Antón Vladímirovich con un gesto neutro, distante. A mí ni siquiera me miró—. Qué sorpresa. ¿A qué debo el honor de su visita?

—Hemos venido a ver a la niña —respondió, muy serio—. La avisé hace dos días.

—Es cierto, pero como no había vuelto a tener noticias suyas pensé que ya no tendría el placer de saludarlo. Aunque he de confesarle que cuando me han anunciado que estaba aquí se me ha ocurrido que quizá viniera para confiscarnos el invernadero —chasqueó la lengua, con un sorprendente énfasis de teatralidad—. Pero lamento anunciarle que las últimas hortalizas las recolectamos ayer para el almuerzo. Habrá que esperar a la próxima cosecha.

Antón Vladímirovich tenía guardadas las manos en los bolsillos, pero pude oír cómo le crujían los huesos al apretar los puños.

—Alexandra Liovna… —refunfuñó.

A la directora le daba igual que se enfadase. Sin duda, disfrutaba incordiándolo.

—También puede llevarse unos cuantos libros de la biblioteca —le dijo—. Más que nada, para aprovechar el viaje. Los libros son estupendos, con las páginas se puede hacer papel de fumar. O, en caso de necesidad, sirven para limpiarse el culo, aunque le aviso que puede resultar un poco áspero. También se pueden leer, pero ya sé que eso sería pedir demasiado.

—Alexandra Liovna… —repitió Antón Vladímirovich, en un tono más firme que la primera vez—. Hemos venido a ver a la niña. No nos haga perder el tiempo.

—Irina está en clase ahora mismo.

—Es lo habitual a estas horas en los críos —respondió, y miró su reloj—. Y su obligación también.

—Por supuesto. Igual que cantar *La Internacional* cada mañana. Algo que, de haber venido más temprano, habría podido comprobar usted mismo.

Antón Vladímirovich pasó por alto el dardo. Me habría gustado saber si a la directora le molestaba más que los estudiantes tuvieran que cantar *La Internacional* cada mañana o nuestra visita.

—No tenemos mucho tiempo. He venido con este camarada inglés que tiene relación con un familiar de la niña.

Las cejas de la directora se arquearon un poco, muy poco, ante la revelación.

—¿Y cómo es eso posible?

La respuesta de Antón Vladímirovich fue quedársela mirando un instante. Él no estaba acostumbrado a dar explicaciones y ella estaba acostumbrada a ser obedecida.

—¿Quiere usted, camarada, que saque a la niña de la clase y la traiga?

—No será necesario. De momento, nos basta con asomarnos al aula. No hará falta siquiera que hablemos con ella.

—De acuerdo —concedió la directora después de unos segundos de silencio—. Síganme.

El interior del edificio era mucho más digno de lo que aparentaba desde fuera. Detrás de la secretaría se abría un pasillo ancho que a pesar de las paredes desconchadas mantenía cierto aire señorial. Una planta más arriba, después de unos cuantos peldaños gastados y un pasamanos de madera al que le hacía falta una capa de barniz, caminamos por otro pasillo flanqueado por dos clases, una a cada lado.

Si antes tuve alguna duda, ahora estaba convencido de que Antón Vladímirovich había visitado antes ese lugar. Sabía cómo era la escuela, que las aulas tenían unas ventanas interiores por las que se podía ver a las chiquillas.

La profesora que señalaba en el mapa un punto del mar Báltico se quedó mirándonos un segundo con gesto dubitativo, pero ante la inacción de los tres continuó la clase como si nadie estuviera observándolas a ella y a sus alumnas. Antes de fijarme en las niñas, me entretuve en mirar el mapa. No aparecían delimitadas las fronteras, pero por las explicaciones de la profesora logré entender que la lección de hoy trataba sobre la guerra de Pedro el Grande contra Carlos XII de Suecia a primeros del siglo XVIII. Eran tiempos muy distintos, pero la veneración del Románov más famoso se mantenía intacta después de tres siglos a pesar de que la capital de la Unión Soviética ahora fuese Moscú y de que seis años antes Mijáil Kalinin firmase el decreto por el que la ciudad que primero fue San Petersburgo y luego Petrogrado pasaría a llamarse Leningrado.

Luego miré a las alumnas. Debía de haber unas veinte. Algunas miraban con curiosidad a los recién llegados mientras fingían no perderse la explicación de la profesora. El letrero de la entrada anunciaba que aquello era un orfa-

nato, pero quise creer que no todas los niñas eran huérfa-
nas. Ni esas ni las de la otra clase. Aparte de hospicio, ese
edificio que probablemente antes pertenecía a una familia
noble, seguro que también era un internado que alojaba
además de huérfanos a estudiantes cuyos padres vivían lejos
de Leningrado, hijas de funcionarios con ciertos privilegios,
militares o incluso agentes del temido servicio secreto.

Aunque no se me da muy bien calcular la edad de los
niños, la de las alumnas se antojaba bastante heterogénea,
descarté a todas las de ese grupo puesto que ninguna me
pareció menor de diez o doce años. Antón Vladímirovich
no dijo nada. Supuse que me dejaba adivinar. Sólo quedaba un aula, así que cuando nos asomamos al otro cristal
me preparé para fijarme mejor. Otra profesora escribía un
texto básico en cirílico en la pizarra. Lo leía despacio, mar-
cando las sílabas, y las chiquillas repetían. Eran una copia
más pequeña de las anteriores. Todas con el pelo recogido
en dos trenzas, vestido azul con mandil, estola y cuello blancos además del pañuelo rojo. La profesora miró a la directora con gesto interrogativo hasta que Alexandra Liovna
le indicó que continuase. Las mayores de este grupo eran
más jóvenes que las de la otra clase. La cría que habíamos
venido a buscar tenía unos seis años. Por tanto, sería una
de las más pequeñas, lo que reducía las posibilidades a tres
candidatas. Dos de ellas estaban sentadas hacia la mitad
de la clase y otra en la penúltima fila. Como era la única
referencia que tenía, por vaga que fuera, escruté los rasgos
de cada una de ellas con interés de fisonomista sin llegar
a encontrar, por más que lo intenté, alguna peculiaridad
reconocible de su bisabuelo. Mijaíl Mijáilovich Kovalevski
tenía los ojos grises. Desde donde estaba no podía ver el
color de los ojos de las niñas. La última era rubia, las dos
de la fila de en medio eran morenas y una de ellas, la que
estaba más lejos de mí, debía de tener el pelo rizado por
los tirabuzones indómitos que le escapaban de las trenzas.

Antón Vladímirovich volvió a mirarme, pero en su gesto no fui capaz de adivinar nada. Al contrario, parecía disfrutar sometiéndome a un acertijo.

—Es una alumna muy aplicada, sobre todo teniendo en cuenta lo pequeña que es —la directora rompió el silencio—. Estudia, es muy inteligente. Llegará lejos si no se tuerce.

Seguí la línea que marcaban sus ojos. De las tres niñas que seleccioné, la ganadora iba a ser la de los rizos.

—¿Ha hablado con ella? —le preguntó Kuliakov.

—Aún no. Prefería que usted viniera primero y me pusiera al tanto de la situación.

—La situación es la misma que le conté. Hemos encontrado a un familiar de la niña y vamos a hacer que se reúna con él.

—Cuando Irina llegó aquí no tendría ni un año. La dejaron en la puerta. Era verano. Aún estaba dormida.

Desde que salió a recibirnos era la primera que vez que advertí un quiebro en la dureza de sus ojos, acaso lo más parecido a un gesto de ternura que estaba dispuesta a mostrar.

—Resulta extraño que alguien la reclame ahora, después de tanto tiempo —añadió.

—Vivimos tiempos convulsos, camarada. Alguien lleva muchos años buscando a esa chiquilla y por fin la ha encontrado. No le quepa duda de que ahora le espera una vida mejor. Y todo se lo debemos a nuestro amigo inglés.

La directora me dedicó un vistazo fugaz. Me sentía incómodo ante el detalle de falsa generosidad que acaba de regalarme Antón Vladímirovich. Lo que pensaba, si es que pensaba algo, resulta insondable.

—Hablaré con ella antes de que se marche.

—Por supuesto —concedió Kuliakov—. Aún tenemos que arreglar el papeleo. Pero pronto vendremos a buscarla. Puede usted contarle que su bisabuelo la ha encontrado y quiere conocerla. Que prepare sus cosas porque habrá de emprender un largo viaje.

Si Alexandra Liovna sintió alguna curiosidad lo disimulaba muy bien. De haber estado en su lugar, me moriría de ganas por saber adónde nos llevaríamos a la niña.

—Así lo haré —fue lo único que dijo.

—No se preocupe, a partir de ahora estará en muy buenas manos.

Antón Vladímirovich recorría el pasillo. La directora lo acompañaba. Yo me había retrasado. Antes de irme volví a mirar a la niña: ajena a cuánto iba a cambiar su vida, mordía el lápiz con obstinación infantil mientras la profesora volvía a escribir en la pizarra.

Capítulo xxx

Tenía muchas preguntas, pero en el trayecto de vuelta sólo hablamos de asuntos intrascendentes. Antón Vladímirovich no me lo advirtió, pero puesto que siempre que tratábamos sobre el asunto que me había llevado Rusia Peshkov no estaba presente, colegí que su papel debía de ser el de subalterno fiel que sabe estar callado pero sin dejar de vigilarme, un poco como el coronel Makárov y el príncipe Kovalevski. Lo de la sociedad sin clases está muy bien, pero cuando se trata de algo importante, el mundo se divide entre unos pocos que mandan y la mayoría que obedece. En la Unión Soviética también.

Media hora después estábamos de vuelta en Leningrado. Peshkov pisó el acelerador del Gaz y por fin pude reconocer la ciudad que había visto tantas veces en fotografías. Si el ancho canal que cruzamos era el Fontanka, sin duda nos dirigíamos al centro. Puede que Antón Vladímirovich le hubiera indicado adónde debíamos ir, pero no me enteré. Tal vez todo el recorrido, el de antes y el de ahora, ya estuviera previsto Un plan premeditado del que no pensaban informarme. Pero ya no me pude contener. Me daba igual que Peshkov se enterase de la conversación.

—¿Y cómo sabes que esa niña es la bisnieta de Kovalevski?

Me inquietaba que todavía a estas alturas él no me lo hubiese planteado. Para mí estaba más o menos clara la importancia de aparentar que era yo quien lograba llevarse a la niña de la Unión Soviética. Pero, para que funcionase, y a veces estaba convencido de que podía funcionar y a veces pensaba exactamente lo contrario, también habría que convencer a Kovalevski de que la niña a la que acabábamos de ver era su bisnieta. Además, ¿cómo podía incluso el propio Antón Vladímirovich conocer el origen de la cría y establecer el vínculo imprescindible con el aristócrata? En otras palabras y expresándolo de una forma clara y sencilla: ¿cómo podía saber nadie que esa chiquilla que habíamos visto en el orfanato era la bisnieta de Kovalevski?

La sonrisa de satisfacción no desapareció del rostro de Antón Vladímirovich. Aún seguía ahí cuando le ordenó a Peshkov que parase después de mirar el cielo por la ventanilla. Ni siquiera el reflejo de la luz tras las nubes bajas resultaba un remedo aceptable de primavera a pesar del frío. Por fortuna, el grueso abrigo forrado de lana de borrego y el aparatoso gorro con orejeras me permitirían disfrutar de un paseo. Un poco más adelante se alzaba el pináculo del edificio del Almirantazgo. Y, no mucho más allá, el archiconocido Palacio de Invierno. Hasta un ignorante podría adivinarlo.

—Me preocupaba que todavía no me lo hubieras preguntado —me dijo, por fin, cuando salimos del automóvil.

El agente del OGPU disfrutaba, y no quería disimularlo, no sólo de mi curiosidad. Lo que le proporcionaba un mayor placer era el poder que le confería saber más que yo, sobre todo la inquietud que esa circunstancia me provocaba.

—Yo también me preguntaba cuándo me lo contarías —respondí—, y me parece fundamental conocer la respuesta si antes o después tendré que convencer al príncipe Kovalevski de que esa niña que acabamos de ver es realmente de su sangre.

—¿Sabes dónde estamos?

—Creo que sí.

—Fue aquí, hace un cuarto de siglo, cuando la gente se dio cuenta de lo que no podría ser nunca, pero también cuando el pueblo tomó conciencia de lo que podría ser si se empeñaba en conseguirlo. Sé que sabes de lo que te hablo —señaló con la barbilla la estatua ecuestre de Pedro I, el Románov más famoso, a lomos de su caballo—. Aquel domingo sangriento sucedió, exactamente aquí.

Había una leve inflexión en su voz, pero no fui capaz de discernir si se trataba de nostalgia, dolor, desprecio o indiferencia.

—Yo tenía quince años y era uno de los doscientos mil desgraciados que íbamos a entregar una carta al zar —continuó, con el gesto agrio—. Me habían dado un retrato de Nicolás el sanguinario y lo llevaba como una pancarta, ¿puedes creértelo? Tu amigo Antón Vladímirovich portando una imagen de nuestro padrecito, como si fuera un santo. El cura Gapón nos había prometido que el zar nos escucharía. Lo que queríamos era justo, ¿no? Un poco más de comida, un poco más de dinero, un poco más de dignidad, vaya. En el puesto de control, al final de ese puente —apuntó a la orilla del Neva—, nos advirtieron de que no debíamos seguir, pero quién podría parar a tanta gente. Además, ¿por qué iban a hacernos daño si sólo queríamos hablar? A partir de aquí ya no pudimos avanzar. No sabíamos que el zar, el muy cobarde, se había marchado por la noche en secreto a Tsárkoye Seló. El gran duque Vladímir Alexsándrovich, su tío, ordenó a los guardias que nos disparasen. Sólo íbamos a entregar una carta.

Conocía bien la historia. Aquella manifestación pacífica terminó con cerca de mil muertos, mujeres y niños entre ellos. Y, de alguna manera, fue el pistoletazo que puso en marcha lo que sucedería doce años después.

—Tuve suerte —me dijo, encogiéndose de hombros—. Ni un arañazo a pesar de los tiros de los guardias y de las cargas a caballo. Eché a correr en esa dirección —ahora señaló el lugar por donde habíamos venido—. Al llegar al puente me di cuenta de que todavía llevaba el retrato del zar. Tampoco había sufrido ningún daño. Lo tiré al suelo y lo pisoteé hasta que ya no pude distinguir su cara.

—¿Por qué me lo cuentas ahora?

Antón Vladímirovich inclinó la cabeza. Tal vez él tampoco sabía la razón.

—Tú no has nacido aquí, no has vivido en Rusia. No has visto nada. Quiero que tengas claro de dónde venimos y adónde vamos.

No me apetecía que me aleccionara.

—¿Cómo puedes estar seguro de que la niña del orfanato es la bisnieta de Kovalevski?

—Durante una época conocí al joven nieto del príncipe, antes de la revolución. También conocí a su amante, Zoya Nikoláieva. Todo el mundo la conocía. Una ciudad repleta de aristócratas ociosos es muy dada al cotilleo. Que el nieto de uno de los hombres más acaudalados de Rusia se hubiera enamorado de una prostituta y no tuviera remilgos al entrar de su brazo en los salones del hotel Angleterre, quizá disfrutando perversamente de que a las señoras de bien de Petrogrado se les agriase el gesto, o sortear los tranvías de la avenida Nevsky con ella en su Daimler, no pasaba desapercibido, te lo aseguro. El capricho de un rico heredero molestaba a unos aristócratas y a otros les hacía gracia. Como a su amigo el príncipe Yusúpov, a quien tanto divertían los escándalos y no tardó en invitar a la pareja a una cena de gala en su palacio del Moika. Aquella relación llamó la atención de los pobres, de los sirvientes, de los obreros de las fábricas y de los campesinos. Los pocos que sabían leer y muchos de los que no, estaban al tanto de lo que ocurría. Al fin y al cabo, se trataba de todo un acontecimiento social, un cuento de hadas que los anestesiaba de su propia miseria. A todo el mundo parecía agradar la historia de una Cenicienta moderna y cercana entre tantas noticias tristes sobre la guerra. Lo que has oído sobre ellos es cierto, sobre todo el desprecio del viejo Kovalevski a una joven humilde que además era prostituta. Quién sabe si lo primero le molestaba más que lo segundo. Pero esa parte de la historia ya la conoces. Lo que quizá no sepas es que, unos pocos meses antes de morir, Zoya Nikoláieva dejó a su hija en la puerta del orfanato que hemos visitado. En el cesto, la niña, unos juguetes y una carta en la que contaba que no podía hacerse cargo de ella porque estaba muy enferma y, lo más importante, una nota con el nombre y el apellido de la chiquilla. Escribió la forma femenina del apellido del abuelo paterno de la niña, Zuzdaleva, en lugar del apellido del padre, quién sabe si para romper definitivamente con los lazos familiares de quien no quiso hacer nada por ayudarla o si por el deseo de proteger a su hija de una mala vida o de represalias que pudiera tener por culpa de aquel estigma aristocrático que la señalaba.

—Han pasado cinco años y la chiquilla sigue ahí.

—Sí, y está recibiendo una educación como cualquiera de las otras niñas. Pero más tarde o más temprano tendría que marcharse. Sólo que lo va a hacer antes de tiempo y a un lugar que ni se imagina.

El tono de Antón Vladímirovich era tajante. No dejaba lugar a ninguna otra clase de interpretación.

—¿Cómo puedes estar seguro de que es la bisnieta de Kovalevski? —volví a preguntarle.

—Porque hay algo que no te he contado.

No me extrañaba.

—Cuando me dijiste lo de su bisnieta, yo ya lo sabía.

Eso sí que no me lo esperaba.

—¿Desde cuándo lo sabías?

—Desde hace mucho. Y también sabía cuál era el hospicio donde la dejaron. A finales de 1917 me encargaron encontrar a Kovalevski. El antiguo régimen de privilegios había caído, pero el príncipe aún era un peligroso elemento subversivo. Corrían rumores de que había estado varias veces en Leningrado después de octubre y que, ayudado por algunos criados fieles, consiguió llevarse una importante cantidad de obras de arte, joyas y dinero del palacio que aún no habíamos confiscado, pero tengo dudas sobre eso porque pasé muchos días vigilando el edificio. Durante más de un año nadie pudo encontrarlo. Fui a buscarlo a su residencia junto al Mar Negro y también hasta una de sus fincas en los Urales, pero no conseguí dar con él. Algunos decían que el príncipe se había sumido en una profunda depresión y terminó descerrajándose un tiro. No era un rumor carente de fundamento puesto que durante muchos meses no había aparecido ni una noticia sobre él en los periódicos europeos, algo muy raro tratándose de uno de los hombres más ricos de Rusia. Tampoco descarto que llevasen razón quienes afirmaban que había vuelto a vestir el uniforme, a sus años, y comandaba un regimiento del general Denikin en el Cáucaso. Quién sabe si volvió a luchar en una guerra para estar cerca de su nieto. Si no, no me explico ese periodo de misterio en un hombre tan rico y tan famoso. No me extraña que incluso financiase al Ejército Blanco con su inmensa fortuna. El caso es que hasta finales de 1920 no supimos que Kovalevski se había instalado en París y que estaba, por el momento, fuera de nuestro alcance. Entonces me destinaron al frente como comisario político, y aunque no me olvidé de Kovalevski, mis prioridades fueron otras. Pero cuando la guerra terminó regresé a Leningrado, hice algunas indagaciones y me enteré de que Iván Konstantínovich también había vuelto a Rusia y, tras pasar un tiempo en un campo de trabajo, fue liberado, encontró a su amante y se marcharon de la ciudad. No sé si ya no quisieron salir de la Unión Soviética o no pudieron. No volví a interesarme por ellos hasta que me enteré de la muerte del nieto de Kovalevski. Supe que pasó unos años muy difíciles. Era hijo de un obrero que vio con sus propios ojos el horror de la matanza de Jodynka, pero también era el nieto de un hombre muy rico. Trabajó un tiempo como administrativo en el Hermitage, pero acabaron despidiéndolo. Más tarde volvieron a detenerlo y pasó un año desterrado cerca de Novgorod.

—¿Por qué lo detuvieron?

—Por actividades antisoviéticas.

No hacía falta preguntar más. Actividades antisoviéticas significaba que podían hacer contigo lo que quisieran.

—¿Cómo supiste lo de la niña?

Averigüé que la madre falleció, pero no se sabía nada de su hija. No hallé ningún certificado de defunción, nada que demostrase que la cría también había muerto. Zoya Nikoláieva no tenía familia. Había llegado a Leningrado sola desde alguna aldea del este y empezó a trabajar en un prostíbulo. Pero era muy hermosa y la fortuna quiso que el nieto de Kovalevski se fijase en ella. Sin familia, seguro que también sin amigos puesto que quienes la trataron durante los años en los que fue amante de Iván Konstantínovich le habían dado la espalda o se había marchado de Rusia, si se supo gravemente enferma se me ocurrió que tal vez habría dado a su hija en adopción. No fue fácil dar con ella, me llevó muchos meses, pero que en el lugar donde hemos estado hubiese una niña que se llamaba Irina Zuzdaleva con la misma edad que debería de tener la nieta del príncipe Kovalevski eran indicios más que suficientes para pensar que estaba, que estoy, en lo cierto.

Lo que me contaba tenía mucho sentido.

—Hace un par de años me encargué de hacer llegar a Kovalevski la noticia de que su bisnieta vivía en Leningrado —Antón Vladímirovich continuó con la explicación—. Apenas se trataba de un rumor que no decía nada concreto ni proporcionaba datos, pero era suficiente para suscitar el interés del príncipe. El anzuelo que serviría para tenerlo controlado cuando fuera necesario. Pero, por desgracia, Kovalevski se lo tomó con el suficiente escepticismo o desconfianza para que al final yo desistiese de usar a la niña como cebo. La cuestión era que, si al príncipe le llegó el rumor, y estoy seguro de que le llegó, se mostró incrédulo. Decidí que si insistía al final no conseguiría sino estropear una baza importante que, quién sabe, podría ser interesante algún día. Quizá no utilizamos el canal adecuado para comunicarnos con él o a lo mejor la nostalgia por Rusia o las ganas de reconciliarse consigo mismo y con su pasado aún no eran lo bastante potentes como para que quisiera averiguar más. Aunque, conociéndolo, me extraña que no encargase a alguien que investigase el asunto.

—Si lo hizo, ¿cómo sabes que no llegó hasta aquí?

—¿Sabes cuántos huérfanos hay en Leningrado? No puedes hacerte una idea siquiera. Yo di con la niña, pero tuve mucha suerte, y una vez que la identifiqué me preocupé de borrar cualquier pista que condujese hasta ella. Además, si alguien enviado por Kovalevski la hubiera encontrado, ¿acaso crees que no habría intentado llevársela? No lo creo posible. Nadie sabe la verdadera identidad de la niña. Simplemente, cuando lancé el anzuelo a Kovalevski no era un buen momento. Eso es todo.

—Y ahora es un buen momento... Por eso me lo estás contando. Esa es el motivo de que me hayas dejado llegar hasta aquí, ¿verdad? Yo soy la razón por la que el príncipe Kovalevski va a terminar de convencerse.

A Kuliakov le divertía que por fin hubiera resuelto el acertijo. Pero no dijo nada. A lo mejor creía que ya había hablado bastante.

—En efecto. Tú eres quien habrá de convencerlo de que la niña es su bisnieta. Pero no te olvides de una cosa. Vas a convencerlo de algo que es verdad. Irina Zuzdaleva es su bisnieta. Kovalevski te ha permitido seguir con vida y llegar hasta aquí porque tiene la esperanza de que así sea.

Se me ocurrían muchas más preguntas, pero aunque me inquietaban prefería no formularlas. Si, como parecía,

Antón Vladímirovich estaba actuando al margen del OGPU, nos estábamos metiendo en un terreno muy peligroso. Para mí y para él también.

—¿Y voy a poder llevármela así, sin más problemas?

—¿Qué esperabas hacer? ¿Darme esquinazo en Moscú y llegar tú solo hasta aquí para raptar a la niña sin saber siquiera quién es? ¿Crees que habrías podido entrar en la Unión Soviética y burlar al OGPU? No eres tan ingenuo como para eso.

—Tampoco lo es el príncipe Kovalevski. No se va a creer que ha sido tan fácil.

Kuliakov volvió a sonreír.

—Aparentemente, no te va a resultar sencillo llevarte a la niña. Kovalevski no tiene por qué enterarse de nada. Es lógico que hayas estado conmigo en Moscú y también que hayamos venido juntos a Leningrado. Tu libertad para moverte dentro de la Unión Soviética ha de ser relativa. Lo extraño sería lo contrario. Pero, digamos que una vez que has llegado a tu destino me has dado esquinazo. Yo tengo muchas cosas que hacer aquí, has indagado por tu cuenta, te has buscado la vida para encontrar a la niña y llevártela —señaló con la mirada un punto indeterminado más allá del ancho Neva y de la isla Vassilevsky—. Finlandia no está lejos. Pero no te preocupes, no queremos que atravieses el mar y te suceda algo irreparable a ti, y mucho menos a la niña. Bastará con que vayas unos kilómetros al noroeste, hasta la frontera. No hemos llegado tan lejos para permitir que no consigas lo que Kovalevski desea tanto.

Habíamos llegado a la columna de Alejandro, justo en el centro de la plaza. A nuestra espalda, el Arco del Triunfo. Frente a nosotros, el Palacio de Invierno. Tan concentrado en la conversación, aún no me había entretenido en admirar el majestuoso edificio verdiblanco. Durante un segundo no supe si Kuliakov seguía hablando o si callaba. Quizá para escapar de sus palabras o sólo porque en determinados lugares el presente desaparecía, lo único que había ante mis ojos era una multitud silenciosa que venía a entregarle al zar una carta en la que le solicitaban ayuda para mejorar las duras condiciones en las que vivían y trabajaban, hasta que uno de los soldados cosacos empezó a disparar a la orden del oficial al mando. Luego más tiros, más palos a los manifestantes, sangre en el suelo, hombres, mujeres y niños en desbandada tratando de esquivar los cascotes de los caballos, los fusiles y los sables. Pero tampoco podía dejar de imaginar carrozas engalanadas, la guardia de Coraceros Azules lista para pasar revista, las hijas de Nicolás II asomadas a una de las cientos de ventanas, la llegada de los Yusúpov, los Kovalevski, los Golitsin o cualquiera de los apellidos célebres de San Petersburgo que disfrutaban de una vida regalada, ajenos por desinterés o por ignorancia a las penurias de quienes no habían tenido la misma suerte que ellos. Era ese deseo de mirar el mundo desde todos los puntos de vista posibles lo que me atormentaba tantas veces. Tratar de entender, aunque mi corazón siempre se colocara junto a los más débiles, las motivaciones de todos. Las de la gente humilde que suplicaba al zar que los escuchara, las de los soldados capaces de arremeter contra una indefensa muchedumbre de desgraciados, gente de la misma clase social a la que ellos pertenecían; y también la de los aristócratas capaces de mirar para otro lado con tal de que no les arrebatasen sus privilegios.

—A partir de ahora habrás de seguir por tu cuenta.

Las palabras de Antón Vladímirovich me devolvieron al presente.

—He de ausentarme el resto del día —me dijo y me entregó un sobre que sacó del bolsillo—. No volveremos a vernos hasta esta noche. El piso es todo tuyo mientras tanto. Ahí dentro llevas, además de las llaves, dinero para lo que te haga falta. Si necesitas algo, estaremos para ayudarte, no te preocupes.

—¿Y a dónde se supone que tengo que ir?

Levantó las dos manos, para desentenderse.

—Decídelo tú. Leningrado es una ciudad muy interesante. Pero, aparte de hacer turismo, yo buscaría la forma de hacer una visita al orfanato por mi cuenta —miró de reojo, señalando histriónicamente a quien pudiera estar observándonos y añadió—: Que le cuenten a Kovalevski que te has dejado la piel tratando de sacar a su bisnieta de aquí.

También, lo que Antón Vladímirovich quería decirme era que me iban a estar vigilando. Que por mucha libertad de la que pudiera disfrutar, en el fondo no era más que una treta para hacer creíble a ojos de Kovalevski que había sido capaz de sacar a su bisnieta de Leningrado. Aún no había cogido el sobre, pero no podía sino aceptarlo y plegarme a sus deseos. Al menos mientras siguiera siendo un elemento valioso viviría otro día. Mientras existiera una posibilidad de chantajear al príncipe sería útil para el hombre que ahora me miraba en silencio, hasta que por fin cogí el sobre que me ofrecía. Kuliakov asintió y me deseó suerte antes de girar sobre los talones en un remedo de gesto militar y alejarse caminando en dirección a la avenida Nevski. Aún no lo había perdido de vista cuando me volví, de nuevo, hacia el Palacio de Invierno. Ya no escuchaba gritos de manifestantes, ni disparos, ni veía hermosas carrozas, ni automóviles con chófer que acudían a una fiesta invitados por el mismísimo zar. Todo se había esfumado, como aventado por un huracán repentino. Nunca en mi vida recordaba haberme sentido tan solo. Tan desamparado.

Capítulo XXXI

Todo en la Unión de Repúblicas Socialistas Soviéticas sucedía a un desesperante ritmo alambicado. Los trenes circulaban tan despacio que tenías la sensación de llegar más rápido andando y podías morirte de hambre en una cola donde cambiar los cupones estatales por una barra de pan. Pero lo peor era la burocracia multiplicada hasta el delirio: un trámite administrativo se podía convertir en una aventura tan larga como viajar desde Moscú hasta los confines del antiguo imperio de los zares a bordo del Transiberiano. Por mucho que Antón Vladímirovich mandara, no era todopoderoso, tenía superiores a los que rendir cuentas. La gran pregunta que no dejaba de hacerme era si la operación tenía el visto bueno de sus jefes en el Directorio Político Unificado del Estado, hasta qué punto Kuliakov estaba actuando por su cuenta y sobre todo con qué intención, si la de adjudicarse una medalla y medrar por un puesto más alto en el escalafón del OGPU u obtener algún beneficio que no acertaba a entender. Dudaba que fueran las ganas de quedarse con el dinero del príncipe Kovalevski. Con ese desaliño en la indumentaria, esa barba rala y las gafas torcidas no me lo imaginaba deslumbrándose como un crío al abrir el cofre de un tesoro.

Tras un rato paseando junto al Neva resolví buscar la forma de ir de nuevo al orfanato. Leningrado es una ciudad bellísima, pero no estaba allí para hacer turismo. Me afectaba una incómoda sensación de urgencia. Cuanto más hiciera, menos quedaría por hacer.

Encontrar un taxi no era tarea fácil. Aunque se trataba de un capricho burgués y casi desaparecieron después de 1917, el gobierno se dio cuenta de que eran necesarios y acabó permitiéndolos. Paré a uno que cruzaba el Neva desde el distrito de Petrogradsky y le pedí al conductor que llevase a las afueras. Mi carnet del partido y una parte de los rublos de Kuliakov terminaron de convencerlo. No sabía la dirección exacta, pero le indiqué que saliéramos de la ciudad para encontrar la misma carretera de por la mañana. Cuarenta minutos más tarde vi el desvío al mismo camino embarrado y un poco después el paso a nivel. Ahora no había tanta niebla como por la mañana y entreví lo que no podía ser sino un magnífico palacio.

—Detskoye Seló —me aclaró el taxista.

Aunque resultaba lógico el nuevo nombre con el que lo habían bautizado los bolcheviques me hizo gracia comprobarlo. Detskoye Seló. La villa de los niños. Me acababa de enterar, pero seguro que llevaba al menos una década llamándose así. En la época imperial aquel lugar era Tsárkoye Seló, la villa de los zares. Probablemente la vía férrea que habíamos dejado atrás era la misma por la que circulaba el tren que transportaba a la familia real en sus escapadas desde San Petersburgo. Me contaron que algunos jefecillos del nuevo régimen usaban las habitaciones de esas residencias suntuosas como despacho. No sé si el poder corrompe, pero sin duda tiene muchas ventajas, sobre todo para quienes lo detentan.

Bajé del taxi mucho antes de la entrada. Aunque no era lo habitual y las tarifas eran fijas, fui a dejarle propina, pero cambié de idea. Cuantas menos pistas, mucho mejor.

Si alguien tenía que contarle a Kovalevski sobre mis andanzas en Leningrado, ningún problema, pero actuaría con la mayor discreción posible. Pasaban veinte minutos de las cuatro de la tarde cuando crucé por segunda vez en el mismo día el patio del hospicio. El sol, donde quiera que estuviese, no tardaría en buscar el horizonte en el golfo de Finlandia. Puede que a esa hora ya se hubiesen marchado la mayoría de las alumnas y sólo quedasen las internas.

La recepcionista me reconoció enseguida. La incomodidad que le provocaba mi presencia no permitía otra interpretación.

—¿Se acuerda de mí? —le pregunté, sin embargo, tras darle las buenas tardes.

Asintió, sin mucho entusiasmo.

—Me gustaría hablar con la directora.

Me miró. ¿Es usted tonto? ¿No ha estado aquí esta mañana? ¿Por qué ha venido otra vez? No hizo falta que dijera nada. El tiempo que tardó en levantarse y la desgana que acompañaban a sus movimientos expresaban con claridad lo que pensaba.

—Espere —dijo, o eso me pareció, cuando ya iba en busca de la jefa.

Regresó al cabo de unos minutos y volvió a sentarse a su mesa, sin darme ninguna explicación. Supuse que debía esperar o marcharme. Ambas opciones eran válidas, pero en un arranque de optimismo, o quizá fue pragmatismo, resolví quedarme. Total, para eso había ido hasta allí. No pasaron menos de veinte minutos hasta que apareció la directora. Mientras tanto, me entretuve mirando la vieja puerta de madera de la entrada, las baldosas gastadas y los techos altos que conocieron tiempos mejores. La bandera roja con la hoz y el martillo y el preceptivo retrato de Stalin en la entrada disimulaban mal lo que sospechaba desde la primera vez que entré en el orfanato: la cercanía del antiguo palacio de Catalina era un indicio más de que en otra época esa casa perteneció a una familia adinerada, puede que con algún título nobiliario, o a algún funcionario cercano a la familia Románov. Si no conociera el destino de los que en la Unión Soviética llamaban despectivamente «los de antes», habría jurado que por la antipatía y por los comentarios cínicos que no tuvo el menor reparo de expresar delante de Antón Vladímirovich, la directora del hospicio era una reliquia del pasado. A pesar de la prohibición de los símbolos religiosos, tampoco me habría extrañado ver un crucifijo entre el retrato del secretario general y la bandera de la Unión Soviética. Cosas más raras me había encontrado en Sevilla, donde las consignas radicales de los carteles izquierdistas compartían la misma pared junto a cuadros de Vírgenes y hasta los sindicalistas que cantaban *La Internacional* con el puño en alto procesionaban descalzos, con un capirote de nazareno y un grueso cirio en la mano.

—¿En qué puedo ayudarle?

La voz firme de Alexandra Liovna me devolvió a la realidad.

—Esta mañana he estado aquí…

—Lo recuerdo —no me dejó terminar la frase.

—Me preguntaba si sería buen momento para hablar con Irina —me toqué el reloj con el índice—. Si es que ya han terminado las clases.

—¿Dónde está el camarada Kuliakov?

Aunque se esforzara, si es que lo hacía, por la manera en la que utilizaba el tratamiento protocolario al referirse a Antón Vladímirovich —marcaba las sílabas y enarcaba las cejas en una clara intención de burla— cada vez parecía más claro lo que le importaban sus deseos. Y mucho menos los míos.

—El camarada Kuliakov se ha quedado en San Petersburgo —usé el antiguo nombre de Leningrado con toda la intención, pero en lugar de ablandar el gesto, la directora me miró y parecía decirme que era un idiota si pensaba ganarme su confianza con ese truco tan burdo—. He venido porque creo que lo mejor para la niña será que hablemos antes de que se vaya de aquí. Esta ha sido su casa casi desde que nació y tenemos que prepararla para el cambio de vida que le espera.

—¿Y a dónde piensan llevársela?

No sabía lo que Antón Vladímirovich le había contado. Si le había dicho la verdad y yo le mentía, no me dejaría ver a la niña. Lo mejor era optar por una respuesta intermedia, sin demasiado riesgo.

—Por ahora, lo único que puedo decirle es que va estar en un lugar donde la cuidarán muy bien, recibirá una educación exquisita y no le faltará de nada.

—Son los argumentos habituales de quienes desean adoptar a una niña. No se esfuerce. Esto no es un mercado.

—No lo dudo, pero en este caso es cierto. Y también lo es que hablar con ella es una buena idea. Puede que nos vayamos pronto. Establecer cierta confianza con la chiquilla puede ser muy bueno para ella.

—Usted debe de saber que la decisión de dar en adopción a una de las niñas no me corresponde a mí.

—No me cabe duda. Pero de ese trámite se ocupa el camarada Kuliakov. ¿Le ha dicho usted algo a la niña ya?

—No. Y no creo que deba usted hablar con ella hasta que yo lo haya hecho.

—Lleva razón. ¿Querría usted hacerlo ahora? Puedo esperar.

—Necesito más tiempo para eso —respondió, tajante—. Vuelva usted mañana. A esta misma hora estará bien.

Se dio la vuelta sin esperar mi reacción.

Oscurecía cuando salí del orfanato. De haber sabido que estaría tan poco tiempo le habría pedido al taxista que me esperase. Estaba a por lo menos treinta kilómetros de Leningrado, en una aldea sin coches. Volví andando por el camino embarrado y crucé con mucho cuidado el paso a nivel. Fueron sólo unos segundos, pero tenía que subir un talud por el que no era difícil resbalar —las ruedas del taxi patinaron al cruzarlo— y quedarme enganchado en las tablas justo cuando apareciese un tren. Conseguí sortearlo y llegar hasta la carretera. No quedaba más remedio que seguir caminando. Leningrado estaba en esa dirección. A oscuras, en una carretera tan estrecha, tardaría unas seis horas, si es que antes no tropezaba y me quedaba congelado en la cuneta con una pierna rota.

Durante la primera hora no pasó ningún coche. Apenas la luz endeble en el interior de alguna *isba* entrevista entre el molesto aguanieve y el viento. No habría recorrido más de cinco o seis kilómetros. Con los pies helados, los baches y la oscuridad, si llegaba vivo a Leningrado no me iban a quedar energías para más aventuras. Al cabo de un rato vi unos faros que se acercaban. Iba en dirección contraria. Dudaba que fuera un taxi —¿qué iba a hacer un taxi tan lejos de Leningrado y a esas horas?—. Probablemente se trataría de una camioneta que algún campesino con permiso usaría para transportar materiales. Le daría todos los rublos que me quedaban si me llevaba de vuelta a la ciudad. Conseguí encender un pitillo a pesar del temblor de los dedos. Era la única forma que tenía de ser visto. Si no, para cuando se diera cuenta ya me habría atropellado y a lo mejor ni pararía siquiera al pensar que se trataba de un perro. Me puse en mitad de la carretera, di un par de caladas para iluminar la colilla y agité los brazos. Por suerte, conducía despacio. Volví a dar una calada al pitillo, pero el vehículo ya había frenado a pocos metros delante de mí. No había parado el motor ni apagado los faros. Me cubrí la cara con una mano para que no me deslumbrase y lo rodeé. Me aparté un poco cuando se abrió la puerta. Quizá no había sido tan buena idea llamar la atención. Pero salir corriendo ahora era inútil. No dejaba de pensar que me había equivocado y me costó un poco reconocer la voz de quien me hablaba. No se trataba de una camioneta, sino del mismo Gaz color cereza que conocía. Al volante iba Peshkov, y la voz de quien me hablaba —me hablaba y se reía de mí— era la de Antón Vladímirovich.

—¿Pero adónde vas, Pinner? —me preguntó, y otra vez me pareció que aguantaba una carcajada—. Anda, sube. Te vas a helar.

—Imaginaba que habrías ido al orfanato y, como no regresabas, que tendrías algún problema.

Peshkov dio la vuelta para volver a Leningrado. Nunca me había alegrado tanto de verlos.

—Sabías que no sería fácil —contesté.

—Tú también lo sabías. ¿Pensabas que iban a dejar llevarte a la niña?

—Ni siquiera he podido verla.

Aunque volviese la cara hacia la ventanilla para disimularla, vi la sonrisa de Antón Vladímirovich.

—Dale tiempo —me dijo—. Todavía no te conoce. No puede confiar en ti.

—¿Ya tienes los papeles?

—Aún no. Pero no hablemos de eso ahora —miró el reloj—. Disfrutemos un poco de Leningrado.

Bogdan Peshkov pisó el acelerador. La última frase de Antón Vladímirovich me recordaba demasiado a Moscú. Pensaba en las botellas de vodka y en la larga caminata entre la niebla y me daban ganas de vomitar. No creía ser capaz de soportarlo otra vez en tan poco tiempo.

—Te agradezco el detalle, camarada —le dije—. Pero estoy muy cansado.

Y era cierto. Me encontraba agotado. Un poco más cada día. La tensión se acumulaba.

—Como quieras —respondió.

Sus ojos se encontraron con los del conductor en el espejo retrovisor. Unos pocos minutos después llegamos al edificio donde nos alojábamos. Peshkov aparcó el coche, salió y encendió un pitillo en el portal. Antón Vladímirovich tenía ganas de hablar conmigo a solas.

—Le diremos a Kovalevski que ya hemos encontrado a la niña. Le haremos saber que has convencido a la directora del orfanato de que a donde vas a llevártela tendrá una vida mucho mejor que aquí. Como es lógico, lo que ha terminado de persuadirla es una cantidad de dinero que le vas a pedir. Dinero para ella, dinero para nosotros —hizo una pausa—. Todo a cambio de que te dejemos salir de la Unión Soviética con la chiquilla. A Kovalevski no le sorprenderá porque está acostumbrado a resolver sus asuntos así. Él cree que el dinero lo puede todo.

—¿Y cómo va a hacernos llegar el dinero hasta aquí? No creo que eso sea fácil. En realidad, no estoy seguro de que eso sea posible. Además, antes de hacerlo, querrá estar seguro de que voy a entregarle a la niña. Querrá verla, comprobar de alguna forma que es su bisnieta. Lo mejor sería que yo llevase a la niña a París. Ese fue nuestro trato.

—¿Sacarla de la Unión Soviética sin que haya pagado? Me temo que eso no va a ser posible. No hace falta que nos haga llegar el dinero a Leningrado. Sería un proceso demasiado largo, engorroso y llamativo. Bastará con que se lo entregue a alguien en París. Es la forma más discreta y más rápida y también la más razonable. Un camarada en París nos hará de enlace. Yo me encargaré. Kovalevski no tiene por qué saber nada más, por ahora.

La explicación de Antón Vladímirovich tenía mucho sentido. Retorcido, pero coherente al mismo tiempo. Lo de cambiar a la niña por dinero era lógico. Sólo era cuestión de tiempo que lo mencionara.

—¿Y de cuánto dinero estamos hablando?

—Dos millones de francos.

Arqueé las cejas, incrédulo, al escuchar la cifra.

—Dos millones de francos es una fortuna —repliqué—. Incluso para Kovalevski.

—Él puede pagarlo. No vayas a sentir pena a estas alturas, Pinner. Su familia es rica desde el principio de la era de los Románov. Una fortuna cimentada gracias al sacrificio de los siervos que labraron y cuidaron sus fincas, a los privilegios que los zares concedieron a sus tatarabuelos.

—¿Cuándo podré llevarme a la niña a París?

Kuliakov se quedó mirándome. Antes de continuar acercó su cara a la mía y me habló más bajo todavía.

—En cuanto hayamos cobrado.

—No sé si podré pedirle tanto dinero.

Antón Vladímirovich se mostró firme.

—Sin dinero no podrás llevarte a la niña de Leningrado. Kovalevski lo entenderá.

—Kovalevski no pagará hasta ver a la chiquilla.

Kuliakov volvió a negar con la cabeza, inflexible.

—¿Pagarías tú tanto dinero por algo que quizá sólo sea una vaga promesa? ¿Acaso crees que a Kovalevski le bastará con mi palabra? ¿No te parece que buscará alguna forma, aunque todavía no sepamos cuál será, de asegurarse de que la chiquilla es de su sangre? Permíteme al menos llevarla a Finlandia. Todo resultará mucho más creíble si ve que he conseguido sacar a su bisnieta de la Unión Soviética.

Antón Vladímirovich me miró. Ni un gesto esta vez mientras asimilaba el argumento que acababa de exponerle.

—Le contaré que me dejasteis sacar a la niña de Rusia. Podréis acompañarme a Finlandia, vigilarnos, tenernos controlados. Lo que haga falta —señalé con un dedo sin saber a dónde, aunque me gustaría haber acertado, en dirección a Finlandia—. Estoy convencido de que una vez estemos allí será más fácil encontrar la solución.

Apenas arrugó un poco la nariz ganchuda. No supe calcular cuánto tiempo había pasado desde que empezó a mirar por la ventana, muy callado, asimilando lo que le había dicho.

—¿Sabes una cosa, Gordon Pinner? No eres tan ingenuo como pareces.

Capítulo XXXII

Me desperté más cansado que el día anterior pero probablemente mucho menos que el siguiente. Tenía la certeza de que, si aquello duraba mucho más, un día ya no sería capaz de levantarme. Dormía a ratos, comía a deshoras, cuando comía, y disfrutaba —es un decir—, también de borracheras extemporáneas.

Por la noche me quedé en el apartamento mientras Antón Vladímirovich y Peshkov fueron a disfrutar de la ciudad. Quería estar solo. No se puede vivir todo el tiempo una impostura. De vez en cuando es necesario pararte a pensar, obligarte a recordar quién eres, aunque, como en mi caso, fuera difícil averiguarlo. El papel que jugaba en lo que estaba pasando se me antojaba cada vez más difuminado: unas veces creía ser un personaje aprovechable de la trama y otras sólo era capaz de verme como una cortina de humo que Antón Vladímirovich haría desaparecer cuando le viniese en gana.

Devoré los restos de un pastel de cereza que habían dejado en la mesa. No imaginé que las sobras de Kuliakov, o más bien las de Peshkov, pudieran ser tan sabrosas. Lo mismo me pasó con el licor de hierbas. Al destaparla, no me disgustó el aroma que desprendía la botella mediada, sin etiqueta y, aunque sólo tenía intención de probarlo, me bebí todo lo que quedaba.

Estaba despierto cuando llegaron, pero no volví a hablar con Antón Vladímirovich. Se fue a su habitación y no tardé en oír sus ronquidos. Peshkov lo acompañó en el concierto nocturno y, no mucho después, yo también me uní al recital.

Kuliakov estuvo de acuerdo en que volviese a ir al orfanato. Él no me acompañaría. Convinimos que sería mejor que la niña hablase conmigo y le diera confianza, y me confesó su convencimiento de que la directora también preferiría que yo fuera solo. A él tampoco le apetecía verla. Me contó brevemente lo que ya sospechaba: Alexandra Liovna era una de esas curiosas reliquias de épocas pretéritas que podía seguir haciendo las cosas a su manera. A pesar de haber pertenecido al *dvoriantsvo* de San Petersburgo y aunque jamás en su vida había vaciado un orinal, igual que otros nobles asistió con expectación, con alegría incluso, a la llegada de los cambios tras la abdicación del zar. Nunca tuvo intención de marcharse y, aunque pasó una temporada encerrada en Karelia, gracias a la mediación de Viacheslav Menzhinski, el jefe del OGPU, cuyos orígenes también se remontaban a la antigua nobleza rusa, fue liberada, exonerada de sus cargos y le permitieron dirigir un orfanato en el mismo edificio donde se había criado. No eran infrecuentes tales contradicciones en la Unión Soviética. Los bolcheviques no tardaron en darse cuenta de que para manejar el país necesitaban tanto del empuje de los campesinos y de los obreros como de gente preparada para trabajar en la administración o enseñar a leer a los niños. El estado no podía permitirse el lujo de prescindir de personas cuya única ocupación en la vida antes de 1917 fue la de formarse y cultivarse. Tal vez un analfabeto sanguinario podría dirigir un país si era capaz de rodearse de la gente adecuada, pero clasificar los libros de una biblioteca era una tarea altamente especializada.

—Quizá podríamos llevarnos a la bisnieta de Kovalevski a la fuerza —me aclaró—, pero si conseguimos que Alexandra Liovna se ponga de nuestra parte, será lo mejor. Si se enfada puede hacer alguna llamada que nos estropee lo que tenemos entre manos o como mínimo entorpecernos.

No sabía si quería decirme lo que yo pensaba que quería decirme.

—¿Quieres que me sincere con ella?

Antón Vladímirovich no ocultó la satisfacción que le provocaba mi pregunta.

—No, de momento será mejor que no le digas nada. Más adelante, si es necesario, ya le diremos que nuestra intención es llevarnos a la niña a París. Le agradará sospechar que la chiquilla va a vivir con una familia de nobles exiliados. Pero guardémonos ese cartucho todavía.

Después de hablar con Kuliakov fui al baño común para lavarme. El agua estaba muy fría, pero habría sido peor unas pocas semanas antes. Al menos ahora era posible enjuagarme la cara sin tener que romper el agua de la palangana con un punzón. Por fortuna no tuve que hacer cola en el pasillo. A esa hora no había mucha gente en el edificio. Salvo el nuestro, la mayoría de los apartamentos eran compartidos, pero a esa hora la mayoría de los vecinos estaba trabajando. El éxodo de campesinos a la ciudad para trabajar en las fábricas conllevaba enormes problemas de vivienda. Las grandes purgas ayudarían a aligerar el exceso de personas necesitadas de una vivienda —y en los campos de trabajo daba igual dormir apretujados—, pero aún faltaban unos años para eso, y por suerte yo ya estaría muy lejos.

Esta vez no tuve que coger un taxi. Peshkov me llevó al orfanato. Antón Vladímirovich me había asegurado que los papeles de la niña estarían muy pronto y no había tiempo que perder. Pero antes nos dirigimos al norte de la ciudad para dejarlo frente a un edificio, otro más, de indudable apariencia grecorromana. Quizá la estatua de Vladímir Ulianov en la entrada, señalando a los visitantes con un dedo desafiante y la gorra en la otra mano, era el único elemento discordante. Pero no había duda de que Kuliakov había venido a la sede del partido en el antiguo instituto Smolny para agilizar los trámites. La directora del hospicio podía conocer al mismísimo Menzhinski, pero él no iba a dejar de utilizar sus armas.

Puesto que era la tercera vez que visitaba el orfanato podría decirse que sabía el camino de memoria. Sobre todo si la última tuve que recorrer una parte del trayecto andando. La misma carretera del sur hasta el camino embarrado cuando ya se veían las agujas del Palacio de Catalina en la antigua Tsárskoye Seló, la cuesta en el paso a nivel que no dejaba ver el otro lado del camino y luego unas pocas casas antes de llegar a nuestro destino.

La recepcionista me dedicó el mismo gesto de fría amabilidad al que estaba acostumbrado.

—Vengo a ver a Alexandra Liovna —le dije.

Me miró, se encogió de hombros y volvió a hundir la nariz en sus papeles. Aún estaba un poco aturdido. Peshkov salió del coche a estirar las piernas cuando le dije que iba a entrar en el orfanato. Si la presencia de Antón Vladímirovich no era conveniente, seguro que aún menos lo sería la del tipo que me había estado vigilando desde que salí de París. Cada día tenía la sensación de conocerlo menos. Apenas hablaba y su único interés en la vida parecía ser obedecer órdenes. A pesar de lo que me inquietaban sus opiniones y el poder discreto pero innegable que desplegaba, prefería la compañía de Antón Vladímirovich. Al menos con él podía mantener conversaciones interesantes, incluso me permitía debatir y hasta mostrar mi desacuerdo cuando estábamos solos.

—Alexandra Liovna está ocupada. Puede sentarse, si quiere —me dijo, señalando una silla pegada a la pared.

No esperaba otra cosa. Tampoco tenía nada que hacer hasta que la directora decidiese que había llegado el momento de atenderme, si es que eso sucedía. Me senté, estiré las piernas, apoyé la cabeza y cerré los ojos, más porque me incomodaba el bigote siniestro de Stalin —el retrato era de esos que, te pongas donde te pongas, nunca dejan de mirarte— que porque estuviese cansado. Pero cuando tienes sueño atrasado, y yo tenía mucho, los ojos se cierran en el momento más inesperado, casi nunca en la cama. La silla de un orfanato podía ser un lugar estupendo para dormir. Al cabo de unos minutos ya no era capaz de pensar en nada. Muy pronto ya ni siquiera sabía dónde estaba. Me pesaban los párpados. Me pesaba todo el cuerpo. Y me gustaba esa sensación.

—Ha sido usted puntual —fue el saludo de la directora al salir a mi encuentro.

Al menos tuvo el detalle de no decirme nada sobre mis párpados hinchados. No sabía durante cuánto tiempo estuve dormido, pero por el aturdimiento que me afectaba cuando Alexandra Liovna me despertó, debía de haber sido bastante.

—Es una virtud que le debo a mi mitad inglesa.

La afirmación era una de esas tonterías sustentadas en

tópicos. Fue lo que se me ocurrió para romper el hielo. Cada vez que me encontraba con esa mujer pequeña con la cara apergaminada algo me empujaba a actuar como si cortejase a una joven casadera. No es exagerado lo que digo: después de todo, no había mucha diferencia entre ganarme su favor y conquistarla.

—¿Y cuál es su otra mitad? —me preguntó. Tal vez mi comentario no había sido tan inútil como esperaba.

—Mi madre era española. Nací en Sevilla y pasé muchos años allí.

—Curiosa mezcla. Un joven angloespañol que habla ruso con soltura.

Lo dijo en un correcto castellano. Puesto que Antón Vladímirovich ya me había contado sus orígenes aristocráticos, no era extraño que hablase varios idiomas. Aquella era otra prueba más de que la Unión Soviética aún habría de cambiar mucho para que personas como Alexandra Liovna, a pesar de la sangre azul que corría por sus venas, dejasen de ser necesarias.

—Pasé un tiempo inolvidable en Madrid cuando era joven —me explicó.

Asentí, complacido. Quizá llegásemos a entendernos.

—¿Le ha contado algo a la niña?

—Le he dicho que su bisabuelo está buscándola y quiere que se vaya a vivir con él. Pero todavía no está lista para marcharse. Es pequeña, necesita tiempo para entenderlo.

—¿Me dejará que hable con ella?

No parecía muy convencida. Se había puesto muy seria otra vez, de repente.

—Podrá usted hacerlo ahora, si quiere. Pero con una condición. Yo estaré presente.

—De acuerdo.

Cuando después de llamar y esperar a que le dieran permiso para entrar la cría apareció en el despacho de Alexandra Liovna, me aguijoneó una punzada de culpa. Miraba las baldosas y a mí alternativamente. A sus seis años ya apuntaba a la mujer hermosa en que se convertiría. ¿Se preguntaría quién sería el extranjero al que habría de acompañar muy pronto?

—Hola —le dije, procurando que mi tono no pareciera teatral, el que suelo adoptar sin pretenderlo cuando he de hablar con un niño—. ¿Sabes quién soy?

La bisnieta de Kovalevski movió la cabeza. Hoy no llevaba el preceptivo pañuelo y los rizos negros estaban recogidos en un moño irregular.

—Irina Konstantínovna, este es el hombre del que te he hablado —le explicó la directora—. El que te va a llevar a ver con tu bisabuelo.

Hasta entonces no sabía el patronímico de la niña. Pero era la forma femenina del nombre de pila de su padre y de su abuelo paterno. Katya, cuando me contó lo de la masacre de Jodynka, durante la coronación de Nicolás II, me dijo el nombre y el apellido de su abuelo.

—Así es —intervine—. He venido para llevarte con tu familia.

—Alexandra Liovna me ha dicho que tendría que ir con usted.

Lo dijo sin mirarme a los ojos. No me gusta que me tengan miedo. Y mucho menos una niña de seis años.

—¿Nunca te han hablado de tu familia?

La chiquilla volvió a mover la cabeza.

—¿Nunca has oído hablar de tu bisabuelo?

Repitió el mismo gesto.

Si había algo para lo no que estaba preparado era para contarle a una cría la historia de su familia. No pensé en eso cuando acepté la misión en París. Descubrí que era la parte más difícil de todo lo que había hecho hasta ahora. De todo lo que me quedaba por hacer.

—Tu bisabuelo vive muy lejos. Le ha costado mucho encontrarte y está deseando conocerte. Él me ha pedido que venga a buscarte. Por eso Alexandra Liovna quería que me conocieras. Nos marcharemos muy pronto. ¿Tienes ganas de conocer a tu familia?

La pequeña se encogió de hombros. Me pregunté cómo me habría comportado yo si a los seis años un extraño me dijera que me iba a llevar con mi bisabuelo, del que nunca había oído hablar, y que además tendríamos que viajar muy lejos.

—¿Has salido alguna vez de Leningrado? —le pregunté, aunque estaba seguro de conocer la respuesta.

La cría volvió a negar con la cabeza. Los niños que viven en un orfanato siempre son pobres, aunque su bisabuelo sea un hombre muy rico. Los niños huérfanos han de ser obedientes, ir a clase cada día, estudiar y siempre dar las gracias porque alguien se ha ocupado de ellos en lugar de dejarlos morir de frío en la calle. Los niños pobres no viajan, ¿para qué? A los niños pobres les basta con tener un plato de comida, una cama donde dormir y, si tienen mucha suerte, una escuela donde aprender. A los niños pobres hasta se les olvida hablar de tanto callarse para no molestar. El Gordon Pinner de seis años a lo mejor tampoco hablaría mucho si un hombre con acento raro le anunciase que habría de marcharse con él muy lejos. El Gordon Pinner de seis años estaría muerto de miedo.

—¿Te gustaría viajar y conocer el mundo?

La niña volvió a hundir el cuello entre los hombros.

—¿Es usted amigo de mi bisabuelo?

La pregunta era tan sencilla que no supe qué responder. No porque tuviera dudas sobre mi relación con Kovalevski. Lo raro sería que el príncipe confiase en alguien lo bastante para considerarlo su amigo. Era demasiado rico, demasiado poderoso y demasiado desconfiado. Aunque no ser rico ni poderoso tampoco garantizaba la abundancia de estrechas relaciones personales. Yo no era rico ni poderoso y tampoco tenía demasiados amigos. Antes de responder a la niña, miré por la ventana.

—Podría decirse que sí —respondí, por fin. Después de todo, tal vez la respuesta albergase una verdad retorcida—. Pero lo importante es que me ha encargado venir a buscarte y ya te he encontrado.

—¿Y dónde vive mi bisabuelo?

Miré a la directora. Desde su lado de la mesa no dejaba de prestar atención a cada gesto, mío y de la pequeña, a cada respuesta, por nimia que fuese. Lo que no me había preguntado ella me lo acababa de preguntar la niña. No sé si le habría mentido a Alexandra Liovna, pero a Irina no era capaz. Si pensaba en otro lugar, se me atascaban las palabras. Si decía que no lo sabía, hasta ella se daría cuenta del embuste. Y la directora seguía mirándome. Si sabía la verdad y descubría que le mentía, no me lo pondría fácil cuando viniese a recoger a la chiquilla. Pero no le dije la verdad por eso, sino porque Irina Zuzdaleva, o como quiera que se llamase la bisnieta de Kovalevski, no se merecía que la arrancase de su vida con una patraña.

Capítulo XXXIII

Bogdan Peshkov no hacía preguntas. Si tenía curiosidad, lo disimulaba bien. Si no la tenía, me extrañaba. Quizá sabía más de lo que aparentaba. Arrancó el coche cuando salí y me llevó de vuelta a Leningrado.

—¿Adónde vamos ahora? —le pregunté, por hablar algo, aunque pensé que me llevaría al piso. No lo imaginaba enseñándome los rincones ocultos de la ciudad.

Adelantó a una camioneta que circulaba con los faros apagados a pesar de que ya era de noche. Se tomó su tiempo en contestar. Tanto, que no me dijo nada. Cruzamos el canal Obvodniy y enseguida, apoyado en la balaustrada de un puente sobre el Fontanka, nos esperaba Antón Vladímirovich. Se sacudió los faldones del abrigo antes de entrar en el coche. Peshkov lo miró por el espejo retrovisor y no pisó el acelerador hasta que le dio la orden. Para qué volver a preguntar otra vez a dónde íbamos. Antes o después tendría que enterarme. Pero no imaginaba que la respuesta me desagradaría tanto. Continuamos conduciendo junto al río durante un par de kilómetros hasta que Peshkov giró a la altura de la calle Gorójovaia y enfiló el morro del Gaz en dirección contraria al centro. Menos de trescientos metros después volvió a girar el volante y callejeamos unos minutos, entre lo que parecía un parque y la frontera de un barrio mal iluminado, hasta que paró el coche en la puerta de un edificio. Nada extraordinario. Se trataba de un bloque de viviendas como el nuestro, sin lujos ni artificios. Luces en las ventanas, familias dispuestas para la hora de la cena, luego a dormir y vuelta a empezar.

Los dos hombres que salieron de un automóvil aparcado en la misma acera sin duda nos esperaban. Miré a Antón Vladímirovich antes de bajar.

—Estás a punto de conocer a Lev Izmáilov —me dijo—. Se supone que has venido a Rusia para ayudarme a identificar a un disidente, ¿no?

Pensaba que Lev Izmáilov era un nombre inventado, aunque me hubiera hablado de él en Moscú. Una excusa pergeñada para ir a Leningrado, el motivo por el que tendría que acompañarlo. En realidad, yo quería que no existiera, ni él ni esa organización llamada *La Joven Rusia* que deseaba el regreso de la monarquía. No deseaba conocerlo. Dudaba mucho que Lev Izmáilov hubiera preparado una cena para nosotros. Bastaba ver a los dos tipos que se nos unieron para sospechar que no serían la mejor compañía en una velada. Tras intercambiar unas palabras con ellos, Antón Vladímirovich se colocó un pitillo en los labios. Al levantar la cabeza para mirar las ventanas del edificio, tenía la mueca de satisfacción de un cazador que ve a su presa dirigirse a la trampa.

No tardamos en cruzar el portal. Peshkov se quedó fuera, pero esta vez no fue para mantenerse al margen de los asuntos de su jefe, sino porque Antón Vladímirovich decidió que debía vigilar la entrada. En realidad, debía vigilar que Lev Izmáilov no saliera antes de tiempo o que, si presa del pánico saltaba por la ventana, hubiera alguien ahí abajo para recoger los pedazos. Quizá lo mejor que le podría pasar a quien saltase por un balcón cuando el OGPU fuera a buscarlo a su casa era romperse la cabeza en la acera. A mí también me habría gustado quedarme al margen, pero Antón Vladímirovich no me había hecho ir hasta allí para perderme lo mejor. Subí con él y con los otros dos por las escaleras. No debía de ser casualidad que todas las puertas estuvieran cerradas a nuestro paso. El silencio era mayor a cada piso que subíamos. Los vecinos nos habrían visto llegar. No hacía falta traer uno de esos camiones siniestros en los que se llevaban a los sospechosos de conspirar contra el régimen, los cuervos negros los llamaban. Bastaba un coche en la puerta esperando la llegada de otro coche con el hombre al mando. Seguro que detrás de más de una puerta alguien tenía el ojo pegado a la mirilla, preguntándose si vendrían a por él. Porque ni los ciudadanos modélicos se libraban de la sospecha. Me acordé de un chiste que me contaron una vez, en Moscú: «dígame si lo han detenido alguna vez y, en caso de que no lo hayan detenido, dígame por qué.»

Por fin llegamos al quinto piso. Antón Vladímirovich pulsó el timbre. No dejó el dedo mucho tiempo en el botón. Podría ser la forma amable de llamar de un vecino que necesitase sal para la cena. Deseé que no viniera nadie, pero desde el interior llegaba un olor intenso a verdura hervida, a cena en familia.

El crío que abrió la puerta no tendría más de diez o doce años. Era muy rubio. Se quedó mirándonos, sin entender.

—¿Quién es?

La voz era de una mujer. El chiquillo se perdió por el pasillo. No huía, parecía que de pronto le diera vergüenza estar delante de unos desconocidos. Cuando llegó la madre ya estábamos dentro.

—¿Qué quieren?

La pregunta era un trámite. Cuatro hombres a esas horas no significaba nada bueno. Mientras esperaba la respuesta de alguno de nosotros se limpió las manos en el mandil.

—Nos gustaría hablar con su marido.

La voz de Antón Vladímirovich sonó amable, casi como si le diese apuro molestar a esas horas. La mujer asintió, volvió a pasarse las manos por el delantal y nos invitó a entrar. Uno de los tipos que nos acompañaba cerró la puerta. A quien quisiera escapar sólo le quedaría la ventana. Y Peshkov en la acera para recoger lo que quedase de él.

Lev Izmáilov era de pequeña estatura y llevaba los tirantes colgando del pantalón. Nos miró a cada uno de nosotros. Quizá esperaba reconocer a alguien.

—Buenas noches —dijo—. ¿En qué puedo ayudarles?

Terminó la frase y una niña que tendría más o menos la misma edad de Irina se agarró de su mano. El chaval que nos había abierto la puerta se colocó junto a ellos. La madre estaba detrás de mí. Antón Vladímirovich le entregó un papel a Lev Izmáilov y se adentró en el piso. Lo que hubiera en ese documento era irrelevante. Los intrusos venían a registrar su casa y no era de inteligentes resistirse. Kuliakov ya había abierto un cajón del mueble en el pequeño comedor. Lo hizo despacio. Daba la sensación de que no quería estropearlo. Sacó unas servilletas. Si no lo conociera pensaría que iba a ayudar a la familia a poner la mesa. Otro de los hombres ya estaba en el dormitorio. Por el ruido que hacía, seguro que habría movido la cama. El otro seguía en la puerta, los brazos cruzados, para que nadie pudiera entrar o salir. Yo miraba a la familia de Lev Izmáilov con cara de tonto. Consolarlos sería ridículo, y no iba a ayudar al sicario de Kuliakov a registrar su casa. Además, el apartamento era muy pequeño, incluso más pequeño que el nuestro en Leningrado. Una habitación, ese cuarto que hacía las veces de comedor y la cocina donde ni siquiera podrían entrar dos personas. La ventaja era que no tardaríamos mucho. Lo insólito y, también, lo que más vergüenza me daba, era la digna resignación, no sólo del supuesto disidente, sino la de su mujer y la de sus dos hijos. La esposa volvió a meterse en la cocina, Lev Izmáilov cogió a la niña en brazos, se sentó con ella a la mesa, le dio una lupa y empezó a contarle cosas sobre los sellos que estaría examinando cuando llegamos. El chiquillo ocupó otra silla y se unió a ellos. Mientras, Antón Vladímirovich sacaba la vajilla del aparador, piezas antiguas, seguro, de cuando la familia de alguno de ellos, la de Lev Izmáilov o la de su esposa, disfrutaban de una vida muy diferente. Aparte de su supuesta pertenencia a *La Joven Rusia*, no sabía mucho de Lev Izmáilov, sólo que sobrevivía trabajando de intérprete ocasional para los extranjeros de visita en Leningrado. Otra de esas reliquias molestas, como Alexandra Liovna, sin las que la Unión Soviética difícilmente podría convertirse en un estado moderno. La diferencia era que el hombre cuya casa estábamos registrando no había tenido la suerte de caer en gracia a nadie con poder suficiente en el engranaje del estado.

Antón Vladímirovich ponía boca abajo las tazas, las sacudía. Cualquier cosa que encontrase para incriminar a Lev Izmáilov podría servir. Alguna se hizo añicos en el suelo, pero el anfitrión a la fuerza ni siquiera pestañeó. Hacía cosquillas a su hija como premio cuando era capaz de leer a través del grueso cristal de la lupa las palabras escritas en un sello. El olor a col hervida que llegaba desde la cocina era tan fuerte que no pude evitar un torrente de saliva aunque lo que menos me apeteciese fuera cenar. En la puerta del dormitorio había un montón de ropa revuelta y papeles. Toda la intimidad de la familia, la intimidad del matrimonio, patas arriba. Antón Vladímirovich terminó de buscar en el aparador de salón sin encontrar nada incriminatorio. Con la misma parsimonia aterradora que lo había registrado puso un dedo en la mesa y empezó a examinar la colección de sellos. Lev Izmáilov se apartó un poco, protegiendo discretamente a su hija con el brazo. También le dijo algo al niño, para que no se asustase. Los tres siguieron disfrutando de su tarea, ajenos a la interrupción del hombre que se había sumado.

—A ver, ¿quién va a ayudarme a poner la mesa?

La madre preguntaba desde la cocina. Los intrusos no existíamos. Éramos fantasmas que no podían ver o cuya presencia presentían pero era mejor ignorar. Izmáilov puso a la cría en el suelo y le dio una palmada en el culo para que fuese a ayudar a su madre. Al niño le indicó con un gesto que fuera con su hermana. Con mucho cuidado, guardó los sellos uno a uno en una caja de tabaco y esperó a que Antón Vladímirovich terminase de examinar el resto. Luego recogió del suelo un mantel de hilo que el otro había sacado del mueble, lo extendió sobre la mesa y fue a la cocina. Enseguida volvió con sus hijos. El niño y él llevaban los platos. La chiquilla, los cubiertos. Tras ella, la esposa sujetaba las asas de una olla con un paño para no quemarse. Se sentaron y, antes de empezar a cenar, se quedaron los cuatro callados, las manos cogidas. Parecía una oración en silencio o un código secreto. Antón Vladímirovich aprovechó para registrar en la cocina. Más ruido, botes en el suelo, servilletas, cubiertos, cualquier cosa. Aunque en la casa no hubiera nada prohibido, los hombres que habían ido a registrarla tenían que justificar su visita. La familia empezó a cenar. La madre llenó los vasos con agua que vertió de una jarra. Tras ellos había una ventana, sin persianas ni cortinas. Leningrado oscura al otro lado del cristal y yo aguantándome para no abrirla y saltar al vacío.

El tipo que había registrado en el dormitorio volvió con unos papeles, pero por su gesto no parecía nada importante. Antón Vladímirovich salió de la cocina con las manos vacías.

—Me temo que tendrá usted que acompañarnos.

Lev Izmáilov probó la última cucharada de sopa y asintió.

—Desde luego —dijo.

Su mujer se levantó y les hizo un gesto a los niños para que siguieran cenando. Cogió un abrigo de un perchero y esperó a que su marido se colocase los tirantes para ayudarlo a ponérselo. Se abrazó a él. Sólo vi cariño. Si había pena en la despedida, la escondieron para no preocupar a sus hijos. Vuelve pronto, murmuró. Él sonrió. No dijo nada. Le dio un beso a la niña y otro al chaval.

—Portaos bien. Volveré enseguida.

El tipo que se había quedado en la entrada se hizo a un lado. El otro se puso a su lado. Los dos encabezaban la comitiva. En medio, Lev Izmáilov. Detrás, Antón Vladímirovich y yo. Si cuando subíamos había silencio, ahora tenía la sensación de que los vecinos contenían la respiración. Esta noche le había tocado al hombre que vivía en el quinto con su mujer y sus dos hijos. Cualquier día podría tocarle a uno de ellos. Esa misma noche si se atrevían a abrir la puerta y preguntar.

Bogdan Peshkov seguía montando guardia en la acera. Abrió la puerta de nuestro coche y los otros dos hombres se llevaron a Lev Izmáilov al suyo. Antes de que nos marchásemos, el hijo del supuesto disidente bajó a la calle y fue corriendo a buscar a su padre. Hasta que no estaba junto a él no me di cuenta de lo que llevaba en la mano. Un gorro con orejeras. Izmáilov se agachó, le dio las gracias a su hijo, lo abrazó y le revolvió el pelo. Pero el niño no tenía intención de irse.

—Vete —le dijo.

En lugar de retroceder, el crío volvió a abrazarse a él. Lev Izmáilov aparentaba calma, pero era evidente que fingía. Los ojos cerrados cuando volvió a pedirle a su hijo que se fuera.

—Tienes que volver con mamá —insistió.

El niño se separó de él y se metió en el coche. Quería ir con su padre, a donde quiera que se lo llevasen. El agente que estaba con Izmáilov fue a abrir la puerta para sacarlo, pero Antón Vladímirovich le ordenó con un gesto que no se moviera. Fue hasta el coche y se puso en cuclillas frente a la puerta abierta.

—Haz caso a tu padre, hijo —le dijo—. Tienes que volver con tu madre y con tu hermana. Tu padre tiene que acompañarnos, pero volverá muy pronto.

Desde donde estaba vi moverse la cabellera rubia del chaval al negar con insistencia. El padre se agachó junto a Kuliakov y le pidió permiso para entrar en el coche. Antón Vladímirovich dijo que adelante e Izmáilov se sentó junto al niño. No pude oír lo que decían. Kuliakov se apartó un poco. Al cabo de un momento salieron los dos. El chiquillo volvió a abrazar a su padre y se fue andando hasta el portal. Pero no entró. Se quedó mirándonos a todos, uno por uno. Sin duda quería grabar en su memoria nuestras caras para vengarse algún día, cuando fuera mayor. Por mucho que quisiera engañarme pensando en que el mundo podría cambiar, todo tenía que ver con la venganza. Venganza antes, tras la revolución, de hombres desesperados contra siglos de injusticias, maltrato a sus padres, a sus abuelos, a toda su estirpe. Pero a menudo el objeto del ajuste de cuentas no fueron quienes se portaron mal o se beneficiaron de la miseria de sus antepasados, sino personas normales que se quedaron en Rusia en lugar de marcharse, porque no quisieron o porque aunque quisieron no tuvieron medios para hacerlo. Bastaba un apellido conocido para que te negaran el derecho a ganarte la vida en el nuevo régimen. O que un oficinista que a lo mejor ni siquiera sabría leer tirase tu pasaporte al suelo con desdén por ir bien vestido o por no tener suficientes callos en las manos. No todos los bolcheviques eran así. Y tampoco eran unos malvados los que ahora con tanto desprecio denominaban los de antes. ¿Qué se podía esperar en el futuro, si las cosas volvían a cambiar otra vez, sino venganza? Una vez me contaron que durante la guerra civil los soldados del Ejército Blanco ahorcaron a un niño en Yalta sólo porque se apellidada Bronstein, igual que Trotsky. ¿Se olvidaría el hijo de Lev Izmáilov de los hombres que se llevaron a su padre? ¿Cuántos críos habrían visto lo mismo que él? La indiferente resignación con la que la familia se había comportado cuando llegamos a su casa no significaba que no les importase. ¿Cómo no iba a importarles? Lo de esta noche les habría pasado ya tantas veces que estaban convencidos de que no podían hacer nada y la mejor forma de enfrentarse a la realidad era seguir con su vida, como si no estuviéramos allí. Pero cómo no podría esa calma admirable convertirse también en venganza algún día.

El chiquillo se apartó cuando Antón Vladímirovich fue a revolverle el pelo a modo de despedida. Creo que a Kuliakov le gustó ese ramalazo de rebeldía infantil. El niño inconformista que no dejaba de mirarlo con odio. A mí también me miró, pero no pudo hacerlo a los ojos. Los tenía fijos en el suelo, no era capaz de enfrentar los suyos.

Capítulo XXXIV

—¿Tienes hambre?

Lo más raro era que no me sorprendía la pregunta, ni la capacidad que Antón Vladímirovich tenía de olvidar dónde habíamos estado.

—La verdad es que no.

—Relájate, Pinner. Cualquier día te va a salir una úlcera. Deberías tomarte la vida con más calma.

—¿Qué va a pasar con él?

La media sonrisa de Antón Vladímirovich significaba que esperaba la pregunta, es más, que le habría disgustado que no se la formulase. Habíamos vuelto a cruzar el canal Griboyedov y ahora pasábamos por encima del Moika. No íbamos al apartamento, nos dirigíamos al centro. Pero me daba igual. Después de ese gesto que parecía un remedo de sonrisa, soltó el aire con suficiencia. Al volante, Peshkov, imperturbable, enfiló el morro del coche hacia el este.

—Nadie puede saberlo —respondió, por fin—. Todo dependerá de las pruebas que haya contra él.

—¿Habéis encontrado alguna?

Otra vez soltó el aire. Cuando no le gustaba lo que le preguntaba, y le pasaba muchas veces, no se esforzaba en ocultarlo.

—Lev Izmáilov es cualquier cosa menos un inocente. Lo han detenido varias veces.

Eso no hacía falta que me lo explicase. Ya me había dado cuenta por la tranquilidad con que afrontó nuestra visita.

—Si se demuestra su pertenencia a *La Joven Rusia* pueden condenarlo a muerte o enviarlo a un campo de trabajo.

—¿A un campo de trabajo sin derecho a correspondencia?

Que te enviaran a un campo de trabajo sin derecho a correspondencia rara vez no significaba la muerte, incluso sin tener que pisar la cárcel. La ventaja era que, durante los años que durase la condena, tu familia no podría incordiar a los funcionarios con reclamaciones insistentes para ponerse en contacto contigo, para tener noticias tuyas siquiera.

—Tengo hambre, Pinner. Deja el cinismo para otro momento.

Peshkov aparcó el automóvil en la puerta del hotel Astoria. Aquel establecimiento y el que estaba pegado a él, el Angleterre, situados entre las elegantes líneas de la catedral de San Isaac y la estatua ecuestre de Nicolás I, parecían ajenos a los nuevos tiempos. Los taxis en la puerta y los toldos rojos que capoteaban sobre las ventanas tras las que una luz tenue invitaba a entrar y relajarse podían hacerte olvidar por un momento que estabas en la Unión Soviética.

—¿Tienes hambre o no? —volvió a preguntarme Kuliakov, empujando la puerta acristalada.

No respondí.

—Da igual. Entra conmigo. Tenemos que hablar.

No resultaba extraño que el hombre que nos invitó a pasar al restaurante vistiera un traje elegante. Ahora todo lo que tenía que ver con los restaurantes pertenecía a la Obshepit, la organización de alimentación pública de la Unión Soviética —un ente bastante inútil, por cierto, dada la hambruna de los últimos años—, pero se guardaban las formas en algunos lugares que antes fueron frecuentados por la aristocracia. Seguro que el príncipe Kovalevski había estado en el restaurante del hotel Astoria más de una vez, quién sabe si en la misma mesa en la que nos acomodaron a Antón Vladímirovich y a mí.

A pesar de que por tercera vez le dije que no tenia apetito, Kuliakov pidió comida para los dos. Primero nos trajeron una bandeja con varios trozos generosos de pan negro y una botella de Jerez. No sé si el vino fue un guiño de Antón Vladímirovich a mi mitad andaluza, si quería mostrarme que en la Unión Soviética, contra lo que sus detractores pudieran pensar, se podía disfrutar de una buena mesa, o lo pidió porque le gustaba el sabor del vino español. Tuve que darle la razón, aunque el calorcillo agradable que me bajó por el esófago no fue capaz de borrar el mal sabor de lo vivido.

—Tienes la misma cara que el día que nos acompañaste a buscar al general Kutépov en París.

El eufemismo no restaba gravedad a lo que hicimos. Pero el humo que aún no se había disipado tras encender un cigarrillo me dio una tregua para decidir qué contestar.

—¿Qué fue de él?

Dio otra calada al pitillo. Pensaba lo que iba responder o disfrutaba haciéndome esperar. Más bien lo segundo.

—¿Y eso qué más da ahora? El general Kutépov ya es pasado. Olvídate de él. Lo importante es sacar a la bisnieta de Kovalevski de la Unión Soviética y conseguir que nos entregue una buena suma de dinero por ella.

—Ya…

Apoyó los codos en la mesa y, sin soltar el cigarrillo, me señaló.

—Sé lo que estás pensando. Te atormentan las dudas. No puedes evitar cuestionarte todo lo que haces. Todo lo que ves que hago. Y sé que no te gusta.

—Yo no he dicho eso.

—No hace falta. No hay más que verte. Te callas porque quieres seguir adelante. Pero antes o después habrás de decidir en qué lado quieres estar.

El camarero nos trajo dos cuencos con sopa de remolacha, un plato con ajo picado y un par de cucharadas de yogur. Antón Vladímirovich acercó la nariz al caldo y cerró los ojos.

—Me encanta el *borsh*. ¿Lo has probado alguna vez?

No me acordaba. Y la comida no era mi prioridad ahora.

—Es posible que las otras veces que he estado la Unión Soviética, pero no me acuerdo.

Partió un trozo de pan negro, lo untó con el yogur y con el ajo picado y después de hundirlo en el cuenco se lo metió en la boca.

Yo también lo hice, más por mimetismo que por hambre. Pero volví al vino enseguida. Lo prefería.

—Dime qué estás pensando, Pinner. Y quiero que me digas la verdad.

La verdad. Él sabía muy bien que no podía decirle la verdad.

—¿Crees que a mí no me ha disgustado ver al chiquillo despidiéndose de su padre? Pero no había más remedio. El idealismo rara vez sirve para resolver problemas.

—Tampoco se resuelven los problemas deteniendo a inocentes.

—Lev Izmáilov no es inocente. Y, aunque lo fuera, ¿qué importa el destino de un hombre comparado con el de millones de hombres?

—A mí si me importa.

Antón Vladímirovich se llevó otro trozo de pan negro empapado a la boca.

—Me has dicho que te diga la verdad —le recordé.

Masticó despacio, sin dejar de mirarme, y luego apuró la copa de vino.

—Cierto. Pero estás equivocado.

—Puede ser, pero es lo que pienso.

—No conseguiremos cambiar el mundo sin derramar sangre, sin equivocarnos, sin endurecernos el corazón. Todo lo demás es palabrería.

—O idealismo, ¿no?

—Efectivamente. Si nos hubiéramos dejado llevar por el idealismo, los Románov todavía dormirían en sus aposentos del Palacio de Invierno.

—Yo creo que hay otras alternativas.

—Es posible, pero hará falta mucho tiempo todavía para planteárnoslas.

—¿Y mientras tanto?

Apuró la sopa de remolacha en el mismo cuenco. Se le quedó una línea roja marcada en el bigote. Parecía un vampiro.

—Mientras tanto sólo nos queda remar y seguir adelante.

Dejó el bol en la mesa, reprimió un eructo y repitió:

—Remar y seguir adelante. Pero habrás de decidir si de verdad quieres formar parte del futuro o si prefieres mantenerte al margen. Sé que si te lo preguntara ahora me dirías que quieres dar un paso al lado. Pero quizá sea demasiado tarde. A lo mejor ya no puedes retirarte.

Bebí el vino que quedaba en la copa y volví a llenarla antes de que nos trajeran el segundo plato. Apenas había probado el *borsch*, y el olor de las chuletas recién hechas con la guarnición de puré de patatas no me hizo cambiar de idea. Antón Vladímirovich señaló la botella que ya nos habíamos bebido para que nos trajesen otra.

—¿Puedo seguir siendo sincero? —le pregunté.

Miró el trozo grueso de carne en su plato con curiosidad de gastrónomo. Todavía lo estaba calibrando cuando me respondió:

—Por supuesto. Pero sólo durante un momento.

Podría parecer una broma, pero estaba seguro de que lo había dicho de verdad.

—Sólo te haré una pregunta más.

El camarero nos trajo la nueva botella de Jerez y llenó nuestros vasos.

—Será la última, descuida —con la barbilla señalé los platos, el vino, moví el índice en círculos para indicarle que también me refería al lugar donde estábamos—. Dime una cosa. ¿Cuál es la diferencia entre antes y ahora? Quiero decir si de verdad piensas que Rusia ha cambiado mucho o, mejor dicho, si ha cambiado en la dirección que debería.

Cortó un trozo de carne y lo observó con detenimiento antes de comérselo. Lo masticó con deleite, bebió un sorbo de vino para ayudarse a tragar y volvió a dejar la copa en la mesa.

—¿Tú crees que no ha cambiado nada? —me preguntó.

—Yo a veces pienso que la revolución no avanza en la dirección adecuada.

—Ten cuidado con lo que dices.

Estaba claro que la tregua para la sinceridad se había terminado.

—Te voy a dar la respuesta —dijo—. Por supuesto que las cosas han cambiado. Este hotel, esos edificios que ves ahí fuera, todo lo que hay en la Unión Soviética, antes pertenecía a unos pocos privilegiados y ahora es del pueblo. Antes de la revolución, a este restaurante sólo acudían los aristócratas, los ricos. Hasta el mismísimo Rasputin era un cliente habitual. Ahora el cocinero trabaja para el pueblo.

No veía a muchos obreros cenando en el restaurante del hotel Astoria, pero me guardé de decírselo. Pedirle una prórroga para seguir siendo sincero no me apetecía. Tampoco tenía ganas de estar allí. Tanto cinismo me sobrepasaba.

—Antes de entrar dijiste que querías hablar conmigo. No creo que fuera para convencerme de las ventajas de la revolución.

Antón Vladímirovich sonrió igual que si yo hubiera resuelto un acertijo. Llenó las dos copas de vino y levantó la suya.

—¿Hay algo que celebrar? —le pregunté.

—Por supuesto que sí —dijo, chocando su copa contra la mía—. Otro día vivido siempre es un motivo de celebración, ¿no te parece? Estás demasiado serio y preocupado. Alegra esa cara. Mañana por la mañana iremos a recoger a la niña al orfanato y cruzaremos la frontera de Finlandia.

Bebí el vino, sin mucho entusiasmo. De Kuliakov podía esperar cualquier cosa. Incluso que me cerrase los ojos piadosamente después de darme un tiro en la nuca, suponiendo que después de reventarme la cabeza todavía me quedasen ojos. Estaba a punto de preguntarle por ese repentino e inesperado cambio de parecer, pero se me adelantó.

—Tenías razón. No me importa reconocerlo. Si yo fuera Kovalevski tampoco enviaría el dinero así como así. Antes querría ver alguna prueba. Sacaremos a la chiquilla de la Unión Soviética como muestra de nuestra buena disposición.

—Me temo que seguiremos estando demasiado cerca de Rusia para que Kovalevski se arriesgue a entregarnos el dinero.

Antón Vladímirovich masticó otro trozo del filete después de embadurnarlo en el puré.

—¿No pensarás que vamos a llevarle a su bisnieta a París sin más?

—No. No pienso eso. Es posible que una vez que estemos en Finlandia acceda a enviarnos una parte del dinero, pero no creo que todo.

—Puede ser. Pero eso lo iremos resolviendo sobre la marcha.

Señaló con los ojos mi comida intacta.

—¿De verdad no tienes hambre?

Empujé mi plato hacia su lado de la mesa.

—De verdad que no.

Se encogió de hombros, trinchó la carne y se la llevó a su plato.

—Me gustaría marcharme, si no te parece mal —le dije.

Frunció el ceño, echó la cabeza hacia atrás, sorprendido.

—¿A dónde quieres ir?

—Tengo ganas de tomar el aire.

—¿Estás seguro? Los postres son exquisitos.

Pensar en algo dulce me revolvía el estómago.

—Prefiero dar un paseo. Volveré al apartamento andando.

—¿Sabrás volver?

—Encontraré el camino.

Me dedicó una sonrisa maliciosa, de confianza masculina.

—No tengas prisa. Aprovecha esta última noche en Leningrado.

Tampoco quería compañía. Ninguna clase de compañía. Pero no me apetecía explicárselo. Que pensara lo que quisiera. Cada vez tenía más ganas de salir a la calle. Me levanté, pero antes de marcharme no pude resistirme a la tentación. En la botella quedaba la mitad del vino.

—¿Te importa si me la llevo? —le pregunté.

Me indicó con un gesto que adelante. Antes de que saliera del restaurante el camarero ya le había llevado otra a la mesa.

Capítulo xxxv

En la calle saludé a Peshkov desde lejos. Alzó la barbilla, sin salir del coche. Podía seguirme, pero optó por quedarse allí. Además, no podría ir muy lejos. Antón Vladímirovich sabía que no me iba a marchar de Leningrado, y mucho menos de la Unión Soviética, y que si tenía intención de hacerlo no podría llevarme a la bisnieta de Kovalevski yo solo. Hacían falta permisos, cruzar la frontera. Por muy grande que fuera la cárcel, no dejaba de ser un prisionero. Me subí las solapas del abrigo y me encasqueté el gorro. Cansaba ya tanto frío a finales de marzo, aunque al cerrar los ojos para beber el Jerez a gollete procurase pensar que estaba muy lejos, que la aventura había terminado y todos, incluso yo, habíamos ganado algo.

Al principio miré varias veces atrás, pero al dejar atrás la estatua de Nicolás I dejé de preocuparme por si Peshkov había cambiado de idea. Que hiciera lo que quisiera. Giré a la derecha y estuve caminando un poco por la orilla del Moika, hasta que por fin apareció enfrente un edificio con seis gruesas columnas blancas en la entrada. Aunque más pequeño, el color amarillo de la fachada me recordaba a la Lubyanka. Lo había visto en fotos, no podía ser otro. El coqueto palacio que tenía delante perteneció a la familia del famoso príncipe Yusúpov. No creo que el hombre que conocí en París tuviese esperanzas de recuperarlo algún día, por mucho que al OGPU le preocupasen los conspiradores. Dentro había luces, tal vez se celebraba la reunión de un sindicato o alguien se encargaba de cuidar el edificio para darle un uso muy diferente para el que fue construido. Quizá en el futuro la gente lo visitaría, si es que no lo hacía ya, por la curiosidad de conocer el final de Grigori Effimovich. Justo ahí invitaron a pasteles envenenados a Rasputin una noche de diciembre que no debía de ser mucho más fría que esta. Me quedé unos minutos imaginando el momento en que el *staretz* siberiano, con caftán, botas altas, el pelo sucio y las uñas negras, llegó engañado a una cita con Félix Yusúpov. Su muerte no cambió nada. Todo lo contrario. Dos meses después los obreros empezaron a caminar por las calles de Petrogrado con tanta determinación que ya no pudieron detenerlos y el mundo cambió para siempre. Aquel fue el verdadero momento que acabó con lo anterior, cuando miles de personas decidieron que no aguantaban más. Cuánto habría dado por estar ahí, por ser testigo de la chispa que prendió la revolución. Lástima que muchas de las cosas que pasaron después, las que seguían pasando ahora y seguirían pasando en el futuro, ya no me alegrasen tanto.

Me apoyé en el pretil y bebí un par de tragos de vino antes de seguir mi camino. Al llegar al siguiente puente dudé si cruzarlo. No muy lejos de allí estaba el teatro Marinsky. Si continuaba paseando en dirección al canal Griboyedov acabaría topándome con el palacio del príncipe Kovalevski. La idea era tentadora: el teatro donde la carrera de Katya dio sus primeros pasos y la residencia del hombre que me había obligado a viajar a Rusia. Pero eran demasiados fantasmas para una misma noche. Volví a arrancar un trago a la botella y eché a andar hacia el Neva, en la dirección contraria.

No puedo precisar cuánto tiempo estuve deambulando por la ciudad, más como un hombre atribulado e incapaz de salir de la trampa en la que se había metido que como un turista rendido ante la eterna sucesión de palacios e iglesias con coloridas cúpulas bulbosas. Pasé a la isla Vassilevsky y no tardé en apurar el vino y tirar la botella vacía. Al cruzar el puente del Palacio para volver, más que la nieve, lo peor era el viento helado que me cortaba la cara. A pesar de llevar las manos de los bolsillos en el abrigo y unos calcetines gruesos, hacía un rato que dejé de sentir las puntas de los dedos de los pies y de las manos. Dejé a un lado el Palacio de Invierno, ni siquiera me paré en la plaza porque el frío era demasiado intenso y al adentrarme un poco en la avenida Nevsky no me lo pensé dos veces cuando un tranvía se detuvo en la acera de enfrente. No me importaba a dónde fuera. Me bastaba con resguardarme.

Se me caían los párpados. Mecido por el suave traqueteo del vagón, miraba distraídamente el trasiego de gente en las paradas. En esta, frente a la catedral de Kazán, salieron dos hombres y entraron tres mujeres. Antes de que el tranvía cerrase las puertas y siguiera su penoso discurrir, subieron otros dos hombres. Uno se abrió paso hasta colocarse junto a mí. El otro se había quedado de pie, de espaldas, y miraba la avenida envuelta en bruma. Eran sólo tres, quizá cuatro paradas para llegar, y no me iba a importar disfrutar de un breve sueño, aunque fuera de pie. A lo mejor hasta me quedé dormido y todo lo que sucedió a partir de entonces fue igual que estar sumergido en una existencia vicaria a bordo del mismo tranvía, pero en el sueño era el único viajero y no estaba de pie, sino sentado en la parte de atrás del vagón.

El tiempo avanzaba o retrocedía alocadamente porque aún no habíamos llegado a la parada de la catedral, justo donde me quedé dormido. La modorra era caprichosa. Al final de la avenida Nevsky ya no estaba el monasterio, sino la explanada de la plaza Roja moscovita, y un poco más allá, en la siguiente parada, como en un extraño reflejo distorsionado de la otra acera, se levantaba la historiada y peculiar iglesia de la Sangre Derramada. La niebla y la oscuridad, sin embargo, eran idénticas a las del mundo real, y el frío más intenso en el sueño que en la noche auténtica de Leningrado porque viajaba solo en vagón. En la parada no subió nadie, pero el tranvía se detuvo más tiempo del necesario. Hundí la barbilla entre las solapas forradas de piel de borrego, en el sueño y en la noche real. Que se cerrasen las puertas era lo único que deseaba, antes de morir de frío. Pero, en el último instante, un hombre saltó al interior. La frontera entre la duermevela y la vida era tan difusa que ya no sabía distinguirlas. El tipo que acababa de entrar era el mismo recién llegado que en la vida real se había acomodado al otro extremo, apretujado entre la gente. Sabía quién era, pero no podía estar en Leningrado. Determinadas cosas no podían suceder, ni en la vida real ni en lo sueños. Al abrir los ojos seguía ahí. Como pude, sacudí los pies para asegurarme de estar despierto. No debía de faltar mucho para la siguiente parada y no podía dejar de mirar la espalda inmensa del hombre que necesitaba el doble de espacio que la mayoría de la gente. Lo miraba ensimismado, convencido de que más pronto que tarde él también se volvería para mirarme. El tranvía había empezado a frenar cuando por fin se dio la vuelta, desplazando sin miramiento a los viajeros que lo rodeaban, pero ninguno protestó. Habría pasado más de una década desde la última vez que estuvo en la ciudad, pero los modales de quien está acostumbrado a mandar no habían abandonado al cosaco por mucho que el ejército del zar no fuera ya más que un lejano recuerdo. Bajo las cejas espesas, los ojos del coronel Makárov me señalaron la salida cuando se detuvo el tranvía, y yo, cual soldado a sus órdenes, bajé, sin mirarlo.

Por fortuna, no habíamos sido los únicos en salir. Hundí las manos en los bolsillos lo seguí por una calle poco iluminada perpendicular a la avenida. Adónde me iba a llevar el hombre de confianza de Kovalevski era una incógnita que resolvería pronto.

Caminé tras sus pasos hasta que se detuvo a mitad de un puente. Lo intuí, porque la única certeza entre la bruma era la punta incandescente de un cigarrillo que viajaba desde los labios del coronel hasta la balaustrada donde apoyaba las manos. Me coloqué a su lado. Quien no nos conociera diría que éramos la estampa de dos viejos amigos que, tras encontrarse por casualidad, se disponían a disfrutar de unos momentos de cháchara.

—¿Qué hace usted aquí? —le pregunté—. ¿Desde cuándo está en Rusia?

Makárov se llevó el cigarrillo de nuevo a los labios. El viejo oso no llevaba guantes. Cómo podría no tener los dedos congelados.

—Llegué ayer. Han pasado dos semanas desde que saliste de París. No teníamos noticias tuyas y su alteza había empezado a impacientarse.

—Cuente los días para llegar a Moscú desde París, el tiempo que he tenido que pasar allí, luego venir a Leningrado y otros dos días que llevo aquí.

Los labios del coronel se movieron. Por un instante pensé que se trataba de un reflejo involuntario por culpa del aguanieve, pero enseguida resolví, y en el fondo no pude evitar un ramalazo de ternura, que el coronel me había corregido en silencio el nombre de la ciudad y lo murmuraba para sí mismo, como si esa reivindicación nostálgica pudiese devolver al presente un mundo finiquitado.

—San Petersburgo —dijo.

—¿Cómo está Yekaterina Paulovna? —le espeté, a bocajarro. Yo también tenía algunas preguntas que formularle.

Bajo el mostacho gris de Makárov se torció una mueca
que no supe interpretar. Yo contaba, o eso esperaba, con
la baza de la bisnieta de Kovalevski, pero el coronel guardaba en la manga el as de Katya. Al militar curtido en tantas
guerras no lo iba a engañar. Si no llegábamos hasta el final,
Mijaíl Mijáilovich Kovalevski jamás conocería a la chiquilla
que vivía en el orfanato, pero puede que yo tampoco volviese
a ver a la bailarina con vida. Kovalevski no me habría chan-
tajeado reteniéndola si mis sentimientos no fuesen transparentes. El farol de que podría quedarme a vivir en la Unión
Soviética y romper con todo no serviría con el coronel.

—Ella está bien. Todos tenemos interés en que esto acabe
de la mejor manera posible y cuanto antes. Ella también, por
supuesto. Por eso estoy aquí. Para ayudarte.

—No me basta con eso.

—No le hemos hecho daño, si es lo que quieres saber.
Sigue con sus clases en la academia y también con los ensayos. Si todo sale bien, dentro de poco debutará en la ópera,
como estaba previsto. Tenemos tiempo de sobra.

La intención del plural que usaba el coronel no era otra
sino implicarme. Pero no era necesario. En este asunto no
había nadie más comprometido que yo.

Asentí, aunque dudé que pudiera ver el movimiento de mi
cabeza entre las solapas del abrigo.

—Ya he visto a la niña.

Makárov también asintió, sin mirarme.

—No parece que vaya a haber ningún problema en sacarla
de Rusia. Pero como usted comprenderá, y como estoy seguro
de que también comprenderá su alteza, Antón Vladímirovich
no se la va a entregar sin recibir a cambio una contraprestación.

El coronel se apartó de la balaustrada. Erguido frente a
mí, con esos carámbanos colgándole del bigote, parecía una
estatua helada.

—Quieren mucho dinero por la niña, coronel. Era de esperar. ¿Acaso pensaba que yo podría secuestrarla y llevármela a escondidas por la frontera? Usted sabe que no. Por eso está aquí. Pero tampoco podríamos entre los dos. Créame, la única forma que tenemos de sacar esto adelante es plegarnos a las directrices de Antón Vladímirovich.

Makárov seguía mirándome, impasible.

—No obstante, he tratado de hacer ver a Kuliakov que su alteza, si es que paga, no soltará ni un céntimo hasta que no le mostremos una garantía de que la niña viaja camino de París.

—¿Y qué piensas hacer?

—La frontera de Finlandia está muy cerca. Creo que podré cruzarla sin problemas. Una vez en territorio neutral lo mejor será ponernos en contacto con su alteza e intentar que pague al menos una parte. Usted podrá explicárselo mejor que yo.

—Finlandia está muy cerca, efectivamente. ¿Qué le impedirá a Antón Vladímirovich regresar a San Petersburgo con la niña cuando tenga el dinero? No, no voy a proponerle eso a su alteza. No soy tan estúpido.

—Pues entonces no veo cómo podemos hacerlo.

—¿Dónde está la niña?

—No puedo decírselo.

Antes que hubiera terminado la frase, el coronel Makárov estaba pegado a mí. Su gesto no dejaba espacio para la duda, si es que había alguna, porque las garras del cosaco acababan de agarrarme por las solapas del abrigo.

—¿Dónde está la niña? —volvió a preguntarme, a un palmo de mi cara. Más que hablar escupía las palabras con asco.

Lo de París aún estaba demasiado reciente. Todavía me dolían las costillas al respirar. Miré las manos del ruso con desprecio.

—Así no, coronel —le dije—. Así no.

—¿Cuándo vas a volver a verla? —me preguntó, sin soltarme.

—No lo sé —le mentí. Tenía que guardarme algo—. pero espero que Antón Vladímirovich dé su brazo a torcer más pronto que tarde. Si no, tendremos que convencer a su alteza de que envíe el dinero a la Unión Soviética, y me temo que eso será aún más complicado.

Serguei Makárov me soltó y me sacudió la nieve de las solapas con el dorso de la mano. Ni mucho menos se trataba de una disculpa, pero podía servirme como tal.

—Me estoy congelando —le dije—. Si vamos a seguir hablando, será mejor que nos movamos o que busquemos refugio en alguna parte.

Cuánto habría dado por sentarme en uno de esos cafés bien iluminados que había visto en la ciudad. Acomodarme en un rincón a tomar algo caliente. Al pensarlo se me hizo la boca agua y me asaltó una nostalgia incómoda. No hacía tanto tiempo estaba en París. Aunque sabía que cada día me jugaba la vida y que todo podría cambiar si me descubrían, comparado con lo de ahora, aquella era la existencia placentera de un rentista ocioso.

Capítulo XXXVI

Menos mal que el coronel me hizo caso y empezó a andar. Paseamos durante un rato, en silencio, hasta que llegamos a un parque. Estaba muy oscuro y nadie podría vernos. A un tiro de piedra, a pesar de la iluminación escasa, la iglesia de la Resurrección de Cristo resplandecía como un faro en la tormenta. Tal vez no habíamos venido hasta aquí por casualidad. Serguéi Makárov debía de tener más o menos mi edad cuando la construyeron después de que la bomba de un anarquista acabase con la vida de Alejandro II. Cuánta sangre se había vertido en esta ciudad. Y cuánta sangre quedaba todavía por derramarse. Como un turista insólito, el coronel no dejaba de mirar el templo de inspiración bizantina hasta que murmuró, tan quedamente que parecía hablar para sí mismo:

—¿Crees que te va a dejar salir de aquí con la niña? ¿De verdad piensas que Kuliakov va a dejar que la bisnieta de su alteza llegue a París? —terminó la frase y me miró, pero ahora preferí desviar los ojos hacia la iglesia—. La única forma de tenerlo controlado es la niña. Los comunistas temen que su alteza pueda usar su fortuna contra ellos. El agente del OGPU te va a matar. Lo hará cuando ya no te necesite. Luego se inventará una excusa para retener a la niña en Rusia y jugará con nosotros para sacar todo el dinero que pueda. Pero yo no voy a permitirlo. La cría vendrá a París conmigo.

No me había revelado nada que no supiese, pero al verbalizarlo resultó tan evidente que terminé sintiéndome un estúpido por haber llegado tan lejos en aquella farsa. Antes de empezarla ya sabía que la partida estaba perdida. No había ninguna posibilidad de tener éxito, pero no podía más que intentarlo, seguir adelante y esperar que la suerte se me pusiera de cara en algún momento, aunque la sensatez me indicase que la esperanza no era una buena estrategia. El momento de la verdad se había ido retrasando cada vez más, pero sólo era eso, un aplazamiento. El viaje desde París hasta Moscú, y luego desde Moscú hasta Leningrado. Mas siempre supe que llegaría un momento en el que habría de jugármela de verdad y que, cuando llegara, comparado con eso todo lo sucedido antes no sería sino un juego de niños. El coronel Makárov, quién me lo iba a decir, era el jugador recién llegado a la partida que iba a precipitar el final. Así estaban las cosas y, puestos a ser sinceros, si había llegado hasta aquí, si los dos habíamos llegado hasta aquí, no era el momento de andarse con remilgos. Si de tahúres se trataba, no era mala idea poner las cartas boca arriba.

—¿Qué sabe usted de la bisnieta de su Alteza, coronel? —le pregunté.

No me estaba mirando cuando se lo dije y durante unos segundos mantuvo la vista en algún punto de la oscuridad. Luego se volvió hacia mí, en silencio. Pero no iba a dejar de preguntárselo. Ya no.

—Seguro que sabe mucho más de lo que parece —insistí—. Por supuesto, mucho más que yo. Dígame la verdad, porque estoy jugándome la vida. Los dos sabemos que la chiquilla que ha venido a buscar no es la bisnieta de su jefe —Makárov seguía mirándome, impasible, pero me daba igual—. Si llevo razón, y su silencio no me indica sino que la llevo, ¿a qué se debe este empeño suyo en seguir adelante? Yo tengo un motivo, alguien que me importa. Antón Vladímirovich también tiene sus motivos, sean los que sean, pero usted está dispuesto a engañar al príncipe Kovalevski y yo quiero saber por qué.

Oí crujir las mandíbulas del coronel. Ahora podría cogerme por las solapas del abrigo otra vez, zarandearme y darme de puñetazos hasta dejarme tumbado en la nieve. Tenía tanto frío que dudaba que pudiese levantar los brazos para defenderme.

—Sigo helado —le recordé—. Será mejor que sigamos caminando. Así, al menos sentiré las piernas.

Makárov asintió y echó a andar en dirección a la iglesia. Rodeamos la fachada multicolor y seguimos caminando junto al canal.

—¿Dónde está la niña? —repitió el coronel al cabo de unos minutos.

Me había agarrado del brazo al preguntármelo y, por un inevitable impulso instintivo, le cedí el lugar más cercano al pretil. Imaginé los bloques de hielo en el agua y sentí escalofríos. Una extraña conexión de ideas me llevó a acordarme de Rasputin: a Grigori Yefímovich lo asesinaron en el sótano del palacio de la familia Yusúpov una noche de diciembre. Tras los dulces envenenados y los tiros, terminaron arrojándolo al río. Si el coronel Makárov quisiera acabar conmigo, y por fortuna pensarlo no tenía por qué significar que quisiera acabar conmigo, no lo tendría tan difícil como Félix Yusúpov. El canal Griboyédoba podía ser tan idóneo como el Neva para una tumba improvisada, aunque en esta época del año no estuviera congelado. Cuando apareciese mi cadáver, si es que aparecía, no se armaría ningún revuelo, no marcaría el preludio del fin de una era. Ser un don nadie significa que a ninguno le importa si estás muerto, si existes siquiera.

—La pregunta no es dónde está la niña, coronel —me atreví a replicar—, sino quién es la niña.

Se quedó mirándome y después me soltó el brazo porque estaba seguro de que no iba a salir corriendo o porque necesitaba las dos manos libres para encender otro cigarrillo. Ahuecó las manos para protegerse del viento y durante un segundo la llama de la cerilla entre sus zarpas fue una extraña lámpara que le convirtió en dorado el mostacho gris.

—No tengo ni idea de quién es la niña.

—No me lo creo —respondí, cuando reanudamos el paseo.

—He dicho que no tengo ni idea —repitió, deteniéndose, como si quisiera enfatizar la respuesta—. Pero, sea quien sea, tenemos que llevarla a París.

—Podría decirte que su alteza vive obsesionado con esa chiquilla, pero eso no es del todo cierto. A decir verdad, lleva así desde que lo conocí. Vive consumido por la culpa.

El coronel Makárov sólo me miraba de cuando en cuando. La mayor parte del tiempo tenía los ojos fijos en la cristalera empañada del café, en los pocos clientes que nos acompañan o en los dos camareros de cabellos grises y aire desganado que mantenían una distancia prudente y saludable al otro lado del salón. También miraba el líquido humeante que salía de la taza, sin tocarla. Tal vez temiese, pensé, que si rodeaba la loza con sus manazas heladas el té se enfriaría antes de tiempo. Al final habíamos sucumbido a la tentación de buscar refugio. Podía ser muy arriesgado que nos vieran, pero la temperatura había descendido tanto que yo apenas podía mover los labios. Además, resolví, para justificar la fatalidad siempre probable, que si alguien nos había seguido, daba igual que hablásemos junto al canal Griboyédoba que en ese café razonablemente apartado de la avenida Nevsky. El establecimiento sin duda había conocido tiempos más prósperos. Como tantos otros de Moscú o de Leningrado, sus mejores clientes eran funcionaros extranjeros que buscaban todavía el brillo del imperio de los zares, avispados hombres de negocios dispuestos a sacar beneficio en el mar revuelto de la Unión Soviética, intelectuales fascinados por los vientos revolucionarios u hombres que, como nosotros, aunque nos moviesen impulsos diferentes, nos jugábamos la vida.

Al contrario que las del coronel, mis manos envolvían la taza. Gracias a la estufa de latón pronto pude desprenderme del pesado abrigo y del incómodo gorro. Me senté de espaldas a la calle, no quería que me viera nadie, pero Makárov se había acomodado frente a la cristalera, atento a cualquiera que pudiera entrar. Sospeché que iría armado y que no se dejaría atrapar sin llevarse antes a cuantos pudiera por delante. No era esta una misión que admitiese medias tintas, desde luego. La hora de la verdad había llegado. No lo pensaba sólo porque ya no pudiera echarme atrás. Serguéi Makárov se estaba sincerando conmigo, qué raro, jamás lo habría imaginado, tan lejos de París, en una ciudad que el viejo militar, igual que todos los rusos exiliados que había conocido, prefería llamar por el nombre con que la bautizó el poderoso Románov que la mandó construir tres siglos antes.

—La culpa y la obsesión —insistió el coronel—. Lo disimula como puede, pero acabará consumiéndolo. No voy a aburrirte contándote la historia de su hija o de su nieto porque ya la sabes, la sabe todo el mundo porque durante décadas fue la comidilla con la que las damas nobles de esta ciudad se entretenían a la hora del café. El rico aristócrata que repudia y deshereda a su hija descarriada, el abuelo intransigente que sólo quiso conocer a su nieto cuando falleció su hija. Luego lo pensó mejor y quiso que enterrasen a su hija en un nicho del panteón familiar, pero ya era demasiado tarde. Los muertos no entienden de honores. Tampoco los necesitan.

Probó un poco de té sin dejar de mirar la entrada del café. Uno de los clientes solitarios se marchó. Todo parecía en orden.

—Luego llegó octubre del diecisiete y todo se fue a la mierda —prosiguió Makárov—. Su alteza se marchó, luchamos en una guerra y todos tuvimos que irnos también, pero a París llegaban noticias de vez en cuando. Su nieto había vuelto a Rusia y vivía en San Petersburgo.

—De acuerdo, coronel, pero esa historia ya me la sé. De la hija que tuvieron Iván Konstantínovich y Zoya Nikoláieva no se sabía nada. Puede que algún familiar se hiciera cargo de ella, puede que hubiera muerto también. Pero también puede ser que la niña jamás haya existido, ¿no le parece? Antes me ha confesado que la chiquilla que he conocido en el orfanato no es la bisnieta de su jefe. Así que cuénteme qué está pasando. Dígame por qué, a pesar de eso, ha viajado usted tan lejos.

Encendió otro cigarrillo, apartó la cortina de humo entre los dos de un manotazo y bebió un poco de té antes de responder.

—Tú tienes la culpa de que yo esté aquí.

—No creo que se esté jugando el pellejo sólo para echarme la culpa de algo que no me corresponde, coronel.

—Le mentiste a su alteza sobre su bisnieta.

—No. Eso no es cierto. Le conté que la niña podría estar en Leningrado y le di mi palabra de que, si me dejaba libre, intentaría encontrarla.

—¿Y cómo podías saber que se trataba de la verdadera nieta de su hija?

—Ya se lo he dicho. No lo sabía. Nadie puede saberlo. Había escuchado historias. No era imposible que fuesen ciertas. El resto ya lo sabe. No me haga revivirlo, no me apetece. La cuestión es que Antón Vladímirovich también estuvo de acuerdo.

—No eres tan inocente como para creértelo ni para pensar que me lo trago. Pero la mentira ha llegado tan lejos que ya no podemos detenerla. Quién sabe. Puede que saquemos algo positivo de todo esto. Al final le has brindado la oportunidad de recuperar a su bisnieta. ¿Sabes una cosa? Todo esto tiene que ver con la esperanza. La de su alteza por encontrar a una niña con la que limpiar sus fallos como padre y como abuelo. La tuya, localizarla, para salvarte, para salvar a Yekaterina Paulovna.

—¿Y qué pasará si esto no sale bien? Si no conseguimos sacar a la niña de aquí.

—Eso no me lo planteo. Vamos a conseguirlo.

—Pero podemos fracasar. Pueden pasar muchas cosas que no tengamos previstas. Lo sabe tan bien como yo. No deberíamos dejar de tenerlo presente.

El coronel levantó un poco la taza. Parecía un melancólico brindis triunfal.

—Entonces tal vez muramos los dos. Y quizá la carrera de Yekaterina Paulovna en París termine antes de empezar siquiera.

Que la carrera de bailarina de Katya no llegase a despegar era lo que menos me preocupaba. Podían pasarle cosas mucho peores.

Me acordé de lo que me dijo Antón Vladímirovich sobre los niños de Leningrado.

—Coronel, ¿sabe cuántos huérfanos hay en esta ciudad?

—Me da igual. No quiero saberlo. Sólo me interesa esta niña. Piénsalo bien. Una chiquilla a la que podemos regalar una vida espléndida. El destino se ha portado muy bien con ella. Yekaterina Paulovna estará contenta. Tú estarás contento —hizo una pausa mientras arrancó el último sorbo a la taza con un ruido repulsivo—, y sobre todo su alteza estará contento. Bien mirado, todos ganamos algo. Hace un momento te hablaba de la esperanza. La mía es mantener viva la del hombre para el que trabajo. Me da igual que la niña del orfanato no sea su bisnieta. Él ha decidido que sea ella y no seré yo quien le diga lo contrario. Hacía mucho tiempo que no lo veía tan ilusionado. Cogeré a esa chiquilla y me la llevaré de aquí. Y tú me ayudarás a hacerlo.

—Pero, coronel, en el caso de que consiguiéramos sacarla del país y llevarla a París sana y salva, ¿qué impediría a Antón Vladímirovich hacer llegar al príncipe Kovalevski la información de que la niña no es de su sangre?

—Nada, pero también podemos replicar que es una pataleta por haber sido engañado. Sea lo que sea, nos ocuparemos de ello cuando llegue el momento. Saquemos a la niña de Rusia y ya veremos.

—¿Y qué hay de mí? ¿Cuánto cree que duraré vivo si Kuliakov descubre que lo he ayudado a usted? No me refiero a hoy, ni a mañana, porque tengo claro, y usted también lo sabe, que me matará si se entera de que nos hemos reunido —al decirlo no pude evitar girar la cabeza. El café seguía vacío, éramos los dos únicos clientes. Los camareros seguían a lo suyo, ajenos a la conversación, al menos en apariencia—. Quiero decir qué pasará conmigo en París, en Londres o en España, en cualquier lugar a donde vaya. ¿Cuánto cree que tardarán en dar conmigo y liquidarme? Supongo que eso no le importa.

El coronel Makárov dejó un billete sobre la mesa, se levantó, recogió el abrigo que había colgado en un perchero y se inclinó para asegurarse de que los camareros no pudieran oír lo que me decía.

—Elegiste una vida peligrosa —me hablaba tan cerca que percibí su aliento cálido, una mezcla de tabaco, de vino y del té que acababa de tomar—. Nadie te obligó a hacerlo. Y en una vida peligrosa suceden estas cosas. También escogiste el bando equivocado. Lo primero, ya no puedes arreglarlo. O mucho me equivoco, o el riesgo seguirá acechándote siempre. Pero cambiar lo segundo depende de ti. La cuestión es si tendrás las agallas de ingresar en el bando de los hombres decentes.

Capítulo XXXVII

Al levantarme por la mañana era igual que si no me hubiera acostado. Demasiados pájaros revoloteando en mi cabeza como para no pasar la noche en vela. Menos mal que ya estaban los dos acostados cuando llegué. Imaginaba la sonrisa de Kuliakov al verme. Me preguntaría que por qué tenía esa cara, si acaso habría visto un fantasma. Desde antes de subir las escaleras ya pensaba que me preguntaría qué tal me había ido con el coronel Makárov. Conociéndolo, primero me invitaría a sentarme con él a beber y después de uno o de dos tragos de vodka y de hablar de otra cosa, se le pondría el gesto grave y me anunciaría que, aunque lo lamentaba, estaba sentenciado. Te hemos dejado pasar muchas cosas, Pinner, pero ya no puedo protegerte. Has tomado partido. En el fondo te admiro por ser capaz de llegar hasta aquí, pero el juego ha terminado. No dejaba de preguntarme si Peshkov habría seguido mis pasos desde que salí del hotel Astoria, incluso si también viajaba en ese tranvía y hasta habría sido capaz de enterarse de mi conversación con Serguéi Makárov, leyendo nuestros labios en la distancia, al otro lado de la cristalera del café. Pero no podía hacer otra cosa salvo esperar que todo saliera bien. Esa esperanza de la que me habló el coronel. A lo mejor tenía razón, el muy bruto. Además, los hombres como él, los que no son ricos ni poderosos como Kovalevski o poderosos a secas como Antón Vladímirovich, sólo pueden apretar los puños, seguir adelante y esperar que antes o después la suerte se les ponga de cara. Me gustara o no reconocerlo, Makárov tenía razón. Incluso su presencia en Leningrado me volvía aún más prescindible. Si las cosas se complicaban, en un momento dado el coronel podía ser un interlocutor tan bueno o incluso mejor que yo para tratar el asunto de la supuesta bisnieta de Kovalevski con Antón Vladímirovich. Y al final yo no sería sino un traidor. En París, al príncipe Kovalevski; ahora, a Kuliakov. Un traidor que sólo quiere sobrevivir.

El último día en Leningrado, si llegaba vivo al ocaso, iba a ser el más largo. Cerré los ojos mientras Peshkov se levantaba y se vestía. Antón Vladímirovich también debía de haberse levantado. Intercambiaron unas palabras en el pasillo, pero no pude saber de qué se trataba. No tardaron en salir. Cerraron la puerta con llave. Me levanté, pasé la mano por el cristal de la ventana y poco después vi que los dos se marchaban en el coche. Al sol no se le esperaba y los carámbanos se afianzaban al otro lado de las ventanas. Tras las nubes opacas aún se intuía la luna en el cielo. Me pregunté cómo podría detener el tiempo, obtener una tregua que me permitiera encontrar una solución al lío en el que estaba metido. Encontrarme con el coronel Makárov y que nadie nos hubiera visto, al menos eso era lo que esperaba, fue una suerte, pero no bastaba con eso. Que Kuliakov y Peshkov hubieran salido esa mañana tampoco me gustaba. Quise suponer que le quedaba algún trámite que resolver para sacar a la chiquilla de la Unión Soviética. No sé si antes de la revolución la burocracia era igual de lenta, pesada y agobiante. No resultaba raro que cualquier asunto administrativo se dilatara, por mucho empeño que pusiera un agente del OGPU. Que faltase un sello en el último momento, que una orden se traspapelase, que un funcionario escrupuloso hasta la irritación no quisiera pillarse los dedos o al mismo tiempo otro funcionario enfermo de desidia que habría hecho mejor quedándose en su dacha a cultivar lechugas dilatara eternamente cualquier trámite. Pero Kuliakov también podría estar firmando mi sentencia de muerte esa misma mañana. Podrían haberle contado que el coronel Makárov estaba en Leningrado y nos habíamos encontrado. Él mismo podría habernos visto y ahora me estaría preparando una sorpresa. A mí, que no me gustan nada las sorpresas.

Al llegar, Antón Vladímirovich se sacudió la nieve del abrigo y se frotó las manos.

—Buenos días, Pinner —me dijo—. Prepárate. Nos marcharemos dentro de un rato.

—De acuerdo —respondí, regresando a la habitación. No tenía mucho que preparar: apenas un par de mudas que guardar en la maleta. Pero prefería estar solo, aunque fuera un momento, para pensar.

—¿Lo pasaste bien en tu última noche en Leningrado?

Me quedé quieto, sin darme la vuelta todavía. Me preguntaba cuánta intención —mala intención— escondía la pregunta.

—Sólo estuve paseando.

Sacudió la muñeca y miró el reloj.

—Pues paseaste durante cuatro horas por lo menos. Te daría tiempo de ver muchas cosas.

—Tan sólo quería aprovechar para ver algo de la ciudad. Caminé un rato por la orilla del Moika y luego fui hasta la isla Vassilevski. Luego llegué otra vez hasta el Palacio de

Invierno, paseé un poco más y a la altura de la catedral de Kazán subí a un tranvía. Hacía mucho frío y ya no tenía más ganas de andar.

Lo mejor es una mentira que contenga algo de verdad. Lo único que me callé fue el encuentro con el coronel Makárov. Si Antón Vladímirovich lo sabía, estaba sentenciado. Y, si no lo sabía, no iba a ser yo quien se lo contara.

—¿Qué vamos a hacer? —quise saber.

—Ir en busca de la bisnieta de Kovalevski. ¿Aún no te has enterado?

—Lo sé. Pero, ¿cómo lo haremos?

—Irás con Peshkov a recogerla.

—¿Tú no vendrás?

—Será mejor que no. Ya has visto a Alexandra Liovna. Has hecho buenas migas con ella. Si te pone pegas, vuelve a desplegar tus encantos. En cualquier caso, llevarás los papeles. No podrá oponerse. Pero creo que si no voy yo será todo más fácil. No te preocupes. Todo saldrá bien.

No, no saldría bien. Nada podría salir bien. Y mucho menos después de que el coronel Makárov se hubiera colado de rondón en la fiesta.

—¿Estás seguro de que es mejor que no vengas con nosotros?

Antón Vladímirovich sonrió, condescendiente.

—Totalmente. Iréis los dos, recogeréis a la niña, luego vendréis a buscarme y te acompañaremos a la frontera.

Me entregó un sobre abultado.

—Aquí tienes los papeles. Todos con sus firmas y sellos correspondientes.

No creía que Alexandra Liovna fuese una mujer fácil de intimidar con documentos, pero quién era yo para contradecir a Kuliakov.

Ya me sabía el camino del orfanato de memoria. Dirección sur, luego una carretera que al final del trayecto discurría paralela a la vía férrea y, si la niebla lo permitía —ese día lo iba a tener muy difícil— en cuanto viera los árboles pelados en los jardines del Palacio de Catalina, embocar el camino embarrado, subir la loma para pasar por encima de los raíles y, más allá de de las casas destartaladas, el edificio gris donde se hallaba el salvoconducto que me ayudaría a cruzar la frontera. La única certeza era que, si quería seguir vivo, aunque fuese sólo un rato más, no debería separarme de la niña. Nada como un documento firmado y el adorno de un sello para terminar de abrir puertas atrancadas. Pero también nada como como la rigidez de una estructura jerárquica para delegar la responsabilidad o, como en este caso, aguantar todavía la puerta un poco para que quien quisiera pasar no lo tuviera tan fácil.

La recepcionista se demoró un par de minutos examinando los documentos, no estoy seguro de si para asegurarse o porque, simplemente, no quería ponérselo fácil a los dos tipos que se habían presentado sin avisar y sin dignarse siquiera a darle los buenos días. Yo tampoco había hablado ni la había saludado, pero no porque se me hubieran olvidado los buenos modales que aprendí en el colegio. Estaba demasiado preocupado por mis propios problemas. Cuando caí en la cuenta de mi falta de consideración me apresuré a mostrar la mejor de mis sonrisas, pero ya era tarde: la recepcionista se había levantado e iba en busca de la directora sin darle ninguna explicación al angloespañol atribulado que había tardado demasiado en sonreír.

No podría precisar cuánto tiempo estuve esperando, pero se me hizo muy largo. Peshkov daba zancadas por el vestíbulo, un soldado de guardia parecía. Cuatro pasos, media vuelta al llegar a la pared y lo mismo en dirección contraria, aunque de vez en cuando cambiaba la dirección y en lugar de cuatro eran seis, o tres pasos. Qué más da. Apoyé la espalda en la pared y crucé los brazos. Estaba deseando marcharme pero no debía mostrarme impaciente. Tampoco tenía claro lo que haría o lo que pasaría cuando estuviésemos fuera, pero cualquier cosa sería mejor que la sensación inevitable de no hacer nada, de estar perdiendo el tiempo mientras la hora de mi ejecución se acercaba.

La mirada de Alexandra Liovna no sugería que fuera a ponérnoslo fácil. Ni siquiera cuando Peshkov le entregó los papeles para cambiárselos por la niña. Los miró atentamente. Luego me miró a mí.

—Irina Konstantínovna no puede irse todavía.

—No tenemos mucho tiempo —respondí.

—No me ha entendido. La niña aún no está preparada para marcharse.

—¿Cómo?

—Aún necesita varios días para hacerse a la idea.

—Alexandra Liovna —le dije—. Hemos venido a recoger a la cría, eso fue lo que hablamos.

—Así es, pero aún necesita unos días más. Es demasiado pequeña.

—Tiene que entregárnosla.

—No. No lo haré hasta dentro de unos días.

—Hemos traído todos los documentos necesarios.

—Me da igual.

Peshkov había estado callado demasiado tiempo. Antes o después estallaría.

—Todos los documentos están en regla —dijo—. Tiene que entregarnos a la niña. El camarada Kuliakov nos ha encargado venir a recogerla y eso es lo que vamos a hacer.

Alexandra Liovna arqueó las cejas, teatral.

—¿El camarada Kuliakov? ¿Y por qué no ha venido él? Búsquenlo y díganle que venga a hablar conmigo. Le diré lo mismo que a ustedes. Irina Konstantínovna se irá, no puedo negarme, pero no será hoy. Sólo tiene seis años. Lleva toda su vida aquí. Usted no sabe nada de niños —me miró también, con dureza—. Ninguno de ustedes sabe nada.

Peshkov golpeó con el índice los papeles que la directora le acababa de devolver.

—¡Alexandra Liovna! —gritó.

Pero la mujer ya se había dado la vuelta, ajena e indiferente. Desapareció tras la puerta como si fuera sorda.

Bien mirado, a pesar de lo delicado del asunto y con la cotización de mi vida cada vez más a la baja en las apuestas, la situación no dejaba de ser curiosa. Aún había gente en la Unión Soviética para quien los sellos, la burocracia o las órdenes de funcionarios recónditos no significaban nada. Por muy agentes del OGPU que Antón Vladímirovich o Bogdan Peshkov fuesen, quien mandaba de las puertas para adentro era esa mujer menuda y resuelta que acababa de dejarnos con la palabra en la boca. Peshkov seguía vociferando. Tan frío como se había mostrado siempre y ahora parecía al borde del colapso. Estampó los documentos encima de la mesa de la recepcionista y exigió un teléfono. Amenazó con darle una patada al escritorio y estrellarlo en la pared, con la silla y a ella incluidas. Estoy seguro de que lo habría hecho si, para no seguir oyendo sus protestas, la mujer no lo hubiera llevado a un despacho donde telefonear. Yo no me moví. No podía dejar de pensar en esa cría a la que estábamos tratando como una mercancía. Digo estábamos porque yo también formaba parte del grupo de tratantes de ganado. Me avergonzaba. Todavía me pasa. Por más que quería justificar lo que hacía, no me servía la excusa de salvar a Katya.

Seguía mirando el pasillo por donde había desaparecido la directora cuando Peshkov regresó.

—No he podido hablar con él —me dijo.

Lo miré, interrogativo, y enseguida comprendí: me estaba hablando de Antón Vladímirovich. Disimulé un gesto de contrariedad, fue lo único que se me ocurrió. Tampoco podía hacer otra cosa. Ni siquiera sabía dónde había intentado localizarlo. Los teléfonos no siempre funcionan cuando deben, la gente no siempre está cuando esperas que esté.

La recepcionista se sentó y volvió a sumergirse en su trabajo. Resultaba asombrosa su capacidad de abstracción. Con suerte dejaríamos de existir o, como poco, muy pronto no seríamos para ella más que dos estatuas o uno de esos cuadros que adornaban el vestíbulo. Peshkov miraba el reloj sin parar. He de confesar que terminó contagiándome sus nervios. La cuenta atrás se había acelerado esa mañana o, para ser más preciso, las horas empezaron a correr más deprisa desde la noche anterior, cuando me encontré con Makárov. No dejaba de preguntarme dónde estaría el coronel.

Cada vez que el teléfono orfanato sonaba, Peshkov daba un respingo. Pero no oímos el timbre más que tres o cuatro veces mientras esperábamos. Ninguna era la llamada que deseaba recibir, una en que la voz imperativa de Antón Vladímirovich pusiera firmes a la recepcionista, a Alexandra Liovna y a todas las chiquillas que asistían a clase en el hospicio.

No creo que llevásemos más de media hora esperando cuando Peshkov decidió que no podíamos quedarnos más tiempo allí. No me dio explicaciones. Me dijo vámonos y señaló la calle. Antes que permanecer allí prefería ir en busca del superior para desbloquear la situación. Antón Vladímirovich resolvería en un instante las reticencias de esa mujer que se creía que aún vivíamos en la época de los Románov. Yo prefería quedarme en el orfanato, pero tenía claro que ya no volverían a dejarme solo. Peshkov no me iba a permitir quedarme mientras él volvía a Leningrado. Me gustase o no, y no me gustaba nada, estaba condenado a permanecer a su lado.

La nevada arreciaba cuando salimos al patio. Tanto que cuando entramos en el coche parecíamos dos estatuas de escarcha.

Hasta a ciegas habría podido anticipar las tres curvas y la recta que precedía al paso a nivel. Pero daba igual que tuviera los ojos cerrados o abiertos. Con los gruesos copos de nieve que caían del cielo y esa ventisca habría sido imposible ver los edificios de Tsarkoye Seló a más de tres palmos de distancia. Menos mal que Peshkov vio a tiempo que un carro nos precedía y se había detenido justo antes de los raíles. Tanto parecía molestarle esa demora imprevista que giró el volante y aceleró para adelantarlo, pero justo cuando lo rebasábamos percibimos un ligero temblor dentro del coche. Aún no podíamos ver el tren, pero eso no importaba. Con esa niebla tan densa, en cualquier momento podía surgir la locomotora y arrollarnos. El carro tirado por un caballo flaco pertenecería a algún campesino que, a pesar del mal tiempo, no le quedaba más remedio que alimentar al ganado si quería cumplir los planes de productividad. Tal vez nos había salvado la vida porque quién sabe si habríamos atravesado las vías en el mismo momento que pasaba el tren.

La locomotora apareció entre la bruma como un animal prehistórico. Viajaba hacia el sur, tan despacio que creí que si bajaba del coche podría subir a uno de los vagones sin tener siquiera que dar una carrera. Era un tren de mercancías. Sólo transportaba contenedores enormes y troncos de árboles gigantescos que parecían haber sido arrebatados a un bosque mágico. Cada vagón tardaba una eternidad en pasar. No mucho tiempo antes la familia imperial usaba su propio tren para desplazarse no sólo por el territorio ruso, sino también para trayectos cortos. Asimismo, quienes eran inmensamente ricos, como los Yusúpov, enganchaban sus propios vagones con las joyas y los criados, incluso con sus propias vacas para desayunar leche fresca, cuando se iban de vacaciones a las fincas que poseían en los confines del imperio. Esa época se había terminado. En aquel tren no viajaba la familia imperial, que además llevaba doce años criando malvas, ni habría un vagón de lujo ocupado por ricos aristócratas enganchado a la cola. Tampoco era el mejor momento para averiguarlo. Habría sido una lamentable pérdida de tiempo preocuparme por eso. Lo único que debía importarme, y vaya si me importaba, era el carromato que también esperaba que pasara el tren. Peshkov no podía ver la cara del hombre que lo conducía. A mí no me hacía falta. No estaba ahí por casualidad. Nada de lo que estaba pasando tenía que ver con el azar. Nos habíamos levantado con el pie izquierdo, sobre todo Peshkov. Este no iba a ser su día de suerte. Y no lo pensaba por el encontronazo con la directora del orfanato. Comparado con lo que intuí que estaba a punto de ocurrir, aquello no sería más que una anécdota olvidable.

Abrí la puerta del coche, antes de que fuera demasiado tarde. Peshkov me miró.

—¿Qué haces?

—Voy a bajar. Me estoy meando —le dije.

Se me quedó mirando un instante y luego apuntó algo parecido a una sonrisa.

—Se te va a helar la polla.

—¿Prefieres que lo haga dentro del coche?

Salí, di un portazo y me alejé unos pocos metros. Ahí fuera, el ruido del tren era mayor que el de la ventisca. Me alejé un poco, pero no oriné. Ni siquiera tenía ganas. No me da vergüenza decir que habría preferido hacérmelo encima antes que abrirme la bragueta en aquel páramo. Sólo tenía que esperar mientras fingía mear. Me esforcé en no darme la vuelta cuando oí abrirse la puerta del coche y volver a cerrarse enseguida. Aunque debería haber seguido a lo mío, fui incapaz de no mirar. Ahora el automóvil se movía. Desde fuera no se podía ver mucho. Sólo estaba yo, pero cualquiera que hubiera pasado por allí y se hubiese fijado, muy bien habría podido imaginar que dentro del coche alguien sufría un violento ataque de epilepsia. O que una pareja de enamorados desataba sus instintos. Cualquiera podía imaginar esas cosas y muchas otras. Cualquiera menos yo, el único que sabía que quien estaba sentado en el carro era el coronel Makárov. Mientras me encontraba de espaldas había ocupado mi lugar en el coche. No quiero imaginar cuál fue la sorpresa de Peshkov. No duró mucho el zarandeo. En una pelea todo sucede muy deprisa, y en esta, donde tenía la convicción de que sólo un hombre saldría con vida, era lo mismo. Justo cuando el automóvil dejó de moverse, el último vagón del tren pasó por delante. Me había dado la vuelta pero no me decidía a acercarme. Me preguntaba quién habría ganado la partida. Quién quería que fuera el vencedor. A corto plazo, un resultado me convenía más que otro. Intuía que, de suceder, me proporcionaría una tregua. A medio plazo, no estaba tan seguro. De todos modos, dada la situación en la que me encontraba, el corto plazo no eran más que unas pocas horas, y el medio plazo ni me lo planteaba. Si deseaba que del coche saliera victorioso el coronel Makárov, me atravesaba la culpa, por traidor. Así de estúpido era aunque estuviera seguro de que Antón Vladímirovich había decidido matarme. Pero otra parte de mí también deseaba que fuera Peshkov quien bajase del coche porque así podríamos llevar a la niña a Finlandia y hacer las cosas bien. Ya encontraría la forma de resolver la situación y salvarme. A lo mejor eso de que tenían intención de matarme no era sino una especulación infundada. También se me ocurrió que podrían haber muerto los dos, para no tener que elegir un bando, pero aquella era la opción más remota. Una pelea como esa no se iba a dirimir en tablas. Cualquier cosa que hubiese pasado ahí dentro, no me quedaba más remedio que abrir la puerta del automóvil para comprobarlo. No me iba a quedar toda la vida esperando.

Capítulo XXXVIII

El coronel Makárov era más grande, más fuerte y además contaba con la ventaja de la sorpresa. Nadie esperaba que fuera a meterse en la boca del lobo. Yo tampoco habría podido imaginarlo hasta que salió a mi encuentro, qué sorpresa, en Leningrado.

No podía saber qué pasó exactamente, pero supongo que cuando el coronel abrió la puerta del coche, Peshkov seguiría mirando distraídamente el pausado discurrir de los vagones. Quizá ni siquiera habría visto bajar del carromato a Makárov. Pensaría que era yo, y tal vez soltó algún comentario sarcástico. Quién sabe si hasta sonrió, la última sonrisa de su vida, antes de que el coronel le pasara un cable en torno al cuello. Mal asunto. Cada vez que me acuerdo me acaricio el gaznate, como si me lo hiciera a mí y así pudiera zafarme retrospectivamente. Pienso en las manazas del cosaco tirando de los extremos del cabo para estrangularme y hasta me duele la garganta. Quién podría defenderse de algo así. Al menos me había ahorrado ver la agonía de Bogdan Peshkov. La pelea había sido corta, pero intensa, sin duda. Me pregunté en qué momento se dio cuenta de que no iba a ganar, si entonces dejó de luchar para acabar cuanto antes o siguió resistiendo hasta el final.

—¡Ayúdame! —por el tono de voz en que me hablaba el coronel deduje que no era la primera vez que me lo decía. Tan ensimismado estaba que no me había dado cuenta. Antes de obedecerlo miré a un lado y a otro del camino. Con tanta niebla no podía estar seguro, pero no había ningún coche y tampoco se oía el motor de ninguno acercándose. Entre los dos colocamos el cadáver de Peshkov en el asiento trasero. Luego, Makárov cogió unas mantas gruesas del carro y se las echó encima.

—¿Dónde está la niña? —me preguntó.

—Hemos ido a buscarla, pero no hemos podido llevárnosla.

—¿Por qué?

—La directora del orfanato decía que aún tendríamos que esperar unos días. Hemos estado esperando un rato para poder hablar con Antón Vladímirovich, pero al final decidimos volver a la ciudad para solucionarlo.

—¿Dónde está Kuliakov?

—Se quedó en Leningrado. Teníamos que ir a buscarlo cuando recogiésemos a la niña.

—Nosotros iremos a por ella.

—No nos la van a entregar. Ya se lo he dicho.

—Entonces tendremos que sacarla a la fuerza.

—No creo que eso sea posible. La directora del orfanato nos ha dejado muy claro que no podríamos. Y no creo que una promesa la conforme. Y eso —añadí, señalando el cadáver de Peshkov— sin mencionar lo que acaba de ocurrir.

El coronel miró alrededor. Sólo había silencio. Niebla y silencio.

—Será mejor que nos vayamos de aquí —me dijo—. ¿Cuánto tiempo tenemos?

—No tengo ni idea. No sé si Antón Vladímirovich llegó a

hablar con alguien ni los planes que tenía para atravesar la frontera. En cualquier caso —insistí, dándole la razón—, no podemos irnos de Rusia sin la niña.

—Por supuesto que no —concluyó Makárov y tiró de las riendas del caballo para apartar el carro del camino.

En el breve trayecto de vuelta al orfanato intenté calcular cuánto tiempo había pasado desde que Peshkov llamó por teléfono. ¿Treinta minutos? ¿A lo mejor cuarenta? Quizá tendríamos suerte después de todo. Si le habían dejado a Antón Vladímirovich el recado, tal vez era muy poco tiempo para que hubiera llegado al hospicio desde Leningrado.

El coronel estuvo todo el tiempo callado. No se si, como yo, se estrujaba las meninges para encontrar la forma de sacar a la niña de allí, o si ya había decidido que daría una patada a la puerta y a punta de pistola conseguiría que Alexandra Liovna entrase en razón. Miré hacia atrás varias veces, pero no había ningún coche. Cuando el coronel aparcó en el patio del orfanato, antes de que apagase el motor, le pedí que me dejase entrar a mí.

—Quédese aquí, coronel. Y procure que no se le vea la cara.

—¿Qué vas a hacer?

Ya había abierto la puerta. Mi intención era salir del coche antes de que él ejecutase su plan por las bravas. Se me había ocurrido algo. Cualquier cosa me parecía mejor que llevarnos a la chiquilla por la fuerza. No quise contarle a Makárov que lo iba a hacer más por la niña que por nosotros. Quizá no me habría creído de ninguna de las maneras, pero me daba igual. Tampoco quiero pecar de exagerado ni presumir de idealista, pero prefería ahorrarle el susto de sacarla a rastras de su vida pistola en mano. Sólo lo haríamos si no quedaba otro remedio.

Hasta que crucé la puerta no tuve claro que el coronel no me seguía. Aunque refunfuñando, se quedó en el coche. Cuando del cosaco se trataba era igual que usar un cronómetro: la paciencia no era su fuerte y, si tardaba mucho en volver, sin duda pondría en marcha su plan desesperado.

La recepcionista parecía sorprendida de verme, no sé si a mí solo, o simplemente por haber vuelto. Puede que hasta se asustara. Si nos habíamos ido hace poco y yo estaba allí otra vez, podía significar muchos problemas. Pero tal vez que Peshkov no estuviera conmigo la tranquilizó. Después de todo, yo no había vociferado, ni protestado, ni amenazado con cerrar el hospicio si no me entregaba a la bisnieta del príncipe Kovalevski.

Me esforcé en mostrar una sonrisa. Teniendo en cuenta que llevábamos un cadáver en el coche, no era fácil.

—Hola de nuevo —le dije—. Me gustaría pedirle disculpas por el comportamiento de mi acompañante. Soporta mucha presión y a veces los nervios lo traicionan. Ahora está tan avergonzado que ha preferido quedarse ahí fuera. Alguien viene de camino, desde Leningrado. Creo que se retrasará un poco. Mientras llega, si no le importa, me gustaría hablar con Alexandra Liovna.

El gesto que me devolvió no dejaba espacio a la esperanza. Sin embargo, se levantó y me pidió que esperase. Me asomé por la ventana mientras regresaba. El coche con Makárov y el cuerpo aún caliente de Peshkov seguían allí. Aunque decir caliente sería demasiado generoso con ese tiempo. La cuestión era que no habían pasado ni quince minutos desde que murió y ahí estaba yo, haciendo un desesperado último esfuerzo para llevarme a la niña, como si no hubiera pasado nada. Me pregunté qué pasaría si Antón Vladímirovich llegaba mientras yo aún estuviera dentro del edificio. ¿Mataría al coronel? ¿El coronel lo mataría a él? Y, si lo hiciera, ¿se largaría y me dejaría tirado? ¿Qué pasaría con la niña entonces? Eran demasiadas variables para tenerlas en cuenta, aunque Makárov ya me había dejado claro, por si tenía alguna duda, que no era de los que se rinden cuando empiezan las dificultades. Cualquier cosa que fuese, no podíamos quedarnos allí para siempre.

Tampoco ayudó el timbrazo. Un teléfono que rompe el silencio cuando no te lo esperas no resulta tranquilizador. Al contrario, te sobresalta. Sobre todo si de esa llamada depende tu vida. Sonaba y nadie respondía, y al otro lado de la línea muy bien podía estar esperando alguien que mandaba mucho para ordenar a quien lo cogiese que nadie se moviera de allí hasta que él no llegara. Tardó una eternidad en dejar de sonar. Todavía seguía oyendo su eco cuando ya habían respondido a la llamada o quien quiera que llamase se hubiera cansado de esperar. Silencio otra vez, y nadie aparecía. Miré el reloj. Esperaría cinco minutos más, sólo cinco minutos, y me marcharía. Si Antón Vladímirovich llegaba, todo habría terminado. Si el coronel y yo nos íbamos, al menos habría alguna posibilidad de seguir vivos. Lo quisiera o no, había tomado partido y ya no cabían las ambigüedades.

Pero cinco minutos después no había sucedido nada. El teléfono no volvió a sonar y tampoco salió nadie para darme una respuesta. Ya no podía esperar más. Si no puedo llevarme a la niña ahora, ya intentaré sacarla de allí en otro momento, me dije, para consolarme. Pero sabía que el coronel Makárov no estaría de acuerdo y en cuanto me viera llegar con las manos vacías saldría del coche e iría a buscar a Irina por las bravas. Por eso aguanté unos segundos más, la mano ya en el pomo de la puerta para irme pero la mirada todavía fija, por si acaso, al fondo del pasillo, invocando a la directora. Murmurando, con agobio creciente: venga, vamos, salid ya de una vez. Lo repetí varias veces, muy bajito, ya no recuerdo en qué idioma, y como en un conjuro, las palabras al final surtieron efecto. Al otro extremo del pasillo se abrió la puerta y aparecieron la directora y la recepcionista.

A Alexandra Liovna parecía darle lo mismo que me hubiera presentado solo o acompañado. El gesto era igual de serio. Con su pequeña estatura, me miraba desde abajo como uno de esos perros enanos que enseñan el colmillo a otro perro que ose acercarse, aunque lo triplique en tamaño. El gesto torcido, la comisura de los labios cuarteada en cientos de arrugas.

—¿En qué puedo ayudarle? —me dijo.

—Me gustaría hablar con usted un momento si no tiene inconveniente. Pero antes, como le dicho a su compañera, quisiera disculparme por el comportamiento inaceptable de mi acompañante. Cumplir órdenes no puede ser una excusa para mostrar malos modales.

La mujer se quedó callada durante unos segundos, mientras se lo pensaba, pero no tardó en entender que yo prefería que la conversación fuera a solas.

—Sígame —dijo.

Que accediera a hablar conmigo no significaba que mi sonrisa hubiera surtido efecto, pero al menos era un punto de partida. Lo más difícil vendría ahora.

—¿Ha llamado o ha venido el camarada Kuliakov? —le pregunté, cuando cerró la puerta de su despacho, antes de que se sentara.

—No ha llamado ni ha venido nadie.

—Pues entonces mucho mejor —le dije.

No me quedaba otra que poner las cartas boca arriba y mirarla a los ojos.

Se dejó caer en su asiento, con pesadez, pero no dije nada. Interpreté, quizá no tenía más remedio, que deseaba ver todas mis cartas.

—Déjeme que me lleve a la niña —le pedí.

Seguía mirándome. Ni una palabra.

—Quiero llevarla a París sin el permiso del OGPU. Allí la espera un familiar suyo. Le aseguro que va a disfrutar de una vida espléndida si la deja que venga conmigo.

La directora carraspeó y, antes de decir nada, miró los papeles que tenía en la mesa. Supongo que querría ganar tiempo mientras pensaba lo que me iba a decir.

—¿Quién es usted?

Buena pregunta. Me encogí de hombros.

—Alguien que se ha metido en un lío y para arreglarlo no se le ha ocurrido otra cosa que meterse en un problema mayor. Pero, créame. Si consigo cruzar la frontera, los problemas habrán desaparecido y le habremos regalado a esa chiquilla una vida mejor.

—No puedo hacer lo que me pide.

—Verá, Antón Vladímirovich nos envió esta mañana aquí para recoger a la niña. Usted sólo debe entregárnosla. Al hacerlo habremos cumplido las órdenes del camarada Kuliakov. Lo que pase a partir de ahora es cosa mía.

Alexandra Liovna no daba su brazo a torcer.

—Antón Vladímirovich está a punto de llegar —volví a la carga—. Créame, cuando venga se llevará a la niña igualmente. Usted sabe que lo hará. Si no es hoy, será mañana o dentro de unos días. Y cuando eso suceda, no habrá nada que podamos hacer. Ni usted ni yo. Nadie. Dígame una cosa. ¿Confía en él? ¿Cree que sacaría a esa cría de aquí si no fuera para utilizarla?

—Tampoco lo conozco a usted. Ni tengo motivos para fiarme.

Tenía razón. ¿Por qué iba a fiarse de un desconocido que además ni siquiera era ruso?

—¿Y si esperamos a que venga el camarada Kuliakov y lo aclaramos todo?

Ahora fui yo quien se negó.

—Si esperamos a que venga no habrá nada que aclarar. Pero si deja que la niña se vaya conmigo habrá alguna posibilidad de que la lleve a su destino sana y salva. Si no me deja, Antón Vladímirovich se habrá salido con la suya y cuando se dé cuenta de que la chiquilla no le sirve para sus planes volverá a traerla aquí, o algo peor.

—¿Y cuáles son los planes del camarada Kuliakov?

—Cambiársela a su bisabuelo por una fortuna. Pero hay un problema. Su bisabuelo no le va a dar el dinero antes de que le lleve a la niña a París y me temo que Antón Vladímirovich tampoco la va a llevar si no le envía antes el rescate. Permítame que sea sincero. A usted no le gusta el camarada Kuliakov. Se fía tan poco de él como yo y le apetece plegarse a sus órdenes tanto como a mí.

Se levantó, cerró los dos puños sobre la mesa, eran tan pequeños como los de una cría, y me miró a los ojos.

—Váyase de aquí.

¿Qué esperaba? ¿Que me diera una palmada en la espalda y me entregase a la niña? ¿Que me confesara a mí, un extranjero y un desconocido, que si ella pudiera también se marcharía de la Unión Soviética? También me levanté. Estaba a punto de rendirme y darme la vuelta cuando se me ocurrió algo.

—Asómese por la ventana —le pedí.

Alexandra Liovna frunció el ceño, como si no comprendiese o no tuviese ganas de seguirme el juego.

—Por favor —insistí—. Hágame caso.

Lo hizo muy despacio, pero lo hizo. Al otro lado del cristal se podía ver la parte frontal del coche donde me esperaba el coronel Makárov.

—Fíjese bien —le dije.

La directora quitó el vaho de la ventana con la palma de la mano.

—¿Ve ese hombre que está al volante?

No me dijo nada. Había dejado de mirar y se dio la vuelta.

—No es el mismo que me acompañaba antes. Bogdan Peshkov era un agente del OGPU, pero eso usted ya lo sabe.

Quien ha venido ahora conmigo lo ha matado. ¿Sabe por qué lo ha hecho? Para salvar a la niña. Es un coronel del Ejército Blanco que ha venido desde París y se está jugando la vida para llevarse a la niña. Trabaja para el príncipe Kovalevski. El cadáver de Bogdan Peshkov está debajo de una manta en el asiento trasero del coche. Puede salir y comprobarlo si no me cree.

—¿Quiere decir que el bisabuelo de Irina Konstantínovna es Mijaíl Mijáilovich Kovalevski?

—Así es.

—Está usted loco —me dijo.

Cuando volvió a su despacho, Alexandra Liovna presentaba el mismo gesto implacable de siempre y me habría parecido igual de pequeña, de un tamaño cercano a la acondroplasia, si no llevase de la mano a una cría de seis años que caminaba a su lado tan pegada como un perrillo a su dueño. Ahora mi sonrisa no era forzada, sino una mueca genuina de satisfacción. Nunca antes habría podido imaginar que al ver a una niña tan pequeña, tan resuelta y tan valiente me asaltaría un ramalazo de admiración, porque, por un instante, lo confieso, quise ser esa chiquilla que me miraba con curiosidad y sobre todo sin el menor rastro de temor. Haber tenido, no sólo a su edad, sino también a mis veintisiete años vividos hasta entonces, el valor y la determinación que le adivinaba en esos ojillos oscuros que aún no habían descubierto el mundo.

La niña, fuese la bisnieta del príncipe Kovalevski o no, y lo cierto es que a estas alturas su linaje era lo que menos me importaba, no hacía pucheros ni tiraba en dirección contraria para que no se la llevaran. Además, intuí que la pequeña maleta que llevaba la directora en la otra mano era su equipaje, lo poco que poseía.

Capítulo XXXIX

—Nos vamos, coronel —le dije, al abrir la puerta del coche.

Le hablé en francés porque no quería que la niña se preocupase, aunque no sirviera de mucho porque, ¿acaso era posible que no se asustase? ¿No podrían suceder cosas en los próximos minutos o en las horas siguientes que me harían sentir culpable por haberla arrancado de su vida?

La había sacado en brazos del orfanato, para protegerla de la ventisca y porque, de alguna manera, pensaba que así sería más fácil que no llorase ni a patalease. Pero Alexandra Liovna, convencida de que más pronto que tarde se marcharía, la habría aleccionado convenientemente desde nuestra primera visita O tal vez la cría era tan valiente como parecía.

Me acomodé con ella en el asiento del copiloto, tiré la maleta a la parte de atrás y le pedí al coronel que no hiciera preguntas. Pero Makárov era un hombre de pocas palabras. Arrancó el coche en cuanto me vio aparecer y ya estaba haciendo maniobras para marcharnos antes que me diese tiempo de cerrar la puerta. Cada segundo contaba. Lo último que vi fue la cara de Alexandra Liovna al otro lado de la ventana de su despacho. Le había prometido de que cuidaríamos de la niña, y era lo que íbamos a hacer.

Serguéi Makárov conducía con cuidado por el engrudo de nieve y de barro. De cuando en cuando miraba a la niña y, si no hubiera estado tan preocupado por lo que pudiera sucedernos, habría jurado que el muy canalla disfrutaba. De una forma o de otra, con un muerto por el camino, de momento se estaba saliendo con la suya. Dos curvas más tarde llegamos al paso a nivel. Habríamos tenido muy mala suerte si hubiera pasado otro tren en tan poco tiempo, pero, por si acaso, el coronel pisó el acelerador al llegar a la vía. No me había dicho adónde íbamos, pero suponía que hacia la frontera. En aquella época, nueve años antes de la Guerra de Invierno, el territorio finlandés estaba mucho más cerca, pero aún así se me antojaba demasiado lejos. Demasiado difícil de alcanzar.

El coronel seguía atento a la carretera. A ambos lados, un manto blanco sobre la tierra yerma y luego un bosque de coníferas nevado. En todo el trayecto no nos cruzamos más que con cinco o seis camionetas, dos carromatos y un par de coches. Por suerte, en ninguno de ellos me había parecido ver a Antón Vladímirovich, y vaya si me había fijado. No saber nada de él era una buena noticia.

—Tenemos que deshacernos del cadáver —me dijo el coronel.

Estuve de acuerdo, pero él me lo aclaró de todos modos. Seguíamos hablando en francés, para que la cría no lo entendiese.

—Pueden pararnos y registrar el coche. Es demasiado arriesgado.

—Desde luego —repliqué—. Aunque me temo que deshacernos del cadáver no va a evitar que nos retengan. Si la directora del orfanato dijo la verdad, los papeles de la niña están en regla, pero no estoy seguro de que con eso nos baste para pasar a Finlandia. Eso sin contar que en cuanto Antón Vladímirovich sospeche lo que ha pasado pondrá sobre aviso a la policía y al ejército. Conque dígame cómo piensa salir de aquí.

La respuesta de Makárov fue un volantazo para adentrarse en un camino. Al hacerlo, el coche derrapó y a punto estuvimos de quedarnos atascados en la nieve, pero el cosaco enseguida corrigió la trayectoria con otro movimiento brusco del volante y enfiló el morro hacia el bosque. Justo antes de los árboles se alzaba una *isba*. No me había dado cuenta de que estaba allí, pero seguro que el coronel la vio desde la carretera. Tampoco estaba seguro de querer saber lo que se le había ocurrido cuando detuvo el coche en la puerta. Era un edificio pequeño con el tejado a dos aguas y fachada ensamblada en troncos dispuestos de forma horizontal, rodeada por lo que pasaba por ser una cerca rudimentaria y lo que parecía un granero veinte o treinta metros más allá de la edificación principal. El coronel no paró el motor. Seguía aferrado con fuerza al volante y mantenía el pie en el acelerador. Hacer ruido era la peor forma de pasar desapercibido, pero Makárov empujó hasta el fondo el pedal sin dejar de clavar los ojos en la puerta de la *isba*. Quería asegurarse de que no había nadie. Aún tardó por lo menos un minuto más en salir del coche.

—Espérame aquí —me dijo.

Rodeó la casa despacio y se metió la mano derecha en el bolsillo. Estoy seguro de que no lo hizo para protegerse del frío, sino para palpar la pistola que guardaba en el abrigo. Quizá por eso ni siquiera llevaba unos mitones. Esas manazas de oso y aquellos dedos romos eran demasiado grandes para además tener que apretar el gatillo con unos guantes.

Cuando desapareció detrás de la casa miré a la niña. No se me ocurrió otra cosa que sonreír. La chiquilla me devolvió el gesto. O eso creía puesto que sólo le podía ver los ojos por encima de la bufanda. Puse una mano sobre las suyas, para darle confianza. Puesto que el coronel llevaba una pistola y estaba dispuesto a usarla, temía que en algún momento atronase un disparo y se asustara. Pero el cosaco apareció de nuevo tras rodear la casa. Con un gesto me indicó que esperase y se encaminó al granero. No tardó en volver. Traía algo en la mano, un palo parecía. La nevada no me permitía verlo con claridad. Hasta que no abrió la puerta y me lo entregó no me di cuenta de que era una pala. Volvió a ponerse al volante y llevó el coche hasta la arboleda. Se adentró apenas lo suficiente para que no pudieran vernos desde la carretera.

Me quitó la pala y abrió la puerta del coche.

—Será mejor que vayas a dar una vuelta con la niña —me sugirió.

Asentí. Dar un paseo bajo la nevada no era lo que más me apetecía, pero que la chiquilla pudiera darse cuenta de que el coronel sacaba un cadáver del coche y lo enterraba resultaba menos conveniente aún. No sabía cuántos sobresaltos y dificultades nos esperaban todavía, seguro que muchos, pero iba a evitarle cuantos pudiera.

—Anda, guapa —le dije—. Vamos a dar un paseo.

Cuando ya habíamos empezado a andar, señaló con vehemencia el automóvil. Pensé que no quería que la llevase a ninguna parte. Era lógico, con tanto frío. Pero con la vocecilla entrecortada por el frío reclamaba su maleta.

—Ah, vale —sonreí, abrazándola, y me eché a reír—. No quieres que dejemos tu equipaje ahí. Pero si sólo vamos a dar una vuelta. Volveremos dentro de un momento.

Si se hubiera puesto a patalear habría sido diferente. Lo último que necesitaba era que se pusiera a llorar, que adivinase o intuyese el riesgo que estábamos corriendo y el pánico se apoderase de ella. Pero me miró muy seria. Los labios apretados. La barbilla clavada en el pecho. Resignada. No me lo iba a volver a pedir. Cualquiera que fuese mi decisión se conformaría. No levantaba un palmo del suelo y me estaba dando una lección. Por eso claudiqué. Le dije que esperase y fui al coche. Luego la cogí en brazos. En la mano libre llevaba su maleta. Parecía un padre con su hija camino del colegio. Nos alejamos del automóvil. El sol, si es que un sol pálido habitaba en alguna parte tras las nubes, más allá de las copas altas de los árboles, no tardaría en esconderse. Caminé unos minutos más bosque adentro, hasta que la nieve me llegó a las rodillas. La chiquilla iba bien abrigada, pero temía que hiciera demasiado frío para ella. Aparté la nieve de un tocón y me senté, con la niña encima de mis piernas. Le froté las manos, la espalda y las piernecillas, para calentarla. Ella se apretó contra mi pecho.

—¿Tienes frío? —le pregunté.

Sacudió la cabeza con energía para decirme que no.

—Mucho mejor —le dije—. Cuando llegues a tu nueva casa nunca más volverás a tener frío. ¿Sabes por qué?

Volvió a menear la cabeza.

—Porque en París nunca hace frío. Y porque tu bisabuelo tiene una casa muy grande con una chimenea así de grande —separé las manos cuanto pude—. Y además, en el sitio adonde vamos hay un montón de comida, comida muy rica. Y muchos dulces también. ¿Te gustan los bombones?

No me contestó. Pensé que a lo mejor no le interesaba la conversación, pero se me ocurrió que también podría no haber probado nunca un bombón, no saber siquiera lo que era. De pronto me sentí muy mal. Durante el último invierno ruso la hambruna había dejado miles de muertos en el campo. Que una niña huérfana no supiera qué era el chocolate no debía de resultarme raro. Pero eso tampoco evitaba que me sintiera incómodo.

—Creo que sí —me dijo.

Sin saberlo, me había salvado.

—¿Cómo que sólo crees que te gustan los bombones? Los bombones te gustan o no te gustan. No, miento. Los bombones le gustan a todo el mundo. Sobre todo a los niños.

—Alexandra Liovna me regaló bombones en mi cumpleaños.

—¡Anda! ¿Ves cómo los has probado? ¿Y cuándo es tu cumpleaños?

Abrió mucho los ojos y se mordió los labios. Me faltaba experiencia en el trato con los niños y acababa de descubrir que a esa edad lo normal es que una niña no sepa el día de su cumpleaños.

—Pues te voy a dar una buena noticia —le dije—. En casa de tu abuelo habrá montañas de bombones.

—¿Montañas de bombones?

Asentí con teatralidad y extendí los brazos, como si quisiera abarcar todos los bombones del mundo.

—Montañas de bombones —repetí—. Y un árbol de Navidad enorme, con muchas luces. Te va a encantar.

—¿Un árbol de Navidad?

—Sí. Porque en casa de tu abuelo siempre es Navidad. ¿Qué llevas en la maleta?

—No lo sé.

—¿Ah, no? ¿Quieres que lo veamos?

—Vale.

Cualquier cosa que llevase no pesaba apenas. Tiré de las correas y miré dentro: una muda, un grueso jersey de lana, unos leotardos. Tampoco poseería mucho más una niña huérfana. También, envuelto en un papel húmedo había dos rebanadas de pan negro con algo de col y embutidos. No olía nada mal.

—¿Tienes hambre? —le pregunté.

Dijo que sí. Retiré el papel que envolvía la comida y se la di. La cogió con sus dos manitas pero, antes de darle el primer bocado, me preguntó si quería probarlo. Aunque se me hacía la boca agua, le dije que no. Desde luego que no. Me dieron ganas de abrazarla con fuerza, pero temí que se asustase y me contuve. En lugar de eso, volví a buscar dentro de la maleta. Antes no lo había visto porque estaba debajo de la comida, pero ahora aparecieron unos lápices de colores con la punta gastada y un papel doblado con esmero. Me quité los guantes, y lo desdoblé, con cuidado. Era un dibujo de la torre Eiffel. En una esquina, los esbozos de dos hombres y una niña. Uno llevaba un bastón, el otro era grande como un gigante. Entre los dos la llevaban de la mano. La chiquilla miró el dibujo.

—¡Anda! —le dije—. ¡Qué bonito! ¿Lo has hecho tú?

Asintió, con la boca llena y con muchas ganas. Y antes de tragarse el bocado me explicó:

—Alexandra Liovna me dejó un libro para que hiciera un dibujo. Ahí es donde vive mi bisabuelo.

—¿Sabes cómo se llama esa torre?

—No —respondió, con la boca llena. Al mover la cabeza, los rizos negros que le asomaban por el gorro le bailaron en las mejillas.

—¿Y tampoco sabes cómo se llama la ciudad donde vive tu bisabuelo?

—¡París!

—¡Bien! Pues esa atalaya tan bonita se llama la torre Eiffel y es muy alta. ¿Sabes cuánto?

Volvió a sacudir la cabeza, los ojos muy abiertos. Todavía le quedaba un poco de pan en la mano.

Señalé las nubes con el dedo.

—Es tan alta que llega hasta cielo.

Aún se le abrieron un poco más los ojillos de asombro y al reírse se le cayeron unas cuantas migas de pan de la boca.

—¿Te gustaría subir?

—¡Sí!

—Seguro que tu bisabuelo te lleva muy pronto. ¿Sabes? Desde lo alto de la torre Eiffel se puede ver el mundo entero.

—¿En serio?

Asentí, circunspecto.

—¿Y también se ve el mar?

Repetí el gesto.

—¿Y Leningrado?

—Claro que sí.

—¿Y la escuela?

—La escuela también.

—¿Entonces podré ver a Alexandra Liovna?

—Por supuesto. Y ella también podrá verte a ti. Y le dará mucha alegría.

—Qué bien. ¿Y tú?

—¿Yo qué?

—¿Tú también vendrás conmigo?

Tragué saliva.

—¿Te gustaría? —le pregunté.

—¡Claro!

Señaló con un dedito enguantado las tres figuras que había dibujado.

—Esta soy yo, este del bastón es mi bisabuelo y este eres tú.

Me eché a reír. Apenas una hora antes el coronel Makárov había estrangulado a un hombre delante de mis narices y nos estábamos jugando la vida. Pero una cría había conseguido que me olvidase de todo. Y eso que era yo quien se la había llevado a dar una vuelta para que no viera cómo el coronel enterraba el cadáver de Peshkov.

La abracé. No quería soltarla. Ojalá me hubiera podido quedar así todo el tiempo. Pero teníamos que sacarla de Rusia. Y lo haríamos.

—Es hora de volver —le dije, levantándome, cuando ya se había tragado el último bocado.

El coronel ya había terminado cuando llegamos. En algún lugar cercano, tal vez junto a alguno de esos árboles más allá del coche, había enterrado a Bogdan Peshkov, pero ahora fumaba un pitillo plácidamente, como si no hubiera pasado nada.

—¿Qué vamos a hacer ahora? —le pregunté.

Miró el cielo. Seguro de que por más que se esforzase, y aunque la nevada nos hubiese dado una tregua, no sería capaz de ver el sol. Abrió la puerta del coche y se sentó al volante.

—Vamos a cruzar la frontera —dijo—. Se hace tarde.

No pensaba que al coronel lo hubiera asaltado una corriente de optimismo. Serguéi Makárov aceptaba el destino, viniera como viniese, si hacía cuanto estaba en su mano para llegar al final.

Capítulo XL

Que nos encontrásemos ese vehículo militar atravesado en la carretera no me sorprendió, no sólo porque pudieran andar buscándonos. Después de todo, sucedería antes o después, si es que no había empezado ya la cacería. Finlandia estaba a un tiro de piedra y si las relaciones entre dos países limítrofes no suelen ser fáciles, entre los soviéticos y los fineses no tenía por qué ser diferente.

De hecho, no lo era.

La primera intención de Makárov fue dar la vuelta. Pero nos habíamos topado con la patrulla después de una curva, justo antes de un par de cabañas que, por estar cerca de la orilla, supuse de pescadores. Vi cómo el coronel gruñía bajo el mostacho y mantenía el volante firme, el morro del Gaz en dirección a los soldados. No abrí la boca, pero estuve de acuerdo con él. Había elegido la opción más sensata. Si huíamos, nuestras posibilidades de salir airosos se reducían, pero si nos atrevíamos a averiguar qué pasaría cuando los soldados nos diesen el alto, quizá tuviéramos una oportunidad, si es que no estaban allí por nosotros.

Nos encontrábamos a unos cincuenta metros cuando uno de ellos, embutido en un grueso abrigo y con una estrella roja en el gorro pardo de piel, levantó la mano para darnos el alto. En la otra sostenía un fusil. Makárov detuvo el coche a la orden del soldado, pero su mano acariciaba la pistola en el bolsillo del abrigo. El militar rodeó el automóvil hasta colocarse a la altura de la ventanilla del conductor. Por mi lado, otro hacía lo mismo. Además de estos, otros dos nos miraban junto a la camioneta verdeoliva.

—Sus papeles —dijo uno de ellos.

Lo único bueno de esa orden era que el coronel retiró la mano de la culata de la pistola para buscar su documentación. Lo hizo sin rechistar, conque supuse que había entrado en la Unión Soviética con unos documentos falsos convenientemente preparados por algún impresor de París. Dada la fortuna de quien le pagaba, no me extrañaba que se hubiera hecho con los servicios del mejor. Los míos también estaban en regla, pero ese era, o podía ser, el problema. En ellos rezaba mi condición de extranjero visitante en la Unión Soviética, lo que podrían estar buscando. Se los di al soldado que esperaba por mi lado del automóvil.

—¿Adónde van? —preguntó el que estaba junto a la ventanilla del coronel.

—A Viipuri —respondió Makárov, sin pestañear—. Vamos a llevar a esta niña a casa de su familia.

El soldado acercó la cabeza a la ventanilla abierta y miró a Irina. Se había quedado dormida en el asiento de atrás. El ruso retrocedió un par de pasos, sin dejar de mirar el automóvil.

—¿Es suyo este coche?

—No —respondí—. Nos lo han dejado en el orfanato donde vive la niña para que la llevemos al funeral de su abuela.

Fue lo primero que se me ocurrió y ya no tenía más remedio que seguir con la mentira. Un embuste sobre otro. Bajé la voz , como si no quisiera que la cría se enterase de lo que iba a decir, y en realidad no quería que se enterase de lo que iba a decir.

—Sus padres murieron. La chiquilla vive en un orfanato porque sus abuelos no han podido hacerse cargo de ella.

—Salgan del coche —ordenó el soldado que parecía estar al mando, inmune a mis explicaciones.

Sin duda deshacernos del cuerpo de Bogdan Peshkov fue la mejor decisión que habíamos tomado esa mañana.

—¿De dónde es usted? —me preguntó cuando bajamos el que le había pedido los papeles al coronel Makárov.

—Soy un periodista inglés invitado en su país.

Lo dejé ahí. No era el mejor momento de contarle lo de mi mitad española.

No parecía estar muy convencido porque le pidió al otro mis documentos y se limitó a mirar mi cara y la foto de mi pasaporte. Me pregunté si sabría leer. A pesar de la modernización forzosa de la última década, el analfabetismo seguía siendo un problema a resolver en la Unión Soviética. Pero mis documentos estaban en regla o no le interesaban.

—¿Cómo se llama el orfanato donde vive la niña? —le preguntó al coronel.

Makárov se lo dijo. El soldado asintió, pero lo que hizo después confirmó que el gesto y su intención iban por caminos diferentes.

—Vengan conmigo —nos ordenó, señalando la camioneta atravesada en la carretera después de golpearse la palma de la mano con los documentos del coronel.

Protestar no habría servido de nada. Podríamos haber sumado otra mentira a las mentiras que le habíamos contado a los soldados, pero sólo habríamos conseguido empeorar las cosas. Dentro de poco anochecería. A un lado estaba el golfo de Finlandia, en calma. No se podían oír las olas, tal vez porque tan cerca de la orilla el agua estaba congelada. La antigua capital de la era Románov no quedaba lejos. A lo mejor deberíamos haber escogido otra ruta, pero eso ya no tenía remedio. Al final de la carretera estaba la frontera, donde sin duda habría más soldados. Que estos nos hubieran dejado pasar o no, sólo había sido una cuestión de suerte. No pude evitar una punzada de compasión cuando miré al coronel. Le habría gustado otra manera menos arriesgada de salir de la Unión Soviética. Pero cuando digo riesgo me refiero a nosotros, al coronel y a mí. Él y yo, incluso él solo, podíamos haberlo intentado a través del bosque, arrastrándonos por la nieve si hubiera hecho falta para evitar los controles. O en un barco sorteando los bloques de hielo hasta llegar a la costa finlandesa. De pronto pensé que no me había contado cómo logró entrar en Rusia pero, conociéndolo, no había duda de que no pasó por un puesto de control a pesar de que el mejor impresor de París le hubiera proporcionado papeles falsos. Era una temeridad que su aventura terminase cuando ni siquiera había empezado. La razón por la que ahora había escogido el camino con más posibilidades de que nos descubrieran estaba dormida en el asiento trasero del coche. Con la niña era diferente. El coronel sólo estaba dispuesto a asumir un riesgo calculado. En aquel momento, mientras lo veía tragarse la bilis, adiviné que, en última instancia, su intención era que la niña cruzase la frontera conmigo, los dos solos. Yo era un extranjero invitado en la Unión Soviética y salir del país resultaría mucho menos complicado. Y en cuanto a él, no me cabe duda de que habría buscado la forma de escapar, nadando entre icebergs si hacía falta. Una vez que hubiera cumplido con su misión y la bisnieta del príncipe Kovalevski estuviera a salvo, su propia vida era lo menos importante. He conocido a tanta gente que quizá no debería afectarme, pero la lealtad sin fisuras me desarma y nunca me he sentido peor que cuando no he conseguido ser fiel a quienes quiero. A mis ideales, a las causas perdidas casi siempre. Un sentimiento de culpa insoportable por haber sucumbido a la traición. No lo justifica ni el miedo ni el deseo de salvar la vida, y lo lamentaré hasta el último de mis días. Siempre que veo a un perro fiel como Makárov me come la envidia. Han pasado muchos años y puedo equivocarme, pero creo que el viejo cosaco estaba dispuesto a dejarse matar para cumplir la misión que le habían encomendado.

A pesar de la orden inequívoca, ninguno de los dos había empezado a andar todavía.

—No podemos dejar a la niña aquí —dije, adelantándome al coronel, que quizá habría usado otras palabras menos amables.

—Tráiganla —concedió el soldado tras meditarlo un instante.

Se dirigió a la camioneta con paso firme, seguro de que iríamos tras él. Y también porque el otro no se había movido de donde estaba. No estaban dispuestos a permitirse una distracción y que nos largásemos.

Abrí la puerta del coche y, con mucho cuidado, para no despertarla, cogí a la chiquilla en brazos. Dejé allí mi equipaje. Aunque pudiera, llevármelo ahora no tenía mucho sentido. Si nos permitían volver al coche, la maleta estaría esperándome. Y, si es que no conseguíamos salir de esa, ya no me haría falta. Pero no iba a dejar allí el dibujo de la torre Eiffel de Irina. La maleta de la niña no se iba a separar de su dueña mientras yo pudiera evitarlo.

Dos minutos y cincuenta metros después estábamos los tres sentados en el remolque de la camioneta. El militar al mando le dio a los otros dos que no se habían acercado hasta el coche unas instrucciones que no pudimos oír. Uno de ellos se puso al volante y arrancó la tartana con el mismo ruido de un viejo animal perezoso y el otro se sentó con nosotros. La chiquilla se había despertado y la protegí del frío entre mis brazos. Makárov estaba sentado frente a mí. Nos habían dado el alto, pedido la documentación, mirado lo que teníamos en el maletero, pero se les había olvidado lo más importante: registrarnos. La pistola del coronel guardada en el bolsillo de su abrigo significaba un alivio tanto como una amenaza. Al cosaco no le costaría acabar de un disparo con la vida del soldado que nos custodiaba en el remolque, y puede que antes de que el conductor se diera cuenta también lo liquidase. Me miraba y sentía que me hablaba con sus pensamientos. Lo voy a hacer ahora, Pinner, prepárate para lo peor. Si la situación se complica, salta del camión con la niña, echa a correr y busca la frontera. Hay una oportunidad de conseguirlo, aunque sea muy remota, y no vamos a desperdiciarla. Antes de que acabase con el soldado que estaba sentado a su lado abracé a la cría con más fuerza todavía. Le tapé los oídos. Cualquiera sabe lo que habría pasado si en ese momento no hubiéramos llegado a nuestro destino: una edificación pequeña junto a la carretera frente al que había aparcados varios vehículos militares. También había dos soldados en la puerta. No era el momento de sacar la pistola y disparar. El coronel me lo decía con los ojos, aceptando la situación. Yo no podía saberlo entonces, quién podría adivinar el futuro, pero comparado con lo que sucedería después, saltar del camión con la chiquilla en brazos mientras Makárov se liaba a tiros con los soldados habría sido menos complicado y sobre todo mucho menos peligroso.

La sensación era de derrota. Ya daba igual que al coronel no le hubieran requisado la pistola. Llegaron otros dos soldados. Junto a los que nos habían llevado hasta allí sumaban seis hombres armados con fusiles. Una cosa era ser valiente y otra muy distinta dejarse matar cuando tal vez podríamos tener todavía alguna oportunidad de salvarnos. Aunque no tenía mucha esperanza, lo confieso. No era cuestión de pesimismo, más bien de realismo. Antes o después Antón Vladímirovich se enteraría de que nos habían detenido y mandaría a buscarnos o vendría el mismo y se llevaría a la niña a Finlandia para vendérsela a Kovalevski. Los cadáveres de Makárov y el mío enterrados en una fosa común serían la prueba innegable de nuestro sacrificio, el detalle último que Kuliakov necesitaría para convencer al príncipe de que la niña era su bisnieta. Ya se inventaría alguna historia para aderezarlo. ¿Acaso habríamos sido tan estúpidos como para dejarnos matar por una mentira?

Conté seis, pero estaba equivocado: en realidad eran siete los hombres que nos rodeaban. Cuando apareció el que aún no habíamos visto todos se cuadraron. No pude evitar mirar a Makárov, indiferente al respeto que los galones que el sargento recién llegado imponían a sus subordinados. Nos miró a los tres y preguntó quiénes éramos. No le dijeron gran cosa mientras comprobaba nuestros documentos. De momento, era una buena señal: dos hombres y una niña que pretendían cruzar la frontera para asistir a un funeral. Lo malo era que el tiempo corría en nuestra contra.

La vieja chimenea en el interior de la cabaña donde nos metieron apenas calentaba las paredes de troncos húmedos. Cuando ya había oscurecido los minutos empezaron a estirarse. Fuera había dos soldados sin intención de contarnos qué harían con nosotros, si nos dejarían ahí dentro hasta que muriésemos de frío en cuanto las brasas se hubieran extinguido o si pronto vendrían a recogernos y nos llevarían de vuelta a Leningrado. Tal vez nos fusilarían allí mismo. Serguéi Makárov y yo dos mártires estúpidos e incapaces de completar la misión. Fue lo peor, la incertidumbre. El coronel no decía nada. No era un hombre que perdiese el tiempo en hablar, sobre todo si cualquier cosa que pudiese comentar resultaba obvia. Mientras yo me había sentado en una silla con la pequeña en brazos, él paseaba en silencio desde una pared hasta la otra y vuelta a empezar. Un rato antes oímos arrancar el motor de un coche que se marchaba, puede que para anunciar a quien correspondiese que habían detenido a un ruso y a un inglés que iban con una cría camino de la frontera. No había visto ningún aparato de radio, ni cables. La única forma de informar de la situación era personarse en algún puesto de mando. Imaginé a Kuliakov buscándonos, quién sabe si entrando colérico en el orfanato, y no quise pensar que hubiera hecho daño a Alexandra Liovna, por muy buena relación con Viacheslav Menzhinski que esta tuviese. Aunque Antón Vladímirovich no tenía por qué enterarse de que yo le había contado la verdad. A todos los efectos, lo único que hizo la directora del orfanato fue entregarnos a la niña. Suponía que Kuliakov no estaba al tanto de la presencia del coronel Makárov en Rusia. Por tanto, si había algún traidor era yo. No le faltaría razón si lo pensaba. Quién sabe si también podría pensarlo de Peshkov. Un ramalazo amargo de culpabilidad me sobrevino cuando pensé en su cadáver enterrado.

Capítulo XLI

—¿Qué vamos a hacer? —le pregunté, cuando dejó de pasear.

El coronel Makárov se había colocado de pie, frente a la chimenea. Enseguida me arrepentí de preguntárselo, puesto que la única solución era empuñar el arma, abrir la puerta y cruzar los dedos para que la suerte se pusiera de nuestra parte. Su silencio no era sino la confirmación de mi desasosiego. Estoy convencido de que al final habría sacado la pistola para acabar con la vida de los dos soldados que montaban guardia en la puerta si no hubiera llegado un coche. Una, dos; hasta tres puertas se abrieron y se cerraron antes de que entrasen. Cuando la linterna nos alumbró protegí con mis manos los ojos de la chiquilla. Antes se había despertado un momento, pero no tardó en volver a quedarse dormida. Me vino a la memoria aquella trágica noche de verano en Ekaterimburgo de la que tanto había oído hablar. Doce años antes, la familia real al completo bajó engañada al sótano de la casa Ipátiev tras vestirse a toda prisa porque les dijeron que los iban a trasladar a un lugar más seguro y los mataron a todos. Si algo podía salvarnos la vida al coronel y a mí era el tesoro que sostenía en mis brazos, la moneda de cambio que Antón Vladímirovich necesitaba para ofrecérsela al príncipe

Kovalevski. Me puse de pie, junto a Makárov, para enfrentar la puerta y acaso la muerte. Deslumbrados por la linterna, sólo podíamos intuir tres o cuatro hombres. El haz de luz nos enfocó primero a mí y a la chiquilla y luego al rostro imperturbable del coronel. El cañón luminoso bajó hasta sus hombros y después hasta sus brazos y sus manazas. Aún no había cogido la pistola. Cerré los ojos cuando la linterna volvió a enfocarme, pero estaba claro que la curiosidad o el interés de quien la sostenía se centraba en Makárov porque enseguida su bigotón gris resplandeció de nuevo. La voz de quien portaba la linterna dio una orden que enseguida fue obedecida y la lámpara de aceite sobre la mesa no tardó en iluminar la estancia, aunque la linterna aún seguía encendida y no pudiéramos ver todavía más que el contorno confuso de los soldados. La misma voz que ordenó que encendieran la luz ahora instaba a los demás a marcharse. Debía de ser alguien que mandaba, mucho, porque unos pocos segundos más tarde sólo quedábamos allí dentro el coronel, la niña, yo y quien quiera que portase aquella molesta linterna que no dejaba de incordiarnos. La molesta luz volvió a dirigirse a Serguéi Makárov. Aún tardó un poco en hacer clic la linterna y apagarse. Hasta entonces no pudimos ver al hombre que la empuñaba. Como llevaba el abrigo puesto era imposible adivinar su graduación, pero por las canas de las patillas que le brotaban de las orejeras y el modo en que los soldados obedecieron sus órdenes sin rechistar no había duda de que se trataba de un oficial. Pero nada de eso era importante, por raro que parezca. Lo insólito del asunto era que de pronto, cuando menos lo esperábamos, se había abierto una rendija a la esperanza. El recién llegado ahora miraba al frente. Era una pared de troncos carcomidos, pero lo mismo podría tratarse de una amplia plaza por la que desfilasen soldados bajo una bandera. A punto de destocarse parecía, lo juro. Cuadrado ante nosotros con cierta teatralidad. Se relajó enseguida, menos mal, y miró a Makárov.

—Coronel —dijo, por fin, y a pesar de la incredulidad que mostraba parecía contento—. ¿Qué está haciendo usted aquí?

Serguei Makárov frunció el ceño, como si a pesar de la confianza que le había regalado el otro aún no estuviera seguro de quién era o no se fiase.

—¿Teniente Ivánov? —le preguntó.

—Capitán —le corrigió el recién llegado, con amabilidad.

—¿Cuántos años han pasado?

—Nueve, por lo menos.

—¿Cómo está su familia?

—Todos bien, por suerte.

—Sabe que me alegro mucho.

El capitán Ivánov asintió, meditando la respuesta del cosaco. Se miraron durante unos segundos, sin decidir qué harían todavía, aunque el incómodo abrazo tosco entre dos soldados que ahora militaban en bandos distintos fuera inevitable.

—Me dijeron que habían detenido a dos hombres esta tarde —le dijo el capitán cuando se separaron, sin soltar del todo los brazos de Makárov—. Lo último que habría imaginado era que se trataba de usted —se separó un poco, el rictus serio, y volvió a preguntarle—: ¿Qué está haciendo en la Unión Soviética?

Makárov no respondió y creo que hasta entonces el otro no quiso darse cuenta de que había dos personas más en la habitación. La niña se había despertado. Estaba de pie, pegada a mi pierna y cogida de mi mano.

—Pensábamos cruzar la frontera —le explicó el coronel.

—Entiendo...

Al menos no le había contado la historia falsa del no menos falso funeral de la abuela de la cría. Para qué. Apenas había pasado un minuto desde que los dos viejos amigos empezaron a hablar, pero no hacía falta que perdiesen el tiempo en explicar cosas que ambos sabían: un capitán del Ejército

Rojo y un excoronel del Ejército Blanco que una vez compartieron batallas, amistad, y quién sabe cuántas cosas.

—Y tenemos que hacerlo cuanto antes —añadió Makárov.

Ivánov giró la cabeza hacia el ventanuco. Las nubes debían de haberse disipado porque la luz de la luna se reflejaba con timidez en la nieve. Pero aun así la oscuridad impresionaba. Estremecía imaginar el frío que haría ahí fuera. Me habría gustado saber qué pensaba el recién llegado. Dónde terminaba la amistad con un viejo compañero de armas y dónde empezaba la responsabilidad de oficial soviético. No me habría gustado estar en su pellejo. No era fácil para nosotros y tampoco para él. Se me hizo eterno el tiempo que estuvo callado.

—¿No pueden esperar a que sea de día? —preguntó.

—Me temo que no. Tenemos que sacar a esta niña de Rusia —confesó, señalando a Irina con la barbilla—. Antes o después vendrán a buscarnos. Si dan con nosotros, todo habrá terminado.

El capitán Ivánov resopló, incómodo.

—No me cuente nada más, coronel. Prefiero no saberlo.

Makárov asintió.

—Tenemos un coche a pocos kilómetros de aquí. Nos interceptaron esta tarde, cuando íbamos camino de la frontera.

—Coronel, usted sabe tan bien como yo que no habría sido fácil cruzar la frontera.

—Lo sé. Pero quizá no fuese tan difícil para ellos —ahora nos miró a la cría y a mí—. La niña tiene un permiso para abandonar el país. Y él es es un extranjero invitado.

—¿Y usted? ¿Acaso pensaba quedarse a vivir aquí?

—No —respondió, con un apunte de melancolía en la voz—. Ya me gustaría no haberme tenido que marchar nunca. Habría encontrado alguna forma de salir. La frontera no es la única forma de hacerlo.

El capitán Ivánov levantó las manos para indicarle que no quería saber nada más. Luego torció el cuello, dio una voz, la puerta se abrió enseguida y entraron dos soldados.

—Está todo en orden —les dijo—. Dejémoslos que se marchen.

Los soldados se cuadraron, sin rechistar. El capitán le entregó al coronel Makárov nuestros documentos.

—Mucha suerte —le dijo, obviando esta vez el tratamiento militar—. Y tengan cuidado.

El gesto del coronel parecía ahora más el de un subordinado que el de un superior, pero quizá era sólo el respeto que sentía ante la generosidad de un viejo amigo. La única forma posible de darle las gracias.

Ya estábamos fuera. Las botas hundidas en la nieve hasta los tobillos. Empezábamos a andar cuando la voz imperativa del capitán Ivánov nos detuvo.

—¡Esperen! —nos ordenó, y luego avanzó tres o cuatro zancadas firmes hacia nosotros.

Como un profesor amable, se puso en cuclillas y le dio un cachete a la niña.

—¿Cómo te llamas? —le preguntó.

—Irina —respondió la chiquilla.

—Te voy a dar un regalo, ¿quieres?

Desde arriba la vi decirle que sí con un movimiento de cabeza y al capitán Ivánov poner en su manita su linterna. Luego, se volvió hacia sus soldados y empezó a hablar con ellos, pero no pude entender lo que decían porque ya había cogido a la cría en brazos y andaba tras los pasos del coronel Makárov.

—El coche no debe de estar muy lejos —me dijo Makárov cuando lo alcancé—. Debemos intentar llegar hasta allí y, una vez que lo consigamos, acercarnos a la frontera todo lo que podamos.

—No vamos a poder cruzar, coronel, y mucho menos de noche. Nos retendrán otra vez y avisarán a la policía.

441

—Lo sé. Pero hay otras opciones y cuanto más cerca estemos de Finlandia, mucho mejor. Entonces decidiremos qué hacer.

Pensar en las otras opciones a las que se refería no me alegraba el ánimo. Pero era lo que teníamos. En la vida casi siempre uno ha de escoger entre lo malo y lo menos malo, no entre lo bueno y lo extraordinario. El problema era que un camino alternativo para pasar a Finlandia que no fuera a través de la frontera significaba atravesar de noche un bosque con lobos hambrientos, sin contar las alambradas y quién sabe si hasta alguna mina traicionera. Visto así, costaba diferenciar entre lo malo y lo peor.

—Cualquier cosa será mejor antes que dejarnos atrapar por tus amigos bolcheviques —me dijo.

Explicarle que los bolcheviques no eran mis amigos no iba a conducir a ninguna parte. Él tampoco era mi amigo y había elegido jugarme el pellejo a su lado. Las cosas nunca son tan sencillas como para reducirlas a blancas o a negras.

—Porque supongo que no hace falta que te explique cómo se las gastan tus camaradas, ¿verdad?

No acostumbro a responder a preguntas retóricas y no me apetecía hacer una excepción. Estaba helado y estaba muy cansado.

—El capitán Ivánov era un oficial muy valeroso —me explicó. A Makárov le daba lo mismo que quisiera escucharlo o no—. Sirvió a mis órdenes en Polonia, y después de que el cobarde de Lev Trotsky, ese cabrón que ahora está disfrutando de los placeres del exilio en Turquía, firmara aquella paz vergonzosa en Brest Litovsk, siguió conmigo durante tres años más. Entonces ya perdíamos la guerra y tus amigos hicieron una oferta muy generosa a los oficiales del Ejército Blanco. A lo mejor sabes algo de eso, pero seguro que no te han contado toda la verdad. En realidad, no se trataba de una oferta, sino de un chantaje. ¿Crees que los oficiales que se pasaron al Ejército Rojo lo hicieron por gusto? Quizá alguno, no voy a negarlo, pero te aseguro que no la mayoría. Habían detenido a sus mujeres y a sus hijos, los iban a matar si no cambiaban de bando. Por eso se convirtieron en traidores, sin quererlo. Pero lo peor es que sabían que cuando se pasaran al otro lado a muchos los torturarían o los fusilarían. Ivánov tenía una mujer y dos hijas y no le quedó más remedio que elegir entre exiliarse y quizá no volver a ver nunca a su familia o quedarse y someterse. Eligió lo segundo. No quiero imaginar cuánto habrá sufrido, el calvario que habrá tenido que pasar todos estos años hasta asumir su nueva situación en el ejército. He visto cosas que ningún ser humano debería ver. No podrías soportarlas si las supieras. Nadie podría. Te juro que vamos a salir de aquí, aunque sólo sea para amargarle la vida a Kuliakov.

Lo mejor era no decir nada, no replicarle. Cualquier argumento en su contra sólo serviría para encenderlo aún más.

Sólo nos separaban unos cientos de metros del automóvil, pero la distancia parecía mucho más larga por culpa de la mezcla viscosa de nieve y de barro en la que se nos hundían las botas y del frío que nos quemaba los párpados y los labios. A Irina la llevaba bien apretada contra mí. La carita pegada a mi pecho para que no se le congelara. Para no perdernos, un par de veces tuvimos que encender la linterna del capitán Ivánov, pero sólo durante un instante, pues tan peligroso era desviarnos como que nos viese quien no nos convenía. Kuliakov era lo que más me preocupaba. Trataba de ponerme en su lugar, pensar como él, anticiparme a sus pasos, y la conclusión que sacaba era que no creería que estuviéramos escondidos en Leningrado, sino buscando la forma de cruzar la frontera.

Estaba a punto de encender la linterna otra vez, para asegurarme de que íbamos en la dirección correcta, pero el coronel me hizo una señal. Me agaché, por instinto, y también para imitar a Makárov. No muy lejos de donde nos hallábamos estaba el coche. Encontrarlo tenía que haber sido una alegría, pero que hubiera otro coche aparcado junto al nuestro no era una buena noticia. No sé qué marca o qué tipo de automóvil era, pero desde luego no se trataba de una furgoneta destartalada ni de un vehículo militar. Aquel no era el mejor sitio para detenerse a echar un sueño a no ser que uno quisiera amanecer congelado. Tampoco podía ver si había alguien dentro, por mucho que yo deseara que ese otro coche hubiera sido abandonado por culpa de una avería o por quedarse sin gasolina. No era aquella noche, desde luego, el mejor momento para empezar a creer en casualidades. Seguro que dentro del automóvil había alguien, probablemente más de una persona y, ya puestos, una de ellas podría ser Antón Vladímirovich Kuliakov.

—Me parece que no vamos a poder conducir hasta la frontera —le dije a Makárov.

El coronel torció el bigote, lacónico. Teníamos que hacer algo. Cualquier cosa menos quedarnos allí. Miré el reloj. Pasaban veinte minutos de las once. Una vez descubierto nuestro coche todos los guardias de las frontera estarían alertados. Al capitán Ivánov no lo habrían avisado todavía. Por muy amigo que hubiera sido del coronel Makárov en el pasado, dejarnos marchar tras recibir instrucciones de retenernos sería como ofrecerse voluntario para ponerse delante de un pelotón de fusilamiento. Pasar la noche a la intemperie y jugar a la ruleta rusa, aunque parezca un fácil juego de palabras, era lo mismo. Antes o después nos encontrarían. Teniendo en cuenta el frío de los últimos días en Leningrado, la cuestión era si para entonces estaríamos vivos.

—No podemos quedarnos aquí toda la noche —le advertí, como si el coronel ya no lo supiera.

Makárov miró a la niña, un bulto abrigado entre mis brazos. Luego me miró a mí y luego volvió a fijarse en la cuneta donde estaban los coches. Se quedó un rato callado, pero estaba tan concentrado que casi podía escuchar las burbujas hervir dentro de su cabeza. Sólo había tres opciones: quedarnos allí hasta que avanzara la noche y el frío nos ganase la partida, levantar las manos como dos soldados a los que se les habían acabado las balas y decirles a los tipos que nos esperaban dentro de ese coche que nos entregábamos. Tal vez Makárov sopesó seriamente rendirse, no por él, y desde luego tampoco por mí, sino por Irina. Estoy seguro de que no se habría perdonado que la niña no resistiera la noche por quedarnos a verlas venir agazapados tras unos matorrales. Pero he dicho que podíamos hacer tres cosas. No me he olvidado. He dejado para la última la que, por poco que conociese a Makárov, tenía más posibilidades de hacerse realidad. El coronel iba a aprovechar cualquier oportunidad, por pequeña que fuese, para llegar hasta el final. Para él era mucho mejor morir en el intento que pasarse el resto de su vida lamentándose por no haber tenido las agallas necesarias para hacer lo correcto, por muy arriesgado que fuese. Eso fue lo que pasó. Nos volvimos a jugar la vida para hacer lo que debíamos. No me lo contó todavía, pero estoy seguro de que el muy zorro ya me había leído el pensamiento. Igual que yo a él. A un lado había un bosque, kilómetros de espesura y alimañas donde, al contrario que en un cuento infantil con final feliz, podríamos ser devorados por el lobo. Al otro lado estaba Leningrado. Tal vez algún conocido del coronel Makárov podría cobijarnos hasta que el príncipe Kovalevski pudiera enviarnos ayuda desde París, pero para eso había que llegar primero a la ciudad sin que nos detuvieran. Detrás de nosotros estaba el lugar de donde veníamos, pero volver a visitar al capitán Ivánov tampoco era una buena idea. Nos quedaba otra opción, no sé si la menos mala de todas, pero era la que el coronel Makárov había escogido. Sin dejar de estar agachado lo seguí dando un rodeo a los coches para cruzar la carretera. Me pregunté si no era lo que tenía previsto desde el principio. No me extrañaba que hubiera llegado a Leningrado de la misma forma en la que ahora pensaba escapar. Pero la principal diferencia era que, si lo hizo, no sería de noche. No era igual un mar muy frío que el mar helado. Me habían contado historias de gente que escapó de la Unión Soviética durante los primeros años de la revolución a través de la pista de hielo en la que se convertía el golfo de Finlandia durante los meses de invierno. Gente desesperada que se aventuraba a perderse, a quedar atrapada o a ser engullida por el mar en alguna grieta. Si aquellas historias eran ciertas o no, estaba a punto de comprobarlo.

El coronel me pidió la linterna y se puso de espaldas a la carretera. Junto a la orilla se alzaba una niebla espesa que difuminaba la luz y dificultaba enfocar. Además de las dos cabañas había cuatro embarcaciones. Ninguna mediría más de tres metros, pero sólo una tenía un pequeño mástil y una ajada vela recogida. Dentro había unas redes y un par de cajas de madera. Makárov subió al bote y tiró las redes al mar para hacer sitio, pero no se hundieron: es difícil que algo se hunda si el agua está congelada. Luego apagó la linterna, cogió uno de los remos y golpeó con fuerza el hielo. Al segundo intento la lámina de la superficie se resquebrajó y la barca se balanceó. Volvió a hundir el remo, ahora por delante de la proa.

—¿Sabes navegar? —me preguntó, sin mirarme.

—No mucho, coronel —respondí, pero en realidad quería decirle que jamás había llevado un barco.

—No es el mejor momento para aprender —me dijo, volviéndose—. La buena noticia es que estamos en primavera y, si conseguimos alejarnos de la orilla, podremos izar la vela y adentrarnos en el mar. Aunque me temo que está niebla cada vez será más espesa y será muy difícil orientarnos.

—Me hago cargo...

—También puedes quedarte aquí, si quieres —antes de que pudiera darme cuenta, había sacado la pistola—. Puedo dispararte. Será una herida limpia. Tus camaradas vendrán a salvarte y podrás contarles que esta mañana te obligué a que me ayudaras a sacar a la niña del orfanato. Te encerrarán, puede que te torturen. Sí, a tus amigos se les da muy bien torturar, pero con un poco de suerte salvarás el pellejo. Quién sabe. Lo mismo hasta te dan una medalla.

—Coronel —repliqué—, ha elegido usted el peor momento para demostrarme lo sarcástico que puede ser. Guarde esa pistola.

No sé si llegó a sopesar otra vez la idea de dispararme, aunque yo no estuviese de acuerdo, pero se quedó mirándome un momento y luego miró también a la niña antes de guardar el arma. Puede que la razón por la que al final no me atravesó de un balazo, no me refiero a un tiro limpio que no me dejara secuelas, quiero decir un disparo que acabase conmigo y lo librase si no de un problema al menos de un compañero molesto, fue no asustar a Irina. La chiquilla estaba de pie, aterida en el muelle, cogida de mi mano.

Makárov guardó la pistola, por fin, extendió los brazos para que le entregase a la niña y me dijo lo mismo que llevo escuchando media vida.

—Eres un romántico, Pinner. No sé si lo mejor es darte un tiro o dejar que te subas a la barca y luego empujarte para que mueras congelado. Eres muy joven y te queda mucho por sufrir todavía.

A lo mejor no le contesté porque llevaba razón. Quizá, si me quedaba allí, con disparo o sin disparo, encontraría la forma de convencer a Antón Vladímirovich de que el coronel me había obligado a entregarle a la niña. Puede que me encerraran y me torturaran. También puede que no. Pero estaba convencido de que si me quedaba allí, aunque hubiese contribuido al éxito de la misión, jamás volvería a verte. Para eso había viajado a la Unión Soviética. Para eso me había metido en la boca del lobo, engañado a quienes no eran mis amigos, como los llamaba despectivamente Serguei

Makárov, pero sí mis compañeros en una causa que amaba. La que yo, equivocada o acertadamente consideraba justa.

Antes de entregarle a la cría al coronel me puse en cuclillas frente a ella y la abracé para que entrase en calor, pero también porque me apetecía tenerla entre mis brazos.

—Sé que hace mucho frío, querida —le dije, apretando su cuerpecito contra mí—. Pero vamos a subir a este barco y muy pronto estarás con tu bisabuelo.

Sus dos zafiros enormes me miraban encajados entre la bufanda y el gorro. No quise comprobar cuánto le castañeteaban los dientes. Le cogí las manitas entre las mías y se las froté. Volví a dejarla en el suelo e hice lo mismo con su espalda. Luego la cogí en brazos y agarré su maleta. Por nada del mundo me habría dejado allí sus lápices y ese dibujo de la torre Eiffel. El lugar donde, cada uno por un motivo diferente, queríamos estar.

—Vas a tener que ayudarme —me advirtió el coronel.

—¿Qué tengo que hacer?

Agarró un cabo, lo ató a la proa con mucho esfuerzo —el frío entorpece los movimientos hasta de los osos experimentados— y cuando lo hubo asegurado me entregó el otro extremo.

—Tendrás que tirar de la barca hasta el final del muelle —me dijo, señalando donde terminaba el pantalán—. Cuanto más lejos estemos de la orilla, menos difícil será adentrarnos en el mar.

Asentí, con muchas dudas. Pero el coronel Makárov ahora había vuelto a clavar el remo en la placa helada que impedía avanzar a la proa. Al tercer intento la plancha de la superficie se resquebrajó.

—Tira ahora —me dijo, hundiendo de nuevo el remo en el hielo.

Nunca he sido un atleta, ni siquiera he estado en una forma física más que aceptable, pero entonces era muy joven y ninguna tarea parecía imposible si la recompensa era escapar. Además, la necesidad es el mejor acicate. Saca fuerzas que ni siquiera sospechabas que tenías.

No sentía los dedos dentro de los guantes, el bote se me antojaba tan grande y pesado como el *Queen Mary*, pero la maniobra estaba dando resultado. Muy despacio, la barca avanzaba hacia el otro extremo del muelle. El coronel clavaba la punta del remo con furia en el hielo y apartaba los bloques para que mi esfuerzo sirviera de algo. No eran más de veinticinco o treinta metros en total, pero tuvimos que parar dos veces: la primera, cuando llevábamos aproximadamente la mitad del trayecto recorrido; la segunda, cuando ya faltaba poco para llegar al final.

Capítulo XLII

No habíamos hecho mucho ruido. La punta del remo abría
una brecha, algún resoplido inevitable que no pude evitar
por el esfuerzo, pero las pocas indicaciones o las palabras
de aliento que me dedicó el coronel fueron susurros. Sólo
habíamos encendido la linterna al llegar, para buscar la
barca adecuada y calibrar cuanto nos arriesgaríamos si nos
aventurábamos en el mar. Casi todo el tiempo fue silencio y
oscuridad. Y mucho frío. Por eso no esperábamos, o lo esperábamos pero al menos yo aún tenía la confianza de que no
sucediese, que no nos descubrieran quienes quiera que estuviesen en ese automóvil aparcado en la cuneta o los habitan-
tes de las cabañas junto al embarcadero. No faltaba mucho
para llegar al extremo del muelle cuando un potente foco
nos alumbró. Ni siquiera giré la cabeza. Daba igual quién
estuviera más allá de aquella linterna. Lo importante era
escapar, como fuera y cuanto antes. Ya no sentía las manos,
pero me pasé la cuerda por encima del hombro y tiré de la
barca con todas mis fuerzas. Con el rabillo del ojo vi cómo
Makárov sacaba la pistola y disparaba. Di un respingo y me
esforcé en mantener a raya el impulso de tirarme al suelo.
Sólo quedaban unos pocos metros hasta el final del muelle,
pero al tirar con tanta fuerza resbalé. Fue una caída violenta,

inevitable, y aunque no sé si el tropiezo me salvó de ser tiroteado —al disparo del coronel le siguieron otros, las balas silbaban por encima de mi cabeza mientras trataba de levantarme—, el hielo pegado a las tablas me quemó y me arañó la cara.

—¡Tira de la barca! —me gritó Makárov.

Me levanté, encogido, por el dolor de la caída y para evitar las balas. Vi que el coronel protegía a la niña. Con un brazo la obligaba a permanecer tumbada en el fondo de la embarcación. De la mano libre le brotaban fogonazos de luz multiplicados por la niebla.

—¡Deteneos! —oí gritar más allá.

No tuve duda de que aquella era la voz imperativa de Antón Vladímirovich.

No había ningún conflicto por mi parte. No tenía dudas, desde luego, acerca de a quién había de obedecer. No faltaría más de un metro y medio. Ya habíamos sorteado casi toda la placa de hielo que rodeaba el muelle y dentro de muy poco podríamos avanzar por esa lengua de agua. Un puñado de astillas saltaron al pantalán cuando uno o varios disparos impactaron en la barca. Me pasé la cuerda por el cuello y me di la vuelta, no sólo porque se me ocurrió que así podría hacer más fuerza. También quería ver lo que pasaba. Agachado en la barca, el coronel Makárov, sin dejar de proteger a la niña, sacaba un brazo por la borda y disparaba a ciegas. Relámpagos tras la cortina de niebla, al principio del muelle. No podía saber cuántos eran, y tampoco si llevar a Irina con nosotros nos salvaba de su puntería. Después de todo, la chiquilla seguía siendo importante para Kuliakov. Eso fue lo que pensé, palabra de honor, cuando un aguijón ardiendo me atravesó el costado. Lo raro, me dije, panza arriba porque el disparo me había tumbado, era que no me hubiese alcanzado antes. Y lo paradójico, que hubiera sido aquel el último empujón que la barca necesitaba para escapar del cepo de hielo. Los tiros cesaron por un instante y me pregunté si todo había terminado, pero la quemazón cada vez menos soportable se extendía por mi costado como una mancha. Si los muertos no sienten dolor, significaba que, le pesase a quien le pesase, Gordon Pinner aún seguía vivo. Y si los muertos tampoco ven ni oyen, yo sentía unos pasos acercarse desde el otro extremo del muelle. Hasta aquí hemos llegado, me dije. Enseguida llegarían y me rematarían. Peor todavía. Antes de irme para siempre tendría que ver la sonrisa siniestra de Antón Vladímirovich al otro lado del cañón de su pistola. No albergaba dudas respecto a quién me daría el tiro de gracia. Su cara de satisfacción por haber vencido.

—¡Levántate y salta aquí!

Era la voz del coronel Makárov. Me di la vuelta sobre las tablas, sin levantarme todavía, y vi la vela que había soltado, la barca razonablemente dispuesta a navegar. A él no lo vi, seguro que seguía agazapado, pero no me quedaba otra que confiar en él o dejarme matar por Kuliakov. Fue fácil elegir. Voy, coronel, le dije, antes de incorporarme no sin esfuerzo. El corpachón del hombre de confianza del príncipe Kovalevski emergió entre la niebla. Estaba claro. Él me cubriría mientras yo saltaba a la embarcación. Esperé a que empezase a disparar y también deseé que se llevase a unos cuantos por delante, sobre todo a Antón Vladímirovich. El mareo que sufrí al incorporarme me hizo trastabillear. El calor y el dolor se extendían desde el costado derecho hasta la cadera. La sangre me empapaba la ropa. Por fortuna, a la barca apenas la separaban dos metros del pantalán y la pistola de Makárov seguía escupiendo fuego hacia la otra orilla.

—¡Salta! —volvió a gritarme, pero no hacía falta recordármelo.

Un instante después rodaba en la barca. A punto estuve de hacerla volcar.

—¿Puedes remar? —me preguntó, levantando el vozarrón, sin dejar de disparar.

—Creo que sí —respondí, aunque el costado me quemaba y me dolía cada vez más.

—¡Pues rema entonces!

Me senté, hundí los remos en el agua y empecé a bogar con todas mis fuerzas, encogido para protegerme de las balas y para que no se me escapase la sangre. Cuando la barca empezó a avanzar miré a la niña. Tumbada entre el coronel Makárov, que seguía disparando a la niebla, y yo, Irina se tapaba los oídos con las manos y lloraba en silencio. Remé con más fuerza todavía, tanto como pude. Me daba igual desangrarme. No lo hacía por mí. Tampoco por ese coronel ruso que se había convertido en mi aliado. Lo hacía por ella. Con tanta furia hundí los remos en el agua que a la sexta o a la séptima vez supe que ya nadie podría alcanzarnos. Las velas se habían hinchado y a mi espalda la proa avanzaba hacia la oscuridad del golfo de Finlandia. De un modo cada vez más espaciado, el coronel Makárov seguía disparando a los fogonazos errados que estallaban en el embarcadero. Si para nosotros era difícil atinar, también lo sería para Antón Vladímirovich y sus acompañantes. Sus disparos ya nunca acertaban en la embarcación, sino en el agua. Aún siguió el coronel alerta durante un rato, pero ya no respondía a los tiros, que correspondían más bien a la rabia que a la posibilidad de alcanzarnos. También cabía que subiesen a otra de las barcas de pescadores, pero pasaría algún tiempo hasta que lograsen liberarla del hielo y para cuando consiguieran salir al mar les resultaría muy difícil encontrarnos. No olvidaba que también podían avisar a una patrulla marítima, pero quién iba a salir a buscarnos en un mar helado o a punto de congelarse. La base de Kronstad estaba a menos de treinta kilómetros. ¿Acaso merecía la pena arriesgar la vida de media docena de soldados para buscar a dos locos y a una niña que de todos modos morirían de frío?

En cuanto cesaron los tiros y nos quedamos en silencio me di cuenta de que el viento soplaba con fuerza suficiente y no hacía falta remar, pero tampoco podía. El esfuerzo de empujar la barca y de paletear me había pasado factura. Eso sin mencionar el balazo en el costado, un poco más arriba de la cadera. Al menos era un tiro limpio. La prueba estaba en los dos agujeros que tenía en el abrigo. El problema era que la sangre se me escapaba por dos sitios.

El coronel ajustó la vela, para aprovechar mejor el viento, y me invitó a levantarme.

—Déjame a mí —me dijo—. Mejor maneja el timón. Es menos cansado.

Miré la vela, sugiriendo que no hacía falta remar. En realidad, levantarme no me parecía una buena idea. Sentía que el corazón no dejaba de bombear sangre de una forma exagerada hacia el costado y estaba empezando a marearme. Makárov agarró uno de los remos y apartó un bloque de hielo que se había quedado pegado al costado de la embarcación. No me equivoqué. Al levantarme sentí que el mundo se movía alrededor de mi cabeza. Más que sentarme caí de mala manera en la popa. La mancha de sangre era evidente en el abrigo.

—¿Cómo estás? —me preguntó el coronel.

—Sobreviviré —respondí, como si acaso lo supiera—. Ha sido una herida limpia. No creo que me haya afectado a ningún órgano. Duele mucho, eso es todo.

Makárov asintió, sin darle mucha importancia, y miró el horizonte. En realidad miró los pocos metros que eran nuestro horizonte. A veces aparecían bloques de hielo de repente, como si estuvieran escondidos, aguardando el momento de sacudirnos. Después de media vida en el campo de batalla, y en la situación en la que nos encontrábamos, lo que menos le preocupaba al cosaco era mi herida. Además, la compasión tampoco era su fuerte.

—Finlandia está en esa dirección —me dijo, señalando a la oscuridad—. No creo que a más de diez o doce verstas. Debemos enfilar el rumbo hacia el noroeste, siempre hacia el noroeste. Si conseguimos no desviarnos, tendremos alguna posibilidad.

El noroeste era nuestra única oportunidad, desde luego. Al sur quedaba la isla de Kronstad, donde los soldados de la base naval estarían encantados de saludarnos. Al este, el lugar de donde veníamos, con Kuliakov frotándose las manos, y no precisamente por el frío, en cuanto nos viese regresar. Al oeste, el mar abierto. El noroeste, sí, Finlandia. Estaba de acuerdo. ¿Pero cómo íbamos a orientarnos? El coronel Makárov podría ser un marinero experto, pero ni siquiera el almirante Potenkim al frente de la flota de Catalina la Grande habría podido establecer el rumbo sin vislumbrar siquiera la luz de una estrella. La única esperanza que teníamos era que, si los cálculos del coronel no fallaban, la costa de Finlandia no quedase lejos. Imaginé que su intención era mantener el rumbo hasta que viésemos alguna luz en la costa y entonces desembarcar esperando que fuese Finlandia y no la Unión Soviética. No quería pensar que fuésemos a quedarnos toda la noche en el mar. Si eso pasaba, no estaríamos vivos cuando amaneciera. Como un cachorrillo aterido, Irina se había pegado a mí buscando calor. Me desabroché el abrigo y lo abrí, para cubrirla, por el costado que no sangraba. No quería mancharla. No quería que se asustara. No quería que tuviese frío. De cuando en cuando el coronel apartaba pequeños icebergs con la punta de un remo para que la embarcación no se quedase encallada. A veces no me daba tiempo a maniobrar y nos quedábamos varados durante unos segundos o estábamos a punto de volcar. Makárov no decía nada. El gesto serio mientras empujaba en dirección contraria al hielo. Un capitán sereno que no pierde la calma cuando las cosas se complican. El bigote congelado, atento al horizonte imposible para encontrar alguna luz que nos guiara.

Me habría gustado verlo en el campo de batalla. No me costaba imaginar la razón por la que sus hombres lo adoraban y lo respetaban, entender el motivo por el que el capitán Ivánov se cuadró sin pensárselo. Yo también habría hecho lo mismo, seguro, de haber servido a sus órdenes. Sin el coronel allí, lo más probable era que ya hubiéramos muerto todos. Serguei Makárov no era de los oficiales que se quedan en la retaguardia a verlas venir mientras la infantería se desangra en primera línea. A pesar del peligro, de la posibilidad real de morir congelados, el coronel ahora parecía mucho más feliz que cuando lo conocí en París. Era este su elemento natural, el riesgo, la pelea constante, y no el de factótum de un aristócrata con quien se sentía en deuda porque gracias a su generosidad no tenía que recoger periódicos atrasados y malvenderlos como un trapero para sobrevivir.

—¿Cómo está? —me preguntó, mirando a la niña. Makárov no estaba dispuesto a dejarme divagar durante mucho tiempo.

Moví la cabeza, contrariado.

—No deja de tiritar —respondí.

Pero no creo que ni siquiera entonces se plantease dar la vuelta. No porque a lo mejor hubiéramos recorrido la mitad del trayecto, sino porque para él ya no había marcha atrás. El único camino posible era el que nos llevase a la costa finlandesa. Por muy complicado y peligroso que fuese.

Lo peor que podía pasarme era quedarme dormido. Intenté, de verdad que lo intenté, mantener los ojos abiertos. No sé si fueron unos segundos o unos minutos, pero una de las veces que se me bajaron los párpados ya no fui capaz de volverlos a abrir. No sé si fueron unos pocos segundos o unos minutos. Si estaba vivo o muerto cuando el coronel Makárov me agarró por las solapas del abrigo y me zarandeó.

—¡Despierta! —me dijo tras abofetearme, pero cuando abrí los ojos Makárov frotaba el cuerpecito helado de la niña y la abrazaba para que conservara algo de calor.

—Aguanta, pequeña —oí que le decía, en ruso—. Aguanta que ya falta poco.

A mí, sin embargo, me habló en francés.

—Hemos encallado —me anunció.

Antes de levantarme me toqué el costado. Seguía manchado, cada vez más. Al menos la sangre brotaba caliente.

—No podemos quedarnos aquí —añadió.

—¿Está seguro?

El coronel encendió la linterna para enseñarme el mar congelado.

—Finlandia está allí —me dijo, señalando el hielo—. El mar está congelado desde aquí hasta la costa, o eso espero. Si empujamos la barca en dirección contraria navegaremos hacia mar abierto y entonces no tendremos ninguna posibilidad de sobrevivir. Tenemos que dejar la embarcación y caminar hacia la costa.

—¿Y cómo sabemos que la costa está en esa dirección? —repliqué—. ¿Quién nos dice que no está al otro lado?

El coronel apagó la linterna.

—He visto luces.

Pensé que estaba mintiendo, pero no se lo dije. Aunque es cierto que la niebla era ahora un poco menos densa y yo no había podido evitar cerrar los ojos. Puede que al coronel no le importase morir, pero tampoco le apetecería morir por nada.

—De acuerdo —claudiqué.

—¿Puedes caminar?

—¿Acaso tengo otra alternativa?

—Quedarte aquí y morirte de frío.

—Entonces puedo caminar.

Makárov asintió.

—Calculo que estaremos a unas tres verstas de la costa. Cuatro, como mucho. Caminando con cuidado, y no podremos hacerlo de otra forma, tardaremos unas dos horas en llegar.

Cogí la maleta de Irina, pasé una pierna con mucho trabajo por la borda. El mar estaba duro y compacto, pero aun así la sensación de precariedad resultaba demasiado inquietante.

—Eso siempre que el mar esté completamente congelado entre el barco y la costa —apunté.

—Por supuesto. Y reza porque sea así.

—No creo en Dios.

—Yo tampoco —respondió el coronel, saliendo de la embarcación con la niña en brazos—. Muchos lo han hecho antes que nosotros. ¿Por qué no habríamos de lograrlo?

—No dudo que las historias de la gente escapando de la Unión Soviética por el Báltico sean ciertas, coronel. Pero seguro que se marcharon de día, sin niebla, en enero o en febrero, no a finales de marzo, y por alguna parte donde el camino fuese tan liso como una pista de patinaje.

Me alejé un par de pasos y enseguida me topé con un escalón de hielo. No sabía si sería posible llegar a la costa de Finlandia, pero estaba seguro de que iba a ser muy difícil. El coronel Makárov sorteó el obstáculo y me dio la mano para ayudarme a subir. Me encontraba más débil de lo que pensaba. Ahora sangraba menos, pero eso no me tranquilizaba. No es que me estuviese curando. Me estaba quedando sin sangre.

—Haremos esto —me indicó el coronel—. Yo iré delante, con la linterna. Tú vendrás detrás de mí. Si te quedas sin fuerzas, avísame y paramos a descansar. Cuando lleguemos a Finlandia buscaremos un médico para que te cure esa herida.

Capítulo XLIII

No he pasado más frío en toda mi vida. Todavía hoy, algunas noches duras de invierno, me alegro de no estar allí. El pequeño rectángulo por el que a duras penas veía al coronel Makárov entre la ventisca era la única parte de mi cuerpo expuesta a la intemperie. Me quemaban los párpados, temía que se me quedasen congelados los ojos y ya no poder volver a ver. Era una estatua helada que apenas conseguía avanzar tres o cuatro pasos antes de detenerse a recuperar fuerzas. Tanta ropa al final no servía de nada. Los guantes y las botas y el sombrero con orejeras tampoco. La linterna del coronel cada vez estaba más lejos. Ni siquiera podía ver a la niña en sus brazos, protegida como la llevaba contra su pecho. No sé si Serguéi Makárov estaba habituado a orientarse en un mar helado, pero caminaba con tanta seguridad que parecía no preocuparle la estabilidad del suelo, que para mí era tan frágil y tan peligroso a pesar de tener la consistencia de un glaciar, rugoso a ratos, con sus grietas, escarpado a veces, a punto de engullirnos en cualquier momento. Si el coronel decía que había visto luces a lo lejos no me quedaba más remedio que aceptarlo, ojalá que no fuera un espejismo, y desear que tras abandonar la barca aún siguiera viéndolas. Que las luces fueran de la costa de Finlandia o de la de la Unión Soviética era lo de menos. Así es la supervivencia. Lo importante es aguantar un poco más. Más adelante ya se resolverá lo que se tenga que resolver.

Una costra de sangre helada me recorría el costado y la cadera y al andar se me clavaba en la piel como cristales. No llevábamos mucho trecho cuando caí de rodillas la primera vez. Apoyé las manos en la maleta de Irina para no quedarme tumbado y decir adiós para siempre. Me pregunté si no habría hecho mejor quedándome en la barca. Con un poco de suerte habría sobrevivido hasta el amanecer y con las luces del alba llegar yo solo hasta la costa finlandesa. Quizá aún podría seguir el rastro de mi propia sangre en la nieve para volver al bote. Al menos habría quedado una prueba de lo que estuve a punto de conseguir. Sin fuerzas para levantarme, me sentía un estorbo, aunque pensara que a la hora de la verdad el coronel no dudaría en dejarme morir para intentar llegar a la orilla con la niña. Ay, Gordon Pinner, me dije. ¿Quién te manda meterte en líos? Siempre empeñado en salvar causas perdidas, en amores difíciles y en sueños imposibles que sólo importan a los héroes de las novelas.

A pesar del mareo, del frío y del cansancio conseguí ponerme de pie y me di la vuelta para mirar el camino por donde habíamos venido. Ni aunque quisiera podría regresar a la embarcación. Era imposible encontrarla en la oscuridad y la ventisca. A lo mejor había desaparecido después de un crujido siniestro entre bloques de hielo y la había engullido el mar como a la goleta de Shackelton. Suspiré, resignado. Si todos los tripulantes del *Endurance* sobrevivieron en la Antártida, tan lejos de la civilización, ¿cómo no íbamos a sobrevivir nosotros a un tiro de piedra de Finlandia? Cuando me di la vuelta, la linterna de Makárov me iluminaba la cara. Tuve que cerrar los ojos porque me deslumbraba.

—¿Todo bien? —me preguntó.

—Todo bien —mentí

Y luego mintió también el coronel:

—Ya falta poco.

—¿Ha vuelto a ver esas luces en la costa o se trataba de un espejismo?

Makárov apagó la linterna. En la oscuridad, con la niña en brazos, parecía Moisés portando las Tablas de la Ley.

—Mira hacia allí —me dijo.

Pero yo no veía nada.

—Espera un poco. ¿Lo ves?

Por mucho que me esforzase, sólo había niebla y copos de nieve.

—Fíjate bien —insistió, pero antes de mirar hacia donde me decía, me centré en Irina. En brazos del coronel parecía mucho más pequeña.

—La niña está bien —me tranquilizó Makárov, en francés—. Pero tenemos que llegar a la costa y buscar refugio.

—¿Y si nos hemos perdido? —le pregunté, pero entonces vi algo que brillaba al otro lado de la niebla, o a lo mejor me lo pareció porque estaba deseándolo.

—Lleva razón, coronel —le dije, aunque fuera una ilusión—. He visto luces.

—Pues entonces no hay tiempo que perder.

Se cambió a la niña de brazo antes de reemprender el camino. De vez en cuando paraba la ventisca, pero no sé qué era peor, el silencio o el ruido, porque cuando la ventolera cesó se podía oír el mar bajo nuestros pies, deseando romper la capa de hielo que nos protegía. No sabíamos lo gruesa que era. Por no saber, ni siquiera podíamos estar seguros de no estar caminando en una balsa que a lo mejor daba vueltas y nos llevaría de nuevo a la costa soviética o nos arrojaría a mar abierto. Cuando el hielo se quebró bajo el peso de Makárov no se oyó nada. El coronel caminaba delante de mí, abriendo el paso. De pronto lo vi tirado de mala manera, una pierna metida en un agujero y otra doblada sobre el hielo, en una postura extraña. Todo sucedió muy rápido, pero lo que más me preocupó fue que la chiquilla no hubiera gritado al caerse de sus brazos. Antes de tratar de salvarlo a él fui a buscarla. El coronel habría hecho lo mismo. Además, cuando ayudaba a Irina a levantarse, con el rabillo del ojo vi que Makárov sacaba la pierna del agujero y rodaba por el hielo para alejarse del peligro.

—¿Está bien, coronel? —le pregunté, mientras pellizcaba las mejillas de la niña para que no se durmiera. Para que recuperase algo de calor.

Makárov gruñó que sí, y cuando se levantó y se colocó a un lado yo estaba abrazado a Irina. Le frotaba la espalda, las manos, las piernas.

—Sé que hace mucho frío, querida —le dije—. Pero ya queda muy poco —levanté su maleta y se la enseñé—. Dentro de nada estaremos en París, con tu bisabuelo, sentados frente a una chimenea, y subiremos juntos a la torre Eiffel. ¿De acuerdo?

Asintió, la pobre, arrebujada en mi pecho. Me colgué su zurrón en bandolera y empecé a caminar. Aún faltaba un buen trecho, pero la maldita luz de antes ahora se mostraba con bastante claridad. Puede que fuera un faro, o tal vez una casa. Cualquier cosa me servía. Lo único que me importaba era llegar allí.

—Sigamos, coronel —le dije a Makárov. Ahora yo llevaré a la niña.

Sólo nos había dado una tregua. Ni dos minutos había durado la calma. Cuando reanudamos el camino, otra vez unas cuchillas heladas me cortaron la cara. Cada paso era igual que escalar una montaña. Ni siquiera porque ahora el hielo que pisaba fuera más liso y uniforme resultaba más sencillo el camino. ¿Cuánto tiempo había pasado desde que dejamos la embarcación? Por lo menos una hora, y todavía nos quedaba un buen trecho. ¿Cuánta sangre había perdido? ¿Cuánta me quedaba todavía? Eso era más difícil de responder. Si me atenía a que todavía podía caminar con el peso de una niña en brazos, es que conservaba la suficiente para llegar hasta el final. Si, por el contrario, me ceñía a que Irina me pesaba tanto como si en lugar de a una cría de seis años portase en mis brazos al mismísimo coronel Makárov, sentía que cada paso sería el último y me derrumbaría, eso quería decir que estaba a punto de vaciarme.

No faltaba mucho para llegar a la orilla cuando me fallaron las piernas. A pesar del mareo estaba convencido de que sería capaz de conseguirlo. Pero cuando quise darme cuenta había clavado las rodillas en el hielo. El aire que respiraba era aún más frío. Me arañaba los pulmones. Y el cansancio. Sobre todo el cansancio. Mis brazos trataban de sujetar a Irina, pero ya no podía apretarla contra mí. Antes de que se me cayese, Makárov ya había cogido a la chiquilla en sus brazos.

—Estamos llegando —me dijo—. Vamos, levanta.

Qué más quisiera yo, coronel, pensé, porque ni siquiera tenía fuerzas para hablar. La luz de la orilla era muy intensa. No se trataba de un espejismo. Pero tampoco era una ilusión que la vida se me escapaba cada vez que mi corazón bombeaba sangre. Pasé la correa del zurrón de Irina por encima de mi cabeza y se lo entregué al coronel.

—Siga usted. Yo les alcanzaré enseguida —le mentí.

Tengo que decir que se lo pensó, si no, no se habría quedado a mi lado tanto tiempo, esperando que me levantase. No serían más de trescientos o cuatrocientos metros los que nos separaban de la orilla. Hasta un moribundo arrastrándose habría conseguido llegar. Pero era a mí a quien habían alcanzado los disparos, no a él. Era a la niña a quien había que proteger de ese condenado viento helado, no a mí.

El coronel asintió, solemne. Tal vez porque me respetaba o porque era la mejor forma de despedirse de quien está a punto de morir.

—Te espero en la orilla —me dijo, camino ya de la costa, seguro de que no se detendría hasta llegar al final.

El viento arreciaba y no tardé en perderlo de vista. Una sombra confusa y encorvada, cada vez más difuminada, hasta que desapareció. La voz del coronel me llegaba apagada por el viento. Su voz, que me animaba a no rendirme. Y luego, era lógico, ya sólo se preocupó del tesoro que llevaba en brazos. Que no tuviera frío, que no se asustara, que no sufriera. Por eso empezó a cantar aquella canción. La voz ronca. Distaba mucho de parecerse a la de un ama de cría, pero tampoco lo pretendía. Nunca había oído antes esa melodía, pero por el tono y por lo que decía, se trataba de una canción de cuna, sin duda. Una hermosa nana, tal vez cosaca, para tranquilizar a la niña. Me había quedado solo. Al final siempre te quedas solo. Sabía que pronto moriría, pero me tranquilizaba esa canción que traía el viento: *Tijo smotrit mesyats yasny f kolybel tvayu. Stanu skazyvat ya skazki, pesenku spayu. La luna silenciosa está mirando dentro de tu cuna. Te contaré cuentos de hadas y te cantaré canciones.*

Dentro de poco ya ni siquiera me sostendrían las rodillas. Me tumbaría en el mar helado, cerraría los ojos y la aventura habría terminado. Ya no me encontraría contigo, ni pasearías de mi brazo por las calles de París. No volvería a ver al coronel Makárov ni al príncipe Kovalevski. Tampoco a la pequeña Irina. Antón Vladímirovich dejaría de ser un problema para mí y yo dejaría de ser un problema para todos. Nunca llegaría a saber si el esfuerzo de un puñado de hombres honrados serviría para cambiar el mundo. El único consuelo que me quedaba, si es que había algo al otro lado, que lo dudaba, pero esa era la única esperanza que tenía, era que pronto, muy pronto, me reuniría con mi madre. *Ty-zh dremli, zakryvshi glazki. Báyushki bayú. Pero debes dormir, cerrados tus ojitos. Arrorró, arrorró.*

Intenté levantarme, por última vez, pero tenía las piernas congeladas, las rodillas se me habían quedado pegadas al hielo y ya no tenía fuerzas ni para abrir los ojos. Me dejé caer. Te juro que era agradable la sensación de derramarme, de rendirme después de haberlo dado todo, de bruces ya en el hielo, a punto de quedarme dormido para siempre. Los brazos extendidos, el mar poderoso que sentía bajo esa lámina de hielo protector. Sólo quería morirme mientras escuchaba al coronel cantar aquella nana, cada vez más lejos. *Pravazhat´tibya ya budu, ty majnyosh rukoi. Me apresuraré para acompañarte, te despedirás con la mano.*

Pero qué raro. Cuando crees que todo está perdido, tu propia voz, por ajena que te parezca, te anima a seguir luchando. Levanta, Pinner. Levanta, que ya queda muy poco.

Me levanté. No sé cómo, pero lo conseguí. Primero apoyé los codos y otra vez las rodillas. Me pesaba el cuerpo el doble, el triple, pero a pesar del esfuerzo conseguí ponerme de pie. La luz titilaba otra vez tras la niebla, junto a lo que, tal vez porque lo deseaba tanto, parecían las formas cuadradas de una edificación. Una casa o un almacén donde podríamos refugiarnos del viento y del frío, donde podríamos dormir y cuando nos despertásemos buscar la forma de marcharnos a París. Estaba seguro de que el coronel y la niña ya habían llegado a la costa.

Avancé unos pocos pasos, no más de tres o cuatro, y supe que todo había terminado. La grieta se abrió justo entre mis piernas. Primero una línea fina, enseguida una boca enorme a punto de tragarme. Enseguida estaba hundido hasta la cintura, las piernas tan pesadas, chapoteando en el agua gélida. Con los brazos me sujetaba a la placa de hielo, pero ya estaba hundido hasta el pecho. El abrigo mojado era un lastre que acabaría arrastrándome al fondo. Además, bajo la placa de hielo la fuerza del mar me ganaría la partida más pronto que tarde. ¡Coronel!, grité, como si eso sirviera de algo. ¡Coronel Makárov! ¡Ayúdeme! Los dedos aferrados al hielo, las uñas sangrando, clavándome al suelo en un gesto inútil que sólo conseguiría prolongar mi agonía. Pero si me dejaba arrastrar todo estaría perdido. La grieta se cerraría conmigo dentro. Me pregunté, qué tontería, si moriría antes ahogado o de frío. No tardaría en comprobarlo porque el agua ya me llegaba al cuello, y desde el cuello para abajo ya no sentía nada, sólo el peso de mi cuerpo. Era un alivio, por extraño que parezca, como estar anestesiado. Las piernas, el pecho, todo había desaparecido porque ya no lo sentía, pero también se había ido el dolor del costado. Ya no quemaba, ya no podía saber si me estaba desangrando. ¿Qué más daba? Adiós, Gordon Pinner, me dije, y esta vez tenía la certeza de despedirme para siempre. Hasta aquí hemos llegado. Había hundido la cabeza, pero el agua aún me traía esa canción, más fuerte. *Spi, moi angel, tijo, sladko. Báyushki bayú. Duerme, ángel mío, en calma y suavemente. Arrorró, arrorró.*

QUINTA PARTE

PARÍS, 1945

Capítulo XLIV

Del resto no recuerdo nada más, por raro que te parezca. No te lo digo porque hayan pasado quince años. Tampoco me acordaba entonces. Me desperté en la cama de un hospital. La mía una entre una hilera interminable de camas ocupadas por enfermos o moribundos, escupideras en el suelo, tubos en las venas —de mi brazo también salía un tubo que me conectaba a una bolsa de suero—, enfermeras atareadas que recorrían los pasillos consultando listas; médicos detenidos ante un paciente leían su historial en una carpeta sujeta a los pies de la cama. Los techos altos, abovedados, con ventanales anchos en forma de arcos por los que pasaban las nubes. Llegué a pensar que nunca volvería a ver el sol.

Tampoco recuerdo todo lo del hospital, sobre todo los primeros días. Había veces que pensaba, o soñaba, no sabía la diferencia, que era un aventurero perdido en el Polo Norte al que se le habían gangrenado los brazos y las piernas. Entonces me despertaba. Para comprobar que no se trataba de una pesadilla me palpaba las extremidades y me alegraba de seguir entero. También de no haber perdido la sensibilidad en los dedos. Apretaba las manos, con la poca fuerza que podía, para asegurarme. Una gasa me cubría el costado y a menudo empezaba a tiritar, no sé si por la fiebre o porque

471

me acordaba del agujero en el hielo donde descubrí cómo era el infierno. Me acuerdo de haber tenido hambre, incorporarme en la cama y vomitar; mearme, cagarme encima y pasar vergüenza cuando una enfermera se cubría la nariz con un pañuelo para limpiarme; cómo me levantaban entre dos hombres —aunque tal vez habría bastado con uno, porque estaba tan delgado que me podrían coger en brazos quizá con una sola mano— y me colocaban en una camilla mientras cambiaban las sábanas.

Había estado en el infierno, pero si esto era el cielo tampoco era muy diferente.

Y yo quería marcharme de allí.

—¿Pero qué hace? —me dijo una enfermera—. No intente ponerse de pie. Aún está muy débil.

Me puso un termómetro en la boca. Sin miramiento.

—Ha estado a punto de morir congelado —me explicó, como si acaso aún no lo supiera—. Aún se encuentra muy débil. Es afortunado porque sólo tiene una pulmonía.

No me preocupaba haber estado a punto de morir congelado. No me preocupaba tener una pulmonía. Lo que me preocupaba era que la enfermera me hablase en ruso. ¿Dónde estaba? ¿Habíamos vuelto a la costa soviética? ¿Nos habíamos jugado la vida para nada? Si era así, ¿dónde estaban Irina y el coronel? ¿Habrían cambiado ya a la niña por una fortuna? ¿Y a Serguei Makárov? ¿Lo habrían fusilado? Si a mí no me habían puesto todavía delante de un pelotón era porque antes querrían interrogarme. Quizá habría sido mejor hundirme para siempre en el mar.

La enfermera cogió el termómetro, lo separó de la cara lo bastante para contrarrestar la presbicia, arrugó la nariz, me puso una mano en el pecho y me empujó con falsa amabilidad sobre la cama.

—Aún tiene fiebre —me dijo—. Menos que ayer pero todavía tiene. Duérmase. Tiene que descansar.

Su ruso era excelente. Demasiado bueno para haberlo aprendido de adulta.

—¿Dónde estoy? —le pregunté—. ¿Cuánto tiempo llevo aquí?

—Lleva durmiendo tres días y tres noches —respondió, tras anotar algo en una libreta. Me preocupó que de las dos preguntas que le había formulado sólo hubiese contestado a la segunda.

—¿Dónde estoy? —volví a interpelarla cuando se marchaba.

—Esta usted en Viipuri, Finlandia —dijo, por fin, sin mirarme.

Aún tuve que quedarme cinco días más en el hospital. Me habría gustado marcharme antes, pero no podía caminar dos minutos seguidos sin que todo empezara a darme vueltas y desmayarme. Un médico me contó que había tenido mucha suerte. La bala me había atravesado el costado izquierdo sin afectar a ningún órgano. Un tiro limpio que sólo me provocó fiebre alta y perder mucha sangre. El frío también estuvo a punto de acabar conmigo, pero un pescador me llevó a tiempo al hospital. Condujo su camioneta de madrugada para salvarme la vida y entregó una cantidad generosa de dinero para que cuidasen de mí. Puesto que no acostumbro a creer en la generosidad de los desconocidos, imaginé que el coronel consiguió sacarme del agujero en el último momento, me arrastró hasta la orilla y le pagó a alguien para que me llevase al hospital. Makárov y la niña estarían camino de Paris, si es que no habían llegado ya. La decisión del cosaco fue la correcta.

Temía que si me quedaba dormido volvería al mar helado y esta vez no estaría allí el coronel para salvarme. Por eso me concentré en pensar, mientras los párpados se me caían sin remedio, en la enorme chimenea del comedor de la mansión de Kovalevski. Se estaba tan a gusto que no tardé en quedarme dormido. Cualquier sitio mejor que el agujero helado donde me hundí. Pero aún no estaba dormido del todo y en la duermevela el príncipe Kovalevski levantaba una copa y brindaba conmigo. En el salón del aristócrata de pronto se multiplicaron los invitados: el príncipe Félix Yusúpov y su esposa, el general Denikim; estaba hasta el mismísimo Alexander Kutépov, en cuyo secuestro participé. Todos levantaban su copa para brindar conmigo por haber conseguido sacar de Rusia a la bisnieta de Kovalevski. Pero el coronel Makárov y la niña me miraban con recelo desde un rincón. Eran los únicos que sabían, y sus ojos me lo decían, que yo era un traidor. Lo mejor era no confiar en mí porque haría cualquier cosa por salvar la vida. Me las había arreglado para infiltrarme en el círculo de los rusos exiliados en París y cuando no me quedó más remedio también traicioné a los bolcheviques. En la mesa donde nos sentamos a cenar había una silla vacía. Todos habían ocupado su sitio, pero yo no quería hacerlo todavía. Miré una por una las caras de los comensales, buscándote, pero no estabas. Pregunté por ti, pero en cuanto pronuncié tu nombre todos se quedaron callados, humillaron los ojos o miraron para otro lado. Entonces, a mi pesar, porque deseaba encontrar la razón de tu ausencia, me quedé dormido.

No conseguí llegar a París hasta tres semanas después. Los pocos días que pasaron desde que salí del hospital hasta que pude encontrar un barco fueron los más complicados. Al principio me escondía por las esquinas, miraba atrás cada dos por tres. Temía que alguien llegado desde la Unión Soviética estuviera buscándome. Puede que hubiesen encontrado el cadáver de Peshkov. De Viipuri me marché a Helsinki y conseguí subir a un barco sin que nadie me molestara. No entendía lo que pasaba. Qué ironía: si en lugar de habernos escapado de la Unión Soviética en 1930 lo hubiéramos hecho nueve años después, no habríamos llegado a Finlandia. Viipuri ya no se llama así, como sabes. Ahora es Vyborg, territorio soviético. Eso es lo que tienen las guerras: la gente muere, las fronteras cambian. También los nombres.

Aunque podría haber esperado un barco con destino a cualquier puerto de la costa francesa, no quise arriesgarme más. Ya había tentado demasiado a la suerte. Subí al primero que zarpó, hacia la costa escocesa. Fue allí donde leí en un periódico la noticia sobre tu estreno en la Ópera Garnier: Yekaterina Velyaminova, la gran Yekaterina Velyaminova, la que fue primera bailarina del teatro Marinsky de San Petersburgo, había debutado en París con gran éxito. La ciudad se había rendido a tu talento. Estaba deseando verte, felicitarte, darte un abrazo, besar tus labios. En apenas unos días estaría en París, contigo. Ya encontraríamos entre los dos la forma de huir del pasado, escaparnos de quienes quisieran arrebatarnos el futuro. Guardé aquel periódico donde hablaban de tu éxito. Conservé el recorte durante años. Tenía la esperanza, a pesar de todo, de sacarlo de mi cartera y desdoblarlo un día contigo. Celebrarlo los dos juntos, aunque fuera con retraso.

El trayecto hasta París se me hizo eterno. Cuando llegué a la ciudad, el metro circulaba más despacio que nunca. Entre la estación y tu piso de Montparnasse no pude evitar apretar el paso, correr a veces. Pero la academia estaba cerrada. Casi quemé el timbre de tu casa. Nadie me abrió la puerta. Pregunté a los vecinos. Ninguno sabía, o no quería, darme noticias de ti. Pensaban mayoritariamente que ahora que eras famosa no ibas a volver a vivir en el edificio ni a dar clases en la academia. ¿Para qué? Ya no lo necesitabas. Lo normal sería que empezaras una gira por otras ciudades de Francia, de

Europa, quién sabe si el mundo entero. La cuestión, Katya, la principal cuestión, era que después del estreno nadie te volvió a ver. Tanto éxito habías tenido que en la ópera se preparó otra función para la semana siguiente, pero se canceló Arguyeron que estabas indispuesta y no podías actuar. No bailaste el día previsto, ni el siguiente, ni el otro. No volviste a bailar en París. Los mismos periódicos que unos pocos días antes ensalzaban tu éxito ahora elucubraban sobre tu desaparición. Hasta ese momento no empecé a entender, y a aceptar, lo que había pasado.

—¿Y qué fue lo que entendiste? ¿Qué crees que pasó?

Katya había permanecido tanto tiempo en silencio que cuando oí su voz, durante un extraño instante pensé que había estado hablando solo.

—Que ya no regresarías —le dije, por fin—. Que ya no te volvería a ver.

Se quedó callada. Encendió un pitillo, en silencio. Aventó el humo de un delicado manotazo. Seguía siendo hermosa. Terriblemente hermosa.

—Cuéntame qué pasó —le dije.

—Eres un hombre inteligente, siempre lo fuiste. Inteligente a pesar de tu idealismo. O idealista a pesar de tu inteligencia. Han pasado muchos años, pero seguro que sabes lo que sucedió. Por qué no pude quedarme en París.

—La razón por la que estoy vivo.

Katya sonrió un poco antes de soltar una bocanada de humo.

—No me quedó más remedio que ir a ver a Kovalevski, pero no quiso recibirme —le conté—. El guardia nubio tenía orden de no dejarme pasar. Me había convertido en un apestado. Al fin y al cabo se trataba de un negocio. Yo había cumplido con mi parte del trato y ellos habían cumplido con la suya. Que tú hubieras desaparecido no tenía que ser su culpa. Tampoco me convenía llamar la atención. París podía ser tan peligrosa para mí como Leningrado. A medida que pasaban los días nadie venía a pedirme explicaciones. La idea de que tú habías tenido algo que ver se me presentaba más clara. Han pasado quince años, pero aún sigo preguntándomelo. Así que dímelo. ¿Me salvaste? ¿Hiciste un trato con ellos? Si no, no me explico cómo me dejaron vivir. Sobre todo no me explico cómo me permitieron seguir colaborando con ellos.

—Supongo que aún conservabas tus convicciones, tus ideales. Puede que tu fe en la revolución ya no fuera la misma, pero aún creías que podías cambiar el mundo.

Asentí, sin mucha convicción. Me moría por uno de esos pitillos que fumaba Katya. Ella sonrió y empujó el paquete hacia mi lado de la mesa, prendió una cerilla y me la acercó.

—¿Y tú? —le pregunté— ¿Ahora crees en la revolución? Antes no creías. No puedes haber cambiado tanto.

Se recostó en el respaldo de la silla y se me quedó mirando.

—En quince años pasan muchas cosas —respondió—. Mira cómo ha cambiado el mundo desde la última vez que nos vimos.

—Hiciste lo que no esperaba. Volviste a Rusia. Me abandonaste.

—Tuve que volver.

—Nunca me escribiste. Y no creo que no hubiese forma de ponerte en contacto conmigo.

—Tú tampoco volviste a Rusia. Y me consta que no has dejado de moverte, incluso de esconderte, durante todos estos años

—Habría sido demasiado arriesgado volver.

—Pero todavía seguiste colaborando con ellos durante algunos años. Lo sé y acabas de decirlo.

—Es cierto. Pero no podía ir a Rusia. Era muy peligroso.

—¿Lo habrías hecho de saber que yo te estaba esperando?

Estuve a punto de responder que sí, pero no quería mentirle. La valentía retrospectiva resulta muy cómoda. No sé si me habría arriesgado tanto.

—¿Me estabas esperando? —le pregunté, sin embargo.

Yekaterina miró hacia otro lado y sonrió, pero se quedó callada. Tampoco querría mentirme.

—Para qué escribirte —dijo, por fin—. Para qué esperarte. Tú no ibas a volver a Leningrado. Yo ya no podía salir de la Unión Soviética.

—Me contaron que seguiste bailando.

—Al principio no me dejaron. Primero tuve que ingresar en el Osoviajim, supongo que sabes qué es.

Claro que lo sabía. El Osoviajim era uno de esos organismos delirantes destinados a fomentar el patriotismo. Sovietización reforzada mediante técnicas militares. Antes no habría imaginado a Katya tan integrada. Aunque al principio fuera obligada, se había convertido en una ciudadana ejemplar. Sería el requisito indispensable para poder ejercer su profesión: olvidarse de lo que había sido y aceptar lo que sería tras regresar a la Unión Soviética.

—Luego bailé durante unos años, hasta que empezó la guerra, en el Marinsky, en el Bolshoi de Moscú. Hasta en Vladivostok. Siempre sin salir de la Unión Soviética. A pesar de las dificultades fueron unos años buenos. Bailaba para altos cargos del Partido, para dignatarios de las embajadas o que estaban de visita, para hombres de negocios extranjeros que buscaban las forma de enriquecerse en Rusia. Incluso un par de veces actué en el Kremlin de Moscú para Stalin. Pero sobre todo bailé para el público, para la gente que amaba la música. Durante la guerra también bailé, varias veces, para animar a las tropas.

—Pero sigues siendo una bailarina respetada. Todavía te queda mucha carrera por delante.

—Ya veremos.

—Dime una cosa, Katya —le solté, después de la segunda o de la tercera calada al pitillo.

No quería que se justificara tontamente por marcharse justo cuando tenía al alcance de la mano la mejor oportunidad de su vida. Bailar en el teatro Marinsky de Leningrado o en Bolshoi de Moscú no es ninguna tontería. Incluso viajar en el Transiberiano para actuar en Vladivostok podría estar bien, no lo dudo. Pero ella podría haber disfrutado de unos años maravillosos de carrera en París, en Londres, en el Berlín efervescente de entonces, en Nueva York. Donde hubiera querido. Pero eligió volver.

—Dime una cosa —repetí—. ¿Por qué volviste a Rusia? ¿Para salvarme la vida?

Frunció el ceño, como si no comprendiese. Pero no iba a engañarme. No a estas alturas.

—Quiero saber si yo formé parte del trato que hiciste con ellos —le aclaré—. Si no, no me explico que me dejaran tranquilo. Es cierto que luego volví a meterme en líos y me sentenciaron, pero eso ya no tenía nada que ver contigo, y mucho menos con lo que pasó en Leningrado. No volví a Rusia, es cierto, pero durante mucho tiempo seguí haciendo todo lo que pude, no por ellos, ni por la revolución, sino por lo que yo todavía creía que podía aportar.

—Lo sé... Sé que estuviste en muchos sitios. A mí también me llegaban de vez en cuando noticias tuyas. Alemania, Inglaterra, Italia... Y España. Sobre todo España.

—En el 36 se torcieron las cosas del todo y acabé rompiendo el carnet del Partido.

Katya sonrió.

—Siempre fuiste el mismo. Don Quijote en busca de causas perdidas. Genio y figura.

Ahora fui yo el que sonrió.

—Durante mucho tiempo estuve apartado de todo, lamiéndome las heridas, buscando mi lugar en el mundo. Hasta que el MI6 me reclutó en la primavera del 43.

Katya enarcó las cejas. Si estuvo a punto de soltar una carcajada, no quiso ocultarlo.

—Sí, ya lo sé —añadí—. Puede parecer muy raro, pero así son las cosas. Tú has vuelto a París. A mí me ha permitido viajar el servicio secreto británico después de que el coronel Makárov me encontrase en Sevilla la semana pasada.

—¿El coronel Makárov? —me dedicó un cariñoso gesto de falsa incredulidad—. ¡Cuánto tiempo ha pasado! ¿Y qué hacías en Sevilla? No imaginaba que te hubieras escondido tan lejos.

Al final iba a resultar que no lo había hecho tan mal si los rusos no sabían dónde estaba.

—¿No? Pues estoy seguro de que me buscaban.

Katya encogió los hombros.

—Puede que al principio sí. Oí rumores de que no te portaste bien en el 36, en Sevilla precisamente. Pero supongo que luego encontraron otros asuntos de los que preocuparse. Nadie es tan importante.

—Ni siquiera yo...

Bajó los ojos, asintió levemente. No supe si me daba la razón o si pensaba en algo que se me escapaba.

—¿Y por qué fue Makárov a buscarte?

—Katya, esto se parece demasiado a un interrogatorio.

Su sonrisa ahora me pareció más cansada que forzada. Después de todo, por muy amable que se hubiera mostrado conmigo, no era este el reencuentro alegre de dos amantes. Unos agentes soviéticos me habían detenido en plena calle, metido en un coche y llevado hasta allí. Conocía sus métodos. En otra vida, yo había conducido un coche para secuestrar a un general.

Aunque no llevaba uniforme la miré como si lo vistiera.

—Volviste a Rusia —le dije—. Y me da la sensación de que ahora mandas mucho.

—Las cosas no siempre son lo que parecen.

—Me han traído aquí unos rusos y estoy encerrado en una habitación contigo, los dos solos.

Oír la voz de Katya después de tantos años además de alegrarme me tranquilizó, pero cada vez albergaba más dudas sobre lo que harían conmigo.

—¿Para qué quería verte el príncipe Kovalevski?

—¿Sabes una cosa? Los británicos sienten la misma curiosidad que tú acerca de las intenciones de Kovalevski. No creo que a estas alturas ni él, a punto de morirse, ni su fortuna, puede que menguada tras tantos años de dificultades, sean una amenaza para nadie. Habéis ganado una guerra —no me importó usar el plural e incluirla en el lote—. Créeme. La fortaleza de la revolución ahora es incuestionable.

Seguía mirándome. Sin duda esperaba mi respuesta.

—Kovalevski quería hablarme de Irina —le dije.

Volvió a quedarse callada, mirándome. Con Katya la sensación era la misma de siempre. Como si el tiempo no hubiera pasado. Por mucho que yo creyese tener argumentos para lo contrario, aunque guardase un as en la manga, era ella quien mandaba, aunque no vistiera uniforme.

—Hay rumores —le conté, de todos modos—. Chismorreos antiguos que vienen de Leningrado. Ya los hubo antes y parece que, ahora que hay una fabulosa herencia en juego, han regresado con más fuerza. Dicen que Irina puede no ser la bisnieta del príncipe Kovalevski.

—¿Ah, sí?

—Sí. Kovalevski quería hablarme de ello. Pretendía que yo le confirmase que esos rumores eran falsos o, mejor dicho, quería asegurarse de que, de ser ciertos, no le contaría a nadie lo que sé. Por eso mandó a buscarme. El MI6 también está interesado en conocer la verdad. Por eso me han permitido venir. Por eso me han facilitado el viaje.

—Los ingleses también. Qué interesante...

—Se trata de la fortuna de un reconocido antibolchevique. Supongo que es importante saber quién la manejará en el futuro. Stalin ha sido aliado de los británicos, pero eso forma parte del pasado. El mundo que se avecina va a ser diferente. Y también serán muy diferentes las batallas que se libren.

—Entiendo.

—Y no dudo que la razón por la que estás aquí, o al menos una de las razones, sea esa también. Dime por qué me habéis secuestrado, Katya. Y, por favor, dime la verdad.

—Secuestrado... Eres demasiado aficionado al drama.

Me habría gustado sonreír para restar gravedad a mis palabras, pero no fui capaz de fingir. Estaba cansado de pretender ser lo que no era, de engañarme a mí mismo.

—No se me ocurre otra expresión más acertada cuando me asaltan en la calle, me obligan a meterme en un coche y me encierran.

Katya asintió, para sí misma. Quizá quería darme la razón sin responderme.

—Habría sido más fácil, y sobre todo mucho más amable por tu parte, que hubieras venido a mi encuentro. Ahora tendríamos esta conversación sentados en un café. Pero prefieres que no te vean conmigo, ya no. Puedo entenderlo. No sé si tu intención es ocultar nuestro encuentro a los rusos o a los ingleses. Tal vez a los dos. Si es así, quiere decir que, puesto que quienes me han traído hasta aquí están a tus órdenes, mandas mucho.

—O a lo mejor esta es la única forma de poder hablar tranquilamente, como dos viejos amigos.

Resoplé, resignado. Como dos viejos amigos. Aquella era una forma muy generosa de definirlo. Ojalá fuera verdad. Éramos tan diferentes ahora y había pasado tanto tiempo, por mucho que hubiéramos compartido en el pasado, que no éramos sino unos desconocidos.

—Quién sabe lo que habría ocurrido si no estuvieras en París —le dije, sin embargo—. Sabía que algún día esto pasaría. Antes o después tendría que rendir cuentas. Creo que es mejor para mí que estés aquí.

—Nada malo te va a ocurrir —me dijo—. Sabes que conmigo no te va a pasar nada.

—Lo sé —mentí.

—¿Qué le has contado a Kovalevski?

—Nada que él no supiera. No dudo que el coronel Makárov ya lo pusiera al corriente de todo cuando trajo a Irina desde Leningrado. Creo que Kovalevski también quería verme porque necesitaba cerrar un círculo antes de morir. O tal vez sea su forma de darme las gracias por haberme jugado la vida para sacar a su bisnieta de la Unión Soviética. O disculparse por no recibirme entonces, cuando volví a París. Por no haberme contado qué pasó contigo, por qué te habías marchado. Puede que de una forma tardía haya querido arreglarlo todo.

Katya encendió otro pitillo y volvió a ofrecerme el paquete.

—Pero tú eso ya lo sabías, ¿no? —me preguntó, mientras yo rascaba una cerilla.

—¿El qué?

—Lo que había pasado. La razón por la que me marché.

No le contesté inmediatamente. Le di un par de caladas al pitillo y me distraje unos segundos viendo cómo las volutas de humo se mezclaban con la luz oblicua que entraba por un tragaluz. A lo lejos sonaron las campanas de una iglesia. Si no hubiera sido por esa ventana tan alta desde la que no se podía ver la calle, aquella habitación no sería muy diferente a una mazmorra.

—No le he dicho nada a Kovalevski sobre si Irina es de verdad su bisnieta.

Los ojos de Katya brillaron en la penumbra. Carbón helado. Hay cosas que no se pueden evitar.

—Tampoco le he contado que es tu hija —le solté, por fin, con quince años de retraso—. Pero no puedo asegurarte que él no lo supiera. Quién sabe si lo supo o si lo sospechó desde siempre. Y creo que lo justo es que me cuentes lo que pasó. Que me cuentes la verdad.

Capítulo XLV

Podía haberse levantado y dejarme solo después de dar un portazo. O quedarse callada, para dejarme con la duda. Pero el melodramatismo no era lo suyo. Nunca lo fue.

—No —respondió, por fin—. Kovalevski no lo sabe.

—¿Estás segura?

Encogió los hombros.

—Todo lo segura que puedo estarlo —me dijo—. ¿Y tú? ¿Cuándo lo supiste?

—Para quedar bien debería decirte que lo supe desde siempre, pero mentiría. O que lo descubrí en Leningrado, cuando fui a buscar a Irina. Pero tampoco sería cierto. Lo único que se me ocurrió entonces fue que la niña difícilmente podría ser la bisnieta del príncipe Kovalevski.

—¿Y por qué pensaste eso?

—Porque no había ninguna prueba de que lo fuera salvo la voluntad de Antón Vladímirovich o la tuya. Dejaste a tu hija en un orfanato, pero de todos los apellidos que podías haberte inventado elegiste el del abuelo paterno de la verdadera bisnieta de Kovalevski. La razón es porque antes o después pensabas contarle al príncipe la falsa historia de la niña. Conocías la angustia del aristócrata. Tenías amistad con él antes de la revolución. También estaba la facili-

485

dad con que la directora del orfanato me entregó a la cría cuando le confesé que quería sacarla de la Unión Soviética a escondidas de Kuliakov. Es más, creo que ella, igual que Antón Vladímirovich y tú, sabía la verdad. Y también creo que a cada uno de vosotros, por motivos diferentes, os interesaba que trajese a Irina a París. Luego vine a buscarte. Hasta que no supe que habías vuelto a Leningrado no empecé a aceptar la verdad. Desde el principio habías hecho un trato con Kuliakov. La niña se criaría con su falso bisabuelo y tú seguirías trabajando para ellos. Puede que sin pretenderlo el acuerdo incluyera perdonarme la vida.

Katya seguía mirándome, en silencio.

—Yo no soy el único idealista —continué—. Abandonaste la Unión Soviética durante una gira de la compañía. Tu plan era marcharte y, si más adelante no podías sacar a tu hija de Rusia, contarle al príncipe que su bisnieta vivía en un orfanato de Leningrado. Sabías que él haría cuanto fuera necesario para recuperarla. Pero el OGPU lo descubrió. Seguramente fue Antón Vladímirovich quien se enteró y usó a tu hija para chantajearte. Tendrías que colaborar con ellos para que todo siguiera igual, para que a Irina no le sucediera nada. La directora del orfanato estaba al tanto de esto. Quería ayudarte. Por eso me dejó llevarme a la niña. Pero no creo que lo tuvieras todo planeado. Fuiste improvisando según se fueron desarrollando los acontecimientos.

—En realidad —me dijo—, se te ocurrió todo a ti.

—¿A mí?

Creo que en otras circunstancias Katya se habría echado a reír. Y por muy tragicómica que resultara mi ingenuidad, no me habría gustado.

—Recuerda que fuiste tú quien le propuso a Kovalevski ir a buscar a Irina a Leningrado.

—Me había descubierto. Nos había descubierto.

—E hiciste lo correcto. Fuiste muy valiente. Te comportaste como un héroe.

No quise preguntarle si hablaba en broma. Quise creer que iba en serio.

—Te lo digo de verdad —me aclaró enseguida—. Te sacrificaste por los dos. Fue un gesto espontáneo que te honra. Siempre te he admirado por eso.

En las películas, las manos de ella, o las mías, habrían reptado por la mesa hasta que las puntas de nuestros dedos se tocaran, luego nos habríamos abrazado y besado hasta que apareciese en la pantalla la palabra fin. Y a lo mejor los espectadores aplaudirían. Pero la vida real dista mucho de lo que sucede en las películas. Aunque ya estábamos cerca aún faltaba un poco para llegar al final. No se rozaron las yemas de nuestros dedos. Tampoco brillaron los ojos de Katya cuando me lo dijo.

—Tú también te sacrificaste después —le concedí—. Aunque no lo hiciste por mí, sino por tu hija. Mi salvación también formó parte del trato.

—Fue a Antón Vladímirovich a quien se le ocurrió todo, cuando fuiste a la embajada para contar que te habían descubierto y le mandaste una nota para decirle lo de la bisnieta de Kovalevski —me dijo, soslayando mi reconocimiento a su sacrificio—. Le brindaste la oportunidad que buscaba.

—Él sabía que Irina era tu hija, ¿verdad?

Yekaterina asintió.

—Le regalé la ocasión que no había encontrado hasta entonces —añadí—. Engañar a Kovalevski, chantajearlo a cambio de dinero. Al final siempre se trata de dinero.

—No lo creo. Supongo que siempre pensó extorsionar a Kovalevski. Si no lo hizo antes fue porque no lo vio tan claro como cuando viajaste a Rusia. No todo es dinero. También se trata de poder. Restar poder al príncipe Kovalevski era muy importante entonces. En la Unión Soviética abundaban nostálgicos de la época de los zares, incluso había muchos obreros desencantados con los bolcheviques. Decían que, después de todo, tras tanta sangre derramada nada había cambiado. Por un lado estaban los obreros y los campesinos y donde antes campaban los aristócratas ociosos ahora habitaban comunistas hambrientos de poder. París estaba llena de gente dispuesta a regresar, de exmilitares ociosos deseando presentar batalla otra vez.

Contado así, con el paso de los años incluso parecía infantil. Muy difícilmente podrían haber cambiado las cosas en la Unión Soviética puesto que la inercia del otoño de 1917 era imparable, pero los rusos exiliados lo creían. Quizá esa esperanza, aunque careciese de fundamento, los animaba a seguir luchando. Los bolcheviques también lo pensaban porque así se mantendrían alerta y nunca bajarían la guardia. ¿Cuánta gente fue detenida por puro capricho? Desgraciados acusados de conspirar porque sus padres o sus abuelos pertenecieron a una familia con posibles. Gente que no podía presentar un certificado de limpieza de sangre obrera o campesina y con suerte pasarían unos cuantos años en un campo de trabajo.

—¿Y tú? —le pregunté—. ¿Cuándo se te ocurrió lo mismo que a Kuliakov?

—No sé si a Antón Vladímirovich y a mí se nos ocurrió lo mismo. Pero comprenderás que mi intención era sacar a Irina de Leningrado y traerla a París. Te juro que cuando te hablé de la bisnieta del príncipe Kovalevski no imaginaba todo lo que pasaría después. Como te he dicho, la idea, la brillante idea, debemos reconocerlo, se le ocurrió a Kuliakov cuando fuiste a la embajada soviética y les hablaste de la mentira que te habías inventado para que el príncipe te perdonase la vida. Mucha gente le había contado a Kovalevski historias sobre su bisnieta, pero no tenía ningún hilo del que tirar. Cuando te dio a elegir entre matarte o dejarte marchar para encontrar a Irina, Antón Vladímirovich supo que había llegado el momento. Y, si mi hija iba a venir a París, yo sabía que no podría quedarme aquí con ella. No me dejarían. Ni siquiera me permitirían verla. La única forma de tener controlado a Kovalevski y de que no me marchara era mantenernos separadas.

—Pero Antón Vladímirovich no podía hacerte daño.

—Ojalá se hubiera tratado sólo de él. No era el único que lo sabía todo. Era lógico. El plan siguió funcionando durante muchos años, aunque al final no llegasen a chantajear a Kovalevski. Bastaba con que no hiciera nada, con que no metiera la nariz en los asuntos de la Unión Soviética. En cuanto a mí, era suficiente con amenazarme. Si desobedecía sus órdenes le contarían al príncipe la verdad sobre Irina. Él podría repudiarla y a ella podrían mandarla de vuelta a la Unión Soviética. O algo peor. No me quedó más remedio que mantener el secreto y seguir viviendo.

—¿Y yo?

Me miró extrañada. Tal vez intuyó un interés romántico en mi pregunta. Pero no iba por ahí. Katya lo entendió enseguida.

—La verdad es que ellos no sabían muy bien qué había pasado contigo. Si te sirve de algo, nunca supieron qué pasó con Peshkov. Unos decían que había muerto, otros que se había largado al extranjero para empezar una nueva vida gracias al dinero que Kovalevski le dio a cambio de facilitar la huida de su bisnieta. Rumores, ya ves. Creo que durante un tiempo estuvieron buscándolo. Sin encontrarlo, claro. Y, si te soy sincera, más que a mí, debes agradecer a Alexandra Liovna que no te molestaran.

—¿A Alexandra Liovna?

—Así es. Ella les contó que Peshkov se llevó a Irina a la fuerza del hospicio. Que tú te negaste a ayudarlo pero no pudiste hacer nada por impedirlo. Que a punta de pistola Peshkov la amenazó a ella y también te amenazó a ti.

—Resulta muy romántico eso, pero me parece un argumento demasiado endeble para que el OGPU decidiese que no había que investigarme.

—Por supuesto. Y no me cabe duda de que te investigaron. Pero no encontraron nada relevante. Seguro que aún te consideraban un elemento valioso. Además, después de lo de Antón Vladímirovich empezaron a olvidarse de ti.

Me habían llegado rumores sobre la suerte de Kuliakov. Decían que había muerto.

—¿Qué le pasó? ¿La guerra?

—Lo detuvieron a finales de 1937. Nadie volvió a saber de él.

Katya callaba más de lo que decía. No quise insistir para que me contara lo que le pasó a Antón Vladímirovich. Prefería que no me mintiera. Podía imaginarlo sin su ayuda. El momento en que lo detuvieron fue uno de los más oscuros. Por lo que sabía, entre agosto de 1937 y noviembre de 1938 fueron ejecutadas en la Unión Soviética más de mil quinientas personas cada día. ¿La razón? Qué más daba. De Stalin para abajo, cualquiera era sospechoso de ser un traidor. Un agente valioso como Antón Vladímirovich y un disidente como Lev Izmáilov terminaban compartiendo destino en las islas Solovetski. La crueldad de un tirano acabó igualándolos a todos.

No quiso confesármelo, y no la culpo, pero siempre supe que fue gracias a Katya que el servicio secreto me dejó vivir. Aunque espués de lo que pasó en Sevilla ya no había nada que ella pudiera hacer. Ni Katya ni nadie. Yo mismo me condené a morir. Pero esa es otra historia. Ella callaba más de lo que decía y yo prefería no ahondar en asuntos que no me convenía refrescar. Dejé a un lado la muerte de Peshkov. Puede que quince años después no hubieran encontrado su cuerpo. Quién sabe: a lo mejor ni siquiera se preocuparon de buscarlo y aún habría alguien que seguiría creyendo que los engañó a todos y se largó con el dinero de Kovalevski. En la guerra que había terminado murieron más de veinte millones de rusos. Sin contar los que acabaron con sus huesos en las cárceles, campos de trabajo o frente a los pelotones de fusilamiento. Uno entre millones no afecta a la estadística. Además, los inviernos en Rusia son muy largos y muy duros: no es difícil que una manada de lobos hambrientos desentierre un cadáver en la nieve para devorarlo.

—Al principio pensé que te habían hecho daño —le dije—. No podía admitir de ninguna forma que renunciaras a la carrera que tenías por delante. Si después de que París se rindiera a tu talento habías desaparecido, tendría que ser por una razón muy importante. Han pasado muchos años. Ahora has vuelto a París. ¿Por qué no te quedas a vivir aquí?

Negó con la cabeza y sonrió al mismo tiempo. La suma de los dos gestos daba como resultado una profunda tristeza.

—¿Sabes una cosa, Gordon Pinner? —sentí que iba a cubrir mis manos con las suyas, pero se contuvo o me equivoqué—. Lo que más me gusta de ti es tu entusiasmo. La capacidad que tienes de espantar los problemas y encontrar una solución satisfactoria. Una salida digna y sencilla.

Estaba completamente en desacuerdo. Si algo se me daba bien era meterme en líos y crear problemas donde antes no existían.

—¿Por qué no te quedas en París? —insistí, y antes de que pudiera darme cuenta le había cogido las manos. Seguían siendo suaves, la piel delicada del color de la porcelana. Pero las retiró enseguida. Cruzó los brazos y se me quedó mirando.

—Ya no —respondió—. Ya no puede ser. Hay cosas que ya no pueden ser. El mundo ya no es el mismo de antes. Yo tampoco soy la misma. Ni tú.

No le faltaba razón.

Primero se mostró sorprendida, aunque enseguida su expresión dejaba bien claro que mi pregunta la había ofendido. Pero no por ello iba a dejar de preguntárselo otra vez.

—¿Qué vais a hacer conmigo?

—¿Qué quieres decir?

—Me habéis detenido. Tus amigos no me tienen muchas simpatías. No pasa nada, no pretendo caer bien a todo el mundo. Pero mi pregunta tiene mucho sentido, ¿no crees?

Me miró, decepcionada.

—Prefería hablar contigo en un sitio discreto, ya te lo he dicho. No te va a pasar nada. Pierde cuidado. Cuando salgas de aquí podrás ir a donde quieras. Podrás seguir con tu vida y no te molestará nadie. Tienes mi palabra. Pero antes, quiero que me digas una cosa. ¿Le contarás la verdad?

Aún tenía el ceño fruncido cuando entendí que se refería a Irina.

—No. No te preocupes. No le diré nada.

—Ya es toda una mujer.

—Vive en Nueva York. Pero ya debe de estar a punto de llegar a París. Supongo que estarás al tanto de eso. ¿Y tú? ¿Le dirás que es hija tuya?

—No lo sé. Tal vez algún día.

—¿Volverás a la Unión Soviética?

Le dio la última calada al cigarrillo antes de aplastarlo en el cenicero. Luego me miró y asintió.

—¿Y tú? ¿Seguirás trabajando para los ingleses?

Sonreí para mis adentros. Katya sabía muchas cosas. Demasiadas tal vez.

—Si es así —añadió—, tal vez nos volvamos a encontrar algún día.

—Muy pronto la Unión Soviética volverá a ser el enemigo. Nada nuevo, por otra parte. Es lo que sucede siempre. Hay una última cosa que me gustaría saber. ¿Quién me delató a Kovalevski? ¿Fue Kuliakov o fuiste tú?

Intenté parecer irónico, pero me había quedado una sentencia solemne. Mejor sería habérmela ahorrado. Katya, murmuré, pero ella fingió no oírlo o tal vez sólo lo pensé. Se levantó, retiró la silla, dio unos golpes en la puerta. Hay cosas que no necesitan explicarse. Se saben y ya está. Bajo esa tapadera de artista retirada habitaba una mujer pragmática y quizá poderosa que tras muchas vueltas y reveses había decidido servir a su patria. Si imaginaba cuánto habría tenido que pasar en los últimos años, no me costaba entenderla. No siempre se puede elegir o, cuando uno elige, lo que encuentra no es lo que esperaba. Quizá a ella tampoco le costase aventurar la vida que yo había llevado. Tampoco la que iba a llevar a partir de ahora. Me contrariaba pensar que algún día Katya y yo pudiéramos ser enemigos. Pero sobre todo ella sabía, y lo sabía incluso mejor de lo que yo podía saberlo, que acabaría aceptando la oferta de Murdoch y sería un hombre del MI6. O que seguiría buscándome la vida, como había hecho siempre, y aceptaría colaborar con hombres sin escrúpulos precisamente porque esa era la única forma de cambiar el mundo. Por imposible que sea. Ella lo sabía todo. Las mujeres siempre acaban sabiéndolo todo.

—¿Nunca pensaste en volver? —le pregunté.

Bajó los ojos y permaneció en silencio. No pensaba la respuesta. Estoy seguro de que sí. Muchas veces, probablemente demasiadas, había deseado regresar, estar cerca de su hija o verla cuando quisiera. No soy tan ingenuo para pensar que estar conmigo también era uno de los motivos por los que deseaba escapar de Rusia. Me miraba a los ojos, muy fijo, cuando por fin alguien abrió la puerta y le dijo algo al oído. Ella asintió, con gravedad, y el recién llegado se marchó por donde había venido.

—Kovalevski ha muerto esta mañana —me anunció, franqueándome el paso hacia la salida.

Pero no creí que se hubiera enterado de la noticia ahora. Tuve la sensación, incómoda por certera, de que lo sabía antes de hablar conmigo. Si no me lo dijo antes fue porque quería asegurarse de mi postura, saber cuánto estaría dispuesto a contarle a Irina o a quien correspondiese. Pero lo importante era que me dejaba marchar y que cuando abandoné aquella casa no sentía ninguna pena. Si acaso, un enorme alivio. Tantos años procurando no pensar en la espada que pendía sobre mi cabeza y a lo mejor me había librado de ella de la forma más inesperada. Quién habría podido sospechar que sería Katya la que me daría la carta de libertad. Cómo habría podido imaginar que ni siquiera volvería la cara para ver si estaba asomada a la ventana para decirme adiós por última vez.

Capítulo xlvi

Una vez superado el cansancio por las horas que estuve encerrado antes de ver a Katya me dije que, después de todo, el viejo aristócrata se merecía una despedida. La tarde anterior podía haberme acercado a la mansión de Kovalevski para presentar mis respetos al difunto, pero los muertos no necesitan visitas y yo nunca me he sentido comprometido con los vivos. No sabía si le había dado tiempo de llegar a París, pero he de reconocer que también deseaba encontrarme con Irina, ver a la mujer en que se había convertido, saber si se acordaba de mí o ese viejo dibujo infantil con la torre Eiffel enmarcado en el despacho del príncipe Kovalevski no era más que la prueba confusa de una antigua pesadilla que el tiempo había logrado borrar.

Me levanté las solapas del abrigo al salir a la calle, bien temprano porque el funeral era a las afueras de París y, como muchas otras veces que me abrigaba, instintivamente me venía a la memoria aquella noche que nos internamos en el mar el coronel Makárov, la pequeña Irina y yo para escapar de Rusia.

Llegué al camposanto de Sainte Geneveive des Bois con tiempo de sobra. Un madrugón, un tren, dos autobuses y una larga caminata, a ratos apresurada porque no estaba seguro de cuánto tardaría, habían tenido la culpa de que fuera uno de los primeros. Al cabo de un rato había muchos coches aparcados junto al muro del pequeño y pintoresco cementerio ortodoxo al sur de París. Aunque acudió menos gente que a aquella fiesta en la que lo conocí, Mijaíl Mijáilovich Kovalevski conservaba una notable capacidad de convocatoria después de muerto. Fue multitudinario el entierro de un hombre de noventa años que en los últimos tiempos había caído en desgracia por su abierta, franca y despreocupada simpatía hacia los ocupantes alemanes de París. Pero seguro que eso no importaba a los aristócratas rusos que aún quedaban en la ciudad.

Al contrario que en aquella fiesta de cumpleaños, esta vez no vi a políticos y tampoco me extrañaba. ¿Quién se arriesgaría a que lo fotografiaran en las exequias de un simpatizante de los nazis a no ser que quisiera arruinar su carrera? Pronto llegaron los periodistas y los espías. Unos buscaban la noticia o la fotografía para su periódico y otros olisquear entre los asistentes al entierro. Al cabo, para ambos se trataba de fisgonear. Reporteros y agentes secretos. Me pregunté en cuál de los dos bandos, puesto que durante muchos años fui las dos cosas, encajaría mejor. Qué lejos me sentía ahora de los dos oficios, por mucho que mi actitud y lo que me había pasado últimamente me empujaran a lo segundo, el único futuro posible para un tipo que se había pasado los últimos dos años trabajando esporádicamente para los ingleses en una ciudad del sur de España muy lejos de la guerra pero donde se podía obtener información muy valiosa.

El príncipe Félix Yusúpov y su esposa fueron de los últimos en aparecer. No habían tratado mal el exilio y los años transcurridos desde la última vez que los vi al que fue uno de los hombres más ricos de Rusia y a la sobrina de Nicolás II. A sus cincuenta y ocho años, sin duda repeinado bajo el sombrero y también sin duda enfundado en un traje a medida bajo el abrigo con las solapas de piel, él conservaba el aire elegante de galán ambiguo y ella parecía la misma dama que jamás se había tenido que planchar un vestido. Se cruzaron conmigo al bajar del coche que los había traído desde París, pero ninguno dio muestras de reconocerme. Mejor, porque no me apetecía saludarlos. Además, ¿cómo iban a acordarse de un tipo con el que compartieron mesa tres lustros atrás?

Dos gendarmes patrullaban delante del cementerio. No era descabellado pensar que un grupo de izquierdistas exaltados acudiese al funeral para estropear la despedida del viejo Kovalevski. El mundo se volvía a dividir en dos frentes, como siempre. La reciente guerra en Europa no había sido más que una tregua, una tregua muy larga y muy dolorosa, en otra contienda más larga, acaso no menos dura y sangrienta, librada entre dos formas irreconciliables de ver el mundo: los ricos y los pobres, los empresarios y los trabajadores, los terratenientes y los campesinos, los capitalistas y los comunistas. Sonreí, sin remedio. El pitillo suspendido en una esquina de la boca. Ojalá fuera todo tan sencillo como eso. O, mejor, ojalá no fuera todo tan complejo. Porque de lo que de verdad se trataba era de poder. Esa era la única lección que había aprendido a lo largo de los años. El viaje recorrido desde un joven soñador a un soñador desencantado. Un deseo irrefrenable de poder. Primero los zares, los aristócratas ociosos, los políticos ineptos y corruptos. Luego los bolcheviques que ocuparon el lugar donde antes habitaban los otros. Gente capaz de cualquier cosa por mantener sus privilegios, tipos para quienes conceptos como lealtad o traición no significaban nada si con ello mantenían las cosas como estaban. Y en medio mucha gente inocente que sólo buscaba sobrevivir. Infantería a la que no le quedaba más remedio que correr a buscar refugio, hileras de hormigas camino de un agujero cuando las guerras que habían iniciado otros ensuciaban el cielo de aviones con prisa por escupir bombas sobre sus casas y destruir sus vidas. Para hombres faltos de escrúpulos trabajaban otros tipos ahora apostados distraída o convenientemente en el funeral. No era difícil identificarlos, por muy poco adiestrado que tuvieras el ojo. Los espías no siempre son seres esquivos y solitarios, no tienen que observar a los demás apoyados en el tronco de un árbol mientras disfrutan o aparentan disfrutar de un pitillo, como yo hacía. También pueden departir alegremente con viejos conocidos mientras piensan en otra cosa. Con una oreja prestan atención a su interlocutor y con la otra captan la conversación que alguien mantiene a sus espaldas. Fingen contemplar a las mujeres hermosas pero en realidad se fijan en pequeños detalles: quién habla con quién, cuánto tiempo dura la cháchara, adónde miran o en qué reparan sus iguales.

Entre todos los asistentes al funeral del príncipe Kovalevski encontré por lo menos cuatro candidatos al ingrato oficio de espía. Y no descarté que yo también formase parte del grupo en que cualquiera de ellos, puede que incluso uno que a lo mejor se me había pasado por alto, después de ver cómo actuaba —solo, apoyado en un árbol apartado, pero no lo bastante lejos de los asistentes como para no parecer sospechoso— me habría incluido con acierto.

El coche fúnebre se detuvo frente a la pequeña capilla, un poco más allá de la entrada del cementerio. Con sus paredes blancas y la cúpula azul acebollada coronada por una cruz griega, la iglesia era un recuerdo miniaturizado de la vieja Rusia en un pueblecito al lado de París. Un camposanto levantado gracias a la iniciativa de una millonaria norteamericana que se había convertido en el último retiro de los exiliados rusos adinerados o notables. No era difícil anticipar que, puesto que las cosas en la Unión Soviética no iban a cambiar, muchos de quienes acudían al entierro del príncipe Kovalevski ya supieran que descansarían para siempre al otro lado de ese muro, muy lejos del lugar donde habían sido enterrados sus familiares durante generaciones. Tantos apátridas para un cementerio tan pequeño.

Nadie se molestó todavía en sacar el ataúd. Primero tuvo que llegar el coche que seguía al de la empresa de pompas fúnebres, aparcar justo detrás y bajarse el chófer para abrir las puertas. Pero el coronel Makárov se le adelanto y abrió él mismo la suya. De luto riguroso, le asomaban entre el abrigo y el sombrero el bigotón blanco y la cabellera espesa de rizos níveos. Saludó con un movimiento desganado de cabeza a varios de los asistentes. No era muy dado el cosaco a los actos protocolarios y estoy seguro de que este, en el que le tocaba jugar el papel de familiar del difunto, aunque no lo fuese, pero tantos años siendo su mano derecha lo convertían en algo parecido a un pariente lejano, lo incomodaba sobremanera. Su ocupación ese día sería también ayudar a Irina en cuanto necesitase. No podía saber cómo sería la relación entre la niña que sacamos de Rusia y el coronel Makárov, pero intuía que el viejo oso se había mantenido, sin duda, y se mantendría siempre, fiel a ella y a lo que representaba. La serviría igual que a Kovalevski. La protegería no como a la bisnieta del que había sido su jefe, sino como a alguien de su propia familia.

Estaba deseando verla. No me bastaba su retrato en el dormitorio del príncipe. Tenía muchas ganas de verla de verdad. Por eso se me hizo eterno el poco tiempo que tardó el chófer en rodear el coche y abrirle la puerta. El sombrero que llevaba le ocultaba el rostro. Y antes de que el coronel Makárov le ofreciera su brazo para acompañarla hasta la capilla, Irina Yusúpova y su esposo la abrazaron, un abrazo largo y sentido. Me gustó verlo, aunque aquel no fuese un momento oportuno para la alegría. Aquel gesto significaba mucho más de lo que se podía ver a simple vista. Irina Kovalevskaya, mejor dicho, la princesa Irina Kovalevskaya, se había convertido, sin duda, en un miembro de pleno derecho de la aristocracia rusa a la que su tocaya y su excéntrico marido parecían adorar.

Mientras llegaban al sendero que conducía a la capilla, los empleados de la funeraria ya habían sacado el féretro del coche y lo llevaban hacia la iglesia. Se había abierto un pasillo entre los asistentes para franquearle el paso. Al ataúd lo seguían el coronel Makárov con Irina de su brazo. Todavía no había podido ver su cara, aunque ya había abandonado el lugar donde estaba apostado y me dirigía a la entrada del cementerio. Al otro extremo del sendero, bajo el arco policromado de la entrada, al borde de los escalones, el metropolita esperaba a la pequeña comitiva. Tras Irina y el coronel Makárov caminaba el matrimonio Yusúpov y justo detrás me pareció reconocer a Lina Golítsina junto a un hombre que no conocía. Por un rato había vuelto la Rusia imperial, esa que se encaminaba sin remedio al desastre, lenta pero inexorablemente, sin hacer nada por evitarlo porque a lo mejor nadie imaginaba que el mundo en el que habían vivido durante siglos se esfumaría. No me habría extrañado atisbar a los fantasmas de Nicolás II y María Fiodorovna aguardando la llegada del féretro de Kovalevski en el interior de la capilla.

Nunca había estado en el cementerio, pero no parecía que dentro de aquella pequeña iglesia cupiera mucha más gente. El sendero espontáneo que se había abierto para dejar paso a la comitiva desapareció en cuanto entraron Irina, el coronel Makárov, los Yusúpov, Alexandra Golítsina y su acompañante, además del sacerdote, claro. El resto, asistentes, periodistas, curiosos, espías incluidos, tuvimos que quedarnos fuera. Desde donde estaba, apenas podía distinguir el titilar de las velas en el interior de la iglesia, pero la voz rotunda del metropolita, ampliada por el eco, llegaba hasta el último de los asistentes. Ni un murmullo, ni siquiera una palabra o una tos inoportuna. Todo en silencio para despedir a uno de los pocos vestigios que quedaban de la vieja Rusia.

Una por una, miré las cabezas de los asistentes que escuchaban al sacerdote. Ninguna era la de Katya. Me giré para ver la calle, pero tampoco estaba. Yo esperaba que estuviese. Ella tenía derecho a asistir al entierro de Kovalevski. Mucho más que yo. La mujer joven que seguramente ahora sollozaba en la capilla era la hija a la que no había vuelto a ver desde que apenas tenía un año. ¿Cómo podría no asistir? ¿Cómo podría volver a Leningrado sin haberse asomado al menos al funeral, aunque no hablase con nadie, aunque se hubiera marchado sin que nadie la viese?

Veinte minutos después, el coronel Makárov, Félix Yusúpov y otros dos hombres se abrieron paso portando el ataúd. No tenía dudas de que el coronel podría haberlo llevado sin ayuda, y no me refiero sólo a la fuerza incuestionable del ruso, sino al escaso peso del cadáver consumido del aristócrata. Me vino el recuerdo de sus brazos resecos en torno a mi cuello. Me uní a la comitiva que acompañó el féretro hasta el cementerio. La cabeza baja, las manos hundidas en los bolsillos del abrigo, mezclado entre todos para pasar desapercibido. Irina caminaba cogida del brazo de la esposa de Félix Yusúpov, justo detrás del ataúd. Cruzamos un jardín sembrado de cruces griegas y leyendas en caracteres cirílicos. Casi todas las tumbas de gente nacida en el siglo XIX que probablemente nunca pensó que terminaría recibiendo sepultura tan lejos de su tierra. Un estremecimiento incómodo me asaltó al ver que algunas de las lápidas correspondían a niños. La guerra era tan democrática como las enfermedades. Afectaba a todo el mundo por igual. Nadie puede escapar de ella cuando te elige. No importa la edad ni el origen social. Miraba las tumbas y enseguida estaba inventando vidas, imaginando vicisitudes de la gente enterrada. El exilio inesperado, la ilusión de lo que no sucedería nunca, y ellos lo sabían, pero los mantenía vivos, les daba una razón para aguantar un poco más, para no ser unos muertos en vida.

No se veían grandes lujos en esta última morada. Un reflejo quizá de la austeridad que había acompañado a la mayoría de los rusos exiliados. Tampoco encontré ostentación en la que iba a ser la tumba del príncipe Kovalevski, en la que por ahora sólo había plantada una cruz blanca a la que en los próximos días añadirían una placa con su nombre. Noventa años había vivido el aristócrata. Los últimos veinticinco en el exilio. Quince de ellos junto a la que creía que era, aunque nunca podré estar seguro de si lo engañamos, la nieta de su hija. Se hubiera tragado la patraña o no, el hombre que sirvió a los tres últimos zares se había llevado el secreto a la tumba.

Antes de que bajasen el féretro, el metropolita pronunció unas últimas palabras, pero ya no pude escucharlas porque ahora podía ver con claridad, a pesar de la distancia, a Irina Kovalevskaya. La niña que llevé en brazos en el mar helado. Tan triste parecía que daban ganas de protegerla otra vez. Sabía que era muy difícil entre tanta gente arremolinada alrededor de la tumba, pero deseaba que me viera y me reconociese, aunque no me dijera nada, aunque no me sonriera siquiera. Me bastaba con que supiera que estaba allí, que yo también había ido a rendir homenaje a su bisabuelo. Que se diera cuenta de lo orgulloso que me sentía de verla hecha una mujer y convertida ni más ni menos en la persona que yo esperaba que llegaría a ser cuando la conocí, tan pequeña y tan valiente, en aquel orfanato de Leningrado. Pero ahora le temblaron los labios y los hombros cuando la primera paletada de tierra cayó sobre el ataúd. La princesa Yusúpova le pasó una mano por el hombro y la atrajo hacia ella para consolarla. El coronel Makárov, a su lado, miraba al frente, impertérrito. Tampoco supe si me había visto. Sus ojos no apuntaban hacia mí. De un modo instintivo seguí la línea imaginaria que marcaban. El cosaco había fijado la vista un instante por encima de las cabezas de los asistentes, en algún lugar entre las lápidas. Fue sólo un momento, pero duró lo bastante para que pudiera seguirla y fijarme en la misma persona en la que él se había fijado. No muy lejos de donde nos agolpábamos todos en torno a la tumba de Kovalevski, a una distancia prudente, parapetada tras unas gafas de sol, el pelo azabache recogido bajo un sombrero discreto, estaba Yekaterina Paulovna Velyaminova. Mi Katya. Me gustó verla a la luz del día, aunque fuese la luz en un cementerio. Resplandecía igual que quince años antes. Por mucho que se esforzase en no parecer guapa le resultaba imposible. Me habría gustado acercarme y hablar con ella. Si no lo hice fue por ella más que por mí. Una cosa era charlar en una habitación cerrada y otra muy distinta saludarnos a plena luz del día en un lugar repleto de miradas indiscretas. Pero no podía dejar de mirarla ahora que no sabía, o eso pensaba yo, que la estaba mirando. No sé si además del coronel Makárov y de mí alguien la habría reconocido. Cuando quise darme cuenta la gente había empezado a hacer cola para dar el pésame a Irina. Katya se acercó despacio. Sin mirar a nadie esperó su turno. Al otro extremo de la fila, Makárov se había apartado un poco, discreto, lo bastante cerca de Irina para ayudarla si lo necesitaba pero lo bastante lejos para no molestarla. El perro fiel de Kovalevski se me reveló como el hombre más solo y más apesadumbrado del mundo. Quién me iba a decir tres lustros atrás, cuando me dio una paliza y estoy seguro de que me habría matado sin pestañear si el príncipe se lo hubiera ordenado, que algún día sentiría lástima por ese viejo oso. Que lo querría como el mejor soldado a mi lado cuando las cosas se pusieran feas. El guardián valiente en quien confiar cuando todo estuviera perdido. El amigo, sí, el amigo, por qué no, a quien confiar un secreto. Porque, al cabo, de qué trataba todo esto sino de mentir. ¿Qué había hecho Makárov durante estos últimos quince años sino guardarse el secreto sobre el verdadero origen de la joven que a menos de un metro de distancia recibía el pésame, interesado o sincero, de tanta gente en el funeral de su bisabuelo? ¿Qué había hecho yo durante casi toda mi vida sino mentir también? Mentir a los demás, mentirme a mí mismo. Venir tan lejos y reencontrarme con estos fantasmas, me di cuenta en ese momento, había sido una forma de comprender, de aceptar lo que era. Una mezcla confusa de muchas cosas, del hombre que había querido ser y del que era en realidad. Miraba al coronel Makárov en el cementerio y era igual que mirarme a mí mismo en un espejo no tan deformado como me gustaría. Éramos dos supervivientes necesitados de algo en lo que creer para seguir viviendo. La única diferencia estribaba en que él había encontrado una causa —su lealtad a Mijaíl Mijáilovich Kovalevski hasta ahora, servir a Irina en el futuro con el mismo celo que había servido al príncipe los últimos veinte años— y yo seguía sin encontrar la mía.

Clavó los ojos el coronel en Katya cuando le llegó el turno de saludar a Irina. Un abrazo no más largo ni aparentemente más sentido que los abrazos que había recibido de los otros asistentes, pero un gesto que significaba mucho, que acaso lo significaba todo para la bailarina. La vi hacerse a un lado, sollozando, pero nadie podría adivinar la verdadera razón de su pena, Irina menos que nadie. Quise creer que sólo el coronel Makárov y yo la conocíamos. Fue entonces cuando me salí de la fila. No era aquel el mejor momento para que Irina me reconociese. No tenía derecho a perturbarla más de lo que ya estaba. Ya tendría tiempo de verla, esperaba, algún día.

No estaba seguro de lo que iba a hacer con mi vida, pero no iba a marcharme de París todavía. Me mezclé entre la gente que se dirigía a la salida, pero en lugar de abandonar el cementerio me senté en un banco a mitad de camino. Encendí un pitillo, levanté la cabeza hacia el sol del otoño, cerré los ojos y, casualidad o no, los abrí justo en el momento en que Katya pasaba por delante de mí, sola entre un grupo de gente que se marchaba. La cabeza alta, pero sin mirarme.

Estaba seguro de que me había visto y que, aunque era imposible que lo hiciera, deseaba sentarse a mi lado. Cualquiera pensaría que las lágrimas que le brotaban bajo las gafas de sol eran por el recuerdo del difunto príncipe Kovalevski. Pero Yekaterina Paulovna lloraba por la mujer que acababa de abrazar, porque quería conservar ese instante, que nunca se esfumara. Lágrimas por el tiempo perdido, por lo que pudo ser y ya nunca sería. Lágrimas por ella y también por Irina. Llanto sin consuelo por saber que no tenía derecho, ya no, por mucho que se hubiera sacrificado, a contarle la verdad y a poner patas arribas su vida fabulosa. Sollozaba por ella misma tal vez. Porque, como nos pasa a todos, nunca sabría si tomó la decisión correcta. En otro mundo que no podemos ver ni estar seguros de que exista pero sí podemos imaginar discurren otras vidas paralelas habitadas por nosotros mismos con mejor o peor suerte. Otras versiones nuestras que a lo mejor también nos imaginan sin poder estar seguros de que existimos. Quizá en una de esas vidas Katya se sentó a mi lado en lugar de marcharse del cementerio de Sainte Geneveive des Bois, me dio la mano y yo pasé un brazo por encima de su hombro y ella apoyó la cabeza en mi pecho. No necesitábamos decirnos nada más. Yo la apretaba contra mí y a los dos nos daba igual que nos vieran juntos. Ella no volvería a la Unión Soviética y yo no me marcharía a ninguna parte. Tendríamos el resto de nuestra vida para recuperar los años perdidos. O como en las películas. Que Katya volviese a aparecer en la puerta del cementerio un instante después de marcharse, que los dos nos mirásemos desde lejos, adivinando lo que estaba a punto de pasar, viniese corriendo hacia mí, yo no fuera capaz de esperarla sentado en el banco y saliera a su encuentro, abrazarnos y comernos a besos. Pero nada de esto iba a suceder porque, hubiera existencias paralelas o no, aunque algunas se pareciesen a la escena final de una película, aquella era la única que teníamos. Katya salió del cementerio y ya no volví a verla. Supongo que un coche la esperaba. Ignoraba, por muchas cosas que se me ocurriesen, otras razones por las que ella, además de para ver a su hija, hubiera viajado a París. Yo haría como siempre: procuraría alejarme cuanto pudiera de los agentes soviéticos. Por mucho que me costase aceptarlo puede que sí, que Katya y yo ahora fuésemos enemigos, aunque ni ella ni yo perteneciésemos en verdad a ningún bando. No se trataba de buenos y de malos. De eso había querido convencerme Thomas Murdoch en Sevilla, pero ni él mismo se lo creía. Porque no había malos ni buenos, sólo gente honrada, muy poca, en cada lado, y montones de ególatras malcriados o ansiosos por medrar o por cobrarse cuentas pendientes. En los dos bandos por igual. Así eran los espías, no había nada de romanticismo en sus vidas. Yo mismo también fui un traidor y me equivoqué al proporcionar información y ayudar a secuestrar y fui cómplice de la muerte de gente que habría merecido mejor suerte. Tendría que vivir con ello, por muy honrado que me considerase o por mucho que me esforzase en reparar los errores que cometí cuando era más joven y me justificase pensando que lo que hacía, por muy mal que estuviese, contribuiría a salvar el mundo.

Me quedé sentado en el banco hasta que Irina pasó por delante de mí escoltada por Lina Golítsina y por la mujer de Félix Yusúpov. Ya habría tiempo para encontrarnos. La paciencia es una de mis escasas virtudes.

El sol se escondió tras las nubes. Aunque era poco más de mediodía empezó a refrescar. A mucha gente los cementerios les perecen lugares tétricos que se deben evitar. Sin embargo, yo siempre he disfrutado de un extraño placer en un camposanto. Será por la tranquilidad o por la certeza de contemplar lo que algún día nos espera a todos. Aquel cementerio ortodoxo a las afueras de París, apenas cuatro o cinco calles rodeadas por una tapia junto a una coqueta iglesia de innegable aire ruso, era además el símbolo de un mundo desaparecido, el lugar donde también descansarían para siempre muchos de los que habían asistido al funeral del príncipe Kovalevski.

Apagué el cigarrillo cuando desfiló por delante de mí el último de los asistentes al funeral. Ya no me fijaba en sus caras, ya no me interesaba saber quiénes eran. No tenía que dar cuentas a nadie de mis pasos. No tendría por qué contar a nadie lo que había visto, lo que pensaba o lo que sospechaba, a no ser que quisiera. Se acercaba la hora de comer. El cementerio se vaciaría, y si no, lo haría por la tarde, en cuanto oscureciera. Hacía frío y no era el mejor lugar para pasear cuando se hiciera de noche. Apenas quedaban coches en la entrada cuando salí. La gente se había marchado para seguir con sus vidas y al príncipe Kovalevski le quedaba el único destino que nos espera a todos: el olvido.

La razón por la que me quedé un poco más era el coche que aún seguía aparcado en la entrada. Seguro que la heredera de los Golitsin o el matrimonio Yusúpov se habían llevado a Irina de vuelta a París. No le iba a faltar compañía a la joven princesa Kovalevskaya. Me gustaba cómo sonaba. Princesa Irina Kovalevskaya. Parecía haber estado destinada desde siempre a llamarse así, con ese título nobiliario heredado de su bisabuelo que por mucho que se empeñasen los servicios secretos soviéticos o los espías ingleses interesados en manejar su fortuna, ya no podrían arrebatarle. Por mi parte, las cosas estaba muy bien así. Sobre todo si al lado de Irina seguía el tipo que ahora salía del cementerio. El último en abandonar el funeral del príncipe Kovalevski, como correspondía a un buen subalterno. A medida que se acercaba, vi agrandarse la silueta del viejo centurión sin emperador al que servir. El coronel Makárov resumía como nadie un mundo desaparecido, cruel, elitista, injusto y egoísta; pero también asombroso. Un mundo fascinante que, con sus luces y sus sombras, tuve la fortuna de conocer.

Primavera de 2020

Nota del autor

Han sido muchos los libros leídos para la documentación de *La bailarina de San Petersburgo*. El pistoletazo de salida fue *Lo que ha quedado del imperio de los zares*, de Manuel Chaves Nogales. Enseguida comprendí que ahí había una gran historia. Al lector interesado en la revolución rusa lo animo a acercarse a otros dos libros del periodista sevillano: *La vuelta a Europa en avión* y *El maestro Juan Martínez que estaba allí*. La lista de recomendaciones sería muy larga, pero para entender mejor la época de antes, durante y después de la revolución, destacaría *Diez días que estremecieron al mundo*, de John Reed; *El ocaso de la aristocracia rusa*, de Douglas Smith; *Los Románov*, de Simon Sebag Montefiore; o *Memorias de antes del exilio*, de Félix Yusúpov.

Noventa y un años después, no se sabe mucho sobre el secuestro del general Alexander Kutépov, salvo que desapareció en París el 26 de enero de 1930 cuando iba a misa. Unos testigos contaron que varios agentes soviéticos disfrazados de gendarmes lo obligaron a subir a un coche a punta de pistola. A partir de ahí todo son especulaciones. Algunos periódicos afirmaban que se lo llevaron a la Unión Soviética o a Berlín; o que murió durante su cautiverio. Algunos sostenían que se había marchado a Sudamérica. Pero las conjeturas son territorio fértil para el novelista. A menudo la Historia (con mayúsculas) deja unos huecos por donde pueden colarse las historias (con minúsculas). En el coqueto cementerio ortodoxo de Sainte Geneveive des Bois, no muy lejos de París, hay una tumba vacía con el nombre del general. En el mismo camposanto también está enterrado el enigmático Félix Yusúpov. Por supuesto, se trata del mismo cementerio donde recibe sepultura el príncipe Mijaíl Mijáilovich Kovalevski en la novela.

En noviembre de 2015 viajé a Rusia y durante varios días recorrí las calles de Moscú y San Petersburgo. Para quien se ha zampado muchas novelas de espías resulta impagable pasear junto a los muros del Kremlin de madrugada o colarse en rincones alejados de los circuitos frecuentados por turistas. Nada de esto habría sido posible sin la ayuda de Olga Zuzdaleva. Moscovita y políglota, me escribió en las redes sociales cuando estaba a punto de viajar a Rusia. Había leído una novela mía y se ofrecía a guiarme. Respondió con paciencia admirable a todas mis preguntas, me contó anécdotas que luego enriquecieron la novela y me aclaró muchas cuestiones sobre su hermosa lengua materna. Además de homenajearla con el nombre de un personaje de *La bailarina de San Petersburgo,* no puedo sino aprovechar esta página para darle las gracias.

APD